D1918606

De bespieder

Tom Egeland

DE BESPIEDER

Uit het Noors vertaald door
Annelies de Vroom

DE GEUS

Deze uitgave is mede tot stand gekomen dankzij een bijdrage van NORLA (Oslo)

Oorspronkelijke titel *Trollspeilet*, verschenen bij H. Aschehoug & Co
Oorspronkelijke tekst © H. Aschehoug & Co, 2005
Nederlandse vertaling © Annelies de Vroom en De Geus BV, Breda 2007
Omslagontwerp Robert Nix
Omslagillustratie © Martin Meyer/zefa/Corbis
Druk Koninklijke Wöhrmann BV, Zutphen
ISBN 978 90 4450 794 2
NUR 331

Zo, nu beginnen we! Als we bij het einde van het verhaal
zijn gekomen, weten we meer dan we nu weten,
want het gaat over een akelige trol,
een van de allerergste, de 'duivel' zelf.
Eens op een dag was hij in een bijzonder goed humeur,
want hij had een spiegel gemaakt, die de eigenschap bezat
dat alle mooie en goede dingen die zich daarin spiegelden,
verschrompelden tot bijna niets. Terwijl alles wat niet deugde
en lelijk was, juist heel duidelijk zichtbaar en nog lelijker werd.

H.C. ANDERSEN

Waarom noemen we dit nieuws?
Het is immers steeds hetzelfde.

THE NEW YORKER

De opmaat

AMMERUD, OSLO JULI 1976

Ze loog: 'Het hindert niet.'

De nacht was drukkend en klam. In het struikgewas beneden maakten de kikkers en vogels een behoorlijk kabaal. Toen ze hier een half jaar geleden naartoe verhuisden had ze het geluid van het beekje exotisch en plezierig gevonden. Net als in een jungle. Maar nu miste ze de bekende geluiden van het centrum: het gepiep en geknars van de tram, het getrippel van de dameshakken op de keien, het basgedreun van een discotheek in de verte, de sirenes.

Ze zat naakt in bed. Verlegen had ze het dekbed om zich heen geslagen.

Hij stond met zijn rug naar haar toe. Zijn spieren tekenden schaduwen in het schijnsel van de lamp op het nachtkastje.

De lucht was compact, tastbaar bijna. Net als fluweel, dacht ze, zoals zijn huid.

Ze grinnikte: 'Ik had nooit gedacht dat het Ann-Reidun zou lukken Rune mee te lokken naar die idiote seance.'

Ze zei het vooral om de stilte te verbreken. Maar hij gaf geen antwoord.

'Zij ontgroeien dat soort dingen waarschijnlijk nooit', ging ze verder. Ze rilde. Door de kier van het raam gloeide de maan als een Japanse lampion.

Hij schraapte zachtjes zijn keel, bijna onhoorbaar. Zijn gezicht werd weerspiegeld in het raam.

Ze wilde nog iets zeggen, maar bedacht zich. Toen zei ze het toch: 'Zeg... Het hindert niets. Echt niet.' Ze kon heel goed liegen. Het klonk alsof ze het meende.

Eindelijk draaide hij zich om. Zijn lichtblauwe ogen waren om in te verdrinken. Een zoete golf ging door haar heen. Toen ze slikte klonk het als een klik. Ze duwde het dekbed opzij, rekte zich uit en keek hem vragend aan.

Kun je het in elk geval proberen, alsjeblieft!

'Kom', zei hij ten slotte. Hij fluisterde bijna. 'Kom, we gaan in bad.'

Ze giechelde. 'In bad?'

'Je gaat toch zo graag in bad?' zei hij.

Hij liep voorop en draaide de kraan open. Toen ze dichterbij kwam, met haar armen gekruist over haar borsten, trok hij haar naar zich toe en kuste haar. Hard en dwingend. Ze voelde hoe ze ontspande en slapper werd.

Ze drukte haar buik tegen de zijne. Nog steeds... niets.

Hij duwde haar in de richting van het water. 'Jij eerst', zei hij.

Ze aarzelde, ze wist niet waar ze van hem moest gaan zitten. Ze ging midden in het bad zitten met haar armen om haar knieën.

'Wacht!' zei hij en hij verdween.

Toen hij terugkwam begreep ze niet wat hij voor zijn gezicht hield. Iets wat zoemde.

Hij knipte een felle lamp aan.

Ze kneep haar ogen half dicht. Een kleinbeeldcamera?

Met een kreetje schermde ze haar ogen af tegen het verblindende licht. Ze spetterde water naar hem. Ze trok het douchegordijn, dat enigszins doorzichtig was, dicht. Door de condens op het plastic kon ze zijn contouren zien.

'Lach!' moedigde hij haar aan.

'Hou op!'

'Net zoals in *Psycho*! De douchescène!'

Door het douchegordijn kregen zijn contouren iets monsterlijks.

'Stoppen! Ik meen het!'

Hij hield op met filmen. Het silhouet stond onbeweeglijk stil, als bevroren.

'Kan het je iets schelen?'

'Ja! Idioot! Iemand kan het zien!' Voorzichtig keek ze langs het gordijn.

Hij deed het felle licht uit. 'Ik was niet van plan het aan iemand te laten zien!'

'Dat begrijp ik, maar ik wil niet dat je me filmt. Kom! Kom in bad...' Ze sprak zachtjes, ze liet haar blik zakken en geloofde haar eigen ogen niet: ze had nog nooit gezien dat hij een stijve kreeg. 'Kom in bad! Vooruit!' *Voor het te laat is! Kom, kom, kom!*

Hij legde de camera en de schijnwerper op de vloer, stapte in bad en liet zich naast haar zakken. Ze leunde tegen hem aan en sloot haar ogen.

Zijn handen vonden haar borsten, hij betastte ze, tilde ze op.

Ja, ja, hemelse goedheid, ja!

'Zeg?' fluisterde hij.

'Hm?'

'Heb jij *Psycho* niet gezien? Van Hitchcock?'

Ze opende haar ogen. *Jezus, dat kon toch niet waar zijn!* 'Jawel', mompelde ze. Ongeduldig duwde ze zijn handen tegen haar borsten.

Hij kuste haar op haar haren. Hij legde zijn benen om de hare. Maakte met die gladde handen draaiende bewegingen over haar borsten, haar buik en toen naar beneden naar haar dijen.

O ja, alsjeblieft, stop niet.

Ze haalde hijgend adem.

Een beetje verder naar beneden, ja daar!

Toen stopten zijn bewegingen. Zoals dat altijd gebeurde. Alsof hij ineens zijn interesse verloren had.

Ze zaten onbeweeglijk. Ze ademde zwaar, hijgend. Haar hart ging als een razende tekeer.

'Zeg,' zei hij, 'ik heb vandaag Werner in de metro gezien.'

Nee maar, echt waar! Werner? Nee zeg, wat interessant! Ik zat net aan hem te denken! 'Mis je hem?' vroeg ze zuur.

Haar sarcasme ontging hem.

'Wie? Werner?'

'Werner! De anderen! De groep!'

'O, die...'

'De meesten gaan nog veel met elkaar om.'

'De idioten!'

Ze voelde zijn warme, snelle ademhaling tegen haar hals.

'Het zijn geen idioten', zei ze.

Zijn vingertoppen speelden met haar. Hij beet haar voorzichtig in haar hals.

'Wat is dit heerlijk,' zuchtte ze, 'zo ontzettend heerlijk.' *Nu niet stoppen, alsjeblieft!*

'Iets verder', fluisterde ze in zijn oor.

Zijn vingers waren overal.

Ja… O… daar!

Ze wilde meer. Door zijn vingers gloeide en tintelde haar huid. Ze sloot haar ogen en liet hem begaan.

Jezus, ze hield het niet meer uit!

Misschien dat hij…

Grinnikend ging ze met haar hand over zijn buik, vond zijn navel en ging verder naar beneden.

Zijn spieren spanden zich. Stevig.

'Zeg, je doet me pijn', zei ze.

Toen duwde hij haar onder water.

Ze dacht onmiddellijk dat het een grapje was, een van zijn vele gewelddadige spelletjes. Ze kneep haar ogen dicht en hield haar adem in, ze speelde het spel mee.

Maar hij liet haar niet los.

Zijn lichaam klemde haar vast. Als een octopus van ijzer.

Ze trachtte tegen te spartelen.

Los!

Ze trachtte zich los te rukken.

Zijn ledematen omklemden haar.

Los! Lucht!

Ze maakte een gorgelend, krijsend geluid. Haar longen vulden zich met water.

Los!

Even later werd ze stil.

• • •

Hij dacht: wat mooi! Wat onvoorstelbaar mooi!

Door de zoeker van de super-8-camera leek ze op een drijvende, slapende zeemeermin.

Of misschien op een nimf.

Zo bleek, dacht hij, zo prachtig wit en glad. Als marmer tijdens een regenbui.

Glanzend. Glad.

Hij drukte op de UIT-knop. De camera zoemde monotoon.

Zo onbeschrijflijk mooi, dacht hij.

• • •

Dagbladet, augustus 1976

VERLOOFDE VERKLAART: 'IK HEB LINDA NIET VERMOORD'

Door Gunnar Borg

'Ik mis Linda ontzettend! Dat de politie mij ervan verdenkt haar vermoord te hebben, maakt mijn verdriet nog moeilijker te dragen.'

Dat zegt een aangeslagen Rune Strøm (20) tegen Dagbladet, *nadat hij gisteren is vrijgelaten na een voorlopige hechtenis van vier weken.*

Strøm, de verloofde van Linda Merethe Gabrielsen (20), die in juli in de flat van het paar dood is aangetroffen in bad, zegt dat Linda verdronken moet zijn nadat ze niet goed geworden was.

'Te beweren dat ik haar vermoord zou hebben, is volkomen krankzinnig', zegt de man uit Oslo.

Hij vertelt dat Linda graag in bad ging en dat ze daar vaak in slaap viel.

'Ik weet niet hoe vaak ik Linda wakker heb moeten maken terwijl ze in bad lag', zegt hij.

Dat de politie de aanklacht heeft ingetrokken, ziet Strøm als een teken dat de verdenking gebaseerd was op vermoedens en aannames.

'Als ik Linda werkelijk vermoord zou hebben, dan zou ik haar toch niet in bad hebben laten liggen en de politie hebben gebeld', zegt Strøm.

Nu overweegt hij een klacht tegen de politie in te dienen. 'Ze kunnen toch niet zomaar mensen in de gevangenis zetten omdat ze vermoeden dat iemand vermoord is', zegt hij.

Samen met zijn advocaat zal hij nu een eis tot schadevergoeding indienen.

• • •

Hij moest lachen toen hij het artikel las.

Te beweren dat ik haar vermoord zou hebben, is volkomen krankzinnig.

Je kunt wel van alles beweren!

Later, toen hij het krantenknipsel in zijn dagboek had geplakt, schreef hij er in de marge *nummer 1* bij.

Hij bleef lang zitten nadenken waarom hij dat in hemelsnaam had gedaan.

Hij had er niet eens over nagedacht. Hij had het gewoon geschreven. Zomaar.

Nummer 1?

Een schoolklas op excursie vond het dode meisje drijvend in het water.

Ze was slechts gedeeltelijk gekleed. Voor voorbijgangers kon het er uitzien alsof ze een duiker was die diep adem had gehaald om iets interessants op de bodem van de zwemvijver te kunnen bestuderen.

De lerares duwde de leerlingen weg.

'Weg! ... loop naar de weg! ... snel!'

Zelf stapte ze het water in. Maar al lang voor ze bij het jonge meisje was gekomen, lang voordat ze haar vingers rond de weke arm had geklemd, lang voordat ze kans had gezien het verstijfde lichaam om te draaien, begreep ze dat het te laat was.

Het meisje was twee dagen geleden als vermist opgegeven door een instituut voor moeilijk opvoedbare jeugd.

De pathologen stelden natuurlijk het volgende vast: ze was verdronken. Het was onmogelijk te zeggen of dit door een ongeluk kwam of dat iemand haar verdronken had. Ze konden niet uitsluiten dat ze in het water was gevallen. Of zich van het leven had beroofd.

Met een rode stift had ze (of misschien iemand anders) het cijfer twee tussen haar kleine, spitse borsten geschreven. Niemand begreep waarom.

De politie doorzocht het struikgewas rond het meertje, maar niets van wat ze vonden – een gedeukte thermosfles, door de zon gebleekte kranten, een snorkel, aluminiumfolie van een super-8-cassette, een vlag van de nationale feestdag – kon in verband worden gebracht met het tienermeisje.

Haar kleren werden nooit gevonden.

Het onderzoek werd in de herfst van hetzelfde jaar afgesloten.

Hij keek lang naar haar voordat hij haar riep.

Ze stond op een stenen trap en trachtte bescherming te zoeken tegen het akelige herfstweer. De hele dag had er een zure noordenwind gestaan en tegen de avond viel er natte sneeuw. Natte sneeuwvlokken joegen rond.

Ze had lange benen en droeg een heel kort rokje. Netkousen. Hoge laklaarzen. Bontjasje.

Hij zoomde in en drukte op opname. Waarschijnlijk was er te weinig licht. Maar als hij haar silhouet tegen de achtergrond van de straatlantaarn kon vangen, zou het effect indrukwekkend zijn. Net als in *Hiroshima, mon amour.*

Zonder dat hij zichtbaar was in de donkere geparkeerde auto, observeerde hij haar. Haar elegante verschijning, haar condenserende adem, de gloeiende sigarettenpeuk die oplichtte en weer doofde.

Hij legde de camera op de vloer en knipperde met zijn lichten. Twee keer.

De gloeiende peuk maakte een grote boog. Op de hooggehakte laarzen wankelde ze in zijn richting.

Mooi meisje. Rond de twintig. Vast geen junkie.

Hij draaide het raampje naar beneden en lachte tegen haar. De Robert Redford-lach. Aan haar blik zag hij dat ze hem aantrekkelijk vond: heel anders dan die dikke, geile gasten die in hun Volvo's rondjes reden door de wijk.

'Een ritje maken?' vroeg ze zakelijk. En ze huiverde.

'Nummer drie', zei hij. Recht op zijn doel af. Hij moest lachen om zichzelf.

Ze keek hem niet-begrijpend aan, hield haar hoofd scheef.

'Een grapje. Vergeet het!' Hij lachte warm. Hij leunde voorover en opende het portier aan de passagierskant.

Als een verkoper begon ze de prijslijst op te sommen. Hij onderbrak haar en bood haar duizend kronen meer als ze een paar uur met hem mee wilde naar zijn huis. En misschien nog meer als ze de juiste toon konden vinden.

Ze nam hem op. Hij ving haar blik. En lachte. Een ongevaarlijke, vriendelijke lach.

'Oké', zei ze uiteindelijk aarzelend.

Hij reed met haar naar huis, opende het portier, hielp haar uit haar bontjasje en liet haar de zitkamer zien.

Hij zette een plaat van Barry Manilow op en schonk twee glazen cognac in.

Ze hield van Barry Manilow. En van cognac.

Ze vertelde dat ze Mona heette. Alleenstaande moeder. Ze had maandenlang niet als prostituee gewerkt. Maar ze had het geld nodig. Tot ze een baan vond. Een echte baan.

'Ik zou je graag willen filmen, Mona', zei hij.

In eerste instantie gaf ze geen antwoord. Toen haalde ze haar schouders op en zei: 'Dat kost je nog eens duizend kronen.'

'Prima. Wacht met je uit te kleden tot ik terug ben.'

Hij haalde zijn Bauer-camera en deed de duizendwattlamp aan. Ze kneep haar ogen dicht tegen het felle licht.

'Klaar?' vroeg hij.

'Ready when you are, babe.'

Ze kleedde zich uit met een professionaliteit die hij roerend vond. De hele tijd filmde hij.

'Weet je, ik mag je wel', zei ze. 'Echt!'

Hij gaf geen antwoord.

Naakt liep ze naar hem toe. 'Moet jij je niet uitkleden?' vroeg ze plagerig en ze begon aan zijn riem te trekken.

Hij stopte met filmen. Toen hij de camera voor zijn oog weghaalde, zag hij onscherp.

'Ik wil dat we eerst in bad gaan', zei hij.

'Goed', zei ze lachend.

Ze hebben haar nooit gevonden.

Hij had zich altijd verbaasd over moordenaars die geen kans zagen een lijk te verbergen. Alsof dat zo moeilijk was. Het probleem met moordenaars was, constateerde hij, dat ze of in paniek raakten of zo dom waren.

Ze werd in november als vermist opgegeven. Haar pooier werd verdacht en zat enige tijd vast. De politie is zó fantasieloos, dacht hij met leedvermaak.

Haar pooier werd na vier weken vrijgelaten. Er volgde geen aanklacht.

Een paar maanden las hij met plezier in de kranten over 'het Mona-mysterie'. Ten slotte verloren zowel de politie als de media hun interesse in de zaak.

Maar hij had nog steeds de film.

Aftenposten, augustus 1981

GEEN SPOOR VAN VERMISTE VROUW

De politie heeft nog steeds geen spoor gevonden van Eirin Granvik (23) uit Oslo, die eind juli niet terugkeerde na een boottochtje.

De vrouw, getrouwd en moeder van drie kinderen, zat alleen in de boot toen ze verdween. De boot lag op een gastenplaats in een jachthaventje in Son.

De gemeente van de evangelische kerk waar de familie lid van is, heeft een beloning uitgeloofd van 50.000 kronen voor diegene die inlichtingen heeft die kunnen leiden tot de oplossing van dit verdwijningsmysterie.

De politie acht het onwaarschijnlijk dat de vrouw vrijwillig verdwenen is. Granvik neemt binnen de evangelische gemeente Lysets Hersker in Oslo een belangrijke positie in en is erg gehecht aan haar gezin.

Een van de theorieën van de politie is dat de vrouw te water is geraakt bij het aanleggen van de boot.

De bestelauto staat achter de kerk in de schaduw geparkeerd. Hij valt haar niet eens direct op. De steentjes op het asfalt knerpen onder haar voeten en ze snuift de zware geuren van de zomer op die op het kerkhof hangen. Door het gefilterde licht van de boomkronen kan ze net de boomtoppen en de torenspits zien.

Het is half negen. Twee uur lang heeft ze de kerk voor zich alleen. Al drie maanden vervangt ze de organist van deze kerk. Ze houdt van de fragiele klanken van het oude pijporgel. De weergalm in de kerk, de resonantie.

'Pardon.'

Ze schrikt van de stem.

De man zit in de bestelauto met zijn benen hangend uit het geopende portier. Hij heeft het raampje naar beneden gedraaid en heeft een cola in zijn linkerhand.

'Je ziet eruit alsof je hier werkt', zegt hij.

Hij heeft vaag iets bekends. Alsof hij een oude klasgenoot is die je vergeten was. Een knappe man waar haar oog misschien op gevallen zou zijn als ze hem op een zondagmiddag in het gemeenschapshuis had gezien.

'Kan ik je helpen?' vraagt ze.

'Ik moet wat spullen afleveren. Maar er is hier geen levende ziel. Neem me mijn manier van uitdrukken niet kwalijk.'

Hij lacht. Zij lacht mee.

'Een ogenblik', zegt ze en ze gaat op zoek naar de sleutels in haar tas. 'Wat voor spullen?'

'De nieuwe roosters.'

'Roosters?'

'Heb je daar nog niet over gehoord? Alle roosters moeten vervangen worden. Uitschrijvingen, aanmeldingen, diensten, dopen... alles. Ik kom met de nieuwe van de drukkerij. Voor de dominee.'

Eindelijk heeft ze de sleutels. 'Hij is niet aanwezig.' Ze draait de deur van de sacristie open. 'Zomervakantie. Maar je kunt het binnen zetten. Ik zal het doorgeven.'

'Prettig. Waar kom jij vandaan?'

'Denemarken. Oorspronkelijk. Kun je het horen?'

'Nauwelijks.' Hij loopt met haar naar binnen en kijkt rond. 'Ik zal ze op elkaar moeten stapelen.'

'Kan dat?'

'Jawel.' Hij aarzelt. 'Zou je me kunnen helpen? De dozen zijn een beetje moeilijk uit de auto te krijgen. Ze zijn niet zo zwaar, maar een beetje onhandig om in je eentje uit de auto te tillen', voegt hij er snel aan toe.

'Natuurlijk.' Ze hangt haar jas aan de deurklink en loopt met hem mee naar buiten.

Hij trekt haar de bestelbus in. De dozen staan helemaal achterin. Twee bruine kartonnen dozen. Ze zien er noch zwaar noch onhandig groot uit.

'Als jij de bovenste pakt...' zegt hij en hij laat haar voorgaan.

Ze tilt de doos op. Die is veel te licht.

'Maar er zit helemaal niets...' begint ze.

De doek wordt op haar mond en neus gedrukt. Ze richt zich op en stoot haar hoofd tegen het dak. De doos valt op de grond. Ze probeert zich los te rukken.

De verstikkende geur van de doek bijt en wordt sterker... bijt en wordt sterker...

Langzaam en met pijn, zoals na de blindedarmoperatie drie jaar geleden, komt ze weer bij.

Ze weet niet waar de duisternis ophoudt en het bewustzijn begint. Alleen dat iets pijn doet. En dat er iets helemaal mis is.

Ze knippert met haar ogen. Kreunt zachtjes.

Een ziekenhuis?

De kamer is kaal. Witte muren. Een grote spiegel. Een televisie. Een dichte deur. Een peertje aan een snoer aan het plafond.

De man schiet haar te binnen. De bestelauto.

Ik droom...

Ze ligt op een matras. Iemand heeft haar een stijve, witte

nachtjapon aangetrokken. Haar linkerarm zit vastgeketend aan een oog in de muur.

...nachtmerrie.

Ze knijpt haar ogen weer dicht.

Vastgeketend?

Dit is niet echt! Ik wil nog slapen.

'Nummer vijf!'

Zijn stem.

Haar hart explodeert in haar borst. Haar spieren spannen zich. Ze spert haar ogen open, hikt en ziet hem niet.

'Heb ik je laten schrikken?'

'Ja!' Haar stem klinkt breekbaar, als van een klein meisje.

Ze moet haar hoofd helemaal achterover doen om hem te kunnen zien. Hij zit recht achter haar op een houten stoel. Tegen de muur.

'Pijn?'

Ze jammert.

'Bang?'

Ze jammert weer.

'Dat begrijp ik. Dat begrijp ik heel goed.'

Hij zal me verkrachten, denkt ze. Eerst verkracht hij me en dan zal hij me doden. Als hij wilde dat ik bleef leven, had hij een masker op gehad. Of me geblinddoekt.

Ze verbaast zich erover hoe aardig hij eruitziet. Normaal. Net als... ja, wie dan ook.

Er is alleen iets met zijn ogen. Die lichtblauwe ogen. Als je in zijn ogen kijkt, kun je... Ze kan de woorden niet vinden. Maar het lijkt wel of daarin iets gestorven is. En daar is blijven liggen.

• • •

'Ik heb je gefilmd', zegt hij opgewekt. 'Wil je het zien?'

Er zijn een paar uur verstreken. Ze zit rechtop op de matras en eet. Een bruine boterham met camembert en paprika. Een klein trosje groene, zure druiven. Sinaasappelsap.

Ze wil liever niet. Maar toch antwoordt ze: 'Ja, graag.'

Hij richt de afstandsbediening op de televisie.

Ze herkent direct het huis waar ze een kamer huurt. Dan ziet ze zichzelf buiten in de tuin. Ze maait in haar bikini het gras. Ze huivert, hij moet achter de heg hebben gestaan!

Ander beeld: een straat. Ergens op Frogner. Winkels. De tram rammelt voorbij. Een vogelnestje. Het trottoir. Op de achtergrond komt ze aangelopen, arm in arm met een man.

Ze herkent hem niet direct.

Erlend?

Allemachtig, denkt ze, dat was in mei!

I

Het eerste teken

I

De eerste brief kwam maandagmiddag.

Later, als ze 's nachts wakker lag en terugdacht aan die dag, kon ze zich slechts de onbelangrijke details herinneren. De zon die door de groezelige vitrage in de redactie scheen. Het gekraak van de radio die niet goed op de zender stond. Een telefoon die maar eindeloos bleef overgaan. Ze herinnerde zich de smaak van het pepermuntje waarop ze zoog en de vage geur van iets wat verbrandde in het ventilatiesysteem.

De envelop was groot en bruingeel. Gevoerd. Haar naam was geschreven in blokletters. Met rode stift. KRISTIN BYE. Met twee rode strepen eronder.

Diep vanbinnen bevroor er iets in haar.

Ze woog de envelop op haar hand. Geen bom, in elk geval. Misschien een stel obscene foto's? Hopen mocht altijd, grinnikte ze in zichzelf.

'Kristin?'

Met haar lange wijsvingernagel scheurde ze de envelop open. Ze huiverde. *Nee maar, Kristin, nu moet je ophouden!* Zonder erin te kijken, schudde ze de inhoud op het bureau.

Een VHS-band. Een opgevouwen brief.

'Kristin!'

Ze schrok op. Aan de andere kant van de redactie zwaaide de eindredacteur met een telefoon.

'Voor mij?' riep ze.

De eindredacteur sloeg zijn ogen ten hemel. 'Tip! Overval! Wat is het nummer van jouw lijn?'

Onwillekeurig stopte ze de brief in de zak van haar rok. *Moet ik?* Vormde ze geluidloos met haar lippen.

Ze moest.

Niemand had precies begrepen waarom ze was opgestapt bij *Dagbladet* en was gaan werken bij Kanal 24. Zelf begreep ze het ook nauwelijks. Ze had het gevoel gehad te deserteren.

Op weg naar de reportagewagen achter het gebouw bedacht ze weemoedig dat het vandaag precies vier maanden geleden was dat ze de deur van de afdeling speciale reportages achter zich had dichtgetrokken. Het was een bewogen afscheid geweest met de collega's van de krant; tranen en toespraken, gelukwensen en omhelzingen, rode wijn tot in de kleine uurtjes. De hoofdredacteur had haar een gouden vulpen overhandigd en haar beloofd dat de deur van *Dagbladet* altijd voor haar open zou staan als de televisie te zwaar voor haar was. De nieuwsredactie had een krantenpagina aan haar gewijd met boven een afschuwelijke foto van haar de kop: 'TV, TV, Kristin!' En in een mum van tijd was deze episode in haar leven voorbij. In gedachten glimlachte ze; je schrijft een ontslagbrief en iemand houdt een praatje voor je en direct daarna staat je een nieuw leven te wachten. Een spannend nieuw leven, hoewel je het oude mist.

'Kristin, plieees, praat me de oren niet van mijn kop!'

Roffern, hij heette vast Rolf, maar niemand noemde hem zo, greep het stuur steviger vast en wierp een geamuseerde blik op haar. Hij was mager en eind twintig. Aardig op een wat merkwaardige manier, vond Kristin. Indringende ogen. Paardenstaartje, twee gouden ringen in zijn oren, sikje. Vol ideeën en enthousiasme. Op een bedrijfsfeest had hij haar toevertrouwd dat hij ambities had om speelfilms te maken, om te beginnen korte films of videoclips. Maar de laatste twee jaar had hij als cameraman gewerkt voor de nieuwsrubriek *24 timer!* van Kanal 24.

'Sorry,' zei ze verlegen, 'ik was in gedachten.'

'Mis je je filmster?'

'Marcus? Filmster?' De woorden kwamen er kortaf en afgemeten uit. Ze grijnsde vrolijk naar hem om de woorden te verzachten. Hij grijnsde terug. 'Bovendien mis ik hem niet', voegde ze er een beetje te opgewekt aan toe.

'Heeft hij veel geld meegenomen?'

'Marcus?'

'De overvaller, gansje!'
'Geen flauw idee.'
'Enige actie?'
'Ik heb geen idee. De politie heeft me met moeite het adres willen geven. Grote gans!'

Het was haar vijfde overval voor *24 timer!* en ze verafschuwde deze opdrachten. Chagrijnige politiemensen, dat eeuwige papiertje op de ramen *(Gesloten wegens overval!)*, het publiek dat langs de televisiecamera liep en de beelden verpestte.

'Het Veitvetsenter', zei Roffern. 'Ik heb ooit een relatie gehad met een grietje uit die buurt.'

'Zal best, Roffern, zal best.'

Drie politieauto's versperden de verkeersheuvel voor het postkantoor. In het scherpe zonlicht flitsten de blauwe zwaailichten bijna onzichtbaar. Een ambulance stond dwars op de weg. De gebruikelijke groep nieuwsgierigen – schooljeugd met hun tassen bungelend aan één riem, rokende jongemannen en moeders met kinderwagens – stond rond de afzetting.

Roffern reed het trottoir op en parkeerde achter de auto van *VG*. Hij pakte de zware televisiecamera en gaf een rode microfoon waarop in geel het getal 24 stond aan Kristin. De reportageauto's van TV2 en TvNorge parkeerden achter hen. Kristin keek rond of ze ook mensen van *Dagsrevyen* zag. Maar waarschijnlijk berichtten zij niet over de overval, niet na het debat van deze zomer over het nieuwsprofiel van deze zender. Een kort berichtje hooguit, als er een ongehoord bedrag meegenomen is.

Roffern wees naar de politiebus waarop *commandowagen* stond. Een politieman met grijs haar zat met zijn benen uit het portier en sprak in de microfoon.

'Rødberg. Operationeel commandant buitendienst. Een echte klootzak', fluisterde Roffern en hij duwde haar in de richting van de politieman.

Kristin knikte voorzichtig naar hem toen hij opkeek en ze wachtte tot hij de microfoon van de politieradio weer op zijn plaats had gedaan. 'Hallo, neem me niet kwalijk, Kristin Bye van *24 timer!*, is er al iets te melden?'

'Niet veel.' De stem was nors en afwijzend, net als zijn blik. 'Je moet over een paar uur de operationele centrale maar bellen.'

'Het bedrag is niet bekend?' Dat had ze al geleerd: het duurde meestal een paar uur voor ze wisten hoeveel er verdwenen was.

'Hij heeft niets mee kunnen nemen.'

'Niets?'

'De overval werd verhinderd.'

'Jezus, wat is er gebeurd?'

Hij schudde zijn hoofd.

'Gewonden?'

'Nee.'

Kristin wierp een vragende blik in de richting van de ambulance.

'Niets ernstigs, pure routine.'

'Maar wat is er gebeurd?'

Opnieuw nam hij de tijd voor hij antwoordde. 'Een klant heeft geprobeerd de overvaller te stoppen. De klant werd neergeslagen. Geen ernstige verwondingen. De overvaller is ervandoor gegaan. Zonder geld. Geen drama, geen nieuws om te melden.'

'Is het mogelijk om met hem te praten? Met de klant?'

De politieman zuchtte geïrriteerd.

'Niet?'

Hij keek dwars door haar heen.

'Ja?' zeurde ze door. 'Ik wil hem graag interviewen!'

Hij stond ineens op en zijn blik kruiste de hare. 'Jongedame!'

Hij klonk als haar oude leraar Foss. Ze kon een wanhopig lachje niet binnenhouden. 'Zeg, sheriff, noem me niet...'

Hij gooide het portier dicht. 'Hij had gedood kunnen worden!'

'Ja, maar...'

'En zo meteen roepen jullie journalisten hem uit tot held. Een held, verdomme! Zodat een volgende onverstandige stakker dezelfde fout kan maken en neergeschoten wordt. Dat wordt dan weer breed uitgemeten op jullie voorpagina.'

Ze keek hem kwaad aan. 'Neem me niet kwalijk, ik probeer alleen maar mijn werk te doen.'

'Mooi, veel succes!'

'Bovendien werk ik voor de televisie...'

'Zelfde rotzooi!'

'...en daar hebben we geen voorpagina's!'

Zonder antwoord te geven schoof hij langs haar heen en stapte over het rood-witte lint.

'Ook nog een goede dag verder!' riep ze hem na.

Terwijl Roffern de gebruikelijke opnames maakte – de politieauto's, de afzettingen, het *Gesloten wegens overval!*-briefje, de groep nieuwsgierigen – belde Kristin naar de eindredacteur en vertelde ze wat ze tot nog toe hadden. Wat niet veel was. Ze hoopte dat ze teruggeroepen zou worden, maar de eindredacteur vroeg haar te wachten en de klant te interviewen die de overval verhinderd had. Net zoals ze gevreesd had: na vier maanden bij de televisie kon ze verdomme de gedachten lezen van de eindredacteur vóórdat hij ze zelf had gedacht. Ze zei 'bèèèh' en vroeg of hij erop stond. Hij stond erop.

Bij een kiosk kocht ze een cola light bij een man die vroeg of hij haar niet bij *Dagsrevyen* of TV2 had gezien. Samen met Roffern ging ze op het trottoir zitten. De ambulance reed weg. Er kwam nog een politieauto aangescheurd met sirene en zwaailicht. Een jongen van een jaar of veertien kwam naar haar toe om een handtekening te vragen. Ze bloosde toen ze een paar krabbels op zijn agenda zette.

Roffern mompelde: *'Fifteen minutes of fame.'*

Toen ze vier jaar geleden bij *Dagbladet* was gaan werken had ze gedacht dat het voor altijd zou zijn. Toch accepteerde ze het aanbod van Kanal 24 alsof het de gewoonste zaak van de wereld was. Het was alsof ze gedreven werd door twee tegenstrijdige krachten: de behoefte aan veiligheid en stabiliteit en de drang tot verandering en spanning.

Maar toch... om haar droombaan bij *Dagbladet* vaarwel te zeggen?

Al toen ze klein was had ze het heerlijk gevonden om te

schrijven. 's Avonds, na haar huiswerk en handbaltraining, had ze zich opgesloten op haar kamer en gedichtjes, verhalen en stukjes geschreven. Nog steeds kon ze zich het zinderende gevoel voor de geest halen dat ze had gehad toen de regionale krant een halve pagina had ingeruimd voor haar kerstverhaal. Later, toen ze al naar de middelbare school ging, werkte ze 's avonds bij dezelfde krant. En als uitwisselingsleerling in Amerika schreef ze voor de schoolkrant. Zo (bijna toevallig, zonder een idealistisch doel voor ogen te hebben of te dromen over opsporen en ontmaskeren) belandde ze in de journalistiek.

Ze had vier jaar bij *Adresseavisen* in Trondheim gewerkt toen ze solliciteerde naar de baan als journalist bij *Dagbladet*. Een droombaan. Gunnar had haar op de vacature attent gemaakt. En ze had de baan gekregen. Ze had niet begrepen waarom. Ze had Gunnar, een van de nestors bij de krant, ernaar gevraagd maar hij had slechts op z'n Gunnars zijn schouders opgehaald en gezegd dat ze kennelijk de beste was. De beste? Oké, ze schreef goed, ze was creatief en coöperatief, maar eerlijk: er lagen honderdachtenzestig sollicitatiebrieven op een stapel. Honderd-acht-en-zestig! Om zo'n begeerlijke baan aangeboden te krijgen was zoiets als een nieuw staatsburgerschap te ontvangen en toen ze ontslag nam om bij Kanal 24 te gaan werken, voelde ze zich een verraadster.

Zelfs aan haar vriendinnen kon ze niet uitleggen waarom ze bij de televisie wilde werken. Ze beweerde dat het geen exhibitionisme was, maar ze wist van zichzelf dat dit wel een deel van de spanning was. Maar er was veel meer: de stijl van de televisie... de snelheid... de actualiteit... de beeldspraak... de dramaturgie... de intense nabijheid... het contact met de kijkers. De commerciële zenders hadden een nieuw Noors mediatijdperk ingeluid en zij wilde deel uitmaken van deze ontwikkeling: er deel van uitmaken en er vorm aan geven. Haar vriendinnen schudden hun hoofd. Zij vonden televisie iets minderwaardigs. Die sufferds lazen niet eens *Dagbladet*. Uit principe niet. Niet dat het belangrijk was wat zij vonden. Ze zag hen bijna nooit meer. Ze hadden altijd een giftige opmerking op hun tong liggen over wat ze deed. Ze wist niet of ze nog iets met hen gemeen had. Eigenlijk waren ze eerder bekenden dan vriendinnen. De oude club van school. Een stelletje ijdele, geslaagde, ietwat radicale en bekakte vrouwen. Het nieuwe geld. Welgestelde salonsocialisten. Die zich bezighielden met literatuur, psychologie en seks. Muziek en film. En seks. Milieu. De kloof tussen de armen en de rijken. Filosofie. Emancipatie. En seks.

Eigenlijk niet haar types. Dat besefte ze nu pas.

Drie kwartier later kwam de klant het postkantoor uitgelopen.

Een politievrouw met een paardenstaartje liet hem onder het rood-witte lint door duiken dat ze met de benen gespreid en de armen over elkaar bewaakte. Als lemmingen stortte de menigte persfotografen zich door het lage struikgewas terwijl ze duwden en vloekten om de politievrouw en de klant op één foto te krijgen. Er klonk geklik en gepiep toen ze het lint optilde.

Hij was een magere jongeman die zowel geschrokken als verwachtingsvol keek naar de toestormende journalisten en fotografen om hem heen. Nee, hij had de kans niet gekregen bang te zijn. Nee, héld was een beetje te veel van het goede, hè hè. Nee, hij was niet gewond; alleen een pijnlijke kaak. Jazeker, hij wist dat het gevaarlijk was om een overvaller aan te vallen, maar je weet hoe het gaat hè, hè, hè.

Toen de krantenjournalisten hun portie hadden gehad, trok Kristin hem voor de neus van een TV2-reporter weg. Ze vertelde hem wie ze was, maar hij lachte nerveus en zei dat hij dat al wist. Hij keek iedere dinsdag en donderdag naar *24 timer!*, want daarna kwam altijd *FBI Inc.*

Hij ontweek haar blik de hele tijd.

Ze gingen iets verderop staan zodat Roffern hem tijdens het interview kon filmen met het postkantoor op de achtergrond. Terwijl Roffern de apparatuur in gereedheid bracht, babbelde Kristin wat met de jongeman om hem te kalmeren en te laten wennen aan de microfoon en de televisiecamera.

Maar hij was geen groot verteller. Hij stotterde, onderbrak zichzelf, maakte zinnen niet af en keek grijnzend naar de toeschouwers achter de camera. Pas na twintig minuten waren Roffern en Kristin enigszins tevreden.

2

'Eén dertig. Max!'

Toralf Skaug leunde achterover in de wiebelende bureaustoel en tuurde naar het schema op het beeldscherm. Hij had veel bijnamen. De dictator. De Serviër. Onze Lieve Heer. Maar hij was eindredacteur. Een dikke, kalende man met een raspende adem en zweetkringen onder zijn armen. Kristin had hem eens gebruikt als model in een reportage over hartinfarcten.

'Alsjeblieft!' zeurde Kristin. Ze zat op het bureau van de nieuwsredactie en zwaaide met haar benen. 'Ik heb minstens twee minuten nodig!'

'Verdomme, Kristin, je bent hier niet aangesteld om speelfilms te maken! De uitzending zit al propvol.' Hij tikte met zijn wijsvinger op het beeldscherm. 'Midden-Oosten! De artsencrisis! De Tromsø-moord! Die verrekte ruzie in de politiek!'

'Dan moet je je prioriteiten kennen', zei ze suikerzoet.

'Lief vriendinnetje,' aapte hij haar even suikerzoet na, 'dat is precies wat ik doe.' Zijn stem werd zakelijk: 'Eén minuut dertig! En ik wil je in de eerste uitzending samen met Ninni in de studio hebben.'

Nina 'Ninni' Nilsen was de vaste programmaleidster van de uitzending van zes uur. De redactie liet haar meestal een van de televisiereporters interviewen over een actuele zaak. De uitzending, meenden ze, werd op die manier levendiger en bovendien kregen de reporters het air van autoriteit waaraan ze zo'n behoefte hadden. De belangrijkste uitzending van tien uur werd door de jonge Ninni geleid samen met de grote NRK-veteraan Arve Arnesen. De nieuwsredactie had het idee dat de kijkers dachten dat die twee een relatie hadden.

Skaug tikte een sigaret uit een pakje, deed die in zijn mondhoek, maar stak hem niet aan. Hij had het bovenste knoopje van zijn overhemd opengedaan en zijn stropdas hing verkreukeld op zijn borstkas.

'Eén vijfenveertig?' vroeg Kristin voorzichtig.

Skaug zette zijn bril recht en nam zogenaamd een trek van zijn sigaret. 'Juffrouw Fellini, kijk naar mijn lippen: Eén-dertig-blank! Punctum! Montageruimte twee. Pronto!'

De beeldmonteur spoelde snel de videobanden door en stopte bij een shot van de gevel van het postkantoor met een politieauto op de voorgrond.

'Grappige hoek,' zei hij, 'een beetje *film noir*. Zullen we daarmee openen?'

'Okidoki. Hoeveel kan ik zeggen bij de openingsbeelden?' vroeg Kristin.

'Je hele levensgeschiedenis, baby. Vier seconden. Max vijf.'

'Neem de tijd op: Het was kort na openingstijd dat de overvaller het Veitvet-postkantoor binnenstormde.'

'Zes seconden. Moet het een avondvullende speelfilm worden?'

'Zes? Oei, oei, alsof je naar het drogen van de verf op de muur zit te kijken!' Ze grinnikte. 'En deze dan: De overvaller stormde kort na openingstijd het Veitvet-postkantoor binnen.'

'Vier blank als je iets sneller praat.'

'DeovervallerstormdekortnaopeningstijdhetVeitvetpostkantoorbinnen.'

'Twee seconden. Olympisch record. Maar misschien niet zóóó snel?'

Ze schoten in de lach.

En zo plakten ze beelden en woorden aan elkaar, beeldsequentie voor beeldsequentie. Zoals gewoonlijk moest ze het grootste deel van haar tekst schrappen. Een van de eerste dingen die ze geleerd had toen ze bij de televisie ging werken, was dat ze nooit meer tijd kreeg dan een derde deel van wat ze wilde zeggen. Of ze had geen beelden genoeg, of de beelden pasten niet bij de tekst. De cameramensen troostten haar door te zeggen dat één beeld meer zei dan duizend woorden. 'O ja?' beet ze van zich af, 'laat me dan een beeld zien van de Tien Geboden!'

Ze hadden anderhalf uur nodig om het item te monteren. Het werd korter dan eindredacteur Skaug had gevraagd. Eén vijfentwintig.

Ze deed de deur van de montageruimte open en floot op haar vingers om de aandacht te trekken van de eindredacteur. 'Het is één vijfentwintig blank geworden! Nu heb ik waarachtig morgen vijf seconden te goed!' riep ze.

Skaug zond haar een handkus.

3

Een huis. Een groot, wit huis met een appelboomgaard, een smeedijzeren poort en een hoge heg. Een eindje verderop, bij een witgeverfde bank in de tuin: een vrouw in bikini. De camera zoomt in. Ze moet rond de twintig zijn. Knap. Ze kijkt op, in de richting van de camera, maar ze zwaait niet. Dan begint ze het gras te knippen.

Kristin drukte op 'Stop' en spoelde terug. Ze begreep er niets van.

Achter haar vloekte de eindredacteur en riep: 'Heeft iemand naar die brand in Bærum gekeken? Niemand? Verdomme! Caspar, kijk het na! Onderneem actie als het iets is!'

Kristin drukte op de PLAY-knop en bekeek de beelden nog een keer. Deze keer liet ze de band doorlopen.

Een straat. Opgelapt grijs asfalt en keien. Kristin meende vaag iets bekends te zien, maar kon de straat niet thuisbrengen. Frogner? Briskeby?

Een tram. Een vogelnestje. Het trottoir.

'De politie in Bærum bevestigt een brand in een huis!' riep Caspar. 'Hebben we beelden?'

De camera zoomde in op een vrouw die kwam aangelopen met een man. Dezelfde vrouw als daarnet.

Dat was alles.

Kristin was verbaasd. Ze had een climax verwacht, een punt, een beeld of een gebeurtenis waardoor ze zou begrijpen waarom iemand deze video naar haar had gestuurd.

Ze wenkte Ninni die de redactieruimte binnen kwam gerend. 'Skaug, hebben we tips binnengekregen over een brand in

Bærum?' riep Ninni in de richting van het bureau.
'Onder controle', antwoordde de eindredacteur.
'Controle?' zei Caspar meesmuilend. 'We hebben verdomme geen cameraman beschikbaar!'
Kristin trok Ninni naar zich toe terwijl ze de band terugspoelde. 'Wat een mooi pakje heb je aan! Nieuw? Zeg, wil je alsjeblieft hier eens naar kijken?'
Zwijgend keken ze naar de beelden. Halverwege kwam Skaug achter hen staan.
'That's it', zei Kristin. 'Zegt jullie dit iets?'
Ninni schudde haar hoofd.
Beneden in de gang riep Caspar ongeduldig naar Roffern.
'Wat moet dit voorstellen?' vroeg Skaug.
'Herkennen jullie de vrouw?'
'Zou dat moeten?' vroeg Ninni.
Op de achtergrond begonnen gelijktijdig twee telefoons te rinkelen.
'Ik dacht even dat jij het was', zei Skaug. 'Heb je een zus?'
'Ik? Toralf, maak je bril schoon!' Kristin keek Ninni aan en grijnsde wanhopig.
'Ik geloof dat hij je een compliment wil maken', grinnikte Ninni. 'Ben je nog van plan te vertellen wat dit voorstelt?'
Kristin trok haar schouders op. 'Ik heb geen flauw idee! Ik kreeg het per post. Ik begrijp niet waarom. Ik dacht dat ik het niet begrepen had. Zeker alleen maar een slechte grap.'
'Ik zou graag het nummer van je zus willen hebben', zei Skaug.

4

'Vijf minuten voor uitzending!'
Midden tussen de wirwar van flikkerende beeldschermen, kabelbundels en van camera's die van afstand te bedienen waren, probeerden Kristin en Ninni zich te concentreren. Kristins handen beefden. Hoewel ze al zeker twintig keer met Ninni in de studio had gezeten, was ze net zo gespannen als de eerste keer.

Ninni trok gekke gezichten en babbelde onverstaanbaar om de spieren van haar gezicht en mond soepel te maken. Op de *autocue* rolde haar tekst in grote letters omhoog en naar beneden. Kristin keek verstolen naar haar collega. Ninni beschikte over de zeldzame eigenschap om als het ware in de cameralens te kruipen en bij de kijkers thuis als een alwetende godin binnen te komen. Er bestonden niet veel reporters die over voldoende geloofwaardigheid, zelfverzekerdheid en vakmanschap beschikten om een nieuwslezer te worden. Velen konden het nieuws lézen, maar slechts weinigen zagen kans om het nieuws te brengen alsof het van hen was, alsof zij erover konden beslissen en er middenin stonden. Ninni was zo iemand.

De open nieuwsstudio werd gedomineerd door een langwerpig bureau uitgerust met een lichtgevende klok. Alles in de studio was rood. 'Het laatste nieuws van de Bloedbank' schreef een recensent eens.

'Vier minuten voor uitzending!' riep de producent. Hij zat links van de programmaleider, voor een muur van televisiemonitoren en met een controlepaneel dat eruitzag alsof het uit een ruimtevaartuig was gehaald.

Kristin keek naar zichzelf in de grote camera en verschikte wat aan haar kapsel. Ze herkende zichzelf nooit op televisie. Ze bleef een vreemde figuur; een soort toneelspeelster die voor verslaggever speelde.

Een buitenlandjournalist kwam de studio binnen gerend met een telegram dat het laatste nieuws over het aantal doden van een bomexplosie in Beiroet doorgaf. Ninni noteerde het op een vel papier voor zich.

'Drie minuten voor uitzending!'

Kristin haalde meerdere malen diep adem. Ninni las de twee titels meerdere malen op proef, iedere keer op een andere toon: 'Overvaller tegengehouden, neergeslagen.' – 'Autobom in Beiroet'.

De felle studiolichten werden aangedaan.

'Ik snap niet dat Skaug de uitzending begint met dat flutonderwerp van mij', fluisterde Kristin.

'Human interest', zei Ninni. 'Hij is dol op zulke zaken. Bovendien zijn we al vier dagen met het buitenland begonnen. Daar wordt hij paranoïde van.'

'Meisjes, vergeet niet dat ik ieder woord hoor dat jullie zeggen', klonk Skaugs stem door de studioluidspreker. 'En bedenk wel dat de eindredacteur dichter bij God staat!'

Ninni wendde zich tot de camera en zond hem een handkus.

Onder het bureau kneep Kristin haar handen zo stevig samen dat de knokkels wit werden. Ze kon zich moeilijk voorstellen dat er zo meteen achter die zwarte cameralenzen zo'n vijfhonderdduizend kijkers zaten.

'Twee minuten. Stilte in de studio!'

Met hun wijsvinger duwden Ninni en Kristin hun oortje in. Daardoor kregen ze tijdens de uitzending instructies van de producent. Van de vaste programmaleiders had men een afdruk van het oor gemaakte zodat de dopjes perfect pasten, maar de verslaggevers moesten er eentje delen die iets te groot was voor Kristin.

'Eén minuut voor uitzending!'

De stilte in de regie en de studio was drukkend.

Hoofd Regie klonk door de luidsprekers: 'HR aan news – 30 seconden.'

Kristin vulde haar longen met lucht en liet die langzaam ontsnappen.

'Tien seconden... vijf-vier-drie...'

De doordringende begintune van *24 timer!* denderde in de studio uit de luidsprekers. Op het televisiescherm lichtte de klok op over een metaalkleurige wereldkaart.

Camera één kwam naar Ninni toe. Met een heldere stem zei ze: 'Welkom bij *24 timer!* – met vandaag de volgende onderwerpen.'

Op het televisiescherm vormde een mozaïek van kleine beeldjes een beeld van de man die Kristin eerder die dag geïnterviewd had.

'Hij heeft een overvaller tegengehouden, maar werd neergeslagen.'

Het beeld loste op in een nieuw mozaïek dat een beeld van een oorlogstafereel vormde.

'Autobom in Beiroet, minstens acht doden.'

De metaalkleurige wereldkaart veranderde in de naam *24 timer!*. De tune stierf weg.

Ninni wendde zich tot camera twee: 'In deze uitzending zult u ook kennismaken met papegaai Pharo die vanmiddag gered werd tijdens een dramatische woningbrand in Bærum. Wat Pharo tegen de brandweerlieden zei,' ze flirtte met de kijkers, 'tja, dat hoort u over een paar minuten. Maar nu eerst naar Veitvet in Oslo waar een bezoeker van het postkantoor vanmorgen een wanhopige overvaller heeft tegengehouden. Dat had hij misschien beter niet kunnen doen.'

'Laat de band zien', klonk de stem van de producent in het oortje.

Tijdens het vertonen van de beelden namen Ninni en Kristin nogmaals de drie vragen door. Beiden spraken zacht en geconcentreerd. Ninni herinnerde haar eraan dat de antwoorden kort moesten zijn. Dat vind ik prima, dacht Kristin.

De stem van de producent: 'Vijf-vier-drie-twee...'

De rode lamp van camera één ging aan. Ninni draaide zich routineus om naar Kristin.

'Verslaggeefster Kristin Bye, de politie is vreemd genoeg niet zo blij met deze hulp?'

Kristin voelde hoe haar lichaam verstijfde. Onder het bureau trilden haar knieën. Gelukkig leidden haar hoofd, tong en lippen een geheel eigen leven, volkomen gescheiden van de rest van haar lichaam.

'Dat klopt, Nina, maar dat is eigenlijk niet zo vreemd. De politiemensen met wie ik vandaag op de plaats van de overval heb gesproken vrezen namelijk dat het publiek dit voorbeeld zal volgen. En vroeg of laat gaat het echt fout.'

'Je bedoelt dat overvallers bijvoorbeeld mensen gaan neerschieten die hen tegen proberen te houden?'

'Precies! De politie vraagt de mensen zich rustig te houden en slechts goed te observeren tijdens een overval. Het belangrijkste is immers dat er geen doden vallen.'

'Geld is het niet waard om voor te sterven, bedoel je?'

'Dat kun je inderdaad zo zeggen. En als er ergens meer dan

genoeg geld is, dan is het wel in banken en postkantoren.'

Ninni lachte. Een koud, professioneel lachje, totaal verschillend van haar kinderlijke giecheltje. 'Hartelijk dank, Kristin, wij gaan verder met de uitzending' – de lach verdween van haar gezicht en ze werd ernstig, – 'over de situatie in het Midden-Oosten.'

5

Kristin draaide de deur van het slot, stapte het halletje binnen en tastte naar het lichtknopje. Ze had het gevoel dat ze thuiskwam in een koude, lege museumzaal. Iedere avond maakte ze een ronde door haar flat, van kamer naar kamer, om het licht aan te doen (ook als het licht genoeg was) en de kamer te vullen met haar aanwezigheid.

Vroeger, toen Marcus nog bij haar woonde, riep hij altijd iets romantisch als zij de deur achter zich dichtgooide. Het was twee maanden geleden dat de relatie verbroken was. Hoewel ze pijnlijk tevreden was met het feit dat ze hem uit haar bestaan had gewist, miste ze zijn welkomstgroet.

Ze hing haar tas op en haar dunne jasje en liep de kamer in. De ene wand zat verscholen achter boeken, aan de andere hingen goedkope (maar originele) tekeningen. De degelijke bank was van leer. Hij zag er duur uit, maar was bij Ikea gekocht.

Ze deed de gordijnen dicht en stak drie waxinelichtjes aan. Op de slaapkamer worstelde ze zich uit haar blouse en strakke bh en trok een van Marcus' T-shirts aan (I'M WITH SEXY). Het bed was niet opgemaakt. De dekbedhoes lag in een prop aan het voeteneinde. Er zat een kuil in het bed waar ze altijd lag. Op het nachtkastje lag de paperbackuitgave van *Smilla's gevoel voor sneeuw*, die ze al voor de vijfde maal las. De reproductie op de muur boven het bed stelde een naakte, gespierde man voor, schuin van achteren gezien. Marcus verafschuwde de tekening.

Ze zette het slaapkamerraam op een kier. Hondengeblaf en kindergeroep stegen op van Birkelunden. Op vrije dagen nam ze vaak een mand met eten, wijn en een radio mee naar het park. Ze woonde nu vier jaar op Grünerløkka. Ze voelde zich thuis in deze wijk. Een beetje van Greenwich Village, een beetje van Karachi en een beetje van Oslo. Ze bleef een poosje staan kijken naar een gezin dat midden in het park worstjes en karbonades grilde. Ze kon het verbrande vet ruiken.

In haar werkkamer (eigenlijk een piepklein kinderkamertje) zette ze haar pc aan om te controleren of er e-mail was. Niets. De laatste maanden onderhield ze een elektronische briefwisseling met een rare vent in Oxnard, Californië.

In de keuken zette ze een grote kop thee. Ze had de keuken zelf gedecoreerd, met keramische tegels boven het aanrecht en rond de kasten. Op de ene korte wand, achter de deur, had ze vier afvalbakken van hout met rosemaling opgehangen. Ze vond ze heel decoratief. Marcus had haar een milieufundamentalist genoemd. Hij vond afvalscheiding op Grünerløkka zinloos; ze gooide immers al het gesorteerde afval in dezelfde enorme afvalcontainer die in de achtertuin stond. Hij had het niet begrepen. Het punt was dat zij haar bijdrage leverde.

Ze liep voorzichtig met de overvolle kop thee naar de kamer. In haar cd-kast vond ze een plaat met Joan Baez. Ze zette hem op, deed de koptelefoon op en draaide het volume hoger. Ze leunde achterover in de stoel en sloot haar ogen. Vrijwel onmiddellijk zag ze Marcus voor zich. Hij zat altijd in deze stoel. Met zijn blote voeten op tafel. Misschien met een manuscript op schoot. Enquist. O'Neill. En met een drankje onder handbereik. Ze kon aan zijn blik zien hoeveel hij gedronken had. En of hij zin in haar had. Wat hij altijd had. In de Tostrupkjeller had ze eens, onder bulderend gelach, gehoord dat hij Marcus de Verleider werd genoemd.

Marcus was een klootzak, maar een charmante klootzak.

Het was allemaal begonnen toen ze hem in *Continentals Annen Etage* geïnterviewd had voor de zaterdageditie van *Dagbladet.* Hij had de toneelrecensenten en het publiek behekst met zijn stoutmoedige vertolking van Peer Gynt.

Ze had haar vragen gesteld en Marcus had geantwoord terwijl hij haar de hele tijd in de ogen had gekeken en toen de tekenaar het portret had gemaakt en was vertrokken, had hij haar bij hem thuis uitgenodigd voor een glas wijn. Verbluft had ze zichzelf ja horen zeggen.

Ze begreep nog steeds niet wat haar die nacht bezield had. Had hij iets in de wijn gedaan?

Er verstreken een paar weken voor de collega's lucht kregen van de affaire. En twee dagen daarna *Se og Hør.*

Ze waren bijna een jaar samen. Het was meer een verhouding dan samenleven. Romantische zwoele avonden met rode wijn en muziek, luidruchtige feesten met beroemdheden uit Oslo, verrukkelijke nachten en zondagen in bed. Maar ze miste de gewone dagen. Samen nietsdoen. Marcus had daar nooit iets van begrepen. Hij was verslaafd aan avontuur. Rusteloos. Egocentrisch. Nieuwe feesten, nieuwe mensen. Nieuwe veroveringen.

Ze vroeg zich af waarom ze altijd voor klootzakken viel.

Ze slurpte de thee naar binnen en deed de koptelefoon af. Het was stil in de flat. Nadat de eigenaar van het appartementencomplex er nieuwe ramen in had gezet, hoorde ze het autoverkeer nog nauwelijks. Ze bladerde gedachteloos in een *Newsweek* die op tafel lag. Even voor tien uur deed ze de televisie aan en keek naar het nieuws. Haar bijdrage was gezakt van de eerste plaats naar de vierde.

Daarna ruimde ze de kamer op. Ze verveelde zich. Ze kon net zo goed een koude douche nemen, in bed kruipen en een paar hoofdstukken lezen.

Ze deed het licht in de badkamer aan, trok het T-shirt uit en gooide het bij de vuile was.

Met een vermoeide blik bekeek ze zichzelf in de spiegel. Iedere keer verwachtte ze dat de haarfijne streepjes rond haar mondhoeken en ogen zich zouden ontwikkelen tot rimpels. Ze leunde helemaal naar de spiegel toe, tuurde en fluisterde: 'Vandaag nog niet, m'n meisje.' Ze opende het deurtje van het badkamerkastje en pakte de strip met anticonceptiepillen. Met een zucht drukte ze er een uit... Ze had sinds Marcus niet eens meer een man gekust. *Nou ja, nu weet ik in elk geval wanneer ik weer ongesteld word.*

In de kast onder de wastafel, achter de stapel badhanddoeken, vond ze een stuk zeep dat ze uitpakte en op het plankje in de douchecabine legde.

Pas toen ze de riem losmaakte herinnerde ze zich de brief die ze vanmiddag in de zak van haar rok had gestopt. *Jeezes, Kristin, een vleugje alzheimer?* Ze zocht in haar zak, viste er het briefpapier uit en vouwde het open.

Twee regels. Geen aanhef.

De blokletters waren klein; met de handgeschreven en met zo'n kracht dat het leek of de schrijver geprobeerd had om de letters in de onderlegger te krassen:

ALS GIJ GEEN GELOOF HECHT AAN OF GEEN ACHT SLAAT OP HET EERSTE TEKEN, DAN ZULT GIJ ZEKER HET TWEEDE TEKEN GELOVEN.

Una

Haar pols doet het meeste pijn. Als ze op haar zij ligt, met haar arm naar achteren, wordt iedere keer als ze zich beweegt de ketting strak getrokken. Ze heeft wonden waar de handboeien schuren en aan beide kanten is haar arm opgezwollen en bleekgroen geworden. Het bloed klopt in haar vingertoppen.

De matras is hard en ze mist een kussen. Ze durft er niet om te vragen. Als hij de kamer binnenkomt, met eten of om haar te filmen, doet ze nederig. Tot nu toe heeft hij haar niet aangeraakt.

Tot nu toe.

Hij heeft haar een po gegeven die hij, zonder een woord te zeggen, ophaalt als ze die gebruikt heeft.

Op de muur bij de matras, bijna op de grond, zit een bel. Ze heeft er nooit op gedrukt. Waarschijnlijk is het de bedoeling dat ze erop drukt als ze iets van hem wil.

Ze wil niets van hem.

Hij heeft de klok weggehaald. Minuten en uren gaan betekenisloos in elkaar over. Ze slaapt veel. En bidt.

Ze is nooit erg religieus geweest. Ze is gestopt met het avondgebed toen ze tien was. Ze is organiste geworden omdat de wereld vol is van prachtige muziek en omdat de klank van een kerkorgel haar ogen kan vullen met tranen.

Toch heeft haar studie, de psalmen, de zondagen in de kerk en het samenzijn met anderen van de gemeente haar kindergeloof weer nieuw leven ingeblazen. Een paar jaar geleden is ze weer begonnen met haar avondgebed.

Nog steeds heeft hij haar niet aangeraakt. Maar dat zal gebeuren. Ze weet dat het komt.

Ze stelt zich de pijn voor, de walging, de vernedering. Ze probeert aan iets anders te denken, maar de hele tijd komen dezelfde beelden terug: zijn gezicht, vlak boven het hare, nat van het zweet. Die lichtblauwe ogen. Zijn lippen. De tong. Zijn lid dat haar spietst; een breekijzer van gloeiend ijzer dat haar openrijt totdat er niets anders over is dan een verbrand gat met vezels, splinters en vernedering.

Ze haat hem.

Vroeger had ze, oprecht, kunnen beweren dat ze nooit in staat zou zijn om een medemens te haten. Ze dacht dat ze alleen maar liefde in zich had.

Ze heeft zich vergist.

Ze haat hem.

Haat, haat, haat.

Ze weet niet of het dag of nacht is. Het speelt geen rol. Ze slaapt een uur of twee, en is een poosje wakker, zo gaat de tijd.

In gedachten neemt ze de orgelwerken door die ze ingestudeerd heeft. Dat is een goede therapie. Ze ziet de toetsen voor zich, rij voor rij, geelwitte en zwarte toetsen; ze voelde de lichte tegendruk van de toetsen, voelt de verende druk van de baspedaal tegen haar voeten. Ze hoort hoe het geblaas van de orgelpijpen de kerkruimte vult; hoe de bas de houten banken doet trillen, hoe sommige akkoorden bijna pijn doen aan je oren.

Vaak huilt ze. Dan draait ze haar hoofd weg van de spiegel. Ze beeldt zich in dat hij daarachter naar haar staat te kijken. Ze wil niet dat hij haar gezicht ziet als ze huilt.

'Je bent zo lief als je slaapt', zegt hij.

Ze doet haar ogen open. Hij staat wijdbeens boven de matras. In zijn hand heeft hij de videocamera.

Nu gebeurt het!

'Ik heb je gefilmd', zegt hij. 'Terwijl je sliep.'

Ze zegt niets.

Zachtjes: 'Je bent bijzonder, weet je dat?'

Ze weet het niet.

'Nummer vijf', zegt hij. 'Mijn geluksgetal. Het getal vijf is de spil van elke cyclus, wist je dat?'

Ze wist het niet.

'Heb je geen honger?' vraagt hij. 'Je eet bijna niets.'
'Ik heb geen honger.'
'Ben je bang?'
De vraag doet haar bijna in tranen uitbarsten. Maar ze beheerst zich. 'Ja', zegt ze timide.
'Bang voor mij?'
'Ja.'
Hij aarzelt. 'Niemand heeft je als vermist opgegeven.'
'Juist.'
'Dat verbaast me nogal.'
'De mensen bij wie ik een kamer huur, zijn weg. Mijn ouders wonen in Denemarken. De dominee is op vakantie. En de andere mensen van de kerk houden zich niet bezig met waar ik ben of wanneer ik oefen. Ik hoef voor zaterdag niet te spelen. Bruiloft.' Ze haalt hikkend adem. Alsof ze te veel heeft gezegd. Ze heeft nog niet eerder zoveel tegen hem gezegd.
'Ik begrijp het.'
Ze kijkt hem aan, tracht iets uit zijn blik te lezen. Zaterdag... Zou ze zaterdag nog in leven zijn? Zou ze dan dood zijn, gewurgd, doodgestoken, neergeschoten? En begraven in de tuin?
Of zou ze hier nog liggen op de matras?
'Vertel me iets over jezelf', vraagt hij.
'Over... mezelf? Wat bedoel je?'
'Ik wil weten wie je bent. Vanbinnen.'
'Er is niet zoveel te vertellen...'
'Wat denk je? Wat voel je? Wie ben je? Ik wil alles van je weten. Alles!'
'Ik geloof niet...'
'Vertel!'
Ze vertelt.

...in bloed veranderen

1

Kristin was zowel de brief als de videocassette vergeten toen ze de tweede envelop ontving.

Het was een zwaarbewolkte donderdag; een grauwe dag waardoor ze zin kreeg in chocolademelk en geroosterd brood. Het wolkendek hing laag boven de bergen rond de stad. Het had bijna de hele nacht geonweerd en vroeg in de ochtend had het gehoosd, maar tegen de middag had het slechte weer een pauze genomen, alsof het uitgeput was van de nachtelijke verwoestingen en krachten verzamelde voor een vervolg.

De envelop lag in haar postvakje toen ze haastig kwam aangelopen van haar aerobicsuurtje. Het was hetzelfde type envelop als de vorige keer. Groot, bruingeel, gevoerd. Haar naam stond er met rode stift op geschreven.

Ze bleef erop staan staren terwijl ze zich afvroeg waarom haar hart zo als een wilde tekeerging.

Deze keer las ze de brief eerst:

MAAR ZIJN ZE DOOR GEEN VAN BEIDE TEKENEN TE OVERTUIGEN EN BLIJVEN ZE WEIGEREN NAAR JE TE LUISTEREN, DAN MOET JE WATER UIT DE RIVIER SCHEPPEN EN DAT OVER HET LAND UITGIETEN; HET WATER ZAL OP HET LAND IN BLOED VERANDEREN.

De laatste drie woorden waren met rood geschreven. Goedkoop effect, dacht Kristin. En huiverde.

Ze schopte haar tas onder het bureau en hing haar jas op. Verder op aan het bureau zat Skaug verdiept in een stapel faxen. Ze liep naar hem toe met de cassette en de brief.

'Zeg... Ik heb weer een brief gekregen', zei ze verlegen.

Skaug keek haar in verbaasd aan. 'Wat zeg je?'

'Een brief! Ik heb weer een brief gekregen!'

'Een brief? Wat fijn voor je, Kristin. Echt! Ik meen het oprecht, werkelijk fantastisch! Een brief! Mijn hemel!'

'Klets niet!' Ze gaf hem de brief. 'Zo'n brief.'

'Zo'n brief?' Hij vloog door de tekst heen, fronste zijn voorhoofd en las hem nog een keer door. 'Wat is dit? Iemand die probeert je te bekeren?'

'Ik geloof het niet.'

'Een nieuwe wervingsactie van de bloedbank?'

'Skaug, je bent niet leuk!'

'Sorry, sorry! Maar wat betekent het?'

'Een nieuwe video.'

'Video?'

'Herinner je je niet die merkwaardige videoband die ik maandag heb gekregen? Nu heb ik er weer een gekregen.'

'Ja, en?'

'Ik heb hem... nog niet gezien.' Ze wilde zeggen: 'Ik wil hem liever niet alleen bekijken', maar ze begreep zelf niet waar ze bang voor was.

'Laten we even samen kijken', zei Skaug. Hij wreef zich grommend in zijn handen. 'Misschien sappige porno. Met twee parlementsleden!' Hij grijnsde naar Kristin, maar beheerste zich. 'Oeps! Sorry, jongedame, *bad taste*, sorry!'

Het eerste beeld is van heel dichtbij en tamelijk raadselachtig, totdat de cameraman uitzoomt en Kristin ziet dat het schaduwen van een ketting is. De ketting zit vast aan de muur. De cameralens volgt de ketting van extreem dichtbij, tot aan... Kristin hikte... een hand.

'Wel verdomme', mompelde Skaug.

Daarna volgt een totaalbeeld. Een kale kamer. Op een matras ligt een vrouw. Ze heeft een witte nachtjapon aan. De hand zit vastgeketend aan de muur.

'O, mijn lieve hemel, het is dezelfde vrouw', fluisterde Kristin.

'Dezelfde vrouw?'

'Als op de eerste video!'

Eerst lijkt de vrouw dood. Ze ligt met halfgesloten ogen en open mond. Dan draait ze met moeite haar hoofd om en kijkt naar de camera. Haar blik is sloom, onverschillig. Alsof ze verdoofd is.

Skaug floot. 'Ik geloof,' zei hij en hij legde een arm rond Kristins schouder, 'dat het tijd is dat we een hogere salarisschaal inschakelen.'

2

Hoofdredacteur Richard Wolter vouwde zijn handen over zijn buik en legde zijn benen op het bureau. Zo zat hij altijd als hij moest nadenken over lastige vragen, dus dit was geen ongebruikelijke houding voor hem. Hij schudde wild met zijn halflange haar. Hij was tweeënvijftig, maar zag er tien jaar jonger uit. Slank en gespierd. Al jaren gaf hij de leiding aan een populair en omstreden discussieprogramma bij NRK-radio. In perskringen werd hij bekritiseerd omdat hij zijn ziel zou hebben verkocht toen hij door Kanal 24 werd weggekocht om een gelikt roddelprogramma op poten te zetten

'Er zijn twee mogelijkheden', zei Wolter nadenkend. Hij was als twintigjarige van Steinkjer naar Oslo verhuisd en er was nog steeds een vaag accent te horen. 'Of iemand neemt ons in de maling, of de kidnapper heeft om de een of andere reden ons uitgekozen om de video-opname naar op te sturen.'

'De kidnapper?' vroeg Kristin.

'Wat is hij anders? Het lijkt niet erg vrijwillig te gebeuren.'

'Wacht eventjes', wierp Skaug tegen. Hij zocht naar het pakje Prince tot hij het in zijn borstzakje vond en hij trok er een sigaret uit. 'Voorzover ik weet is er niemand als vermist opgegeven. Als het de bedoeling is om losgeld te krijgen, moet iemand ontdekt hebben dat de dame weg is!'

'Mogelijk', zei Wolter. 'Maar het is ook mogelijk dat de ontvoering geheim is gehouden.'

'Maar waarom stuurt hij de video naar mij?' vroeg Kristin.

'Om aandacht op de televisie te krijgen, natuurlijk.'

'Maar waarom naar mij? Waarom niet naar jou? Of het televisiestation?'

Dat idee was kennelijk nog niet bij Wolter opgekomen. Hij keek naar het plafond voordat hij haar een glimlach toewierp die haar gerust moest stellen. 'Dat is moeilijk te zeggen, Kristin. Geen paniek. Misschien mag hij je gewoon.'

'Mag hij me gewoon?'

Skaug en Wolter kuchten.

'Dus, wat doen we met de beelden?' vroeg Skaug voor zich uit, hij nam een flinke trek van zijn niet-aangestoken sigaret en liet de zogenaamde rook door zijn neusgaten naar buiten gaan.

Geen van drieën zei iets.

Doen met de beelden, dacht Kristin. Toen riep ze uit: 'Nee, maar zeg! Jullie zijn toch niet van plan ze te laten zien?'

'Waarom niet?' vroeg Wolter en hij keek haar met zijn hondenogen aan.

Kristin zocht naar argumenten. Omdat ze niet wist wie de vrouw was. Omdat het allemaal een slechte grap kon zijn. Omdat de beelden echt een vrouw in gevangenschap konden voorstellen. Omdat het verkeerd voelde. Maar geen van de gedachten liet zich formuleren in een eenvoudig antwoord, dus ze zei: 'Ben je gek, je kunt ze toch niet laten zien!'

'Waarom niet?' herhaalde Wolter. 'Het is hoe dan ook een goede story!'

De journalisten noemden hem De Gier.

Nadat *24 timer!* een jaar geleden opnames had laten zien van een man die van het dak van het SAS-hotel af sprong nadat hij zijn vrouw en zoontje had doodgeschoten, schreef een van de recensenten in Akersgaten dat Richard Wolter bereid was lijken te filmen om te kunnen concurreren met de kijkcijfers van *Dagsrevyen* en TV2. Zelfs Kristin, die diep vanbinnen een puriteinse opvatting had over journalistiek, vond dit onrechtvaardig en een hypocriet oordeel. De dag daarna hadden de kranten ook grote foto's op de voorpagina van de zelfmoord. Wolter accepteerde het niet dat journalisten bij de televisie er andere ethische normen op nahielden dan hun collega's bij de krant. Hij vond het een ouderwetse opvatting dat nog een overblijfsel was uit de tijd dat NRK een staatsmonopolie had. De kijkers werden gewaarschuwd voordat de beelden werden vertoond, stelde hij, en er bestond nog steeds zoiets als een uitknop en een afstandsbediening. Maar toch vonden sommigen dat de televisie niet moest concurreren met de kranten en dat men een grotere verantwoordelijkheid had. Wolter was het daar niet mee eens. Hij had *24 timer!* zelfs het motto *'Reality TV'* meegegeven. Tijdens een paneldebat over televisie-ethiek na de zelfmoordreportage had Wolter vastgesteld dat geen van de opgewonden discussianten met een woord had gerept over het feit dat de man die gesprongen was, koelbloedig zijn vrouw en hun zoon had vermoord, dat half Oslo afgezet was terwijl de man op het dak rondliep of dat duizenden mensen het drama van beneden volgden. Iedereen was daarentegen erg begaan met de halfbroer en twee tantes die tien uur voordat de kranten dezelfde beelden lieten zien, de zelfmoord op televisie konden volgen. 'De werkelijkheid is soms afschuwelijk', had Wolter geroepen in de verhitte zaal. 'En als mensen de werkelijkheid op televisie niet kunnen verdragen, moeten ze het nieuws maar afzetten. Want wij berichten over de werkelijkheid.'

'Richard,' zei Kristin, 'dat gaat weer problemen geven!'

'Ja, en?'

Kristin moest lachen. Ze kende niemand die zo weinig onder de indruk was van wat anderen vonden als Richard Wolter.

'We weten niets van deze beelden!' ging ze verder. 'Misschien wil iemand ons uitdagen om deze beelden te vertonen!'

Wolter trok zijn wenkbrauwen op. De blik zei: *uitdagen?*

'Zodat ze naar *Dagbladet* kunnen rennen om te vertellen hoe makkelijk *24 timer!* om de tuin te leiden is!'

'Goed punt!'

'Jongens en meisjes,' zei Skaug en hij bracht met zijn tong de sigaret van de ene mondhoek naar de andere, 'laten we niet helemaal paranoïde worden! We mogen niet vergeten dat de dame echt in handen is van een afschuwelijke psychopaat.'

'O, mijn lieve hemel!' riep Kristin uit.

Wolter en Skaug staarden haar aan.

'Toch begrijp ik niet waarom hij de beelden naar mij heeft gestuurd', zei ze.

Noch Wolter noch Skaug gaf antwoord. Misschien hebben ze me wel niet gehoord, dacht ze.

Wolter gluurde naar Skaug. 'Mijn beste vriend, ben je nog van plan die verrekte sigaret aan te steken?'

Skaug schudde zijn hoofd. 'Ik probeer te stoppen.'

Wolter zei 'ha, ha' en trommelde met zijn vingers op zijn buik. 'Goed. Het is tijd om contact op te nemen met Bromsnor.' Hij grijnsde: 'Jíj? Stoppen?'

Een moeilijke zaak

I

Herdis was vertrokken.

Politie-inspecteur Runar Vang leunde op zijn kamer met zijn voorhoofd tegen de koele ruit en keek uit over de daken met het verlammende gevoel beland te zijn in het lichaam van een vreemde. In zijn achterhoofd zoemde een deuntje van Chet Baker dat hij niet kon thuisbrengen. De wereld buiten leek ver weg, uit beeld, niet helemaal werkelijk. Het lukte hem niet er de vinger op te leggen. Het was slechts een gevoel.

Het licht was helder en warm. Slome zomerwolken kwamen over Bjørvika aangedreven. Een meeuw zeilde op de wind, sloeg met zijn vleugels en wierp zich met een halsbrekende toer naar beneden. Hij doet het voor de lol, dacht hij verbluft. Alsof hij voor het eerst in vierenvijftig jaar ontdekte dat vogels en andere dieren iets konden doen puur voor de lol. Voor de zoveelste keer explodeerde het beeld van Herdis voor zijn ogen en tegelijkertijd realiseerde hij zich welke melodie in zijn hoofd zat. *She Was Too Good To Me.* Hij gromde mismoedig. Hij keek op de klok. Vijf over tien. Hij was meestal keurig op tijd. Achter zijn rug hadden ze het daarover. De bovenmeester, noemden ze hem als ze dachten dat hij het niet hoorde. Alleen maar omdat hij eiste dat de mensen kwamen als ze moesten komen.

Ze zouden vijf minuten geleden met het verhoor zijn begonnen. Politieagente Anne-Beth Carlsen – die jonge, stoere agente die hij in gedachten altijd *Scoutingmeisje* noemde – dacht vast dat hij dood was of zoiets. Hersenbloeding. Hartaanval. Waarschijnlijk stonden Anne-Beth en de receptioniste nu voor zijn deur en vroegen zich af of ze om de hoek zouden durven kijken naar dat afschuwelijke beeld.

Hij zag voor zich hoe ze binnen zouden stormen, Scoutingmeisje eerst met de receptioniste op haar hielen. O, god, o, god, zouden ze jammeren. Hij zou over het bureau liggen met zijn handen langs zijn zij en zijn hoofd opzij. Bel de dokter, zou Scoutingmeisje roepen. Dán zou je spijt krijgen, Herdis!

Gewoonlijk liet hij zijn ondergeschikten de verdachte verhoren zonder dat hij zich ermee bemoeide. Eerlijk gezegd waren zij daar beter in, veel geduldiger dan hij ooit zou zijn. Maar hij had verzocht om bij dit verhoor aanwezig te mogen zijn. Misschien omdat hij indertijd leider in deze moordzaak was geweest en hij deze nog steeds tot een goed eind wilde brengen. Misschien omdat een onbewuste gedachte in zijn hoofd hem aanraadde de komende tijd zichzelf te overladen met werk. Alleen maar om te voorkomen dat hij aan Herdis moest denken.

Hij dacht aan Herdis.

Ze hadden in de keuken gestaan. Gisteravond. Hij had verteld dat ze eindelijk een verdachte hadden opgepakt in die oude zaak die de kranten met hun gebruikelijke fijngevoelige tact de 'homomoord' hadden genoemd. 'Wat mooi', had ze gemompeld. Hij had aan haar stem gehoord dat er iets niet in orde was. Na twintig jaar huwelijk had hij direct in de gaten in welk humeur ze was. Maar nu begreep hij haar niet. Ze ruimde de afwasmachine uit met een hectische nervositeit. Ze heeft me niet aangekeken, had hij gedacht. En toen had ze zich naar hem omgedraaid, haar handen afgedroogd aan haar schort, diep ademgehaald en gezegd: 'Zeg Runar, we moeten praten. Ik geloof dat ik tijd voor mezelf nodig heb.'

Tijd voor mezelf.

De details in het gesprek dat volgde stonden hem niet meer helder voor de geest. Hij had zijn best moeten doen om onbewogen te lijken. Hij herinnerde zich dat hij tegen het aanrecht geleund stond terwijl zij sprak.

Ze had er lang over nagedacht, zei ze. Toen de eerste woorden eenmaal uitgesproken waren, bleven ze in een vloedgolf van beschuldigingen, verontschuldigingen en verklaringen uit haar mond rollen.

Als in een droom was hij buiten zijn lichaam getreden – *dit gebeurt niet!* – en toen hij was teruggekeerd voelde het koud en vreemd aan.

Ik begrijp het niet, had hij steeds opnieuw gezegd. Hij klonk als een dreinend jongetje.

Misschien is dat het probleem, had ze geantwoord. Ze was onherkenbaar geworden.

Ze was diezelfde avond vertrokken. Hij wist niet waarheen. Ze werd opgehaald door een oude volkswagenbus met een vredesteken op de zijkant geschilderd. Er zaten veel jonge mensen in en uit het raam zag hij dat ze klapten toen ze instapte.

Acht over tien. Hij haalde diep adem. Ze wachtten natuurlijk op hem.

2

'Ik heb hem verdomme niet vermoord!'

Het leek wel of iemand hem in de stoel had gepropt. Misschien hadden ze met een nijptang zijn ruggengraat eruit getrokken, dacht Vang, en hem tot een soort zeekoe gedegradeerd, met armen en benen, maar zonder hersenen.

Hij lachte niet, hoewel die absurde gedachte hem ongelooflijk grappig voorkwam. Om zijn masker op te kunnen houden, gluurde hij naar Anne-Beth Carlsen. Scoutingmeisje. Hij vroeg zich af waarom hij haar eigenlijk zo noemde. Haar gespierde lichaam? Haar korte krulhaar?

Haar blik kruiste de zijne, maar hij kon er onmogelijk iets uit opmaken.

'Je was die avond toch bij hem thuis, dat klopt toch?' vroeg Vang aarzelend.

'Jezus, bij zo eentje? Zo'n verrekte homo? Ik heb hem niet vermoord, verdomme.'

Hij was een jongeman met een gezicht vol littekens en plekken. Zijn woordenschat was ietwat beperkt. Iedere keer als Vang zijn blik opving, begonnen zijn ogen te vlammen. Hij ademde zwaar. De hele tijd zat hij zich maniakaal te krabben over een onduidelijke tatoeage op zijn rechterhand. Een kruis? Een dolk?

Vang leunde achterover in zijn stoel en liet de stilte zijn werk doen.

Ze hadden een tip gekregen. De zaak was acht jaar oud, en hoewel ze met regelmatige tussenpozen het dossier te voorschijn haalden, was er weinig hoop dat de zaak na zo'n lange tijd opgelost zou worden. Maar toen had een journalist in het programma *øyenvitne*, 'Ooggetuigen', van TV2 de moeder van de homoseksuele man die vijfenveertig keer met een mes gestoken was geïnterviewd. Huilend had de moeder in de camera gekeken en de moordenaar gesmeekt zich te melden bij de politie en dezelfde avond had een man de politie gebeld. Een vriend van hem had eens onder invloed van drank opgeschept dat hij de wereld bevrijd had van zo'n smerige kontneuker. Precies zo had hij het gezegd. De vriend had het opgevat als dronkemanspraat. Maar een paar tot nog toe onbekende details die tijdens het televisieprogramma werden prijsgegeven – een woord dat met bloed op de spiegel geschreven was, de houding waarin het slachtoffer was achtergelaten – stemde goed overeen met wat zijn vriend had verteld. Dus had hij voor de zekerheid de politie getipt.

Het was niet moeilijk geweest de verdachte op te sporen. Hij zat een paar honderd meter van het politiebureau. In een cel van de gevangenis van Oslo.

Ze hadden niet al te hoge verwachtingen van de tip. Maar aangezien ze wisten dat de journalist zou gaan graven in en zeuren om de resultaten van hun onderzoek, hadden ze een rechercheur op de zaak gezet. Al na één dag waren ze ervan overtuigd dat ze de moordenaar hadden.

'Het grappige is,' blufte Vang, en hij liet zijn stem wat zakken zoals hij altijd deed als hij loog, 'dat er een getuige is die zich kan herinneren dat hij je om twee uur 's nachts uit de deur van het appartementencomplex heeft zien komen.'

Die leugen was een beetje doorzichtig. Maar het tijdstip klopte ongeveer met het tijdstip waarop de moord was gebeurd en de man schoof heen en weer.

'Ik heb verdomme recht op een advocaat!'

Goed teken.

'Uiteraard', zei Vang.

Anne-Beth Carlsen stelde voor: 'Misschien was je bij iemand anders in het appartementencomplex?' Ze had een zangerig, vrolijk accent. Dat vertrouwen wekte, dacht hij, misschien dat ik haar daarom Scoutingmeisje noem?

De zeekoe snuffelde aan het aas. Hij keek naar Vang en niet naar de agente toen hij antwoordde: 'Bij een vrouwtje natuurlijk.'

Vang dacht: hij heeft gehapt! Dat je zo dom kon zijn. Zo ongelooflijk stom. Beperkt ontwikkelde geestelijke vermogens, heet dat in psychologische termen. Maar het betekende gewoon dom.

'Nu ga ik het begrijpen', zei Vang en hij gromde hard.

De zeekoe grinnikte en keek naar de grond.

'Een dame!' ging Vang verder. 'Geen wonder dat je dat niet verklappen wilde toen het lijk ontdekt werd.'

De zeekoe grijnsde.

'Was ze misschien getrouwd?' vroeg Anne-Beth Carlsen vriendelijk.

Herdis. De herinnering trof hem als een poolwind.

De zeekoe zakte nog meer in elkaar op de houten stoel en staarde naar een punt op de muur tussen Vang en Anne-Beth Carlsen in.

'Natuurlijk getrouwd! Je gaat de politie niet bellen als je een getrouwd wijf neukt, of niet?'

Tijd voor mezelf.

Vang wisselde een blik met de jonge agente. De zeekoe had het aas doorgeslikt en bungelde zwaar en tevreden aan de haak. Nu was het alleen maar een kwestie van binnenhalen.

Op dat moment ging de telefoon.

Noch Vang noch Carlsen maakte aanstalten hem op te nemen. Geen van beiden leek te geloven dat de telefoon werkelijk overging. Hij bleef maar bellen.

'Is het misschien voor mij?' vroeg de zeekoe. Hij begreep er nog steeds niets van.

Vang strekte zijn arm uit en pakte de hoorn. 'Ja!' riep hij hard.

'Vang?' Een barse, onbekende stem. Vang kon er geen gezicht bij bedenken.

'Ja!' blafte hij.

'Het spijt me dat ik midden in een verhoor stoor!'

Vang ging rechtop zitten. De hoofdcommissaris! De nieuwe hoofdcommissaris van politie.

'Geen probleem', zei Vang korte en plichtsgetrouw. Het moest belangrijk zijn. De receptie hield alle telefoontjes tegen, dus ze hadden vast gezegd dat hij in een belangrijk verhoor zat.

'Er is een nieuwe zaak...' zei de commissaris.

Vang zei niets.

'Ik wil dat jij die zelf neemt.'

'O ja?'

'Het ligt tamelijk gevoelig.'

'Ik begrijp het.'

'Er is een vrouw gekidnapt. Daar ziet het naar uit.'

'Wat bedoelt u met: "Daar ziet het naar uit"?'

'De kidnapper heeft haar met een videocamera gefilmd.'

Vang floot. 'En ons de video gestuurd?'

'Niet helemaal. Dat is ook het probleem. Daarom wil ik dat jij de zaak zelf aanpakt. Hij heeft de opname naar Kanal 24 gestuurd.'

3

In perskringen was politie-inspecteur Runar Vang op het gebied van misdaad en moord een bekend persoon. Bij grote misdaden werd hij altijd voor het politiebureau op Grønland geïnterviewd: Vang in colbertje, blauw overhemd, stropdas en een dunne, niet te reguleren kuif die rond zijn hoofd waaide. Sommige misdaadverslaggevers beweerden dat hij de pers zag als een persoonlijk verlengstuk van de afdeling misdaad en moord en met de jaren was men hem publiciteitsgeil gaan noemen. De waarheid was echter dat hij op de afdeling degene was die het minst een hekel had aan journalisten.

Vang had bij een paar gelegenheden hoofdredacteur Richard

Wolter ontmoet. Een lastig persoon, maar eerlijk. Nooit gedonder met Wolter. Vang stelde die pretentieloze, rechtschapen stijl wel op prijs. Veel journalisten waren van die arrogante betweters, met Wolter kon je gewoon praten.

'Zijn jullie van plan de beelden te laten zien?' vroeg Vang en hij hield de zak met de videoband omhoog.

Hij zat samen met Wolter, Kristin Bye en eindredacteur Toralf Skaug aan de ovale vergadertafel in Wolters kantoor. Hij twijfelde er geen moment aan dat ze een kopie hadden gemaakt van de twee video's en de brieven. Vang had de originelen in doorzichtige plastic zakken gedaan.

'De vraag die we ons moeten stellen,' zei Wolter en hij wipte roekeloos met zijn stoel, 'is of het hier gaat om een smakeloze grap.'

'Onmogelijk om dat hieruit op te maken', zei Vang. Hij kraakte met de plastic zak. 'Maar er is alle reden om de zaak serieus te nemen.'

Met een potlood roerde Skaug het suikerklontje door zijn koffie. 'Duivels zaakje, niet?' grinnikte hij.

Niemand grinnikte met hem mee.

Kristin Bye zat met gevouwen handen op het tafelblad uit het raam te staren. Door haar moest hij weer aan Herdis denken. Herdis was twaalf jaar jonger dan hij, maar zag eruit als een schoolmeisje. En soms gedroeg ze zich ook zo.

Vang volgde de blik van de jonge reporter naar de bomen in het park aan de andere kant van de straat. Een droomster, dacht hij. Hij deelde mensen graag in. Dat was een slechte gewoonte die voortkwam uit zijn beroep, nam hij aan. En Kristin Bye was ongetwijfeld een droomster.

'Heeft de politie er iets op tegen als we de beelden tonen?' vroeg Wolter.

In gedachten woog Vang de videoband op zijn hand. 'Ik vind het geen goed idee.'

Wolter ging recht op zijn stoel zitten. Hij schraapte zijn keel. 'Ik ben eerlijk gezegd niet zo geïnteresseerd in wat jullie vinden. Hebben jullie argumenten op het gebied van opsporing om ons ervan te weerhouden de beelden te vertonen?'

'We hebben tijd nodig om het materiaal nauwkeuriger te onderzoeken. En in de eerste plaats om de lijst van vermiste personen te controleren. Aangezien jij het vraagt, zou ik het op prijs stellen als we een dag of twee de tijd hebben om de zaak in alle rust te onderzoeken. Het is mogelijk dat jullie het voorlopig onderzoek frustreren door deze zaken nu al te laten zien.'

'Ja, ja', zuchtte Skaug. 'Dan heeft een van jullie collega's de tijd om naar *VG* te gaan en het hele verhaal voor veel geld te verkopen.'

Vang vond dit een onrechtvaardig verwijt.

'Het punt is dat de politie wat tijd wil hebben om de beelden en de brieven te onderzoeken', zei Wolter. 'In alle stilte. Dat is niet zo onredelijk. We willen best tot morgenavond wachten voor we het verhaal naar buiten brengen. Exclusief, uiteraard. Klinkt als een *fair deal*.'

Vang trok zijn colbertje recht en keek weer naar Kristin. 'Heb je geen idee wie hier achter kan zitten?'

'Nee.'

'Heb je geen ex die...'

'Nee, toe zeg!'

'Nog nooit eerder brieven of iets wat...'

'Nee.'

'Geen telefoontjes die...'

'Nee. Het spijt me. Ik begrijp niet waarom hij het naar mij heeft gestuurd.'

'Hij?'

Ze haalde haar schouders op alsof ze wilde zeggen: wat anders?

'Je zou misschien een lijst kunnen maken van reportages die je, laten we zeggen het laatste half jaar, gemaakt hebt. Misschien vinden we daar een verband.'

'Rotklusje! Maar als jij het goed vindt', zei ze tegen Wolter.

'Natuurlijk.' Wolter trommelde met zijn vingers op het tafelblad. 'Oké, zijn we het eens? Voor we de beelden gaan gebruiken, geven we de politie tot morgenavond de tijd.'

'Prima.' Weer tilde Vang de zak met de videoband op tot ooghoogte.

‘Nog even duidelijk afspreken: de politie geeft noch de beelden noch inlichtingen door aan andere media’, zei Wolter.

‘Uiteraard niet.’ Vang keek naar Kristin. ‘Jij moet met me mee naar het bureau zodat we even alles grondig kunnen doornemen en je vingerafdrukken kunnen controleren. Wie heeft nog meer de banden en de brieven vastgehouden?’

‘Jezus!’ zei Skaug. ‘Ik! Verdomme! Kun je niet iemand hierheen sturen? Ik heb geen tijd om...’

‘Ik heb de brieven vastgehouden toen ik ze las’, zei Wolter. ‘En een technicus heeft de videoband aangepakt. Dat was niet slim van ons, het spijt me!’

‘Dan ben ik helaas genoodzaakt jullie allemaal te verplichten jullie vingerafdrukken te laten nemen. Op het bureau. In de loop van de middag! Vraag naar mij.’ Hij lachte breed, spottend. ‘Neem het niet zo zwaar op, mensen. We houden jullie op de hoogte van deze soap!’

Oom politie

I

Politie-inspecteur Vang wees Kristin de weg naar een saai kantoor op de vierde etage van het politiebureau. Een hoekbureau stond tegen een ronde vergadertafel. Erop had hij een ingelijste foto van zichzelf neergezet (een paar jaar geleden genomen) samen met een mooie, jeugdige vrouw en een jongen in de tienerleeftijd. Aan de muren hingen diploma's van Noorse en Amerikaanse politie-instituten en een grote foto van een groep mannen in burger die er zeer indrukwekkend uitzag. Hij had twee kluisjes (alsof er ieder moment ingebroken kon worden), maar geen computer. Op een ingelijst stuk vilt zat een flink vleesmes (ze wilde niet eens weten waarvoor dat was gebruikt) en op de boekenplank achter het bureau lag een stel handboeien waarvan ze aannam dat het lang, lang geleden was dat Vang het had gebruikt. Behalve misschien op zaterdagavond bij die aantrekkelijke vrouw.

Hij kwam terug met koffie in twee plastic bekertjes. Ze gingen aan de ronde tafel zitten. Alleen met haar leek hij klungelig en verlegen.

'Uw gezin?' zei ze op conversatietoon en ze knikte in de richting van de foto. Allemachtig, Kristin, dacht ze, alleen een journalist kon zo'n domme vraag stellen.

Hij keek een poosje naar de foto, alsof hij er niet helemaal zeker van was. Toen verschoof hij een stapel papier enkele centimeters naar rechts. 'Zodadelijk komt er een brigadier om jouw verklaring op te nemen.'

'Maar ik weet helemaal niets.'

Hij knikte in gedachten. 'Maar toch. Jij hebt vóór Kanal 24 bij *Dagbladet* gewerkt, of niet?'

'Ja', antwoordde ze half vragend. Was haar naam echt opgevallen en herinnerde hij zich die? Of was hij bij de Veiligheidsdienst geweest en had hij al die dikke dossiers die ze over haar hadden opgehaald?

'Heb je misschien ooit iets geschreven dat...' Ze stak haar handen omhoog. 'Vergeet het. Ik weet waar je aan denkt. Maar ik heb me bij *Dagbladet* nooit beziggehouden met misdaad of *hard news.* Ik zat bij speciale reportages.'

'Ik probeer alleen te bedenken waarom hij jou heeft gekozen.'

Ze huiverde.

'Ik wilde je niet bang maken!'

'Ach onzin, waarom zou ik bang zijn?' zei ze fel.

Hij schudde zijn hoofd. 'Internationaal bekeken is het niet ongebruikelijk dat misdadigers brieven sturen naar journalisten. De journalist wordt zijn verbinding naar de openbaarheid. Een gek in Californië, hij noemde zichzelf Zodiak, zorgde er zo'n dertig jaar geleden voor dat hij beroemd werd doordat hij brieven stuurde naar kranten. En misschien ben jij oud genoeg om *Son of Sam* nog te herinneren uit de jaren zeventig. Hij voerde echt correspondentie met de columnist Jimmy Breslin.'

'Maar dat waren moordenaars', zei ze.

'Dat is waar.'

'En gekken.'

'Ja, ja.'

'Maar waarom heeft hij mij gekozen?'

'Jij bent nuttig voor hem. Hij heeft jou nodig om zijn boodschap te verspreiden.'

'Hartelijk dank!'

'Je begrijpt wat ik bedoel. Ik probeer je uit te leggen waarom je niet bang hoeft te zijn. Hij richt zich niet tot jou als persoon. Maar tot jou als reporter. Hij had iedereen kunnen kiezen. Maar om de een of andere reden heeft hij jou gekozen.'

'Ik ben niet direct gerustgesteld.'

Hij lachte. 'Voor de zekerheid voeren we de surveillance rond Kanal 24 en jouw flat de komende dagen op. We laten een paar uur een auto voor je flat geparkeerd staan. Dat soort dingen. Genoeg om hem af te schrikken als hij rondsnuffelt in jouw buurt.'

'Dus nu moet ik me veilig voelen!' zuchtte ze.

'En we zullen je uitrusten met een veiligheidsalarm. Een Zweeds patent dat we deze herfst uitproberen. Je hoeft maar op een knop te drukken als je je onveilig voelt. Daarmee wordt de alarmcentrale gewaarschuwd en binnen een vloek en een zucht is er een eenheid naar je op weg!' Hij hield twee handen omhoog toen hij haar verschrikte gelaatsuitdrukking zag. 'Rustig maar, je zult het niet nodig hebben. Dat beloof ik je!'

'Jemig... Wat voor type is het?'

'Ik weet het niet.' Hij wreef in zijn ogen.

'Iemand die een vrouw filmt en volgt voordat hij haar kidnapt en vastketent aan de muur. Dat moet je toch wel aan iemand doen denken?'

Hij schudde zijn hoofd. Maar zijn ogen vertelden dat het hem absoluut aan iets deed denken.

Enkele minuten later klopte de brigadier op de deur. Hij was een man met een gladde glimlach en een kleffe handdruk. Hij nam haar mee naar een kleiner, nog saaier kantoor iets verderop in de gang waar hij haar duizenden vragen stelde. Ze begreep niet dat het mogelijk was zoveel vragen te stellen aan iemand die absoluut niets, helemaal niets, wist en wat dat betreft zou hij een toekomst hebben binnen de journalistiek. Hij wilde alles over haar leven weten. Vooral over haar ex-geliefden. Over het aantal mannen met wie ze het bed had gedeeld (zelfs Marcus had dát niet geweten). En over hoeveel sekspartners ze had gehad nadat de relatie met Marcus was verbroken (zo vroeg hij het: *hoeveel sekspartners heb je gehad* – niet: *met hoeveel mannen heb je geslapen* of *met wie heb je seks gehad*) en of ze hun identiteit kende. De vragen maakten dat ze zich lichtzinnig voelde. Een slet. Hij wekte de indruk dat hij een type was dat een kick kreeg van het stellen van intieme vragen aan vrouwen.

'Na Marcus maar één', zei ze.

Hij glimlachte verwachtingsvol, zijn blik werd zwoel.

Ze kromde haar wijsvinger veelzeggend: 'Deze hier!'

Ze had nooit gedacht dat ze zo brutaal durfde te zijn. Maar de kwal had haar geprovoceerd. En deed haar bijzonder deugd om te zien dat de man diep bloosde.

Midden in het verhoor kwam een jonge agent van de Technische Recherche om vingerafdrukken van haar te nemen. Het leek wel een misdaadfilm. Ze voelde zich schuldig aan iets. Net zoals ze, onschuldig als een lammetje, door de groene zone bij de tolpoortjes reed met een enorm slecht geweten.

Kristins onbeschaamde antwoord had de brigadier zijn motivatie ontnomen. Hij rondde het verhoor routinematig en koeltjes af en hij zei geen woord toen hij met haar meeliep naar de lift.

2

Ze ging op tijd naar huis van haar werk. Voor deze keer vond ze een lege zitplaats in de tram. Met het alarmkoffertje van de politie op haar schoot bleef ze de mannelijke passagiers observeren. Wat voor type kon hij zijn? Lelijk en brutaal? Mooi en arrogant? Grauw en alledaags? Wie dan ook, dacht ze. Iemand die opgaat in de massa.

Een mannelijke passagier op wie ze haar blik gericht had, knipoogde naar haar. Ze keek verlegen uit het raam en zag dat ze bijna haar halte voorbijreed.

In haar flat koppelde ze het alarm aan haar telefoon, zette het op P4, zette het volume hoger en ging naar de badkamer. Ze legde haar alarmarmband op de wasbak, deed haar kleren uit en gooide ze in de wasmand. Ze draaide de kraan open en bleef lang in de nauwe douchecabine staan. Eerst schrobde ze zich stevig met de houten borstel. Toen zeepte ze zich in, van top tot teen, en onderzocht haar borsten op knobbeltjes. Ze schrobde zich nog een keer. De koude waterstralen leken klauwen op haar huid.

Daarna trok ze haar jeans aan en een T-shirt (DON'T WORRY, BE HAPPY!), en maakte soep klaar die naar warm water smaakte. Terwijl ze at, las ze de avondkrant. De pagina met de verjaardagswensen deed haar denken aan haar broer Halvor. Over een paar dagen werd haar broer veertig. Het was alweer een tijdje geleden dat ze hem gesproken had. Nadat hun ouders overleden waren, was Halvor het meest directe familielid dat ze had. Maar toch waren ze de laatste jaren uit elkaar gegroeid. Ze belden elkaar hoogstens een keer per maand en ze ging een of twee keer per jaar bij hem op bezoek. Nu had ze er behoefte aan hem te vertellen over de video voordat hij hem zelf op de televisie zou zien of erover in de krant zou lezen.

Na het eten ging ze aan het telefoontafeltje zitten, drukte in het boekje met de telefoonnummers op de B en trok het plastic knopje naar beneden tot de H. Het slot sprong open. Ze had geprobeerd om Halvors nummer voor te programmeren in de telefoon, maar ze kwam altijd terecht bij een schapenboer in Valle.

Ze toetste het nummer in en liet de telefoon overgaan.

Halvor woonde alleen. Kristin begreep niet waarom. Hij was klein, gedrongen en allesbehalve knap, maar hij was aardig en liefhebbend; een droom voor een toegewijde vrouw die niet teveel spanning en opwinding van het leven verwachtte. Maar ze had hem nooit horen praten over een geliefde of een vriendin. Diep vanbinnen was ze ervan overtuigd dat hij nog nooit met iemand het bed had gedeeld. Ze kon zich niet voorstellen dat hij met een vrouw zou flirten en haar verleiden. Of zich liet verleiden. En het was net zo ondenkbaar dat hij zou betalen voor seks. Hij was een maagd van veertig jaar. Hij was geen homo. Hij was alleen volkomen – ze zocht in haar hoofd naar het juiste woord – aseksueel. Geslachtsloos. Misschien omdat hij te verlegen was. Nog steeds kon hij van zijn nek tot en met zijn schedel blozen.

Ze legde op toen ze de telefoon minstens twintig keer had laten overgaan. Hij was of in de stal of op het land.

Ze zou het later opnieuw proberen.

In haar handtas had ze twee opgevouwen kopieën van de brieven van de kidnapper. Ze legde ze op de eetkamertafel en bestudeerde het handschrift. Kleine, hoekige blokletters. Was hij kwaad toen hij ze opschreef? Vervuld van krankzinnige woede? Of probeerde hij slechts zijn handschrift zo merkwaardig mogelijk te maken? Iemands handschrift was bijna net zo herkenbaar als zijn vingerafdruk. Ze hield het ene vel tegen het licht, alsof de kopie een of andere verborgen code zou prijsgeven.

ALS GIJ GEEN GELOOF HECHT AAN OF GEEN ACHT SLAAT OP HET EERSTE TEKEN, DAN ZULT GIJ ZEKER HET TWEEDE TEKEN GELOVEN.

Wat was dat in hemelsnaam voor bericht in zulke gezwollen taal? Dit zou je verwachten in de Bijbel of in een oud boek van Edgar Allan Poe. *Gij?* Haar grootvader had dergelijke woorden geschreven, *gij, hebt ge.* Maar hij was van 1899. Zou de kidnapper een oude man zijn? Kristin fronste haar voorhoofd. Of misschien ging het om een jongeman die wilde doen of hij oud was. Maar wat was de bedoeling?

Ze las de laatste brief:

MAAR ZIJN ZE DOOR GEEN VAN BEIDE TEKENEN TE OVERTUIGEN EN BLIJVEN ZE WEIGEREN NAAR JE TE LUISTEREN, DAN MOET JE WATER UIT DE RIVIER SCHEPPEN EN DAT OVER HET LAND UITGIETEN; HET WATER ZAL OP HET LAND IN BLOED VERANDEREN.

Volkomen onbegrijpelijk. 'In bloed veranderen' was geschreven in rode letters. Dacht hij dat ze traag van begrip was?

De tekst kwam haar vaag bekend voor. Misschien citaten uit een klassiek werk. Ibsen? Hamsun? Dostojevski?

Als iemand het wist dan was het Gunnar. Hij kon lange stukken declameren uit oude boeken die hij gelezen had. En hij had ze allemaal gelezen. Allemachtig: *allemaal!* Zijn flat zag eruit als een bibliotheek. Of misschien beter: een antiquariaat.

Ze had Gunnar al een paar weken niet gezien. Hij kon vast goede raad geven. Niet alleen over de brieven, maar over die hele verrekte situatie. Over de video. Gunnar wist altijd wat er gedaan moest worden.

Ze keek op de klok. Half zeven. Als ze hem uitnodigde bij Beckers, kon hij daar over een half uur zijn.

Ze keek naar het telefoonboekje. 'Gunnar, lieve, beste Gunnar,' mompelde ze terwijl ze zijn nummer intoetste, 'wees alsjeblieft thuis.'

Een jonge, oude man

'Basiskennis, mijn lieve Kristin, het is Mozes!'

Met een zelfingenomen knik gaf Gunnar de twee A4-tjes terug aan Kristin. Hij nam haar over zijn brillenglazen op en nam een flinke slok van zijn halve liter maltbier. Het koolzuur prikte mild tegen zijn gehemelte.

'Mozes?' herhaalde Kristin.

Gunnar moest een boer onderdrukken. 'Mozes!' bulderde hij en hij spreidde zijn armen. Aan het tafeltje naast hen keken twee jongens naar hem. 'De grote, witte vader! De man met de stenen tafelen, weet je nog wel?' Alsof hij een leraar was zette hij zijn bril op het puntje van zijn neus: 'Juffrouw Bye, sliep u tijdens de godsdienstlessen? Dit zijn bijbelcitaten!'

Ze keek naar de kopieën van de brieven.

'Eerste of tweede boek van Mozes', ging hij verder.

Ze zond hem een verblufte glimlach en hij glimlachte terug. Kristin was als een dochter voor hem, een rebelse en moeilijk te sturen dochter.

'En aangezien jij zo almachtig en alwetend bent, kun je me dan misschien ook uitleggen waarom hij me in hemelsnaam zulke brieven en video's stuurt?'

Het glas maakte geluid toen hij met zijn wijsvinger over de rand ging. Hij probeerde nonchalant te doen. Dat was niet eenvoudig. Hij was ongerust over haar. Een gestoorde gek had zijn oog laten vallen op Kristin en gestoorde gekken konden van alles verzinnen. Van alles! Maar hij wilde haar beslist geen angst aanjagen. Dus hij lachte opgewekt en zei: 'Grote genade, wat een fantastisch verhaal, Kristin. Geweldig! Ik zou het graag in de editie van morgen hebben.'

'Gunnar! Je hebt het beloofd!'

'Neem me niet kwalijk, Kristin, ik moet je bijna de uitzonderingsregel uitleggen. Ik had toch niet kunnen weten...'

'Gúnnar!'

'Mijn lieve kind, laat me praten met...'

'Je waagt het niet!'

'Ik probeer alleen...'

'Je hebt het beloofd!'

'Ja, ja. Ik weet dat ik het beloofd heb!'

'Ik vertrouw je!'

'Maar ik wist toch niet waarover je met me wilde praten?'

'Je hebt het beloofd, Gunnar!'

'Ik beloof het, ik beloof het, ik beloof het. Maar mag ik het toch niet doen?'

'Nee.'

'Allemachtig, mijn kind, ik heb sinds de moord op Lincoln niet meer zo'n stuk voor de voorpagina gehad!'

'Vergeet het, Gunnar.'

'Vergeet niet dat ik een oude man ben. Ik ga over een paar weken met pensioen! Wees barmhartig voor een stervende ploeteraar.'

'Bááàh! Je kunt me niet voor de gek houden.'

'Morgen een stuk op de voorpagina zou...'

'Nee!'

'Heb ik je ooit gevraagd om...'

'Gunnar: nee!'

'Als *Dagbladet* morgenochtend het stuk in de krant heeft staan dan garandeer ik je dat jouw kijkcijfers enorm zullen...'

'Ik – zei: – vergeet – het!'

Hij tilde zijn bierglas op en keek haar terneergeslagen aan over de gouden bril. 'Ik heb het in elk geval geprobeerd.'

'Ja inderdaad, Gunnar.'

'Begrijp je wat ik bedoel? Als er later over gepraat wordt, zijn we het met elkaar eens dat ik het geprobeerd heb.'

'Je hebt het geprobeerd.'

'Ik ben tot aan de poorten van de hel gegaan?'

'Je bent tot aan de poorten van de hel gegaan.'

'Ik had bijna geweld gebruikt?'

'Bijna met geweld, Gunnar.'

Hij nam een flinke slok. Hij had het in elk geval geprobeerd.

Af en toe voelde hij zich een parodie. Een parodie op een oude, gezette en opgebrande journalist. Gedesillusioneerd, zonder doelen of dromen. Hij had alles gedaan, alles meegemaakt. Iedere dag draaide hij met een geeuw de stapel om.

Hij had Hemingway geïnterviewd op Cuba. Hij had in acht hemelse minuten Marilyn Monroe geïnterviewd in Hotel Bel-Air in Californië. Martin Luther King. Cary Grant. Hij had president Kennedy een hand gegeven en deelgenomen aan een banket in Peking waarbij Mao ook aanwezig was. Zijn collega's noemden hem een wandelend geschiedenisboek.

Over vijf weken werd hij zevenenzestig. Hij proefde de woorden. Zeven-en-zestig. Toen hij jonger was, had zevenenzestig geklonken als oud. Een oude man met één been in het graf. Maar hij voelde zich niet oud. Een beetje versleten en krakend in de gewrichten, maar niet oud. Zijn hersenen zoemden en draaiden. Zijn blik kon nog steeds vastgekleefd zitten aan een dameskontje. Maar hoe jong hij zich ook voelde, hij verheugde zich op zijn pensioen.

Hij was ooit een gevierd journalist geweest (ongeveer in de tijd dat Johannes Gutenberg de boekdrukkunst had uitgevonden). In die tijd was het nog mogelijk om een oorlog te verslaan voor een krant. Voordat CNN het slagveld veroverd had. Toen de mensen nog tijd hadden om te lezen. Tijd hadden om een goedgeschreven stuk te waarderen en zich te verdiepen in het conflict. Voor de invasie van de televisie in de oorlogszone met hun paraboolantennes, live-uitzendingen en reporters die het thuisfront enthousiast op de hoogte stelden van de chirurgische oorlogsvoering; appelfrisse jonge reporters met blazers, poeder en haarspray.

Alsof oorlog een spannende aflevering was in een televisieserie. *There's no business like showbusiness.*

Gunnar had over de hele wereld op slagvelden in het stof gelegen. Hij was beschoten en bedreigd. Hij had meegereden met legervoertuigen, door jungles geploeterd, zich voorbij grensposten gebluft. Altijd op jacht naar nieuws, een goed verhaal, en ten slotte: een telefoon. Zodat hij zijn artikelen naar *Dagbladet* kon dicteren. *Dateline*: Noord-Afrika, Korea, Cambodja, Midden-Oosten, Vietnam, Afghanistan, Chili... De drie magische woorden: *Van onze buitenlandcorrespondent.* Hij was zelfs gewond geraakt. Het gebeurde in Vietnam. Een zonovergoten, warme dag zonder dood in de lucht. De sluipschutter lag verstopt in het hoge gras. De wond was niet ernstig, een vleeswond in zijn dij, maar hij was nota bene een held geweest in Noorwegen. Nog steeds vroegen oude collega's, met een mengeling van sarcasme en bewondering, of hij nog last had van zijn oorlogswond.

Hij lachte er meestal om.

Toen hij genoeg kreeg van het maanden onderweg zijn, begon hij als commentator bij de buitenlandredactie. De hoofdredacteur had hem een plaats in de redactie aangeboden, maar na een nacht peinzen had hij ervoor bedankt. Hij wilde geen eindredacteur worden. Hij had maar al te vaak gezien hoe collega's weggelokt werden van hun typemachine. Gunnar wilde schrijven. Punt. Hij was journalist. Punt, einde discussie.

Hij had er nooit spijt van gehad. Als commentator genoot hij groot respect onder zijn collega's en lezers. Ze luisterden naar zijn mening. De twee boeken die hij geschreven had over zijn jaren als reizende reporter, verkochten behoorlijk. Het kwam wel voor dat hij geïnterviewd werd door NRK.

Maar hij was al snel vergeten. Je zou denken dat hij overleden was. Midden jaren zeventig was het gewoon stil geworden. Het leven bleef stilstaan. Zijn artikelen vergeelden in de plastic mappen op het bureau. Andere zaken waren belangrijker. En Gunnar begreep het. Hij had er genoeg van. Dat was te merken. Hij had er genoeg van de rapportages van de oorlogscorrespondenten te lezen, de analyses van anderen te beschrijven, die miserabele telegrammen te lezen van de buitenlandse persbureaus. Hij begon steeds meer te drinken. En in een poging zijn carrière nieuw leven in te blazen solliciteerde hij bij de enige afdeling binnen het bedrijf die nog steeds enige spanning kon leveren: de afdeling misdaad.

Gunnar leerde Kristin kennen toen ze op het gymnasium zat en voor een regionale krant schreef. Omdat hij vlakbij de krant woonde en een tikkeltje beroemd was, had de redactie een artikel over hem willen hebben. En ze hadden de jonge Kristin gestuurd.

Ze had Gunnar tijdens het interview niet geïmponeerd. Ze mompelde en bloosde en was veel te onzeker om indruk te maken op deze door de wol geverfde wereldreporter. Maar toen hij drie dagen later haar artikel had gelezen in de krant, was hij verbluft geweest. Dat lieve, verkrampte meisje had een pittig artikel over hem geschreven in een vlotte stijl.

Dat werd de start van een lange vriendschap. Gunnar had haar de kneepjes van het vak geleerd en haar artikelen geredigeerd. Hij had haar het verschil uitgelegd tussen kans en risico, hij had haar geleerd kritisch te kijken naar haar bronnen en haar interviewtechnieken bijgebracht. Hij had zijn vriend de redacteur gebeld toen Kristin solliciteerde naar een baan bij *Adressa* en hij had deuren voor haar geopend bij *Dagbladet.* Dat had hij haar nooit verteld en dat zou hij ook nooit doen. Haar talent stond rotsvast op eigen benen.

Haar ouders waren overleden toen ze een tiener was; eerst haar moeder en een paar jaar later haar vader. Gunnar voelde zich een soort pleegvader. Hij had nooit de rust kunnen vinden een gezin te stichten. In de jaren dat hij gebukt over de slagvelden ging en de granaten over zijn hoofd floten, had hij de gedachte niet kunnen verdragen dat er iemand thuis op hem zat te wachten. Zo werd Kristin de dochter die hij nooit had gehad. Met vaderlijke trots had hij gezien hoe ze veranderde van een timide schoolmeisje in een knappe, zelfverzekerde vrouw. Hij begroette haar minnaars met moordneigingen en troostte haar iedere keer opgelucht als de relatie op de klippen was gelopen.

Toen een paar jaar geleden Gunnars alcoholgebruik uit de hand liep, had Kristin hem daarmee geconfronteerd. Hij had altijd veel gedronken. Misschien om zijn zenuwen in bedwang te houden, misschien omdat de drank en de halveliters een levensstijl werden. En een troost. Overal in de wereld vond je in bars nieuwe bekenden. Bronnen, mensen die geïnterviewd konden worden, collega's, misschien een vriendin voor een nacht. En thuis wachtte alleen een knagende stilte. Jarenlang had hij kans gezien om op tijd te stoppen met drinken. Maar op een dag was het misgegaan. Toen was Kristin fel van leer getrokken. Ze was meedogenloos geweest.

Zonder genade. Ze had hem uitgescholden en geen spaan van hem heel gelaten.

En hem weer op de been gekregen.

De laatste twee jaar had hij niets anders gedronken dan water, sap en maltbier. Hij zou liegen als hij beweerde dat hij een borrel of een pilsje niet miste. Maar het lukte hem. Hij had geluk en wilskracht. Het lukte hem altijd.

Toen hij in 1968 de burgeroorlog in Biafra had verslagen had hij een tandenloze man ontmoet die tegen een aanzienlijke vergoeding een interview kon regelen met een oproerleider die ondergronds was gegaan. Gunnar was meegegaan naar een obscuur hotel om de oproerleider te ontmoeten en had te laat in de gaten gehad dat hij voor de gek was gehouden. Ze waren met hun drieën. Gunnar had altijd van zichzelf gedacht dat hij een lafaard was, een zwakkeling die trillend op zijn knieën zou vallen als hij bedreigd werd, maar in het tijdsbestek van een halve minuut had Gunnar kans gezien om de ene man zijn pistool te ontfutselen, hem in zijn maag te schieten en de andere twee weg te jagen. Nog steeds had hij een onwerkelijk gevoel bij de gebeurtenis, het leek wel een film. Hij wist niet of de man dood was gegaan of slechts gewond was. En het verbaasde hem dat het hem niets kon schelen. Hij had nooit over het incident geschreven, nooit iemand erover verteld; het was alsof het nooit was gebeurd.

'Zou je de beelden hebben laten zien, Gunnar?' vroeg Kristin.

Hij keerde langzaam terug uit zijn eigen gedachten. Met een wijsvinger trok hij zijn bril helemaal naar het puntje van zijn neus. 'Je vraagt naar de bekende weg. Natuurlijk zou ik de beelden hebben laten zien! Ben je geen journalist, meisje? Kristin, je krijgt het verhaal van de eeuw op een dienblaadje aangeboden! Grijp die kans!'

'Ik weet alleen niet of het goed is.'

'Goed?' Hij knipoogde naar haar. 'Oké. Je hebt gelijk. Ik zal het voor je doen. In *Dagbladet* morgen. Is dat goed?'

'Gunnar!'

'Alleen maar om je te helpen!'

'Nee, maar, Gunnar! Je hebt…'

'Ja, ja, ik weet het. Ik heb het beloofd.'

Hij ving haar blik op en herkende direct dat onzekere meisje dat hem tien jaar geleden was komen interviewen.

'Ze zei: 'Ik ben een beetje bang.'

Hij had hierop gewacht. Of gehoopt. Ze zat niet te wachten op zijn mening. Ze had zijn vakkundige raad niet nodig. Ze was omgeven door mensen die haar vakkundige raad konden geven. Ze zocht contact met Gunnar. Gunnár. De vriend. De pleegvader.

Hij stak zijn hand over tafel en legde die op de hare.

Een goede zaak

I

'*Ladies and gentlemen*,' zei Richard Wolter met het gezicht van een circusdirecteur en hij gooide met een klap de telefoon neer, '*it iz show-time!*'

Kristin greep met beide handen de rugleuning van de stoel vast. De warmte in de kamer nam toe. Witte strepen van de middagzon vielen door de gesloten jaloezieën naar binnen. Uit de centrale redactie klonk het geluid van rinkelende telefoons, discussies, het tikken op de toetsenborden, het gelach.

'En?' Kristin keek naar Skaug en weer naar Wolter. 'Wat zei hij?'

Wolter spreidde zijn vingers en ging met beide handen door zijn haar. Kristin vond dat hij op een hippie leek. Hij liet zijn tong over zijn voortanden gaan en grijnsde.

'Richard!' zeiden Kristin en Skaug in koor.

'Oké, dit is de stand van zaken: er is niemand die als vermist is opgegeven die een match maakt met de vrouw op de beelden. Ze hebben, afgezien van de onze, geen vingerafdrukken gevonden. De politie noemt het een groot mysterie.' Hij wachtte even. 'En… we kunnen Vang vanmiddag voor het bureau interviewen. De politie wil tips van het publiek. Ze hebben een persconferentie belegd voor vanavond…' hij glimlachte tevreden, 'ergens na onze uitzending van zes uur.'

Skaug sloeg met zijn vuist in zijn handpalm en riep: '*Yes! Yes! Yes!*'

Kristin kneep haar ogen dicht.

'Is er iets?' vroeg Wolter.

Ze sperde haar ogen open en lachte nerveus. 'Nee hoor! Ik… Het is allemaal een beetje heftig. Ik had gedacht dat de politie…' Ze schudde haar hoofd. 'Vergeet het! Vergeet het gewoon!'

Skaug strekte zijn arm naar haar uit en legde zijn hand op haar schouder. 'Rustig, Kristin, je hoeft niet verder te gaan met de zaak, ik kan Caspar vragen om zich ermee bezig te houden.'

Ze keek naar de grond. Het was stil in de kamer. Toen keek ze hem geïrriteerd aan. 'Caspar? Denk je dat ik dit verhaal aan die slijmbal geef?'

Skaug trok zijn wenkbrauwen op en gluurde naar Wolter, die zijn keel schraapte. 'Beloof me dat je voorzichtig bent, Kristin', zei hij.

'Maar natuurlijk!' Ze dacht: voorzichtig met wat?

2

Om vijf voor drie stond Kristin samen met Roffern voor de hoofdingang van het politiebureau. Het lange, kronkelige hoekige gebouw deed haar denken aan een gigantisch dier uit de oertijd dat hier gestorven en versteend was. De bomen wierpen koude schaduwen op het grasveld dat naar beneden naar Grønlandsleiret liep.

Roffern had zijn camera al op het statief gemonteerd toen politie-inspecteur Vang door de automatische deuren naar buiten kwam. Hij gaf Kristin snel een hand. Hij had zijn televisieblazer en televisiestropdas tevoorschijn gehaald en in het felle licht zag Kristin dat hij zijn kuif onder de haarlak had gespoten zodat die bleef liggen.

'Nog nieuws?' vroeg ze.

'Niets. Hoelang wordt het item?'

'Zo'n vijf minuten. Zo lang heb ik nog nooit gehad.'

'Hoe zal het interview verlopen?'

'Ik begin met te vragen wat de politie kan zeggen over de videobeelden en de brieven, en dan kunt u afsluiten met het verzoek aan de kijkers om tips.'

Vang kuchte en trok zijn stropdas recht. Een bekende advocaat groette opgewekt terwijl hij voorbijliep.

'Ben je klaar, Roffern?' vroeg Kristin.

'Bijna... Kunnen jullie wat met elkaar praten zodat ik het

geluid kan controleren?' Hij gaf Kristin de microfoon met het gouden 24-getal.

'Kristin, ga iets meer naar rechts. En Vang, niet in de camera kijken, alstublieft. Kijk naar de reporter. Kristin, ik maak nu twee shots.'

Kristin telde tot tien in de microfoon en richtte hem toen op Vang die er 'hallo, hallo, hallo' in riep tot Roffern tevreden was. 'Ik ben klaar als jij klaar bent', zei hij tegen Kristin.

'Dan gaan we nu draaien.'

'De band loopt!'

Kristin schraapte haar keel. 'Wat vindt de politie van de beelden van de vrouw in gevangenschap?'

'We nemen de zaak erg serieus...'

'Stop!' riep Roffern. 'Vang, niet in de camera kijken. Ga je gang, Kristin.'

Ze hield twee vingers omhoog om een nieuwe start aan te geven. 'Hoe kijkt de politie aan tegen de beelden van de vrouw in gevangenschap?'

'Zoals ik zojuist al zei, nemen we de zaak erg...'

'Wacht', zei Kristin. 'U moet niet zeggen 'zoals ik zojuist al zei'. We proberen het opnieuw.' Ze hield drie vingers omhoog en wachtte een paar seconden. 'Hoe kijkt de politie aan tegen de beelden van de vrouw in gevangenschap?'

'De politie Oslo neemt de zaak heel serieus op. We hebben vannacht en de hele dag de beelden bestudeerd, maar het is ons nog niet duidelijk wie die vrouw is.'

'Ze is dus niet als vermist opgegeven?'

'Niet bij de politie, nee.'

'Kan dit een slechte grap zijn?

'Het is uiteraard niet uitgesloten dat iemand het materiaal naar Kanal 24 heeft gestuurd om de zender en de politie een hak te zetten, maar tegelijkertijd vind ik dat de situatie die de beelden laten zien zo ernstig is dat we de beelden serieus moeten nemen.'

'Heeft de politie al aanwijzingen?'

'Behalve het handschrift in de brieven en op de enveloppen en het merk van de videofilm, hebben we geen andere technische sporen. We vragen het publiek daarom om hulp. In de eerste plaats om de vrouw te kunnen identificeren, maar ook om, indien mogelijk, klaarheid te verkrijgen over waar de vrouw gevangen wordt gehouden.'

'Waar richt het onderzoek zich verder op?'

'We gaan verder met het onderzoeken van het materiaal, maar wachten vanavond met spanning de tips uit het publiek af. We hebben om acht uur vanavond een persconferentie belegd op het bureau.'

Kristin aarzelde even: 'Dan heb ik verder geen vragen meer. Hebt u nog iets toe te voegen?'

'Ik geloof het niet.'

'Oké, dat ging goed.' Ze draaide zich om. 'Ben jij tevreden, Roffern?'

'Yep. We hebben alleen nog wat beelden nodig. Vang, kun jij de uitgang uit komen lopen en langs de camera lopen? Niet in de camera kijken!'

'We hebben die beelden nodig zodat ik mijn commentaar kan inspreken', legde Kristin uit.

'Ja, ik heb het vaker meegemaakt. Ik weet niet hoe vaak ik ter ere van de cameramensen de uitgang ben uitgelopen.'

Hij lachte professioneel naar Kristin. Ze lachte professioneel terug.

In de donkere montageruimte, met het beeld van de vrouw op de matras op elke monitor, voelde Kristin zich misselijk worden. Deze kwestie greep haar op een heel andere manier aan dan de nieuwsreportages die ze tot nog toe had gemaakt. Ze besefte dat ze met de jaren afgestompt was geraakt. Ongelukken en tragedies raakten haar zelden. Ze trok een scherm van professionele onverschilligheid op tussen haar eigen verdriet en dat van anderen. Maar ergens in de stad lag een vrouw vastgeketend op een matras en de dader wilde dat juist zij, Kristin Bye, achtentwintig jaar, sinds kort televisiereporter, dat zou weten.

3

De eerste krant belde al tijdens de uitzending. Een reporter van *VG* vertelde dat er een team onderweg was om Kristin Bye en Wolter te interviewen. Kort daarna hing *Dagbladet* en NTB aan de lijn, vervolgens een paar regionale radiozenders, waar Kristin nog nooit van gehoord had, en enkele minuten later meldde de receptie dat ze bezoek hadden van een journalist en een fotograaf van *Aftenposten.*

Wolter en Kristin draalden een paar minuten voor ze de horde inviteerden in de vergaderruimte. De journalisten waren vlijtig, ongeduldig, professioneel agressief en ze vuurden een salvo aan vragen af.

'Wat weten jullie van de vrouw?'

'Wie is de kidnapper?'

'Waarom hebben jullie de beelden laten zien?'

'Waarom heeft hij de video naar jullie gestuurd?'

'Wat gebeurt er met de vrouw?'

En ze probeerden Kristin over te halen tot een exclusief interview. Uiteindelijk lukte het Wolter om de collega's te kalmeren. Hij onderstreepte dat de politie de zaak onderzocht, niet deze zender, dat Kristin alles wat ze wist verteld had in de reportage, maar dat ze het allemaal wel wilde herhalen als iedereen zolang zijn mond wilde houden zodat zij de mogelijkheid kreeg om de hare open te doen. Toen Kristin het verhaal opnieuw had verteld en Wolter zo'n vier onderbrekingen had weten te voorkomen, gaf hij een korte samenvatting van de overwegingen van *24 timer!* om de beelden wel te laten zien en hun vrees dat ze slachtoffer zouden worden van een goed geregisseerde show. De fotografen maakten foto's van Kristin en Wolter. Samen en ieder apart.

Daarna bleef Kristin achter met een uitgeput gevoel. Alsof ze bloed had gegeven, ongeveer drie liter.

Diezelfde avond ging Kristin mee met de vaste misdaadreporter Caspar Vik van *24 timer!* naar de persconferentie op het politiebureau. Opnieuw werd ze omringd door collega-journalisten.

Politie-inspecteur Vang had niets nieuws te melden. Met toestemming van Wolter – en Vang sprak het woord *toestemming* zo zuur uit dat Kristin begreep dat Wolter eisen had gesteld – deelde hij een portret uit van de vrouw die van de video kwam. Er kwamen luidkeelse protesten van de andere televisiezenders toen ze begrepen dat ze geen kopie kregen van de video. De verslaggever van Dagrevyen begon een betoog over de informatieplicht van de politie tot hij overstemd werd door de krantenjournalisten. De verslaggever van TV2, die Kristin kende van een paar andere persconferenties, vertelde dat ze al rekening hadden gehouden met het exclusieve vertoningsrecht van *24 timer!*. Maar, fluisterde hij zelfingenomen, het is niet verboden om iemand te filmen die naar de televisie kijkt die de beelden van *24 timer!* laat zien.

Na de persconferentie werden Kristin en Caspar het eens dat haar reportage niet aangepast hoefde te worden, maar dat hij slechts kort verslag zou doen van de persconferentie en de opwinding rond de exclusiviteit. Ze belde de eindredacteur en vroeg of het goed was dat ze direct naar huis ging. Dat was niet goed. Ze wilden haar ook tijdens de uitzending van tien uur in de studio hebben en bovendien hadden er verscheidene kijkers gebeld dat ze wisten wie de vrouw was.

4

Pas rond middernacht nam de telefoonstorm af. Toen had de meldkamer vijfenzestig tips over de vrouw binnengekregen, die voorlopig veertien identiteiten had. Toen Kristin de tips sorteerde, was er één stapel die hoger was dan de andere: Una Mørch, organiste in de kerk. De politie had ook vele tips gekregen, maar ze gingen ervan uit dat ze deze pas in de loop van de nacht op bedrog en fouten zouden hebben gecontroleerd.

Het was kwart over één 's nachts toen Kristin uit de taxi in de Schleppegrells gate stapte. Het was een adres dat bij iedere taxichauffeur tot opmerkingen leidde.

Ze was bekaf. Ze had niet eens zin om haar tanden te poetsen. Ze trok haar kleren uit, liet ze op een hoop op de grond liggen en liet zich in bed vallen. Door de kier van haar raam hoorde ze de tram die piepend door de Thorvald Meyers gate ging. Ze sliep al voordat hij langs haar woning reed.

5

De zaterdagkranten waren in extase.

Op de voorpagina van *Aftenposten* nam de kop zes kolommen in beslag met: 'Politiejacht op videoslachtoffer'. Daaronder een grote foto van de onbekende vrouw en een kleinere foto van Kristin. *VG* had het woord 'TV-Shock' over een foto van het slachtoffer geplakt, terwijl *Dagbladet* een foto van Kristin sterk had vergroot met daaronder: 'TV-STER krijgt HORROR-video'.

Tv-ster, dacht Kristin verbluft.

De weinige collega's die weekenddienst hadden klapten en juichten toen Kristin de redactie binnenkwam. Het was half elf, van Skaug mocht ze iets langer uitslapen aangezien het de dag daarvoor erg laat was geworden. Iemand had de voorpagina's van *VG* en *Dagbladet* op een pilaar geplakt en op haar bureau stond een groot boeket van de hoofdredacteur.

Skaug kwam op haar af geslenterd met de niet aangestoken sigaret in zijn mondhoek.

'Goedemorgen. Ik ga je even flink aan het werk zetten voordat je divaneigingen krijgt.'

'Moi?' zei ze en ze gebaarde overdreven met haar handen.

'We hebben een heleboel tips gekregen wie de dame kan zijn.'

'Serieuze?'

'Laat ik het zo zeggen: sommige tips zijn beter dan andere. We hebben iemand die er stellig van overtuigd is dat ze zijn vrouw is, die vorig jaar overleden is. En een ander beweert dat ze Marie Antoinette is. En twee zeggen dat iemand ons een stukje uit de sadomasochistische pornofilm heeft gestuurd die *The Basement* heet.'

'Bespaar me!'

'Maar de meest interessante tips, een heleboel eigenlijk, menen dat de naam van de vrouw...' Skaug bladerde gehaast door de stapel papieren.

'Una nog-wat?' stelde Kristin voor.

'Precies! Una Mørch. Maar hoe wist je dat?'

'Haar naam dook gisteravond op.'

'Kerkorganiste. Oorspronkelijk Deense. De meest betrouwbare tipgever is de klokkenluider van...' hij bladerde verder, 'de klokkenluider van... de klokkenluider van de Notre Dame? ...waar had ik dat papiertje nou verdomme, hier! Van de Grorud-gemeente. Hier heb je zijn nummer. Ik denk dat je daar met Roffern op af moet gaan.'

'Roffern? Die arme jongen, moet hij dit weekend ook werken?'

'*Árme?* Hé! In de borstkas van die overwerkaasgier tikt geen hart, maar een taximeter! Je moet medelijden met mij hebben.'

'Met jou? Alsof jíj een hart hebt!'

De klokkenluider was een klein mannetje met dun haar, een verontschuldigende lach en een hectische adamsappel. Toen Kristin aan hem vroeg waarom hij dacht dat de vrouw Una Mørch moest zijn, lachte hij nerveus en zei: 'Ik herkende haar gewoon!'

Hij vertelde dat ze de organist verving, dat hij haar al een paar dagen niet had gezien, maar dat dat niet vreemd was omdat ze pas vanmiddag weer moest spelen tijdens een huwelijk.

Hij had haar vannacht en vanmorgen meerdere malen gebeld, maar ze had niet opgenomen. 'En ze is een keurig meisje', voegde hij eraan toe. Hij sprak 'keurig' op zo'n manier uit dat Kristin niet twijfelde wat hij bedoelde.

Hij wilde graag helpen, maar hij wilde absoluut niet geïnterviewd worden voor de camera. Kristin had tien minuten nodig om hem ervan te overtuigen dat het zijn plicht als medemens en christen was om een paar lovende woorden over Una te zeggen. Ze voelde zich naar, maar kreeg wat ze wilde.

6

Het huis lag op een steenworp afstand van de kerk.

Kristin kreeg een schok toen ze de grote, witte villa van de eerste video herkende; het hoge hek, het smeedijzeren hek, de tuin en de bank.

Roffern zei geen woord toen hij de camera ophaalde.

Het smeedijzeren hek piepte toen ze het openden. Het grind knerpte onder hun voeten. De appelbomen hingen krom van het onrijpe fruit.

De ramen gaapten hen als grote gaten aan. Ze liepen de granieten trap op. Kristin belde aan. Het geluid klonk hol en ver. Ze wachtten. Ze drukte nog een keer op de bel.

'Niemand thuis', zei ze.

'Je moet een wanhopig gezicht trekken', stelde Roffern voor.

Kristin trok haar neus op. Ze hield er niet van te acteren. Als ze zichzelf terugzag in een nieuwsitem – vlak voor de camera, de microfoon in de hand en recht in de lens kijkend – dan kreeg ze het gevoel dat ze onderdeel uitmaakte van de gebeurtenis waarvan ze verslag deed. Ze gaf de voorkeur aan een zekere afstand, zowel tot de kijkers als tot het nieuws. Maar soms was het niet te voorkomen. Een veelzeggend gezicht trekken kon een mooi informatief en dramatisch effect opleveren voor het nieuwsitem. Zoals nu.

Roffern en zij hadden een paar minuten nodig om uit te zoeken hoe ze het item zouden regisseren. Roffern vond een camerapositie onderaan bij de struiken en gebaarde naar Kristin dat alles klaar was.

Kristin liep de trap op, belde aan en wachtte een ogenblik. Ze draaide zich om naar de camera en tilde de microfoon op; 'In dit huis huurt Una Mørch een kamer. Vandaag is er niemand thuis. En alles duidt erop dat het inderdaad de plaatsvervangend organiste is op de amateurvideo die *24 timer!* toegestuurd heeft gekregen.'

Roffern filmde vanuit verschillende hoeken het lege huis, terwijl Kristin een rondje maakte door de buurt om te horen wat men wist over Una Mørch. De meeste mensen vertelden dat ze een aardige jonge vrouw was, rustig, nooit lawaai of gedoe. Slechts één van hen wilde voor de camera praten. Ze namen hem mee naar het smeedijzeren hek en interviewden hem met het huis op de achtergrond.

Ze waren net bezig met het pakken van de uitrusting in de reportageauto toen er twee politieauto's kwamen aanrijden. Een Volvo politieauto en een civiele Opel stopten vlak achter hen. Vang en drie rechercheurs in burgers stapten uit de Opel.

'Jullie hebben het dus gevonden', merkte Vang op met een toon waaruit op te maken viel dat hij graag de eerste was geweest.

'Is het bevestigd dat het Una Mørch is?'vroeg Kristin.

'Niet officieel. We moeten naar binnen en het controleren.'

'Kunnen we nu even een interview afnemen?'

'Laat me eerst even in het huis rondkijken.'

'Kunnen we mee?'

'Helaas.' Hij glimlachte. 'Huisvredebreuk enzovoorts.'

Verrekte smeris, dacht Kristin en glimlachte terug.

Twee uur later kwam Vang naar buiten. Toen had het nieuws zich allang verspreid naar de concurrerende redacties en Kristin stond samen met twaalf collega's te wachten. Vang ging op de granieten trap staan. Hij schraapte zijn keel. Toen knikte hij voor zich uit en zei: 'Voorlopig kan ik slechts bevestigen dat Una Mørch dezelfde persoon is als op de video. Dat alles wat ik nu kan zeggen. We komen terug met meer informatie op de persconferentie later vandaag.'

Terwijl sommige journalisten het nieuws naar de redactie doorbelden, trok een andere groep naar de kerk. Iedereen wilde verslag doen van het huwelijk waar Una Mørch zou spelen.

Bijna middernacht. Hij draait de voordeur van het slot, zet zijn tas op zijn vaste plaats in de hoek van de gang, doet zijn sandalen uit en zet ze in het schoenenrek. Hij hangt de paraplu op de haak en zijn windjack op een kleerhanger.

De vloer kraakt als hij door de gang loopt. Hij doet het licht aan. De kamer is opgeruimd, de vloer is gezogen en schoon. Net zoals hij het vanmorgen heeft achtergelaten.

Shere Khan komt hinkend naar hem toe. Hij gaat op zijn hurken zitten en krabt de kat achter zijn oor terwijl deze kopjes geeft tegen zijn corduroy broek. Shere Khan is niet in zijn goede doen. Slap, heeft geen eetlust. Maar hij is aanhalig. Voordat hij overeind komt, moet hij eerst de haarpluizen van zijn broek halen.

In de keuken zet hij een koekenpan op het fornuis en doet de pit aan. In de koelkast vindt hij twee eieren en wat gekookte aardappels, die hij in stukjes snijdt. Er bestaat geen beter nachtelijke maaltijd dan spiegeleieren met gebakken aardappels.

Hij schudt wat brokjes Whiskas in het bakje van Shere Khan.

Terwijl de pan warm wordt en de keuken naar baklucht begint te ruiken, gaat hij naar beneden naar de kelder om naar het meisje te kijken. Hij heeft in het hokje naast haar kamer een observatieruimte ingericht zodat hij haar niet de hele tijd hoeft te storen.

Door de spiegel ziet hij dat ze ligt te slapen. Hij heeft voordat hij naar het werk ging het nachtlampje aangedaan. Hij wil niet dat ze in het pikkedonker ligt. Hij heeft erover nagedacht of het beter voor haar zou zijn als hij haar been vastketende. Het ziet er niet zo prettig uit zoals ze daar ligt met een verdraaide arm. Maar ze heeft niets gezegd. Er is nooit gedoe met haar.

De boter spat in de pan als hij weer boven komt. Hij bakt de eieren en de aardappels en eet terwijl hij de avondkrant leest.

Shere Khan ligt op de bank te dommelen. Hij heeft zijn eten niet aangeraakt.

Nadat hij heeft afgewassen en het bord en bestek weer op zijn plaats in de kast heeft gezet, vraagt hij zich een ogenblik af of hij naar beneden zal gaan om naar het meisje te gaan kijken of naar bed zal gaan of misschien een videofilm bekijken. Zoals gewoonlijk kiest hij voor de film.

Hij heeft weinig boeken. De boekenplanken in de kamer zijn gevuld met videobanden. Hij heeft ze nooit geteld, maar hij moet er honderden hebben... misschien wel duizend. Klassieke films natuurlijk: *Gone with the wind, Psycho, Casablanca, 2001 – A Space Odyssey, Citizen Kane*... Publieksfavorieten als *Star Wars, The Great Gatsby, E.T., Forrest Gump... Rosemary's Baby, The Exorcist*... En ook een heleboel obscure films voor de speciaal geïnteresseerden: *Plan 9 from Outer Space, The Texas Chain Saw Massacre*... Hij heeft ze allemaal gezien, de meeste zo'n vijf keer; sommige zelfs honderd keer. Wanneer hij vrij is van zijn werk kan hij zes films achter elkaar zien. Sommige kent hij uit zijn hoofd. De slotrepliek uit *Gone with the Wind*. Delen van de monoloog uit *Forrest Gump*. Maar hij krijgt er nooit genoeg van. Hoewel hij weet hoe ze aflopen, is de film iedere keer weer spannend. Alsof hij verwacht dat de handeling elke keer een beetje verandert.

Voor vanavond kiest hij een westernklassieker: *Stagecoach*.

Tegen drie uur gaat hij naar bed. Shere Khan loopt met hem mee en gaat aan het voeteneinde liggen. Buiten wordt het al licht en door de kier van het raam hoort hij in de verte het geruis van de Trondheimsvei.

Toen hij vijf jaar was had hij een droom waar hij bijna iedere nacht last van had. Het is een bitterkoude wintermorgen. Er staat een ijzige wind. Hij staat op bevroren water. Het ijs lijkt op beslagen glas. Hij kijkt naar beneden, door het ijs, en in het water ziet hij moeder. Ze drukt haar gezicht tegen het ijs. Haar ogen gloeien. Ze probeert met haar handen gaten in het ijs te slaan. Ze roept zijn naam, maar er komen slechts bellen uit haar mond. Hij kijkt toe terwijl ze haar vingers tot bloedens toe openhaalt.

De volgende morgen maakt hij ontbijt voor het meisje en zet hij een videofilm aan zodat ze zich niet hoeft te vervelen. Daarna probeert hij met haar te praten, maar ze heeft geen zin. Haar antwoorden zijn kort. Als ze zich zo wil gedragen moet ze het zelf maar weten. Als hij weggaat zet hij geen videofilm voor haar aan.

Op de zaterdag dat hij de eerste videoband en het cryptische bijbelcitaat naar Kristin Bye stuurt, trakteert hij het meisje op chocola en Coca-Cola en een Italiaanse videoavond met achtereenvolgens *Ladri di biciclette, La strada* en *La dolce vita.* Hij observeert haar de hele tijd door de spiegel. Het lijkt wel of ze de films mooi vindt, vooral de laatste.

Later die avond gaat hij naar haar toe met een bord spaghetti en een glas chianti. Ze wordt spraakzaam van de wijn.

Zondag maakt hij een lange wandeling in Marka. De hele tijd denkt hij aan Kristin. Haar ogen. Haar stem. En 's nachts droomt hij over haar. Onder het ijs.

Hij rekent er niet op dat ze de beelden van het meisje laten zien. Ze zullen de bedoeling van de beelden en het citaat wel niet begrijpen. Maar voor de zekerheid neemt hij alle nieuwsuitzendingen op en als hij thuiskomt van zijn werk bekijkt hij ze snel. Twee keer – maandag en woensdag – ziet hij Kristin Bye in de studio. Hij spoelt het item terug en bekijkt het nog eens en nog eens en nog eens.

Hij stuurt haar de woensdag daarop de tweede envelop. Maar ze laten de beelden weer niet zien. Hij had gedacht dat ze dat wel zouden doen. Het is immers duidelijk dat het meisje gevangen wordt gehouden. En de bijbelcitaten... hij grijnst voor zich uit... de bijbelcitaten moeten hun toch het idee geven dat ze met een fanatieke religieuze gek te maken hebben. Maar vrijdagavond (hij had de hoop al bijna opgegeven) laten ze de beelden zien in het zesuurjournaal. Het is bijna te mooi om waar te zijn. Ze maken er veel drukte om. Kristin Bye is de reporter. De hoofdredacteur zit later in de studio en legt uit waarom ze de band hebben laten zien.

Hij maakt een fles wijn open.

Daarna neemt hij de opname van de nieuwsuitzending mee naar de kelder en laat deze aan het meisje zien. Maar ze stelt het niet op prijs. Ze begint te huilen en hij wil bijna bij haar naar binnen gaan om haar te troosten.

De volgende dag als hij terugkomt uit de stad, plukt hij voor hij naar de kelder gaat een bosje violen in de tuin. Het meisje zit met haar rug tegen de muur. Terwijl hij de bloemen in een vaas met water zet kijkt ze naar hem met haar bijzondere blik: een merkwaardig mengsel van angst, kwaadheid en onverschilligheid.

Hij zegt: 'De kranten schrijven een heleboel over ons.'

'O, ja?'

'Maar ze hebben nog niet ontdekt hoe je heet. Ik vind dat wel grappig.'

'Ja.'

'We staan op alle voorpagina's.'

Ze sluit haar ogen.

Hij blijft timide voor haar staan.

Er verstrijkt een minuut.

'Ik heb een cadeau voor je', zegt hij.

Ze staart hem aan.

'Maar ik moet eerst de ketting losmaken voordat je er iets aan hebt.'

'Juist...'

'Je moet beloven dat je niets uithaalt.'

'Goed.'

'Je weet wat er zal gebeuren als je iets probeert.'

'Ik zal niets proberen.'

'Als je ook maar...'

'Ik zal niets proberen. Maak de ketting los. Alsjeblieft.'

Hij maakt de ketting los. Dan geeft hij haar het cadeau. Het is een elektronisch orgel.

...tot de woede bekoeld is.

1

DE DODEN ZULLEN HERLEVEN, DE LIJKEN OPSTAAN. ONTWAAK, JULLIE DAAR IN HET STOF, EN JUBELT! UW DAUW IS EEN DAUW DIE LEVEN GEEFT, DE AARDE BRENGT HAAR SCHIMMEN WEER TOT LEVEN.
TREK JE TERUG IN JE KAMERS, MIJN VOLK, EN SLUIT DE DEUR ACHTER JE! NOG EEN KORTE TIJD, TOT DE WOEDE BEKOELD IS.
ZIE HOE DE HEER ZIJN WONING VERLAAT EN DE MENSEN OP AARDE VOOR HUN WANDADEN LAAT BOETEN. HET ONSCHULDIGE BLOED DAT OP HAAR IS VERGOTEN WORDT DOOR DE AARDE AAN HET LICHT GEBRACHT, ZE ZAL HET NIET LANGER VERBERGEN.

Kristins stem stierf weg. Ze keek op van de brief en staarde Wolter en Skaug aan. De twee mannen zwegen onbeweeglijk.

Dit was de derde envelop. Een van de receptionistes was er direct na het sorteren van de post mee aan komen rennen. Groot. Bruingeel.Gevoerd. Precies zoals de vorige twee keren. Haar naam was met rode stift in blokletters geschreven. En onderstreept.

Kristin legde de brief weg en trok de videoband uit de envelop.

Ze keken elkaar aan. Niemand bewoog.

'We moeten maar eens even kijken', zei Wolter.

'Dat moeten we maar doen', zei Skaug.

'Moeten we misschien eerst Vang bellen?' zei Kristin.

Wolter en Skaug trokken hun neus op.

Ze liepen de redactieruimte in en gingen rond de videorecorder zitten. Meerdere collega's, die in de gaten hadden dat er iets bijzonders aan de hand was, gingen achter hen staan. Skaug stopte de band in de recorder en drukte op PLAY.

De vrouw zit op de matras met haar handen rond haar knieën. De ketting is losgemaakt. Ze heeft een witte nachtjapon aan. Ze kijkt op naar de camera en ze glimlacht even.

Ze aarzelt een ogenblik – het lijkt of ze een teken krijgt van de man die haar filmt – voor ze opstaat en naar het instrument loopt dat aan de andere kant van de kamer staat.

Het is een orgeltje.

Ze trekt de kruk onder zich en streelt met haar vingertoppen het toetsenbord.

Dan begint ze te spelen. Een psalm. Kristin herkent het niet meteen, pas als de gedragen tonen een beeld oproepen van de begrafenis van haar moeder dertien jaar geleden. 'O, blijf bij mij'. Ze ziet de bloemenkransen voor zich. De witte kist. Haar vader die snikkend haar hand omklemt.

De orgeltonen klinken dun en breekbaar. Ze moet het psalm vele keren gespeeld hebben. Ze zien haar van achteren. Haar hoofd wiegt dromerig heen en weer.

Er is iets onwerkelijks aan de scène. Misschien omdat de melodie zo mooi is. En omdat de vrouw een naam heeft. Een identiteit. Una Mørch.

Het schot komt van rechts van de camera en treft haar achterhoofd.

Haar lichaam valt zwaar voorover, over de toetsen. De hartverscheurende disharmonie klinkt als een schreeuw.

De rechterarm bungelt. Haar hand trilt.

En het is de trillende hand die op een onverklaarbare wijze de meeste indruk maakt op Kristin. Niet het bloed. Niet het gekreun van het orgel. Tot het beeld weg is, is het de trillende hand die Kristins volledige aandacht opeist.

2

Toen Kristin uit het toilet kwam, had ze haar gezicht gewassen en haar mond vele malen gespoeld. Haar handen beefden.

Bij de balie stond Skaug Ninni te troosten. Een beeldmonteur had de band meegenomen om het over te nemen op het professionele bètaformaat voordat het origineel aan de politie zou worden gegeven.

'Gaat het?' vroeg Wolter die haar een kopje koffie aanreikte en een arm om haar schouders sloeg.

'Wat afgrijselijk', zei ze.

Wolter schudde zijn hoofd, hij wist niet wat hij moest zeggen. 'Vang is onderweg. We praten nog even in mijn kamer voordat hij komt.' Hij verhief zijn stem: 'Skaug, kom je mee?'

Skaug had de mouwen van zijn overhemd zo hoog mogelijk omgeslagen. Kristin had zich er al vele malen over verwonderd dat een man die zo weinig haar op zijn hoofd had zoveel haar op zijn armen kon hebben.

Wolter viel neer op zijn bureaustoel: 'We moeten afspreken wat we doen voordat de politie arriveert.'

'Doen?' vroeg Kristin.

Skaug begreep waar hij heen wilde. 'Nee, echt, Richard! We kunnen de beelden niet laten zien! Het is verdomme een moord!'

De beelden laten zien? Die gedachte was nog niet eens bij Kristin opgekomen. Wolter tilde zijn benen van het bureau en trommelde met zijn vingers op zijn buik. 'Kristin?'

In de verte hoorde ze een sirene. 'We kunnen de beelden toch niet laten zíen? Meen je dat echt? Ben je gek, we kunnen de beelden toch niet laten zien!'

Wolter vouwde zijn handen en bevochtigde zijn lippen met de punt van zijn tong. 'Het is geen handig tijdstip om hier nu over te discussiëren. We zijn allemaal in shock.'

'Wat heeft dat met de zaak te maken?'

'We zullen deze discussie later voeren. Onze reacties beïnvloeden onze principiële opvattingen. Maar voordat de politie komt, wil ik dat jullie weten dat ik op het standpunt sta dat we de beelden op de een of andere wijze moeten laten zien.'

'Richard! Ze is vermoord!' riep Kristin uit.

'Ik geloof dat jij knettergek bent!' zei Skaug. 'Dan breekt de hel los! Let op mijn woorden: de hel!'

De sirene zweeg.

Wolter knikte langzaam. 'Ik weet dat daar herrie van komt. Maar jullie reageren gevoelsmatig en niet professioneel op de vraag. Jullie zijn geschokt en verbijsterd. En dat begrijp ik heel goed. Ik ben ook geschokt en verbijsterd! Ik heb nog nooit zoiets ergs gezien. Maar we moeten niet vergeten wie we zijn, wat we zijn.'

'Ik geloof dat ik dat vergeten ben', zei Kristin.

'We zijn professionele nieuwsreporters. En dat brengt onaangename verplichtingen met zich mee.' Hij wachtte even terwijl hij naar Kristin keek.

'Verplichtingen?' zei ze, alleen maar om iets te zeggen.

'We laten niet na beelden te laten zien van een vliegtuigongeluk terwijl dat zo tragisch was, of niet? En als een amateurfilmer een vliegtuig filmt dat in het Vigelandspark neerstort, dan laten we de beelden ook zien. Of niet? Hoewel het ongeluk wel erg dicht bij huis is gebeurd. Mijn punt is dat we de beelden nuchter en professioneel moeten bekijken. Dat kunnen we niet zolang we in shock zijn. Vang kan hier nu elk ogenblik zijn. Ik zal de politie opvangen. Ga samen koffie drinken, maak een wandeling, kalmeer, denk na over de zaak. Dan zien we elkaar weer nadat Vang vertrokken is.'

'Maar, Richard, eerlijk, we kunnen toch niet...' mompelde Kristin.

Skaug greep haar bij de arm en trok haar mee naar de deur. 'Laten we koffie gaan drinken.'

'Allemachtig, hij... hij heeft haar vermoord! Gewoon, zomaar, zonder meer!' De laatste woorden kwamen er als een onverstaanbare snik uit.

Skaug bleef staan en keek naar het plafond. 'Weet je, ze hebben een naam voor dergelijke dingen. *Snuff movies.* Films die het verminken, martelen, moorden laten zien. Echte dingen dus. Weerzinwekkend. Ik heb er alleen maar over gelezen, ik had nooit gedacht dat...'

Er werd op de deur geklopt. De secretaresse bij de balie stak haar hoofd om de deur: 'Politie-inspecteur Vang staat opgewonden bij de receptie. Zal ik hem naar binnen sturen?'

3

Toen Kanal 24 werd opgericht hadden de eigenaren een grote vrijstaande villa gekocht aan de Wergelandsvei, tegenover het Slot en die omgetoverd tot een modern mediacentrum. Op de begane grond zaten de receptie, de nieuwsredactie, de studio en de technische afdeling, op de eerste verdieping de programmaredactie, de reclame- en omroepdienst en op de zolderverdieping zaten de administratie en de beursafdeling (populair *Wall Street* genoemd). Al vanaf de eerste dag was de vrijstaande villa te klein geweest voor het bedrijf, dus in de loop van de eerste twee jaar waren er een heleboel Kanal 24-filialen opgedoken in de stad. Nu fantaseerden de eigenaars erover om alles te verhuizen naar Nydalen. Naar een afgelegen industrieterrein waar een groep mediabedrijven was neergestreken in een poging daar een apart milieu te scheppen. Kristin hoopte dat de redactie bleef waar ze zat. Ze hield van de stad. Het tempo. De nabijheid van alles. En ze mocht graag rondslenteren door de koninklijke tuinen, brood meenemen voor de eenden en kijken naar de gardisten.

Een bestelbus van Tiny moest plotseling stoppen toen ze zonder op te kijken de Wergelandsvei overstak.

Door de iepen leek het slotpark op een sprookjesbos. De boomtoppen filterden het zonlicht en zorgden voor een sfeer van trollen en duisternis. Zelfs de geluiden van de stad werden gedempt. Met gebalde vuisten liep Kristin in looppas afwisselend in de schaduw en de zon.

Ver weg van het verkeer, met uitzicht op een vijver met drie eenden die op en neer dobberden, zonk ze neer op een bank. Als iemand me nu zou zien, dacht ze, dan zou hij denken dat ik ziek ben. Of dat ik een overdosis heb genomen.

Ze staarde naar de lucht en dacht aan haar moeder.

Toen Kristin acht jaar oud was, had moeder een van haar

epileptische aanvallen gekregen. Kristin had in de keuken van de zomerboerderij zitten tekenen toen ze lawaai achter zich hoorde. Toen ze zich omdraaide had moeder daar gelegen, schuddend tussen de koekenpannen en de gehaktballen. Vader was er tot dan toe altijd bij geweest tijdens de aanvallen. Nu was ze alleen met moeder. Kristin had zich niet kunnen bewegen. Ze wist dat ze de knopen van haar kleding moest losmaken en moest zien te voorkomen dat ze op haar tong beet of zich ergens aan verwondde, maar gedurende de hele aanval had ze stijf op haar stoel gezeten en toegekeken. Toen moeder uiteindelijk in slaap was gevallen, had Kristin gedacht dat ze dood was. Ze was de hele tijd op haar stoel blijven zitten totdat ze de volwassenen buiten had horen praten. Toen was ze van haar stoel gesprongen, naar haar kamer gerend en had ze zich verstopt onder de dekens.

Een vliegtuig van de SAS kwam dreunend over het slotpark gevlogen. Ze keek naar de grond, steunde met haar ellebogen op haar knieën en verborg haar gezicht in haar handen. Ze zag de vrouw bij het orgel voor zich, hoorde de orgelklanken en het schot. Nog nooit had ze zich zo alleen en hulpeloos gevoeld. Behalve dan misschien die keer in de zomerboerderij.

Die epileptische aanval in de zomerboerderij was de laatste geweest. De artsen hadden haar een nieuw medicijn gegeven die de ziekte onderdrukte. Ze stierf zeven jaar later. Hersentumor. Kristin en vader hadden haar thuis verzorgd totdat de artsen erop stonden dat ze opgenomen werd. De laatste dagen lag ze in coma. Haar ademhaling was zwaar en moeilijk geweest, alsof iedere ademtocht de laatste was.

Dat ademhalen herinnerde Kristin zich het best. Niet die elektronische piepjes van de monitor. Niet de aanblik van het ingevallen gezicht met de blauwe aderen. Niet de geur van de medicijnen en de langzame dood. Het was de ademhaling die ze zich herinnerde. Ze voelde hoe moeder zich met iedere ademhaling vastklampte aan het leven. De tijd ertussen duurde steeds langer en iedere keer dacht Kristin verstijfd van schrik dat het nu voorbij was. Een nieuwe raspende hik verschoof het onontkoombare voor een ogenblik. Maar vroeg in de morgen had de periode ertussen langer en langer geduurd en toen Kristin naar haar moeder keek, was het voorbij.

Een oude dame met een stok sleepte zich voorbij. Ze wierp een blik op Kristin en glimlachte even. Een duif koerde. Achter een raam in het Slot zag Kristin een beweging; een reflectie van het zonlicht. Misschien de koning, dacht ze automatisch.

4

De stemming op de redactie was geladen. Journalisten, cameramensen en regisseurs discussieerden op luide toon. Sommigen betoogden met veel emotie tegen het vertonen van de beelden, anderen schudden opgewonden hun hoofd over die teergevoelige collega's die niet de nieuwswaarde van de beelden inzagen. Meerdere mensen riepen naar Kristin om haar mening te horen, maar ze gebaarde afwerend met haar hand.

Skaug zat bij Wolter en toen ze haar in de deuropening zagen zeiden ze haar vol ongeduld binnen te komen.

'Vang was des duivels', zei Wolter. 'Het scheelde niet veel of hij had de hele redactie laten arresteren.'

'Heb je gezegd dat je overwoog de beelden te laten zien?'

'Hij probeerde ons dat te verbieden. Toen ik vroeg op welke grond hij ons dat verbod zou kunnen opleggen, werd hij helemaal chagrijnig. Verrek, die man denkt dat hij de baas is over de hele wereld!'

Skaug trok Kristin naar zich toe: 'Ik ben bang dat hij je weer wil verhoren.'

'Waarom dat? Ik heb ze alles al verteld wat ik weet!'

Skaug knikte timide.

De telefoon op het bureau ging over. Ze staarden er kwaad naar en wachtten tot hij stil werd. Skaug ging op zoek naar een sigaret.

Wolter keek van Skaug naar Kristin en weer terug. 'En? Hebben jullie nagedacht?'

Beiden haalden diep adem. Maar ze zeiden niets.

'Toralf?'

Skaug nam een flinke trek van zijn niet aangestoken sigaret en blies door zijn neus. 'Ik twijfel nog steeds', zei hij en hij tikte op de sigaret. 'Ik snap alle principiële argumenten voor het vertonen van de beelden. Maar mijn intuïtie schreeuwt: nee, nee, nee! En alle keren dat ik gezeik kreeg, had ik mijn intuïtie genegeerd.'

'Kristin?'

Ze schudde haar hoofd. 'Ik vind het niet juist om de beelden te laten zien. Het is te erg! Een moord! We hebben geen reden om dat te laten zien. Geen achtenswaardig motief. Het publiek heeft geen recht om beelden van een moord te zien.'

Wolter legde zijn benen op het bureau. 'Ik ben het ermee eens dat de moord op zich zware kost is.'

Jezus, dacht Kristin, ben je met de jaren milder geworden?

'Maar,' ging hij verder, 'ik zie geen principiële bezwaren tegen het laten zien van de situatie zelf.'

'Een kwestie van definitie', zei Kristin.

'Richard, de hel zal losbreken', zei Skaug. 'De kijkers zullen ons gek bellen. De politici zullen amok maken! De mediacritici zullen olie op het vuur gooien. De kranten zullen zich als haaien op ons storten. Het wordt een bloedbad, Richard, en wij zijn het hoofdgerecht! Hier valt geen winst te behalen.'

'Zoals gewoonlijk ben je weer kortzichtig.' Wolter lachte fijntjes: 'Een eindredacteur die verdomme niet in staat is om meer dan twaalf uur vooruit te denken.'

'Laat me je argumenten horen', verzocht Kristin.

'Ik heb twee overwegingen: een strategische en een journalistieke.'

'Jezus, twee gedachten tegelijk', zei Skaug en hij grinnikte.

Wolter negeerde zijn grapje. 'Laat ik eerst de strategische nemen: de beelden zullen enorm opzien baren. Over de hele wereld! We hebben het nieuws van de dag. Verdomme, we zíjn het nieuws van de dag! Yep, het wordt de komende dagen turbulent. Velen zullen reageren. Maar dat gaat voorbij. Alles gaat voorbij. En dan hebben we de aandacht van het publiek gewekt. *24 timer!* wordt een handelsmerk. We worden een zender waar het publiek een mening over moet hebben.'

'Jij cynische duivel', zei Skaug.

'En de journalistieke overweging?' vroeg Kristin.

'Die zien jullie zelf toch wel? Het zal de eerste keer zijn dat een moordenaar een moord filmt en dat de beelden op televisie vertoond worden. We schrijven geschiedenis. Luister eens, we herinneren ons nog steeds de beelden die de Duitse terroristen hadden gemaakt van die ontvoerde grootindustrieel, hoe heette hij ook al weer, Hanns-Martin Schleyer! Hadden de media moeten weigeren deze te laten zien? Uit mededogen met de familie? Uit respect voor Schleyer? Verdomme, het is geschiedenis! Wat denken jullie dat CNN had gedaan als zij beelden van een moord hadden toegestuurd gekregen?'

'Het zal een hoop herrie geven', zei Kristin timide en ze keek uit het raam. Een groep meeuwen joeg met alarmgeroep boven de iepen achter elkaar aan.

'En wat dan nog? Met openbaar debat moeten wij leven. Natuurlijk, de zelfbenoemde betweters van de kranten zullen gaan klagen over de verloedering van de televisie en de journalistiek. Ik kan ze al horen – 'Amerikaanse fixatie op geweld' en 'de idealen en plichten die de televisie heeft omtrent informatievoorziening aan het volk'. Die zelfingenomen moddergooiers lezen hun eigen kranten niet.'

'Dat klinkt serieus', riep Skaug lachend uit.

'Ik zie het duidelijk voor me! Op pagina twee zal *VG* het eens zijn met iedereen die meent dat de ontwikkelingen angstaanjagend zijn, terwijl hun eigen journalisten op pagina drie, vier, vijf, zes en zeven smullen van dezelfde zaak. En luisteraars zullen naar de radiostudio mogen bellen terwijl ik daar moet zitten om me te verdedigen tegen jan en alleman en een of andere opgewonden redacteur van *Vårt Land* of *Stavanger Aftenblad*. Dat kan ik allemaal voorspellen. Ik ben niet dom. Maar we kunnen het nieuws toch niet bewerken vanuit onze angst voor reacties? We moeten een zelfstandige analyse maken. En mijn inschatting is dat we geschiedenis zullen schrijven. Als die gek doorgaat met het afslachten van mensen, dan zal dat over honderd jaar nog in de geschiedenisboeken staan. En wij zijn een deel van die geschiedenis! In een dergelijk perspectief is het oninteressant of een of andere moreel verontwaardigde journalist van *Dagbladet* of *Aftenposten* het betreurt dat NRK geen monopoliepositie heeft. Snappen jullie het niet? Deze mensen willen de werkelijkheid bewerken.'

'Je had politicus moeten worden', zei Kristin.

'Of predikant', zei Skaug instemmend.

'Ik heb een helder argument om het uit te zenden en dat is: het publiek te waarschuwen tegen het monster dat daarbuiten rondloopt', zei Skaug.

'Maar ik geloof dat ze dat ook wel begrijpen zonder dat men de beelden ziet', wierp Kristin daar tegenin.

'Maar is er eigenlijk verschil tussen de beelden van de vrouw in gevangenschap en beelden die gemaakt zijn vlak voor ze gedood werd?' vroeg Wolter.

'Een groot verschil', zei Kristin. 'Onze kijkers hebben ook bepaalde rechten. Bijvoorbeeld dat ze geen moord hoeven te zien. Op de eerste video's leeft ze. Op de laatste zijn we getuige van een liquidatie. Ik vind het verschil enorm.'

'In principe niet, toch? Ik wil ook niet de moord zelf laten zien. De situatie die voorafgaat aan de moord zullen we laten zien. En het resultaat. Je maakt een inschattingsfout omdat je morele verontwaardiging jouw principiële opvattingen over journalistiek beeldmateriaal beïnvloedt. De vrouw is dood. Doodgeschoten. Geliquideerd. Het incident is gebeurd of we er nu zus of zo over berichten. Nu hebben we, voor de eerste keer in de geschiedenis van de pers, documentatiemateriaal van een gruwelijke daad van een misdadiger. Nu zijn we in de gelegenheid om de ogen van het publiek te openen. Hen te laten inzien wat een zinloze tragedie achter iedere banale moord ligt.'

'Je hebt een punt', gaf Kristin toe. 'Als dat de jouw bijbedoeling is...'

'Snappen jullie het niet?' zei Wolter. 'We kunnen geschiedenis schrijven! We kunnen de mensen wakker schudden! Het publiek is onverschillig geworden. Ze accepteren geweld en moord als een onderdeel van het leven. Nu hebben we de kans om ze uit die onverschilligheid te rukken, om ze een pijnlijke oorvijg te geven in hun woonkamer: hier gaat het om bij geweld. Zo ziet een moord eruit!'

'Ik begrijp je punt', zei Skaug. 'Ik hoor je argumenten. Maar mijn intuïtie zegt iets anders.'

'Kristin?'

'Ik weet het niet. Je bent altijd zo goed in beargumenteren. Uiteindelijk wordt het altijd moeilijk om daar iets tegen in te brengen.'

'Dat komt vast omdat ik al een besluit heb genomen. We doen het. Maar ik wil niemand dwingen. Ik zal zelf de hoofdredacteur voor de avonduitzending zijn als jij weigert, Toralf. De uitzending van zes uur zal normaal zijn, we kunnen dit niet tijdens de televisietijd van de kinderen uitzenden. Maar in het nieuws van tien uur zullen we het verhaal breed uitmeten. Kristin, Caspar is vast meer dan bereid om je plaats in te nemen. Ik respecteer jouw nee. Ik meen het, ik wil niemand dwingen. Jullie moeten het zelf beslissen.'

Skaug rilde. 'Verdomme, Richard, ik geef de uitzending van de eeuw niet aan een ander.' Hij drukte de niet aangestoken sigaret in de asbak.

Ze keken beiden naar Kristin.

Ze drukte haar handpalmen tegen elkaar. Ze vroeg zich af of ze bezig was iets stoms te doen. Misschien had Richard gelijk, misschien was het goed om de beelden te laten zien. Misschien was er iets mis met háár opvattingen over nieuws. Misschien hadden alle zenders ervoor gekozen de beelden uit te zenden als zij ze toegestuurd hadden gekregen. Zelfs *Dagsrevyen.*

Ze zuchtte. 'Oké. Ik ben er dus nog steeds onzeker over. Maar als jij beslist dat we de beelden laten zien, dan wil ik het zelf doen. God mag weten wat een rotzooi het wordt als we Caspar loslaten op die beelden. Onder één voorbehoud: ik wil de moord zelf niet laten zien. Het ogenblik waarop ze sterft. Dat weiger ik!'

Wolter en Skaug knikten.

Kristin dacht: dit is mijn keus. Ik mocht zelf beslissen. Maar mocht ik dat wel?

5

Het was een ongewone avond op de redactie.

Skaug blafte zijn bevelen, de producent gromde, Arve Arnesen gooide een plastic bekertje koffie in zijn kruis en een half uur voor de uitzending van tien uur hielden beide computers ermee op. Om de vijf minuten kwam Wolter naar Skaug toe om te horen of alles onder controle was en iedere keer lachte Skaug theatraal en hysterisch.

Maar toen de rode getallen op de klok aan de studiowand 21:59:55 aanwezen, was alles rustig. Er was geen weg terug. Kristin zat in de regiekamer met Skaug en de producent. Richard Wolter zat in de studio tussen Arve en Ninni in.

De stem van de producent: 'Vijf-vier-drie...'

De introfanfare galmde.

Camera één ging naar Ninni toe. '*24 timer!*, vanavond met beelden die de wereld zullen schokken!'

Het mozaïek vormde een beeld van de vrouw in gevangenschap dat over het totaalbeeld van de studio ging.

Ninni keek recht in de camera. 'De dramatische ontvoering van Una Mørch heeft een ernstige wending genomen. Collega Arve Arnesen heeft meer over deze opzienbarende en dramatische ontwikkeling.'

Camera één zoomde in op Arve. Zijn stem klonk diep en ernstig: '*24 timer!* zal vanavond beelden laten zien die niet alleen Noorwegen zullen schokken, maar heel de wereld. Vorige week hebben we een amateurvideo ontvangen van de ontvoerde kerkorganiste Una Mørch. Een nieuwe videoband die naar Kanal 24 is gestuurd laat zien dat Mørch gedood is. De politie heeft een groot onderzoeksteam op de zaak gezet om de onbekende moordenaar te vinden.' Hij wachtte met opzet even en keek naar beneden. 'We willen u erop wijzen dat het item dat nu volgt bijzonder schokkende beelden bevat.'

Kristin had het item chronologisch opgebouwd en het met pauzes en zwarte secondes gevuld. Ze vertelde wat eraan vooraf was gegaan en liet stukjes uit de eerste video's zien. Ze had ruim de tijd genomen. Toen Una Mørch orgel begon te spelen, stopte ze met het geven van commentaar. Enkele seconden voor het schot viel, ging het scherm op zwart over terwijl de muziek verderging. Toen klonk het schot. Het scherm was nog steeds zwart toen men hoorde dat Una Mørchs lichaam op de toetsen viel.

Om reacties voor te zijn had de redactie een lijst met kritische vragen voorbereid die Arve, zonder het enthousiasme en inlevingsvermogen die anders zijn interviews kenmerkten, aan Richard Wolter voorlegde. Kristins item, het interview en twee kleinere items die Caspar had gemaakt, vulden vijftien minuten van de uitzending.

Ironisch genoeg ging het laatste item over vijfhonderd dodelijke slachtoffers van een aardbeving in Armenië.

De staf

Politie-inspecteur Runar Vang deed de draagbare televisie uit. Grote genade, dacht hij, nu hebben ze er werkelijk een puinhoop van gemaakt, er zal een storm van protesten losbarsten!

Bij de balie begon een telefoon te rinkelen. Waarschijnlijk een journalist die een reactie wilde hebben.

Vang plofte neer op zijn bureaustoel en slurpte wat lauwe koffie naar binnen. In zijn hoofd telde hij af van tien. Bij vier stopte de telefoon met rinkelen.

Ze hadden ergens beneden een crisisruimte ingericht. Iemand had het al de bioscoopzaal gedoopt, een macabere verwijzing naar de manier van werken van de moordenaar.

Het was lang geleden dat ze zo'n moeilijke zaak hadden gehad, een zaak die vereiste dat ze bijna alles aan de kant schoven en de hele staf op één onderzoek zetten. Maar dit was zo'n zaak.

Vang keek naar het raam, de duisternis viel in. Het zou een lange nacht worden.

De minister van Justitie had al met de hoofdcommissaris gesproken. Dat was vroeg. Gewoonlijk werkten ze een paar weken in alle rust aan een zaak voordat het ministerie zich meldde.

Vang en de commissaris waren het erover eens dat Aksel Antonsen het onderzoek zou leiden. De stevige afdelingschef van Geweldsdelicten was een ervaren politieman en een kundig leider. Koud en doelbewust als een poolreiziger. Vang wist dat hij al die eigenschappen nodig had. De druk zou enorm zijn. Iedereen zou ongeduldig zijn, zelfs de rechercheurs. Hun kritiek kon zich makkelijk richten op de leider van het onderzoek. Sommigen zouden vinden dat hij verkeerde sporen volgde. Sommigen zouden vinden dat hij zijn mensen op een andere manier moest inzetten. Zo ging het altijd. En vroeg of laat zou de een of andere ondergeschikte een paar woorden in het oor van een journalist fluisteren, waarop de kranten zouden schrijven dat men het binnen de politie niet eens was.

En midden in de wervelstorm moest de leider van het onderzoeksteam een vaste koers houden.

Samen met Aksel Antonsen had Vang het onderzoeksteam samengesteld. Het was een menselijke puzzel waar alles van competentie tot persoonlijke chemie gevormd moest worden tot een geheel dat groter was dan de afzonderlijke bestanddelen. Antonsen kreeg brigadier Hårvard Alm als plaatsvervangend leider en Ida Sand als algemeen stafchef. Daaronder kwam Geir Ryvik als leider van de Technische Recherche en Elisabeth Gran als leider van de Opsporingseenheid. De perschef van het hoofdbureau, Hugo Aasen, werd toegevoegd als persvoorlichter van de staf. Vang zou de contactpersoon zijn tussen Kanal 24 en de politie en zelf de grote persconferenties voor zijn rekening nemen (Aksel Antonsen was hopeloos met de pers: of hij zei niets, of hij liet te veel los).

Over een kwartier zou de nieuwe leiding zijn eerste vergadering hebben om de tactiek en strategie af te spreken. Antonsen zou de vergadering leiden, maar Vang had gevraagd of hij daarbij aanwezig mocht zijn. Ze hadden met z'n tweeën al de hoofdlijnen besproken. Behalve de videobanden en de brieven hadden ze geen fysieke sporen. Geen lijk. In de eerste plaats zou de opsporing het belangrijkste zijn. Ze zouden het religieuze milieu binnenstebuiten keren. Una Mørch was een christen, ze was organiste in de kerk en in de drie brieven stonden bijbelcitaten. Het zou bluf kunnen zijn. Maar het was het enige wat ze hadden. De criminele geschiedenis stond bol van moordenaars die een gestoorde jeugd in een christelijk milieu hadden gehad.

De videobeelden konden er ook op duiden dat de moordenaar pornografische opnames had gemaakt van Una. En dat hij ging proberen deze aan pornodistributeurs over de hele wereld te verkopen.

Vidar noteerde op een geel notitieblok dat hij aan Antonsen moest vragen professor Vidar Bryne erbij te roepen. Bryne was specialist in de misdaadpsychologie en expert in persoonlijkheidsprofielen.

Bovendien moesten ze, met behulp van de videobanden en technische analyses van de beelden, proberen uit te zoeken wat voor camera de moordenaar gebruikte. Als hen dát lukte, waren ze een eind op weg. Veel importeurs en winkeliers hielden registers bij van de kopers, in elk geval als ze de garantiebewijzen hadden ingevuld en opgestuurd.

Het is geoorloofd hoop te hebben.

Vang dwong zichzelf naar de familiefoto te kijken die op het bureau stond.

Hij had Roger gisteravond te eten gevraagd om hem te vertellen dat zijn moeder was weggegaan. Hun twintigjarige zoon was een jaar geleden verhuisd naar een flat en sindsdien hadden ze hem weinig gezien. Af en toe een zondagmiddag.

Het werd een wonderlijke bijeenkomst. Herdis had al met Roger gesproken. De jongen wilde er niet veel over zeggen. Hij maakte een onverschillige, ongeïnteresseerde indruk. Hij was altijd meer verknocht geweest aan haar dan aan hem.

Toen Roger geboren werd, was Herdis twintig geweest en hij vierendertig. Ze hadden elkaar het jaar daarvoor ontmoet. Ze was gevallen voor zijn uniform en ze waren geliefden geworden. Toen ze zwanger werd had hij het enige fatsoenlijke gedaan wat hij kon doen: hij was met haar getrouwd. Het aloude verhaal.

Twintig jaar waren ze getrouwd geweest. Ze had nooit geklaagd. De hele tijd had hij gedacht dat wat als een spannende verhouding was begonnen, zich ontwikkeld had tot iets diepers. Zo had hij het zelf gevoeld. Hij was nooit hun trouwdag vergeten. Hij had altijd bloemen meegenomen als ze ruzie hadden gehad. Toen ze afgelopen lente veertig was geworden had hij haar uitgenodigd voor een romantisch lang weekend in Parijs.

Wanneer was ze gestopt met van hem te houden?

Toen ze in Parijs waren hadden ze zich gedragen als pasverliefde tieners. Ze hadden hand in hand gelopen langs de Seine, hij had bij straatverkopers bloemen voor haar gekocht en op de hotelkamer hadden ze iedere avond lang en heftig gevreeën.

Dus waarom was ze weggegaan?

Zijn pieper ging. Hij hing aan zijn riem en Vang moest hem omhoogtrekken om de tekst te kunnen lezen: 'Vergadering begonnen. Kom je? Aksel A.'

Hij begraaft haar bij de seringenbosjes achter in de tuin. De grond is niet erg hard en hij hoeft niet zo diep te graven. Als hij haar heeft afgedekt met zwart plastic en aarde, plant hij een rijtje Afrikaantjes die hij voordelig heeft gekocht bij het tuincentrum.

Het bed ziet er prachtig uit.

Hij heeft late dienst. In zijn tas heeft hij een pakje brood en zijn maandkaart. En een paraplu. Hij gaat nooit naar zijn werk zonder paraplu. Je weet nooit wanneer het gaat regenen.

In de binnenzak van zijn jas zit de brief. Hij heeft hem maar één keer gelezen.

Een enkele keer.

Hij brandt in zijn zak.

Hij probeert er niet aan te denken.

Ze staat buiten als zijn late dienst erop zit.

Hij blijft onmiddellijk staan. Direct, nog voordat hij beter kijkt, denkt hij dat zíj het is. Maar dat is natuurlijk niet zo. Toch blijft hij staan kijken. Zijn hart lijkt op een wild dier dat zich uit zijn borstkas probeert te vechten.

Ze let niet op hem. Het lijkt wel of ze op iemand staat te wachten die er allang had moeten zijn. Ze draagt een dun, gebloemd zomerjurkje en haar lange haar hangt los.

Een nimf. Een kleine nimf die volwassen is geworden.

Hij sluipt langs haar en loopt naar het bushokje. Vandaar houdt hij haar in het oog. Om de anderhalve minuut werpt ze een snelle blik op haar horloge. Na zo'n vijftien minuten speurt ze naar links en naar rechts en gaat ze weg.

Hij volgt haar op een veilige afstand.

Ze loopt met snelle, geagiteerde stappen en hij moet bijna in looppas om haar bij te houden. Ze haast zich Stortingsgate in, steekt vlak voor een tram over die kwaad klingelt, loopt dwars door het voetgangersgebied voor het Storting langs en verdwijnt de Karl Johan gate in, richting Egertorvet. Daar neemt ze de trap naar de metro.

Ze woont in een villa op Goglia.

Hij staat op straat te wachten. Op de begane grond wordt achter een raam een lamp aangedaan. Ze trekt de dunne gordijnen dicht en hij ziet haar silhouet heen en weer lopen. Dan sluipt hij de tuin in en controleert de naam boven de bel. De naam van de huiseigenaar op een degelijk messingbordje. En daaronder de naam van het meisje, met een stripje uit een lettertang, op een extra bel van zwart plastic. Anita Fjordvik. Ook een naam, denkt hij.

De volgende morgen zit hij in zijn geparkeerde bestelauto een eindje verderop in de straat als ze rennend in de richting van de metro gaat. Het is half negen. Hij heeft drie uur gewacht. Hij filmt haar en ze ziet hem niet.

Hij laat zijn auto staan en gaat lopend achter haar aan.

Ze stapt uit op station Tøyen en neemt lijn vijf naar Blindern. Van dit station gaat ze in looppas naar een gebouw van de historisch-filosofische faculteit. Ze komt te laat op college. 'Zomercursus – Geschiedenis III-IV' staat er op een papier dat met twee punaises is vastgeprikt op de deur.

Door de deur hoort hij een stem galmen over de armenzorg in de steden in de achttiende eeuw. Hij blijft buiten op een bank zitten wachten.

In de pauze komt ze met twee meisjes en een jongen naar buiten. De meisjes zien er erg lief uit. Als ze langs hem lopen hoort hij voor het eerst haar stem. Een zonnig dialect. Hij vangt iets op over Espen die zich nooit aan zijn woord houdt en dat het nu de laatste keer is dat... en dan hoort hij niets meer.

Hij heeft nog tijd om naar huis te gaan en de video-opname te bewerken voordat hij naar zijn werk moet. In een van de ongebruikte kinderkamers op de eerste verdieping heeft hij een bijna professionele regiekamer ingericht. Twee grote televisieschermen. Drie super-VHS-recorders en een gewone VHS-machine. Bundels kabels. Met behulp van een pc kan hij bijna doen wat hij wil met de opnames. De volgorde van de beelden veranderen. Knippen wat niet interessant is. Tekst toevoegen en ander geluid.

Het lijkt op het scheppen van een andere werkelijkheid.

Een week lang volgt hij haar.

Hij zweeft om haar heen als een onzichtbare geest, luistert haar gesprekken af, het lukt hem zelfs het telefoonnummer van haar ouders in Sørlandet op te sporen. Uiteindelijk heeft hij het idee dat hij haar kent. Anita Fjordvik. Hoofdvakstudente Noorse geschiedenis. Parttimebaan bij *Narvesen.* Min of meer samen met, en altijd woedend op, een langharige vent die Espen heet en die op een avond met haar meegaat naar haar flat en pas om tien over drie 's nachts vertrekt.

Nee, zeg... Tien over drie! 's Nachts!

Herrie

I

De reacties waren nog heftiger dan ze hadden gevreesd.

De eerste telefoontjes kwamen al binnen toen het item nog werd uitgezonden. Na vijf minuten was de centrale overbezet en zelfs de directe lijnen bij de redactie begonnen te bellen. De kijkers waren razend. Nogmaals kwamen de jakhalzen van Akersgaten hijgend aan in Wergelandsveien. Ditmaal konden zelfs de concurrerende televisiezenders zich niet afzijdig houden.

Het was laat toen Wolter, Skaug en Kristin hun mobieltjes en piepers uitschakelden en de Oslose nacht in liepen.

Voor Kristin waren de daarop volgende dagen onwerkelijk en zwaar. Alles wat Richard Wolter had voorspeld gebeurde.

De mediacommentatoren schreven hatelijke artikelen over het feit dat cynisme en winst de journalistieke drijfveren waren geworden bij de televisie. Een van de columnisten van *Dagbladet* noemde Wolter 'de meest verachtelijke aasgier onder de journalisten', op dezelfde dag dat zijn eigen krant op de voorpagina een kleurenfoto afdrukte van de vrouw die dood over het orgel lag. *VG* schreef als hoofdcommentaar dat Kanal 24 'een Amerikaanse filosofie waarin alle middelen geoorloofd zijn om de aandacht van de kijkers te vangen de gewone Noorse televisie-uitzending had binnengelaten'. In dezelfde krant, onder de kop 'Una's laatste seconden' stond een twee pagina's groot artikel waarin uitvoerig uit de doeken werd gedaan hoe de organiste in elkaar was gezakt nadat ze was neergeschoten. *Klassekampen* wilde oprecht dat het ministerie van Cultuur de vergunning zou intrekken van '...een meedogenloze en geweldverheerlijkende zender waarvan de leiding met veel plezier zoveel mogelijk bloed en smerigheid in de Noorse huiskamers gooit'. *Aftenposten* vroeg zich af of de televisiezender, onder het mom van journalistiek te bedrijven, geen gereedschap was van de ziekelijke geest van een moordenaar.

Voor de kranten werd het debat, zoals al eerder gebleken was, op zich een goede zaak.

Bij de politici kwam weer de wens naar boven om de media te sturen. De juridische vertegenwoordiger binnen de Arbeiderspartij maakte zich sterk voor een verbod op het gebruik van televisiebeelden die 'zeer krenkend zijn voor de menselijke waarden'. De Centrumpartij wilde een mediacommissie oprichten die het televisienieuws moest controleren en alle overtredingen via de interne organen van de media of via de rechtbank vervolgen. De Christelijke Volkspartij wilde een wet (direct 'Het betwetertje' gedoopt) die extreem geweld tijdens nieuwsuitzendingen verbood. Een nieuwe vertegenwoordiger voor de Socialistische Partij kon nog net voorstellen om NRK monopoliepositie te geven voordat de partijleiding hem voor een milieupolitieke studiereis naar Moermansk stuurde.

Richard Wolter werd in allerlei discussieprogramma's op de huid gezeten. *Aftenposten* spoorde de Deense ouders van Una Mørch op die 'het uitbuiten van hun dochters overlijden tot speculatieve ontspanning op televisie' scherp veroordeelden. De Noorse Vakbond voor Journalisten organiseerde een debat dat eindigde in een grote scheldpartij en het vakblad *Journalisten* drukte een foto af op de voorpagina van Richard Wolter onder de kop 'De beul van de ethiek'. De kranten stonden bol van de woedende lezersbrieven en op een middag organiseerde *Blitz* een demonstratie die eindigde in een vechtpartij met de politie voor het gebouw van Kanal 24. Een religieuze groepering riep op tot een kijkersboycot van de zender.

Maar de kijkers liepen niet weg. Integendeel. Steeds meer mensen schakelden over op Kanal 24 om te zien wat ze gemist hadden.

2

Tijdens de verhitte discussie beet Kristin met een duivelse trots op haar tanden. Ze ging iedere dag naar aerobics om de spanning uit haar lichaam te krijgen. Ze vond de discussie oneerlijk en ongenuanceerd en haar collega's van de pers huichelachtig, maar ze begreep vooral niet waarom de kranten meer geïnteresseerd waren in Kanal 24 dan in de moordenaar. De eerste dagen legden de kranten net zoveel nadruk op het ethische debat als op het feit dat er een gevaarlijke en geraffineerde moordenaar vrij rondliep.

Ze was drie keer opgeroepen voor verhoor door de politie. Ze hadden een rechercheur vrijgemaakt die niets anders deed dan haar hele leven door te spitten. Gelukkig niet dezelfde als de laatste keer, maar een sympathieke jonge vrouw die Carlsen heette. Zij probeerde uit te zoeken of er gebeurtenissen in het verleden waren geweest die konden verklaren waarom de videobanden naar haar werden gestuurd.

Maar ze had geen idee gehad.

Toen het debat over *24 timer!* uiteindelijk wegebde, ging er collectief een lamp branden bij de pers, die zich opnieuw volledig ging concentreren op de jacht op de moordenaar. *VG* gaf hem de bijnaam 'videomoordenaar'. *Dagbladet* startte haar *Dood aan het geweld*-campagne door een beloning uit te loven van honderdduizend kronen voor degene die tips had die konden leiden tot de arrestatie.

Kristin dacht: hij zal nu niet stoppen!

3

De perszaal op het politiebureau zoemde verwachtingsvol.

Kristin was op tijd en had zich verzekerd van een plaatsje ver vooraan. Terwijl ze wachtte op het begin van de persconferentie, nam ze de groep in ogenschouw. De collega's deden haar denken aan een groep uitgehongerde husky's die aan de ketting lagen op een meter afstand van een pasgevilde ijsbeer. Was het deze gulzige bende die haar en Kanal 24 ervan beschuldigde de tragedie uit te buiten?

Meerdere regionale radiozenders zouden de persconferentie live uitzenden. De grote kranten hadden hun bekwaamste misdaadreporters en commentatoren gestuurd. De journalisten stonden te popelen na een paar dagen zonder nieuws. De kranten hadden berichten opgevangen dat de politie nu het een en ander wist over de moordenaar en dat de doorbraak gepresenteerd zou worden op de persconferentie. De rechercheurs hadden in samenwerking met een professor een persoonlijkheidsprofiel gemaakt.

Tijdens de verhoren had Kristin echter begrepen dat de politie in het duister tastte. Ze probeerden een lijst te krijgen van verkochte videocamera's en er werden undercoveragenten naar fotowinkels gestuurd waar videobanden te koop waren. Ze spitten de misdaadarchieven door en namen contact op met psychiatrische inrichtingen. Ze controleerden Kristins kennissenkring, ex-geliefden en interviewobjecten. Alles wat maar een licht zou kunnen werpen op het feit dat zíj de video's kreeg toegestuurd.

Niets.

Ze kwamen achter elkaar aangemarcheerd. Kristin schoot bijna in de lach, omdat ze haar deden denken aan een eend met kuikentjes: eerst de commissaris, toen Vang en Aksel Antonsen en toen twee mannen van wie Kristin niet wist wie ze waren en ten slotte de persvoorlichter van het hoofdbureau.

De persvoorlichter sloeg met een hamer op tafel. De zaal werd stil.

De commissaris heette de journalisten welkom. Hij stelde zichzelf en de anderen van het panel voor voordat hij het woord aan Vang gaf.

Vang gaf een korte beschrijving van de moord. De journalisten zuchtten ongeduldig, dat wisten ze allemaal al. Daarna presenteerde Vang de wetenschappelijke methodiek (eerlijk gezegd empirisch gokwerk) die de basis vormde van het persoonlijkheidsprofiel.

'We denken dat de moordenaar in de dertig is', zei Vang. 'We baseren deze aanname op de vorm van de blokletters – in de jaren zestig werden er in het onderwijs verschillende handschriften uitgeprobeerd – en op het feit dat het slachtoffer een jonge vrouw is. Het is een gangbaar kenmerk bij dit type moord dat de moordenaar vrouwen uitkiest die van zijn eigen geestelijke leeftijd zijn, vaak betekent dit dat ze zo'n vijftien jaar jonger zijn.'

'Wat bedoelt u met 'dit type moord'?' riep een reporter van *VG*.

'Denken jullie dat hij opnieuw zal moorden?' riep Dagbladet.

Aftenposten: 'Of dat hij achter andere, niet-opgeloste, moorden zit?'

De persvoorlichter hief zijn handen omhoog: 'Jongens, aan het eind kunnen vragen gesteld worden.'

'En meisjes!' riep een van de verslaggeefsters.

Vang ging verder: 'We nemen, zoals gezegd, aan dat de moordenaar in de dertig is, maar misschien zo jong als vijfentwintig of zo oud als vijfenveertig. Ergens daartussen.'

'Net zoals de meesten van ons', merkte een medewerker van NTB op en hij oogstte gelach van zijn collega's.

'We denken dat hij een eenzame ziel is. We denken dat hij niet getrouwd is. Hij woont waarschijnlijk alleen. Misschien nog thuis bij zijn ouders of bij een van hen. Hij kan een verkrampte en vreemde indruk op mensen maken. Maar het is net zo waarschijnlijk dat hij sympathiek en behulpzaam gevonden wordt. Wanneer we hem vinden – let op: ik zeg wannéér en niet áls – zal iedereen die hem kent versteld staan. Want niemand zal geloven dat híj de onbekende moordenaar is.'

Vang nam een pauze. Hij haalde diep adem en bladerde in de papieren op het bureau. Het was zo stil dat Kristin zijn papieren kon horen ritselen.

'Hij heeft last van diepe persoonlijke trauma's. Maar hij ziet kans deze verborgen te houden. Uit het feit dat hij zijn slachtoffer lange tijd observeert, blijkt hoe weloverwogen en gepland zijn handelen is. Dit is geen man die moordt uit waanzin of impulsief is. De moord is goed voorbereid. We hebben goede redenen om het ietwat versleten stempel "psychopaat" op hem te plakken. De psychologen zijn niet zo enthousiast over deze typering, maar laten we hem toch een psychopaat blijven noemen.'

Vang observeerde de groep voordat hij verderging: 'Laat ik de term "psychopaat" beter definiëren voor jullie. Velen denken dat psychopaten woestelingen zijn. Het integendeel is het geval! Een psychopaat zal vaak te boek staan als een betrouwbaar persoon. Hij heeft macht. Hij is intelligent en kan erg welbespraakt zijn en charmant. Hij is vaak het sociale middelpunt. Pas na een poosje zullen de mensen om hem heen gaan vermoeden dat er iets is. Hij manipuleert. Hij bluft. Hij liegt. Hij vergroot de kleinste bagatel tot enorme proporties. Hij is de eerste die jouw kwetsbare plek weet te vinden. En hij heeft de neiging om anderen, jou, de samenleving, het slachtoffer, de schuld voor alles te geven. Hij kan brutaal en zonder enige scrupules zijn en gespeend van elk medegevoel en inlevingsvermogen. En wanneer hij de controle verliest kan de psychopaat gevaarlijk worden. Want hij kent geen morele grenzen. Intellectueel gezien weet hij dat wat hij doet verkeerd is, maar hij voelt geen spijt. Geen empathie. Met de ander is iets aan de hand. Hij kijkt naar zijn slachtoffer zoals wij een mug of een vlieg zien voordat we hem doodslaan.'

Vang wierp een blik op een denkbeeldige mug op zijn hand. Kristin dacht: want een knappe acteur!

'Maar wat deze psychopaat gevaarlijker maakt dan de meeste andere moordenaars, is dat hij aandacht vraagt. Zelfbevestiging. Een heroïsche status. Hij wil het middelpunt zijn van de aandacht van de samenleving. Voor de angst van de samenleving. Dat bereikt hij door te doden.'

Vang zweeg terwijl hij opnieuw zijn blik liet glijden over de journalisten. Een fotograaf met een automatische camera nam in een razend tempo een serie foto's. Kristin vond het op schoten lijken.

'Deze man versterkt het effect door bewust de media te gebruiken. Twintig jaar geleden zou hij brieven en foto's naar een krant hebben gestuurd. De tijden zijn nu veranderd. Dus hij stuurt in plaats daarvan video-opnames van zijn slachtoffer naar een televisiezender. Hij filmt haar voordat hij toeslaat. Hij filmt haar in gevangenschap. Hij filmt haar terwijl hij haar doodt. Maar zelf blijft hij anoniem en veilig. Terwijl zijn handelingen beroemd worden. Begrijpen jullie? Met behulp van de videocamera en postzegels ziet hij kans afstand tot ons te bewaren. Hij kan zich verbergen in zijn donkere, veilige hol, terwijl de wereld de controle kwijtraakt. Op die manier kan hij ervan genieten het middelpunt te zijn, iemand voor wie de hele samenleving bang is en met wie ook de hele samenleving rekening moet houden, en gelijktijdig draagt hij niet de last zichzelf, zijn gevoelens, zijn identiteit, te moeten blootleggen.'

Opnieuw haalde Vang diep adem en bladerde hij in zijn papieren.

'De bijzondere bijbelcitaten duiden op religieuze verwarring. Hij kan ziekelijk bezeten zijn van religieuze voorstellingen, maar het is net zo waarschijnlijk dat de religie slechts een gereedschap is voor zijn waandenkbeelden. Het is mogelijk dat hij religieus actief is, maar het is waarschijnlijker dat hij een gespannen en gespleten houding heeft tegenover zijn geloof.' Vang onderdrukte een lach: 'En het is heel goed mogelijk dat hij ons voor de gek houdt. Dat de bijbelcitaten alleen maar bedoeld zijn om mee te bluffen.'

Met zijn handpalmen duwde Vang de papieren tot een stapel. 'Goed, ik weet niet of jullie nog vragen hebben?'

Daarmee explodeerde de perszaal.

Iedereen riep en schreeuwde door elkaar. Gedurende een minuut was de chaos compleet. De persvoorlichter klopte met de hamer, maar op het laatst moest hij gaan staan voordat de menigte tot rust kwam.

'We doen net als op school', riep hij. 'Steek je hand op! Ik zal de volgorde in de gaten houden. Eerst *Aftenposten*!'

Twee journalisten van de krant kibbelden een paar seconden wie de vragen zou stellen, voordat de ene, langharig en gekleed in een spijkerjasje en met cowboylaarzen, opstond. 'Denkt de politie dat de man opnieuw zal doden?'

'Onmogelijk om te zeggen. Dat is giswerk. Maar we vrezen dat hij de handeling zal herhalen.'

'Waarom vrezen jullie dat?'

'Op grond van het persoonlijkheidsprofiel van de dader. Hij kan natuurlijk zijn behoefte aan aandacht bevredigd hebben. Maar hij kan net zo goed gestimuleerd zijn om zijn...' Vang wilde 'succes' zeggen, maar bedacht zich en zei: 'wandaad te herhalen.'

'Dan is het nu de beurt aan *VG*!'

De *VG*-reporter droeg een blazer en een stropdas en het leek of hij zojuist van een vergadering met de vrijmetselaarsloge kwam. 'Heeft hij eerder mensen vermoord?'

'Dat weten we niet.'

'Maar hebben jullie daaraan gedacht en het uitgezocht?'

'Uiteraard. We onderzoeken alle onopgeloste moorden tot in de jaren zeventig op zoek naar mogelijke verbanden.'

'En?'

'Er is een aantal zaken waarnaar we nauwkeuriger kijken.'

'Welke?'

'Daar wil ik voorlopig geen commentaar op geven. Maar een paar hebben we kunnen wegstrepen. *Dagbladet*!'

Gunnar Borg stond op. De manier waarop hij zijn voorhoofd fronste deed denken aan een steradvocaat in een Amerikaanse rechtszaal. Kristin verborg een glimlach achter haar hand. Gunnar had haar verklapt dat hij zijn vragen graag stelde met de nodige dramatiek om ze extra gewicht te geven.

'Ik heb me één ding afgevraagd: zal hij opnieuw gaan moorden om meer aandacht te krijgen?'

'Goede vraag. Maar nogmaals: we weten het niet! Zijn drijfveer kan aandacht zijn. Maar als in de vraag besloten ligt dat dergelijke moorden geen aandacht mogen krijgen, dan is dat een te simpele voorstelling van zaken. Als aandacht zijn drijfveer is, zal hij grovere middelen gaan gebruiken om aandacht te krijgen.'

'Wat bedoelt u?'

'Hij zou bijvoorbeeld meerdere mensen tegelijk kunnen gaan doden. Een bus opblazen. Wat dan ook, in elk geval zo groot dat de pers er niet omheen kan om er aandacht aan te schenken.'

'Kanal 24!' zei de persvoorlichter.

Het werd stil.

De televisiecamera's richtten zich op Kristin toen ze opstond. De lampen verblindden haar. Ze schraapte haar keel en stelde haar vraag zo zacht dat niemand hem kon horen.

'Kun je dat even herhalen?' vroeg Vang.

Kristin verhief haar stem: 'Zal hij stoppen met moorden als er geen aandacht aan hem besteed wordt?'

Vang keek haar recht in de ogen. Het leek wel of hij zin had om te zeggen wat hij vond ('dat weet jij misschien beter dan wij'), maar hij zei: 'Dat weten we niet.'

De persvoorlichter onderbrak Kristins poging een volgende vraag te stellen: 'En nu... *Vårt Land*?'

De journalist van *Vårt Land* was een gedrongen man met baard uit Kvinesdal. Toen hij ineens het woord kreeg, zocht hij nerveus naar zijn notities voordat hij met zijn vraag kwam: 'Welke betekenis hecht de politie aan het feit dat de dader gebruikmaakt van citaten uit het Oude Testament?' De journalist besefte onmiddellijk dat Vang de vraag niet begreep dus hij voegde er nog aan toe: 'Ik bedoel: ze komen niet uit het Nieuwe Testament.'

Er werd hier en daar gelachen in de zaal. Vang zei ernstig: 'We hebben niet speciaal naar die kwestie gekeken.'

'Kunnen de bijbelcitaten een poging zijn om de politie op het verkeerde spoor te zetten?'

'Dat is uiteraard mogelijk. Zolang we de psychologie van de dader niet kennen, weten we niet of hij berekenend genoeg is om ons op een dwaalspoor te zetten of dat hij opgesloten zit in een waanidee. Maar inderdaad, zoals ik al eerder heb gezegd: de bijbelcitaten kunnen een poging zijn om ons op een dwaalspoor te zetten. En hij zou religieus bezeten kunnen zijn. Nog meer vragen.'

Er waren nog meer vragen.

Anita

De zon scheen fel door de ruiten van de ijssalon en ze was gedwongen haar ogen half dicht te knijpen. De bananasplit begon al te smelten. Ze stak een plastic lepeltje met ijs in haar mond, smakte zachtjes en keek naar de drukke straat.

Al lang voordat ze wakker was geworden had Anita Fjordvik doorgehad wat voor dag het vandaag zou worden. Haar kamer was gevuld geweest met helder licht en pollen, met gezoem van vliegen op de vensterbank en warme wind tussen de gordijnen door. Zonneschijn deed haar altijd denken aan de zomers thuis in Sørlandet. Ze zag zichzelf op het rotsblok aan zee zitten, drijfnat, bruin en slank; omgeven door jongens uit de stad die erom vochten wie er naast haar mochten zitten. De zomergodin. De fjord schitterde en blonk, speedboten raceten heen en weer, vrolijk geroep van kinderen die met een luchtbed speelden. Als haar huid warm en droog was, zou ze opstaan en naar de duikplank lopen, gevolgd door struikelende jongens en dan zou ze de perfecte duiksprong maken, een zweefduik die gegrift zou staan in hun geheugen.

Ze nam een hap van het ijsje. IJs met stukjes noot, één bolletje chocola (met flinke stukjes chocola) en twee bolletjes aardbeienijs. Een banaan overlangs gesneden en in karamelsaus gedoopt. Met halfdichte ogen genoot ze van het ijs en keek ze naar de mannen die over het trottoir liepen. Keurde. Verwierp. Bewonderde.

Ze was als een zonnestraal door het leven gegaan. Aardige, keurige ouders, slechts een tikkeltje godsdienstig. Ze was goed op school, had veel vriendinnen, was populair. Op vijftienjarige leeftijd werd ze ontdekt door de oudere jongens die voor haar in de rij stonden. Ze herinnerde zich de vrijdagavonden achter in Opel Ascona's en BMW's: Guns N'Roses, lauw bier, *the Final Countdown*, tongzoenen. De verliefdheden duurden nooit langer dan een half jaar. Nooit langer dan tot de zomer. Dan kwamen er nieuwe jongens op vakantie. Jongens uit de stad. Ze deed met uitstekende cijfers eindexamen en werd toegelaten tot de Universiteit van Oslo. Kort nadat ze verhuisd was naar Oslo werd ze verliefd op een getrouwde man. Vidar. Hij had net een punt achter hun relatie gezet. Vanwege zijn vrouw. Dat kwam haar heel goed uit. Hij verveelde haar. Dat deden mannen altijd na een poosje.

Uit haar ooghoek zag ze dat er iemand op de barkruk naast haar zat.

'En, Anita? Laat je vandaag de geschiedenis van Noorwegen maar de geschiedenis van Noorwegen?'

Ze keek de vreemde verbaasd aan. Er was iets vaags en merkwaardigs bekends aan hem.

'Pardon?' stotterde ze en ze merkte tot haar ergernis dat ze bloosde. Ze dacht dat ze gestopt was met blozen. 'Kennen we elkaar?'

Hij lachte even. 'Dat kan ik nauwelijks bevestigen, ben ik bang.' Zijn stem was mild, net als de stem van de catechisatiedominee thuis. Hij stak zijn hand uit. 'Bård! Herken je me niet? Promovendus bij de historisch-filosofische faculteit. Ik heb me de hele tijd lopen afvragen waarom je in hemelsnaam niet naar mijn zomercursus bent gekomen.' Hij keek naar de verblufte uitdrukking op haar gezicht en lachte de grap weg.

Hij was ouder dan zij, aantrekkelijk. Er was iets met die lichtblauwe ogen, dacht ze, iets ondoorgrondelijks en mysterieus.

Ze drukte zijn hand verlegen. Hij bracht haar in verwarring omdat hij knap was, omdat hij haar deed blozen en omdat ze langzaam besefte dat ze hem de laatste tijd meerdere malen op Blindern had gezien zonder speciaal acht op hem te slaan.

'Hoe weet je wie ik ben?' vroeg ze en ze stak een lepel ijs in haar mond.

'Als je eens wist hoeveel we weten van jullie studenten,' zei hij, 'dan zouden jullie voorzichtiger zijn met alles wat jullie doen.'

Ze bloosde weer. Wat was er met deze man? 'En jij, jij bent druk met het volgen van jonge studentes door de stad?' zei ze plagerig.

'Absoluut!' zei hij ernstig. 'Ik heb je eigenlijk een hele week gevolgd. Dag en nacht!'

Ze keek naar zijn raadselachtige uitdrukking en barstte in lachen uit. Daardoor spuugde ze ijs op zijn T-shirt. Ze bloosde nog dieper en lachte nog harder. Toen ze zich uiteindelijk weer onder controle had, durfde ze hem nauwelijks aan te kijken.

'En,' vroeg hij op een conversatietoon, 'waar zijn jullie op het moment mee bezig?'

'Achttiende eeuw.'

'Ah, de grote vredestijd.'

'Saai.'

'Kom op! De opbouw tot 1814 en zo?'

'Saai!'

'Diep vanbinnen ben ik het met je eens. Maar alsjeblieft, zeg het niet tegen professor Albertsen!'

Deze keer lachten ze in koor.

'Hij is een vreemde man', zei ze.

'Maar erg geleerd!'

'Als een uil!'

'Ik zal je een geheim vertellen: de reden dat hij zo veel weet is dat hij negenhonderd jaar oud is en een olifantengeheugen heeft! Hij heeft alles meegemaakt waarover hij vertelt!'

Ze grinnikte. 'Vreemd dat je me nooit eerder bent opgevallen!'

'Ben ik met je eens. Ik maak meestal wel indruk op vrouwen.'

Ze lachten weer. Ze bloosde.

Toen ze haar ijsje op had, nodigde hij haar uit voor een kopje espresso in een druk, donker café met een vrouwelijke ober die steeds vroeg of ze meer suiker wilden. Hij vertelde over zijn promotie, over bergbeklimmen en parachutespringen, en zijn vrouw die vier jaar geleden gestorven was. Toen hij haar thuis uitnodigde voor een glaasje wijn, dacht ze even aan Espen, die toch een troosteloze klootzak was, en nam de uitnodiging aan. Maar alleen als hij iets sterkers in de aanbieding had dan wijn.

Dat had hij.

Zijn huis was zo afgrijselijk keurig opgeruimd dat het bijna niet bewoond leek. Het rook er vaag naar een ziekenhuis en iets... vergankelijks.

Ze ging op de zachte bank zitten en hij zette een cd op. Roxy Music. Wat een toeval, ze hield erg van Roxy Music! Ze keek rond in de kamer. Saai ingericht. Steriel. Aan de muur hing een schilderij van een jonge vrouw die vaag op haar leek.

Terwijl hij wat te drinken inschonk voor hen beiden, bekeek ze hem stiekem. Zijn gezicht was hard en zacht tegelijk. Toen hij met de glazen naar haar toe kwam lopen leek hij niet te weten waar hij zou gaan zitten: naast haar of op de stoel. Ze klopte op het kussen naast haar en dacht: dit is eigenlijk belachelijk, jonge studente, oudere leraar.

Ik wil wedden dat hij een eersteklas minnaar is, dacht ze.

Alsof hij haar gedachten kon lezen, zei hij: 'Zeg, ik hoop dat je niet denkt dat ik mijn positie misbruik?'

Ze wist niet wat ze moest zeggen. Eerlijk gezegd was dat nu juist precies waar ze op hoopte.

Hij vatte haar zwijgen verkeerd op. 'Je hoeft niet bang te zijn. Het is niet mijn gewoonte studentes mee naar huis te nemen.'

'Wie zegt dat ik bang ben?' vroeg ze. Deze keer bloosde ze niet en ze merkte dat ze bezig was de controle over te nemen. Er was iets moreel opwindends aan de hele situatie: zij en hij alleen, de leraar en de leerling.

'Proost!' zei hij en hij hief het glas.

Ze nam een slok van haar drinken. Gin en tonic. Een beetje bitterder dan ze gewend was.

Een broodmagere kat kwam de kamer in gewankeld. Hij bleef staan, keek haar aan en hinkte naar de man. Hij aaide over zijn kop.

'Shere Khan', zei hij.

'Is hij ziek?'

Hij antwoordde niet. Misschien was hij gewoon mager.

'Mooi huis', zei ze. Ze dacht: ik heb zin in hem! Er is geen enkele reden om te doen alsof. Geen reden om zo braaf te doen. Ik heb gewoon zin om met die man te vrijen!

‘Het is goed genoeg,’ zei hij, ‘als je alleen woont.’

Ze nam opnieuw een slok uit haar glas en huiverde. ‘Heb je geen kamerbewoner?’

Hij barstte in lachen uit. ‘Gewoonlijk niet.’

‘Is dat grappig?’

‘Als je mij zou zijn, wel’, mompelde hij. ‘Maar dat ben je niet.’

Ze lachte mee en leunde naar hem toe.

Hij verstijfde. ‘Proost maar weer’, zei hij en hij probeerde rechtop te gaan zitten.

‘Je zet me onder druk’, zei ze en ze dronk weer. Een golf van duizeligheid spoelde door haar heen. Mijn hemel, ze kon normaal veel meer dan drie slokken verdragen! Ze liet haar linkerhand op zijn knie vallen. Ze voelde dat zijn hele lichaam begon te trillen. Lang geleden? dacht ze.

‘Misschien moet ik wat andere muziek opzetten’, stelde hij voor.

Hij is gewoon nerveus, dacht ze. Stoer en charmant tot het beslissende punt. Ze nam nog een slok. ‘De muziek is top’, zei ze zacht en ze constateerde verbaasd dat ze lispelde. *Doe normaal, Anita!* Ze klemde haar vingers rond zijn dij, masseerde zijn spieren met haar vingertoppen. Hij zat onbeweeglijk.

‘Is er iets aan de hand?’ vroeg ze zacht. Hij was toch geen homo? Dat zou ze allang gemerkt hebben.

‘Niets.’ Hij had bijna geen adem gehaald. ‘Absoluut niets.’

Zou hij bang zijn? Op het gymnasium had ze jongens gehad die in paniek raakten als ze doortastend werd en te veel knoopjes losmaakte.

Met een krachtsinspanning ging ze rechtop zitten, ze zwaaide heen en weer voordat ze weer stil zat en keek hem aan. In het schemerige licht waren zijn gelaatstrekken duidelijk te zien. Hij was onwaarschijnlijk knap.

Je bent dronken, Anita! Na een half glaasje! Je bent dronken en gek!

‘Zeg’, zei ze, ‘ik heb een vraag…’

‘Ja?’

‘Mag ik je kussen?’

Hij maakte zijn lippen nat met het puntje van zijn tong.

Ze leunde naar hem toe.

'Wacht even', zei hij hijgend.

'Wat is er?'

Hij lachte geheimzinnig. 'We gaan beneden naar de kelder.'

'De kelder?'

'Ik heb daar… een kamer.'

Ze voelde de prikkelingen als hete naalden in haar borsten en tussen haar dijen.

'Een kamer?' zei ze uitdagend. Ze zag het meest waarschijnlijk voor zich: een slaapkamer, een hobbykamer met een matras op de grond, een sadomasochistisch rariteitenkabinet. Maakte haar niet uit. Ze wilde hem nu, en als hij een pervers varken was, zou ze het spel meespelen. Zelfs perverse varkens konden spannend zijn.

Hij pakte haar hand en trok haar omhoog. Ze was zo slap dat hij haar moest ondersteunen. Zwarte vlekken dansten voor haar ogen.

'O, god, ik ben niet helemaal…' mompelde ze.

'Kom', fluisterde hij.

Het draaide voor haar ogen.

Shere Khan miauwde.

Aquarius

1

De dag op de televisieredactie begint langzaam.

De eerste medewerkers komen volgens zeggen rond acht uur: slaapdronken, smachtend naar koffie, ongeïnspireerd. Een ander pleegt een telefoontje om een tip na te trekken, anderen sluiten zich op in de rookkamer met de kranten van die dag. Op de achtergrond zoemt de uitzending van televisie Østlandet en Goedemorgen, Noorwegen. Op de nieuwsredactie heeft de eindredacteur zich verdiept in de stapels kranten, faxen en uitnodigingen voor persconferenties.

Om negen uur begint de ochtendvergadering. Sommige verslaggevers zijn ijverig, zitten vol ideeën en standpunten, anderen nemen snel het rooster van die dag door in de hoop dat ze een probleemloze kwestie tegenkomen waar ze wel aan willen werken. De eindredacteur probeert een discussie op gang te brengen rond het thema: 'wat houdt Noorwegen vandaag bezig?' Een vraag die hij iedere keer weer opnieuw stelt. Niemand weet precies wat Noorwegen vandaag bezighoudt. Noch Noorwegen noch de journalisten zijn al wakker. Iemand stelt een onderwerp voor waarover een ander vorige week al iets heeft gelezen in *Arbeiderbladet.* Ten slotte zucht de eindredacteur en verdeelt hij de opdrachten terwijl hij de zaken op zijn lijst afkruist.

Maar dan – langzaam, bijna ongemerkt – begint de redactie wakker te worden. Terwijl de eindredacteur aan de telefoon is, staan de verslaggevers te trappelen omdat ze een nieuwtje hebben, een onverwacht standpunt op een zaak of een spannend interviewobject. De tips komen binnen. Binnen een paar uur heeft de redactie de nacht van zich afgegooid.

Met tegenzin toetste Kristin het directe nummer in van politieinspecteur Vang. Ze had er een hekel aan iedere keer te moeten bellen of er nog wat nieuws te melden viel, meestal had de politie niets te melden, ze voelde zich een plaaggeest en af en toe zelfs een medeplichtige.

Toen Vang opnam, hoorde ze stemmen op de achtergrond. Ze zag voor zich hoe hij ongeduldig over zijn bureau moest leunen om de telefoon te kunnen pakken.

'Kristin Bye', begon ze.

'Geen nieuws!' beet hij haar toe. Toen voegde hij er opgewonden aan toe: 'Ik had beloofd je een persbericht te sturen zodra we iets te melden hadden.'

'Ik geef toch de voorkeur aan persoonlijk contact.'

'Nou, dat doet de rest van je collega's ook. Voor mij wordt het niet erg persoonlijk.'

'Excuses voor de storing. Ik dacht dat de politie het nut wel inzag van het op de hoogte houden van het publiek via de media. Ik blijf toch bellen om te vragen. Mijn chefs hebben me daartoe opdracht gegeven. Maar' – haar stem werd suikerzoet – 'als ik weer video's en brieven krijg, zal ik zo lang mogelijk wachten met je lastig te vallen.'

Hij viel stil. 'Dat is erg kleinzielig!' zei hij zacht.

'O, neem me niet kwalijk.'

'Ik heb geen tijd voor deze onzin!'

Hij legde op. Zonder nog iets te zeggen.

Een paar minuten zat Kristin met op elkaar geklemde lippen en probeerde ze zich weer onder controle te krijgen.

Het was haar niet opgevallen dat Skaug naast haar bureau stond en haar opnam. 'Gaat het niet helemaal naar wens vandaag?' vroeg hij.

'Vang! Hij... bèèh!'

'Misschien kan dit je opmonteren?' Hij legde een overzicht over de kijkcijfers van gisteren en de waardering op haar bureau.

Kristin zocht in de lijst naar *24 timer!*. De uitzending van zes uur had een kijkdichtheid van 15,3 procent en de uitzending van tien uur: 20,5 procent!

Ze lachte naar Skaug.

Ze waren even groot als het *TV2-journaal* en bliezen *Dagsrevyen* in de nek. De aandacht voor de video's had het publiek nieuwsgierig gemaakt.

Skaug ging op zijn hurken voor haar zitten. 'Heb je zin om vandaag iets heel anders te doen?'

'Wat dan?' vroeg ze.

'Iets wat noch bloederig noch gevaarlijk is, maar wat "waf" zegt?'

'Wat heb je voor me? Een hond?'

Hij kwam overeind en lachte stilletjes. 'Ik heb nog een artikel nodig. Eentje dat echt leuk en prettig is. Een puppytentoonstelling op Hellerudsletta! Wat vind je?'

Kristin prikte met haar middelvinger in zijn buik. 'Als je niet zo ongelooflijk lelijk was geweest had ik je gekust!'

Ze ging samen met een jonge cameraman die Yngve heette op pad naar Hellerudsletta.

Ze werden rondgeleid over het enorme tentoonstellingsterrein. Yngve sleepte met zware televisiecamera's, terwijl twee organisatoren hielpen met het dragen van het statief en de tas met uitrusting. De organisatoren hadden veel op hun hart; over training, voeding en raskeuze. Kristin trachtte uit te leggen dat ze geen documentaire wilden maken over het houden van houden, maar een kort, lief portret over puppy's.

Ze bleven staan in een van de hallen van plastic die gevuld was met blaffende, jammerende honden en puppy's. De camera balanceerde op Yngve's schouder, hij deed de lamp aan en begon te filmen. Kristin begreep dat hij geknipt was voor deze opdracht; hij filmde vanuit allerlei hoeken, zette de camera op de grond en liet de puppy's aan de lens snuffelen, tilde de camera van de grond en zorgde ervoor dat hij een totaalbeeld had van het tentoonstellingsterrein.

Daarna interviewden ze kort een van de organisatoren (die het liefst iedereen van het organisatiecomité in beeld wilde hebben) en namen toen afscheid.

Kristin vond dat ze naar hond en gedroogde vis rook.

2

De envelop in het postvakje was wit en had het logo van de gemeente Oslo in de linkerbovenhoek. Haar naam en adres waren geprint op een zelfklevend etiket. Daarom werd ze niet onrustig bij het zien van de videoband. Niet de gebruikelijke

VHS-band zoals de vorige keren, maar een kleine super-VHS.

De brief, die meerdere keren samengevouwen was en in een kleine envelop zat, was op een typemachine geschreven:

Lieve Kristin Bye,

Op de persconferentie van de politie werd gevraagd of ik eerder mensen vermoord had. Het antwoord daarop is: ja, meerdere malen, maar het is een poosje geleden. Ik was uit vorm. Maar vermoorden is net als fietsen – als je het eenmaal kunt, dan kun je het voor de rest van je leven.
Ik ben nooit gepakt. De eerste keer was het kantje boord, maar ik ben glad als een ingevette paling (zoals je begrijpt). Een paar van mijn slachtoffers hebben ze nooit gevonden. Zo wilde ik dat ook. Maar ze hebben het eerste meisje gevonden, uiteraard, ik heb nooit geprobeerd haar te verbergen. Er was wat commotie, maar ze konden mij niet pakken, hoewel ze het hadden gekund als ze hun best hadden gedaan. Nu is de zaak vergeten. Het dossier ligt te verstoffen in de politiearchieven. Weggeborgen en vergeten. En binnenkort verjaard.
Het tweede slachtoffer hebben ze ook gevonden. Daar hadden ze ook geen hulp bij nodig. Niemand zag het verband. Niemand begreep het.
Het derde en vierde slachtoffer hebben ze nooit gevonden. Zo wilde ik het.
En misschien waren er wel meer?

*

Zeg, denk maar niet dat de politie me via deze brief kan opsporen door op zoek te gaan naar de typemachine. Ik ben niet dom. Ik sta in een winkel met kantoorartikelen en leen dit apparaat. Slim, hè?
En: geen valse verwachtingen! Ik neem het typelint mee.

*

Bijgevoegd vind je een videoband. Een mooi, jong meisje.
Ik heb haar niet in gevangenschap gefilmd, dit keer niet. Daarmee maak ik het jullie moeilijk, want jullie weten niet of ik jullie voor de gek houd. Of ik het echt ben. Of een kwaadaardige geest.
Maar dit kan ook bloedserieus zijn.
Als je de video vanavond laat zien, is het mogelijk dat ik de dame laat leven. Als je de video niet laat zien, sterft ze.
De keus is aan jou.

Groeten Aquarius

De opname duurde vijf minuten. Ze lieten een jonge vrouw zien op straat, in een villawijk en op een groot, kaal plein. Kristin dacht: Blindern? Het leek erop dat ze niet in de gaten had dat ze gefilmd werd.

Toen het scherm op sneeuw overging, keken ze elkaar aan.

'En wat was dit, verdomme?' vroeg Wolter.

'Geen gevangene. Geen moord', constateerde Skaug opgelucht.

'Een slechte grap?' opperde Kristin.

'Zou me niet verwonderen', zei Wolter. 'Alles wijkt af van de vorige brieven. Andere envelop. Ander type video. De brief is op een typemachine geschreven...'

'...waarin niets staat wat niet ook in de kranten heeft gestaan', stelde Kristin vast.

'Geen bijbelcitaten', zei Skaug.

'Hij heeft zichzelf een naam gegeven', stelde Wolter vast.

Kristin sloeg haar ogen ten hemel. 'Aquarius? Is dat geen term uit de astronomie?'

'Astrologie!' verbeterde Wolter haar.

'Hij verwijst naar vier eerdere moorden', zei Skaug.

'Zo onduidelijk dat het op van alles kan slaan.'

Wolter zwaaide met de brief. 'Ik geloof dat iemand ons te pakken wil nemen. Iets waarin we ons vast zullen bijten. Misschien een van de leerlingjournalisten die ons uitscholden toen we die video lieten zien. Het zou me niet verbazen als ze dit verzonnen hebben om ons uit de tent te lokken. Dan kunnen zij morgen breed uitmeten in de pers hoe weinig kritisch wij zijn. Hij zegt het immers bijna letterlijk in de brief. Even kijken. Hier, luister: "...jullie weten niet of ik jullie voor de gek houd. Of ik het echt ben. Of een kwaadaardige geest." Wat heeft dat te betekenen? Zou een moordenaar dát hebben geschreven?'

Skaug gromde. 'Een beetje last van paranoia, meneer?'

'Ik ben voorbereid op dergelijke zaken. Ik had het verwacht! Iemand wil ons treffen. Waarom zou de moordenaar het deze keer helemaal anders doen? Heeft hij een nieuwe camera gekocht? Zijn de bruingele, gevoerde enveloppen op? Heeft hij een envelop van de gemeente meegepikt van zijn werk? Heel waarschijnlijk, of niet? En waarom zou hij risico willen lopen terwijl hij in de kantoorartikelenzaak bezig is de brief op de typemachine te typen? Waarom geeft hij zichzelf zo bloot? Niets klopt. Ik geloof dat dit een verdomd slechte grap is. Over onze rug.'

'Ik geloof dat er nog een andere mogelijkheid is', zei Kristin. 'Namelijk dat iemand stiekem een vrouw heeft gefilmd om haar een hak te zetten. Haar ex misschien. Een man die een blauwtje heeft gelopen? Als we de beelden uitzenden en ze ziet zichzelf en krijgt te horen dat er een moordenaar achter haar aan zit, raakt ze in paniek.'

'Goed punt! Verdomd goed punt!'

'Een heel andere kwestie is,' zei Skaug, 'of we lef genoeg hebben om nu nog een video te laten zien na al dat kabaal?'

Wolter en hij keken in elkaars ogen. Geen van beiden gaf antwoord.

'Herinner jij je het nummer van Vang?' vroeg Wolter.

'Bah, moeten we die amoebe er weer bij betrekken?' vroeg Kristin.

De rechercheurs waren er al na zeven minuten. Kristin nam de tijd op. Na vijf minuten hoorde ze de sirenes en één minuut en vijftig seconden later stond de politie bij de receptie.

De politiemensen keken meerdere malen naar de video-opnames. Alsof het een geniaal stukje film was waar ze alle details van wilden zien. Ze lazen de brief steeds opnieuw.

'Welke indruk krijgen jullie?' vroeg Wolter.

'Moeilijk te zeggen', zei Vang. 'We moeten een technische analyse doen. Ontegenzeggelijk kan het zo lijken dat er hier sprake is van een heel andere moordenaar. Maar dat is niet meer dan een beargumenteerde gok.'

'Vind jij dat we de beelden moeten laten zien?'

Vang lachte. 'Betrek me niet bij dat gedoe. Ik heb al genoeg problemen.'

'De briefschrijver komt met een niet mis te verstaan dreigement', zei Kristin. 'Moeten we dat serieus nemen?'

Vang trok zijn schouders op. 'Laat ik het zo zeggen: ik neem dit voorlopig niet al te serieus. We zullen het analyseren en dan zien we verder. Maar ik heb mijn twijfels. Als er ook maar één overeenkomst was geweest met de vorige brieven, zou ik niet twijfelen. Maar persoonlijk denk ik dat iemand jullie dit gestuurd heeft om jullie voor de gek te houden.'

'Dat was ook ons idee', zei Wolter.

'Maar jullie hebben vast een kopie gemaakt, dus jullie moeten verdomme maar doen wat jullie willen.'

Ze lieten de beelden niet zien.

3

Kristin had zojuist in haar eigen flat het nieuws van tien uur gezien toen de telefoon ging. Ze keek automatisch op de klok en zuchtte. Ze had gehoopt dat ze op tijd naar bed kon. Het was of het werk, wat betekende dat ze haar bed vaarwel kon zeggen, of het was een van haar vriendinnen, en dat betekende hetzelfde.

'Hallo, met Kristin', zei ze in de hoorn.
Stilte.
'Hallo!' riep ze ongeduldig.
Gedempte geluiden.
'Wie is daar?'
Ze wilde net opleggen toen ze een iel stemmetje hoorde zeggen: 'Hallo?'
Een jonge vrouw. Bang.
'Met wie spreek ik?'
'Ik ben het, ik...' Ze rochelt.
Stilte. Gedempte geluiden.
De gil snijdt als een pijnlijk elektrische schok door de hoorn en trilt na in Kristin. Hij duurt een paar seconden.
Toen leek het of iemand een laken in stukken scheurde.
Kristins adem stokt.
Het gegil gaat door; in de verte, gedempt, met stoten.
Het scheurende geluid gaat door. Alsof het laken in lange repen wordt gescheurd.
In de stilte die volgt blijft Kristin stokstijf staan met de hoorn in haar hand.
'Hallo?' roept ze.
De hoorn wordt opgenomen.
Kristin hoort iemand moeizaam ademhalen.
'Hallo? Mijn god, wie is dit? Waarom... wat is dit?'
Zware ademhaling.
'Hallo?'
Er verstrijken een paar seconden.
Ze hoort een dreun.
Dan wordt de hoorn opgelegd.

4

Anita Fjordvik werd dood aangetroffen in een van de vijvers voor het raadhuis van Oslo.
Het was een stille, bleke ochtend. De zon was een diffuse schijf

boven de horizon. Enkele meeuwen vochten om een dode vis die in de fjord dreef. Een paar bootjes waren op weg naar Nesodden en een lege tram kwam piepend langs Aker Brygge.

Een gemeentereiniger ontdekte haar toen de klok op het raadhuis zes uur sloeg.

Hij had het lijk al een paar minuten eerder gezien, maar hij was bekaf en had een nieuwe bril nodig, dus hij dacht dat het een stuk zeildoek was of zoiets. Bij de trap stonden twee collega's tegen de gele vrachtwagen geleund hun tweede sigaret te roken.

Pas toen hij bij de vijver kwam begreep hij wat hij zag.

De schok verlamde hem. Het leek wel of hij droomde. Of dat hij in een film zat. De camera was vlak achter hem. Hij zag zijn rug voor zich en zijn hand die de bezem vasthield. Hij zag het lijk. Het blonde haar. Het naakte lichaam. De armen. De benen. Op haar linkerborst was een soort ster gekrast met een getal erin.

Zes.

Zijn kreet stokte in zijn keel. Toen hij eindelijk controle over zijn stem kreeg, klonk zijn geroep meer als een rauwe schreeuw. Bij Honnørbrygga vloog een meeuw op en tussen Nesoddtangen en Bygdøy kwam een buitenlands cruiseschip aangevaren.

5

Kristin kreeg diezelfde middag de brief. Een geelbruine envelop. Net zoals de vorige keer. Haar naam was met rode stift geschreven. Een VHS-band. Een handgeschreven brief in blokletters:

KRISTIN!

JE HEBT ME VOOR DE GEK GEHOUDEN EN TEGEN ME GELOGEN, LIEFJE, LAAT ME WETEN HOE IK JE AANDACHT KAN VANGEN.

ZO STAAT HET GESCHREVEN.

MIJN VRAAG IS: KUN JIJ LEZEN – ECHT LEZEN EN BEGRIJPEN – EN MIJN BOODSCHAP BEGRIJPEN?

*

MISSCHIEN IS HET EEN TROOST TE WETEN DAT HET MEISJE AL ONDER MIJN HOEDE WAS TOEN JE DE VORIGE BRIEF KREEG.
DUS JIJ DACHT DAT IK IEMAND WAS DIE JE VOOR DE GEK WILDE HOUDEN? IN ZEKERE ZIN HEB JE MEER GELIJK GEKREGEN DAN JE DENKT.
NU WEET IK WAAR JULLIE STAAN.

WANNEER DE MISDADIGERS NADERBIJ KOMEN OM MIJ OP TE SLOKKEN.

AQUARIUS

Vang en twee rechercheurs waren tien minuten later aanwezig. Ze zaten in het kantoor van Wolter waar het hem eindelijk gelukt was een VHS-recorder aan de televisie te koppelen.
Wolter deed de recorder aan.

Anita zit op een matras. Dezelfde matras waarop Una Mørch had gezeten. Haar polsen zijn vastgebonden. Ze heeft haar handen gevouwen. Als in een gebed, denkt Kristin.
Ze horen het geluid van een deur die geopend wordt en weer dichtvalt. Anita kijkt op. Er valt een schaduw over haar heen.
De camera zoomt in op haar gezicht. Ze staart in de lens van de camera. Dan gaat het beeld over in een totaalbeeld van de kamer, daarna komt de camera weer heel dichtbij.
Er gebeurt iets links van haar. Een hand geeft haar een telefoon.
De vrouw pakt de hoorn aan met haar geknevelde handen. 'Hallo?'
Ze luistert, in verwarring..
'Ik ben het, ik...'
De hand schiet naar voren, hij neemt de hoorn weg en legt deze op de matras.

De vrouw kijkt omhoog, opzij. Haar gezicht vertrekt. Dan schreeuwt ze.

Er komt een naakte arm in beeld. De hand heeft iets vast. Een rol met tape.

Terwijl ze hem aanstaart, plakt hij de brede tape om haar hoofd. Hij begint direct onder haar ogen. Hij trekt de tape rond en rond haar hoofd. Bedekt haar neus. Rond en rond. De plastic tape maakt een scheurend geluid. Ze schreeuwt, gooit haar hoofd heen en weer, spartelt tegen met geknevelde handen. Maar hij is sterker dan zij. Wanneer de tape haar mond nadert, haalt ze zo diep mogelijk adem. Maar hij plakt de open mond gewoon dicht. Rond en rond.

Dan laat hij haar los.

Door de kiertjes in de tape kan ze heel kleine beetjes lucht naar binnen zuigen. Maar niet genoeg. Lang niet genoeg.

Er verstrijkt een minuut.

Anderhalve minuut.

Haar vingers gaan open en dicht. Ze leunt met haar hoofd achterover. Ze zien slechts het wit van haar ogen.

Twee minuten.

Twee minuten en dertig seconden.

Ze valt opzij. Haar hoofd raakt met een dreun de muur.

O, god, dacht Kristin. O, lieve god! Ze deed een stap naar achteren en botste tegen Wolter aan die haar vastpakt. Ze stak een vuist in haar mond en beet hard. O, lieve, lieve god!

'Kristin?' zei Skaug.

'Dat ben ik!' hikte ze.

Wolter en Skaug keken elkaar verbijsterd aan. Vang deed een stap in haar richting.

'Jij?' zei Wolter. 'Dat is toch dezelfde vrouw die…'

'Aan de telefoon!' schreeuwde ze. 'Ze had mij aan de telefoon!'

Op het gymnasium zat hij in een groep die zich de Klan noemde. Daar had hij Linda leren kennen. Ze rookten altijd hasj in het weekend en gingen op warme zomernachten naakt zwemmen aan het Ingierstrand. Ze waren een beetje te jong om hippies te zijn, maar ze deden wel erg hun best dat te zijn. Ze mediteerden wat en een aantal meisjes kon horoscopen trekken. Soms organiseerden ze seances. Een van de meisjes – hij herinnerde haar zich goed, ze heette Ann-Reidun en was broodmager van de zenuwen – beweerde dat ze een echt medium was dat in verbinding stond met een geest die Gowdie heette. Of zoiets. Hij had nooit geloofd in die onzin, maar toch was hij gefascineerd door de occulte mythologie van de Klan. Het gedachtespel. De spanning. Die plechtige stem in het donker. De geur van wierook. De milde hasjroes. Het was een poosje een fascinatie, maar toen liet hij het achter zich. Behalve Linda natuurlijk.

Linda! Mooie, domme Linda! Ze lacht naar hem vanaf het doek. Ze verbergt haar gezicht, spuugt naar hem, trek het douchegordijn dicht. De contouren van haar lichaam door het plastic. En dan ineens: een nimf, slapend op het wateroppervlak, opgesloten in haar eeuwige jeugd.

Het is donker in de kamer. De super-8-camera staat op een tafel naast hem, bovenop vier boeken. Het doek hangt aan het wankele statief.

Er is iets speciaals aan deze oude super-8-films. Het ratelende geluid van de camera. De geur van de gloeiendhete lamp. De schokkerige bewegingen als in stomme films.

Na Linda kwam het meisje in Vesletjern en toen kwam Mona.

Na Mona kocht hij een videocamera. Makkelijker te hanteren, veiliger. Maar niet zo magisch als de super-8-films.

De eerste die hij filmde was Erin. Gekke, lieve, aardige Erin! Ze had gedacht dat ze hem kon bekeren. Ze had er nooit iets van begrepen. Hij had gevraagd of ze meeging voor een boottochtje en ze had ja gezegd omdat ze een beetje verliefd op hem was en omdat ze dacht dat ze hem kon bekeren. En ze hadden over God gepraat en de Bijbel en toen hij haar had gekust, had ze gedacht dat hij gelovig was geworden.

Hij was met Shere Khan naar de dierenarts gegaan. Hij kon niet zeggen wat er aan de hand was. Maar hij dacht ook dat de kat ziek was.

Shere Khan had een week lang niet gegeten. Zijn ogen waren dof en hij verhaarde vreselijk. De dierenarts had een paar onderzoeken gedaan en hem een vitamine-injectie gegeven.

Daarna had hij Shere Khan meegenomen naar het park. Shere Khan was dol op het park. Daar kon hij loeren op de duiven, rollen in het gras, trachten vlinders te vangen. Maar nu wilde hij niet uit de mand komen.

Hij had de mand in het gras gezet. Shere Khan had nog net zijn kop opgetild en was toen weer in elkaar gezakt.

Toen moest hij huilen. Hij had zich afgewend en zijn gezicht verborgen in zijn handen, zodat niemand kon zien dat hij huilde. Shere Khan had slechts naar hem gekeken met zijn uitdrukkingsloze ogen.

Duivels spel

I

De politieauto stoof door de straten van het centrum met gillende sirene en blauw zwaailicht. Vang was op de achterbank gaan zitten en had gevraagd of hij naar het bureau gereden kon worden, en de chauffeur had dat opgevat als een order om deel te gaan nemen aan de Grand Prix in Monaco of zoiets.

Maar hij protesteerde niet. Diep vanbinnen genoot hij er als een jochie van om met sirene en zwaailicht te scheuren.

Seriemoorden. Hij liet het woord rondgaan in zijn mond. Vijf jaar geleden, toen hij tijdens een studiereis in de FBI-academie in Quantico in Virginia was, had hij een fascinerende lezing bijgewoond over verwarde mannen die een morbide patroon volgden als ze doodden. De spreker leidde *FBI Behavioral Science and Investigation Support Units.* Politiemensen die werkten op het grensgebied van psychologie en wetenschap. En die, op goede dagen, onbekende moordenaars zo nauwkeurig konden profileren dat ze na een paar dagen of weken opgepakt konden worden.

Ze scheurden door rood licht.

Maar toch klopte er veel niet aan die Amerikaanse stereotypen. Dergelijke moordenaars doodden altijd volgens een vast patroon. Vaak waren de slachtoffers van hetzelfde geslacht. Ongeveer even oud. Van hetzelfde type, en vaak leken ze op elkaar. Ze werden op dezelfde manier gedood. En op dezelfde manier achtergelaten.

Maar in dit geval werkte de moordenaar niet volgens het boekje. Weliswaar waren beide slachtoffers vrouw en waren ze beiden ontvoerd en gevangen gehouden voor de moord, maar Una was doodgeschoten en Anita was gewurgd met tape. Anita was waarschijnlijk niet seksueel misbruikt. Ze was midden in de stad gevonden na de moord, Una was nog niet gevonden.

Vang vond het maar niets. Een moordenaar die slaafs een

patroon volgde was eenvoudiger te vinden dan iemand die keer op keer varieerde.

De politieauto ging links rijden en dwong een bus half het trottoir op.

Hij had een fout gemaakt toen hij de vorige brief niet serieus had genomen. Had het uitgemaakt? Zou Anita nog geleefd hebben als ze gedaan hadden wat hij zei? Vang betwijfelde dat. En die twijfel maakte hem erg ongerust. Intuïtief besefte hij dat het voor de dader een spel was, een duivels spel.

De chauffeur deed de sirene een paar honderd meter voor het bureau uit.

2

Ze zaten op hem te wachten op het bureau.

De hoofdcommissaris en de commissaris Geweldsdelicten zaten aan de ene kant van de vergadertafel. Aan de andere kant zat de directeur-generaal van het departement van Justitie en een van de staatssecretarissen van het departement. Vang begroette de twee gasten snel.

De staatssecretaris nam het woord:'Zoals ik al tegenover de hoofdcommissaris benadrukt heb, wil het ministerie van Justitie zich niet mengen in het politiewerk.'

Mooi, dacht Vang, *maar...*

'Toch wil de minister onderstrepen dat ze met zeer grote zorg kijkt naar de ontwikkelingen in deze zaak en dat ze er het volste vertrouwen in heeft dat de politie van Oslo alles doet wat in haar macht ligt om de dader te pakken.'

Niemand zei iets.

Vang dacht: iedereen is erop uit voor rugdekking te zorgen. Als er problemen komen wil de minister van Justitie kunnen zeggen dat ze al in een heel vroeg stadium de kwestie heeft opgenomen met de politie van Oslo. Hoe zou de hoofdcommissaris zijn rugdekking geregeld hebben?

De hoofdcommissaris kuchte. 'Het hoofdbureau neemt, net als

de minister, de ontwikkelingen uiteraard zeer serieus', zei hij tegen de staatssecretaris. Hij wendde zich vervolgens tot Vang: 'Na overleg met de commissaris Geweldsdelicten heb ik daarom besloten dat jij de leiding van het onderzoek op je neemt.'

Vang zei: 'Ik heb alle vertrouwen in afdelingschef Antonsen.'

'Dat hebben we allemaal. Maar zoals de zaak nu ligt, vinden we het toch verstandig dat jij de feitelijke en formele leiding krijgt.'

Vang dacht: zodat de staatssecretaris terug kan naar de minister om te rapporteren dat de hoofdcommissaris de leiding van het onderzoeksteam versterkt heeft.

'Dat is het verstandigste', zei de commissaris Geweldsdelicten.

3

Hij belde Aksel Antonsen op zijn kantoor. Vang zag er tegenop het nieuws over te brengen, maar Antonsen nam het goed op. Vang nam aan dat hij opgelucht was dat hij de verantwoordelijkheid kon overdragen.

'Jij wordt uiteraard mijn plaatsvervanger en rechterhand', zei Vang.

'Hoe zit het met Alm?'

'Hij wordt de verbindingsman, de liaisonofficier, tussen de twee secties die ik van plan ben op te richten. Een verantwoordelijke functie.'

'Welke secties?'

'Eén sectie concentreert zich uitsluitend op de slachtoffers en één gaat verder met het onderzoek rond de moordenaar. Om ervoor te zorgen dat waardevolle informatie niet verloren gaat in het vacuüm tussen de twee secties, zijn we afhankelijk van een eigen rechercheteam dat de informatie en theorieën samenvoegt. Een team dat naar verbanden zoekt die de afzonderlijke secties over het hoofd kunnen zien.'

'Verstandig.'

'Ik wil iedere ochtend en avond een vergadering met de leiding en de verschillende sectieleiders. Ik wil dagelijkse, schriftelijke samenvattingen hebben die verspreid worden onder alle sectieleiders.'

'We hebben mensen nodig!' constateerde Antonsen. 'Veel mensen!'

'We krijgen wat we nodig hebben. In de loop van twee dagen zitten we op zeventig mensen. En over een week op honderd.'

Antonsen floot.

'We roepen de leiding van het onderzoeksteam en de sectieleiders over twee uur bij elkaar', ging Vang verder. 'Voor die tijd zal ik een organisatieschema in elkaar zetten. We moeten alles ondersteboven keren in het leven van Una Mørch en Anita Fjordvik. Vriendenkring, minnaars, hobby's, alles! De moordenaar heeft hun pad gekruist en wij moeten uitzoeken waar. Iemand op Blindern moet gezien hebben dat er een persoon met een videocamera stond te filmen. Bovendien moeten we het aantal speciale eenheden uitbreiden. Ik ben ervan overtuigd dat het met pornografie te maken heeft. Duistere milieus! En ik wil tot op de bodem toe uitgezocht hebben wat zijn naam, Aquarius, betekent. Als er een astrologisch verband is, wil ik de namen van iedere astroloog in het land hebben. Ik wil weten wie de zogenaamde telefoonastrologen bellen. En wat verdomme die ster betekent die in haar borst gekrast was. In de voorlaatste brief was hij tamelijk gedetailleerd in zijn bekentenis over moorden van jaren geleden. Ik wil elke zaak op tafel hebben. We zullen iedere onopgeloste moord, iedere vermissing opnieuw analyseren. We zullen alle kantoorartikelenzaken afstruinen. Als hij zo'n lange brief heeft geschreven moet iemand hem hebben gezien. Wat voor tape heeft hij gebruikt voor Anita? Waar kun je die kopen? Wat voor telefoon heeft hij? We hebben er een glimp van kunnen opvangen, genoeg om uit te zoeken welk merk het is. We moeten lijsten zien te krijgen van die mobiele abonnementen.'

'Poeh', zei Antonsen.

Er werd hard op de deur geklopt.

Vang zuchtte geïrriteerd. 'Binnen!'

De leider van de video-eenheid stak zijn hoofd om de hoek met een gezichtsuitdrukking die erop duidde dat hij vreesde een tumultueuze vergadering te verstoren. Hij wist niet of hij zich tot Antonsen of tot Vang moest wenden en hij keek van de een naar de ander terwijl hij sprak: 'Het spijt me van de storing, maar we hebben zojuist de laatste video bekeken.'

'Ja?'

'We hebben iets ontdekt waarvan ik aanneem dat jullie dat direct willen weten.'

'Vooruit met de geit!' zei Antonsen.

'De kwestie is dat de video is bewerkt.'

'Wat bedoel je?' vroeg Vang.

'Er is in geknipt. Na de opname.'

'In geknipt?' vroegen Vang en Antonsen in koor.

'Je ziet het aan een paar overgangen. Deze kerel is geen amateur. En hij heeft toegang tot tamelijk geavanceerde apparatuur. Ik dacht dat jullie dat wel direct zouden willen weten.'

Vang dacht: zou het iemand bij Kanal 24 zijn?

Mallemolen

I

Ze lieten geen beelden zien van de moord op Anita. Het was niet eens onderwerp van discussie.

Kristin en Roffern gingen naar de vijver waar het lijk was gevonden. Het water was weggepompt. Bij de rand, achter het afzetlint van de politie, lag een berg boeketten en kaartjes.

Kristin hield een kopie van de videoband omhoog, staarde recht in de cameralens en legde uit dat *24 timer!* besloten had de beelden niet uit te zenden. Nog een moord zou Noorwegen te zeer schokken, zei ze. Anita Fjordvik. Twintig jaar. Vermoord en ergens tussen half elf 's avonds en vijf uur de volgende morgen naar de vijver voor het raadhuis gebracht. Terwijl de moordenaar, op zijn laatst vlak voor middernacht, de envelop in de speciale postbus bij het hoofdpostkantoor had gegooid. De politie was op zoek naar getuigen. Iemand moest iets hebben gezien. Bij het raadhuis. Bij het hoofdpostkantoor.

Maar niemand meldde zich.

2

Het leek op een déjà vu waar geen einde aan kwam.

Ditmaal kwamen de journalisten ver voor de nieuwsuitzending. Velen hadden gebeld en gevraagd of *24 timer!* een videoband had ontvangen. Hoewel Wolter de tijd voordat hij het bericht bevestigde probeerde te rekken, hadden ze al heel snel de hele meute bij de receptie staan.

En weer improviseerden ze een persconferentie in de vergaderzaal.

En weer kregen ze allemaal dezelfde antwoorden.

En weer moest Kristin poseren voor de fotografen.

Daarna liep Kristin met Richard Wolter mee naar zijn kantoor. Hij deed de deur achter haar dicht, opende een la in het bureau en haalde een fles Martell tevoorschijn.

'Uitsluitend voor eerste hulp bij ongelukken', zei hij droog en hij schonk de cognac in twee plastic bekertjes.

Ze proostten.

'Wat denk jij dat ze zullen schrijven?' vroeg ze.

Wolter keek voor zich uit. 'Ze zullen niet net zo kritisch zijn als de vorige keer. De woede is een beetje bekoeld. Bovendien hebben ze deze keer niets tegen ons. We hebben ons koest gehouden. Ze zullen wel vinden dat we niet serieus zijn en dat we niet helemaal te vertrouwen zijn. Maar ze zullen de deur op een kier zetten. Zodat we weer de warmte in mogen.'

'Je bent zo cynisch.' Ze had geen ontbijt gehad vanmorgen en die twee slokken begonnen te prikken in haar hoofd.

'Ik ben niet cynisch, Kristin. Ik ben realist. Bedenk wel dat ik *the game* ken. Het spel. Want dát is het! Een verrekt spel!' Hij beheerste zich. 'Je hebt gelijk. Ik ben cynisch.'

Kristin zei niets. Ze snoof het aroma van de cognac op en voelde hoe de geur de zenuwen in haar hersenen volgde.

'Een spel!' ging Wolter verder. 'Een gevecht om de oplage, om nieuwe standpunten, exclusieve gezichtspunten. Curiositeiten. *Human interest*-kwesties. Om de eerste te zijn. De foto's het eerst te hebben. De blits te maken. Een verrekt spel, verdomme!'

'Daar proost ik dan maar op!'

Hij nipte aan de cognac en grijnsde ontwapenend. 'Ik zeg niet dat we niet serieus zijn. Dat we niet betrokken zijn bij wat we doen.'

'Halleluja!'

'En ik zeg niet dat we niet begaan zijn bij alles wat echt belangrijk is. Maar toch is het een verrekt spel.'

Ze proostten weer.

'We maken er allemaal deel van uit', ging hij in gedachten verder. 'Dat is de aard van de journalistiek.'

'In elk geval in Akersgaten...'

Hij schudde zijn hoofd. 'Dat zie je verkeerd. Jij en velen met jou. Want dit gaat niet alleen om *VG* en *Dagbladet*. Of om het nieuws op televisie. Het gaat net zo goed over *Aftenposten* en *Dagsnytt*. Over *Nordlys* en *Fædrelandsvennen*. Over de kleine regionale krant. En *Dagsrevyen*. Iedereen gooit zich in de mallemolen van het nieuws en op het laatst draait de molen zo snel dat niemand er vanaf durft te springen.'

'Jezus, ben je dronken of zo?'

Hij keek naar zijn cognac en hun blikken kruisten elkaar. 'Niet dronken, Kristin. Alleen ietwat gedesillusioneerd.' Hij deed beide handen open en dicht, alsof hij iets wilde pakken. 'Waar zijn we verdomme mee bezig?'

Kristin vroeg zich af wat het juiste antwoord daarop kon zijn. Ze deed een poging: 'We informeren. We houden de mensen op de hoogte. We bekritiseren en leggen bloot. We brengen het nieuws. Moet ik verdergaan?'

'Maar weet je wat we werkelijk doen? De mensen die het nieuws op televisie brengen? Wat is ons eerste doel?'

Kristin trok haar schouders op. 'Kijkers naar onze zender te trekken?'

'We zijn verdomme een ritueel! We bevestigen dat de wereld bestaat. Avond na avond. Over de hele wereld! Het journaal ziet er overal hetzelfde uit. We surfen op de toppen van de golven. Op de hoogtepunten. *Eye candy* en soundbites van de dramatische wereld. Kleine, fragmentarische flitsen van de werkelijkheid. Die werkelijkheid die uit beelden bestaat. Emoties. Engagement. Dramatiek. Een andere werkelijkheid dan die van de kranten. Een andere werkelijkheid dan die van de radio. Maar toch een stukje van de werkelijkheid. Een werkelijkheid die de kijkers vertelt dat ze veilig naar bed kunnen gaan, omdat de zon morgen weer op zal gaan.'

'Voor nieuwe oorlogen, nieuwe moorden, nieuwe tragedies...'

'...waarvan we maar een heel klein deel laten zien.' Hij sloeg zijn ogen ten hemel. 'Allemachtig, je klinkt als iemand van die christelijke zenders! De kijkers trekken hun schouders op en doen melk in hun koffie en zeggen 'ach, jee' bij elk nieuwe tragedie die over het scherm gaat. En dan nemen ze een slok van hun koffie.

Want zij worden niet getroffen. Niet jij en niet ik. Het treft die ander.'

Kristin draaide haar glas rond en snoof. 'Ik denk dat ze het zich wel aantrekken.' Ze nipte van haar cognac. 'Maar ze hebben geen zin zich te engageren.'

Wolter ging zitten en dacht na over wat ze gezegd had voordat hij antwoord gaf: 'Hoeveel mensen bellen om te klagen dat we bloederige beelden hebben laten zien van een oorlog? Tien? Twintig?'

'Ongeveer een gemiddeld lezersprotest bij *VG*?'

'Precies! Maar weet je wat ze vergeten, iedereen die wil dat er geen bloed te zien is op het scherm in hun veilige woonkamer? Ze vergeten dat zulke beelden de wereld wakker schudden. Dat ze de wereld veranderen! Wie zou zich druk hebben gemaakt om de stammenstrijd in Rwanda als de televisie geen beelden had laten zien van de opgezwollen lijken en huilende kinderen langs de kant van de weg? Niemand had gehoord van Rwanda, verdomme! En wat dwong de internationale gemeenschap tot ingrijpen in Bosnië? Wat was de aanleiding?'

'Bedoel je die granaataanslag op de markt in Sarajevo?'

'Een bloedbad! De beelden gingen heel de wereld over. En schudden de publieke opinie wakker. Men reageerde. Er werd geëist dat er werd ingegrepen. Niet het aantal doden gaf de doorslag. Niet de artikelen in de kranten. Niet de meesterlijke reportages in de kranten. Het waren de televisiebeelden. Omdat de televisiebeelden, in al hun gruwelijkheid, lieten zien waar het werkelijk om ging. Om bloed... om afgerukte ledematen... om dood... om huilende moeders en kinderen.'

Wolter stond op en liep naar het raam. Hij bleef een tijdje naar buiten kijken.

'Denk je dat *Dagsrevyen* de video had laten zien?' vroeg ze.

Hij trok een vreemde grimas. 'Ik heb me hetzelfde afgevraagd. Ik weet het niet. Ze hadden het vast in de een of andere vorm gedaan. Ze hadden het met de grootst mogelijke verpakking gecamoufleerd, maar uiteindelijk hadden ze net zo gedaan als wij en de beelden laten zien. Niet de moord zelf. Maar die hebben wij ook niet laten zien. Ik gok erop dat ze de beelden op een monitor op de achtergrond hadden laten zien terwijl ze een politieman of een psychiater interviewden. En weet je, dan was er geen herrie gekomen. De media hadden het belang ingezien. Omdat het om *Dagsrevyen* gaat. Niet noodzakelijkerwijs omdat hun reportages serieuzer en beter zijn dan de onze, maar omdat *Dagsrevyen* de standaard is.'

'En wij zijn?'

'Wij, Kristin, zijn de brutale, nieuwe jongen in de klas. Hij wordt door niemand welkom geheten, maar iedereen vindt hem wel spannend.'

Ze was bekaf en aangeschoten toen ze een taxi nam naar haar lege, donkere flat. Ze zakte neer op de bank, zette MTV aan en viel met haar kleren aan in slaap.

3

Ze werd de volgende ochtend vroeg gewekt door een collega van *Dagsrevyen* die vertelde dat ze haar graag als zaterdaggast wilden hebben.

Jeetje, dacht ze, ik ben bezig een bekend persoon te worden!

Op weg naar haar werk merkte ze dat verscheidene mensen haar aanstaarden. Ze vond het niet prettig. Toen ze langs de krantenkiosk liep zag ze dat zowel *Dagbladet* als *VG* grote foto's van haar op de voorpagina hadden staan.

Dat vond ze ook niet prettig.

Op haar werk lag een stapel verzoeken op haar te wachten van lokale radiozenders en weekbladen die haar wilden interviewen. *Se og Hør* bood een gratis cruise aan over de Caraïbische Zee samen met een reportageteam en het liefst met haar speciale vriend. *Norsk Ukeblad* wilde haar als gastschrijfster hebben in hun nieuwe serie 'Gedachten voor de open haard' en gelukkig kreeg ze geen aanbod van een softpornoblad om voor vijftigduizend kronen haar kleren uit te trekken.

Het was een vreemd gevoel dat ze allemaal naar háár op jacht waren. Jarenlang was ze zelf de jager geweest; een van die talloze reporters die naar toppolitici, leiders in het bedrijfsleven, showbizzsterren en sporthelden belden voor een uitspraak, een standpunt, een nieuw gezichtspunt. Ze had nooit begrepen waarom ze zo afwijzend, levensmoe en ontmoedigend deden. Maar het was dus niet zo vreemd. Ze kregen niet één telefoontje, ze kregen er honderd. De telefoon ging aan één stuk door. Er stond niet één journalist te trappelen, maar vijftig. En het was één ding om min of meer vrijwillig in een cameralens te staren, maar iets heel anders om je gezicht, compleet met rimpels en een vlekje in een ooghoek, uitgesmeerd te zien over de voorpagina.

Ze dronk samen met Wolter en Skaug koffie. Ze probeerden elkaar ervan te overtuigen dat Anita Fjordvik ook vermoord zou zijn als ze de beelden hadden uitgezonden, maar de argumenten klonken halfslachtig, koud en vermoeid. Wolter gaf toe dat hij het gevoel had gehad onder druk te staan van de publieke opinie, de media en de overheid. Hij zei dat hij laf geworden was. Als hij naar zijn hart had durven luisteren, had hij de eerste beelden van Anita laten zien. Dan had ze misschien nog geleefd.

'Bullshit', zei Skaug. 'Hij kon haar niet laten leven. Ze zou hem verraden hebben. Ze was vanaf het eerste moment ten dode opgeschreven.'

Kristin was het met hem eens. Wolter moest ook toegeven dat dit waarschijnlijk was. Skaug sloeg met vlakke hand op de tafel.

En toch dachten ze alledrie: misschien had ze nog geleefd als we hadden gedaan wat hij ons gevraagd had.

4

De paniek sloeg niet ineens toe zoals men zou verwachten. Hij verspreidde zich geleidelijk, als een sluipende verlamming. Het leek of de een na de ander begon te denken: allemachtig, hij kan mij de volgende keer pakken!

In het begin bemerkte de taxicentrale een toename van het aantal vrouwelijke passagiers. Toen ontstond een fenomeen dat *Dagbladet* 'meisjeskettingen' noemde. Twee of meer vrouwen liepen arm in arm door de stad op weg naar huis. Een slimme jongen verdiende een klein vermogen met T-shirts met de tekst 'Laat mij leven – ik ben niet fotogeniek!' Verscheidene wijk- en woonverenigingen sloegen de handen ineen en men ging op vrijwillige basis surveilleren. Sommige felle types eisten meer politie op straat. Deze oproep werd direct omarmd door de *Fremskrittsparti* die tijdens het vragenuurtje in het Storting de minister van Justitie aan de tand voelde waarom de moordenaar nog steeds niet gepakt was.

Iedereen sprak erover. In kantines, kantoren, buiten op straat, op schoolpleinen, via de telefoon; overal ging het slechts om één kwestie: Aquarius. Wie is hij? Wie wordt zijn volgende slachtoffer?

De slotenmakers hadden wachtlijsten van enkele weken. Het alarmnummer van de politie werd suf gebeld door hysterische mensen die geheimzinnige personen rond hun huis zagen sluipen. In de buitenwijken waren na middernacht slechts mannen te zien en toen de mannen dat zagen, gingen zij ook naar huis. Een jonge minnaar die uit het slaapkamerraam van zijn geliefde kroop na een nachtelijke ontmoeting, werd bijna gelyncht door de lui van de buurtpreventie. Een Amerikaanse toerist die een aantal topless meisjes in het Vigelandspark vastlegde met zijn videocamera, werd gegrepen door twee passanten die hem dwongen op zijn rug te blijven liggen tot de politiesurveillance kwam. In sommige fotozaken verlangden de verkopers een identiteitsbewijs van verdachte personen die VHS-banden kochten. Een godsdienstfanaticus die op straat een vlammend betoog hield over het feit dat immoreel gedrag gestraft moest worden met de dood en eeuwig lijden, werd overmeesterd en uitgeleverd aan agenten van politiebureau Centrum die in het voetgangersgebied surveilleerden.

5

Anita's begrafenis in het kleine kerkje in Sørlandet werd niet bepaald de privéceremonie waar de ouders om hadden gevraagd.

In het hele dorp hingen de vlaggen halfstok. Iedereen was in de rouw. De regionale radio zond gepaste muziek uit. Langs de route van Anita's ouderlijk huis tot aan de kerk hadden vreemden boeketten opgehangen aan de straatlantaarns.

Het volk stroomde toe. Niet uit nieuwsgierigheid of opdringerigheid, maar uit medelijden en medeleven. De kerk zat drie kwartier voor de klokken begonnen te luiden al bomvol.

Uit mededogen met de betrokkenen had de politie de pers gedirigeerd naar een hoger gelegen gedeelte op gepaste afstand van de kerk, maar dichtbij genoeg om overzichtsfoto's te kunnen maken. In de kerk was de volgende afspraak gemaakt met een persfotograaf en een televisieman: met toestemming van de dominee en de ouders mocht er in de galerij gefotografeerd en gefilmd worden, onder voorwaarde dat de beelden daarna gedeeld werden met hun collega's.

De kist werd gedragen door Anita's vader, haar twee broers en drie ooms. Haar moeder liep er vlak achter, ondersteund door haar zus. Het smartelijk gesnik was op de heuvel waar de pers stond nog te horen.

Toen de witte kist in de aarde zakte, weerkaatste de zon in de telelenzen en kijkers.

Stilstand

I

De laatste nachten had hij op de bank in zijn kantoor geslapen. Niet alleen omdat de werkdagen zich steeds dieper in de nacht ingroeven, maar ook omdat de flat koud en vreemd aanvoelde als een isoleercel. Maar gisteravond moest politie-inspecteur Runar Vang naar huis om te douchen en schone kleren aan te trekken. In de badkamer had hij zich helemaal uitgekleed en zijn overhemd, sokken en ondergoed in de wasmachine gestopt. Hij had de kraan opengedraaid en zeep in het bakje gedaan en was toen op zijn hurken gaan zitten, spiernaakt, en had niet-begrijpend naar alle knopjes en symbolen zitten staren.

Na de douche was hij naar de keuken gegaan en had hij drie boterhammen met geitenkaas en leverpastei gesmeerd. De melk in de koelkast was zuur. Herdis had altijd een ketel voor het koken van water voor de koffie op het fornuis staan, maar nu zag hij alleen maar de pot oploskoffie.

Ze was er altijd heel goed in geweest hem te verwennen. De enkele keren dat hij op tijd thuiskwam voor het avondeten had ze de lekkerste delicatessen voor hem opgediend. Als hij tot laat in de avond met een zaak bezig was geweest zaten ze graag rond de keukentafel te praten en koffie te drinken. Soms stak ze een kaars aan en deed ze de plafondlamp uit. Ze was daar beter in dan hij. Als hij doodmoe en somber was, knoopte ze zijn stropdas en overhemd los en masseerde ze zijn schouders. Een paar keer had ze hem naar de bank in de kamer getrokken en hadden ze daar gevreeën. Maar dat was uiteraard nadat Roger het huis uit was gegaan. Ze was heel vindingrijk als het dergelijke zaken betrof.

Hij dacht: ben ik te oud voor haar geworden? Is dát het?

Ze woonden op de tweede verdieping van een woonblok in Årvoll. Drie kamers, keuken en badkamer. Een keurig en rustig plekje. Prachtig uitzicht over de fjord en de stad. Herdis had de flat ingericht. Het deed Vang denken aan een zomerhuisje. Grenen meubelen in boerenstijl. Roodgebloemde gordijnen. Een robuuste, overvolle boekenkast. Familiefoto's aan de muur. En een paar ingelijste aquarellen die Herdis kunst noemde. Het woonblok was na de oorlog gebouwd en de sociaal-democratische tijdgeest was nog overal merkbaar. Drie keer per jaar corvee. Een bestuur dat alles in de gaten hield. Had iemand de trap niet schoongemaakt, dan kwam de voorzitter zelf aan de deur. Vang had het er naar zijn zin.

In zijn ochtendjas slofte hij naar de grote kist waar hij zijn jazzplaten bewaarde. Hij was trots op zijn verzameling. De enige luxe die hij zichzelf toestond. Bijna tweehonderd oude vinyl-lp's. Count Basie. Errol Garner. Oscar Peterson. Art Tatum. De hele club. Hij hield van oude jazz en hij hield het meest van jazzpianisten. De ritmes. Die ijle, syncopische akkoorden. Die vederlichte loopjes over het toetsenbord.

Al die emoties.

Hij zette een grijsgedraaide lp met Errol Garner op, legde zijn benen op tafel en leunde achterover. Hij sloot zijn ogen en luisterde. Op de achtergrond knetterde en ruiste het. Hij hoorde het tevreden gepingel van Garner.

Dit stukje deed hem denken aan Herdis.

Toen hij naar bed ging rook hij haar geur in het beddengoed. Hij kroop naar haar kant van het bed en daar viel hij in slaap.

2

De volgende morgen ging hij om half zeven naar kantoor. De hemel was helder en doorschijnend. Hij was moe.

Toen hij aan het bureau ging zitten en de dossiers opensloeg die alle informatie van de verschillende eenheden samenvatten, wist hij dat deze een grote hoeveelheid informatie zouden geven, maar dat er geen doorbraak zou zijn. Hoewel Vang besefte dat elk groot onderzoek al snel naar een fase ging waarin het leek of er pas op de plaats werd gemaakt, was hij besmet door het gevoel van frustratie dat zich onder de leiding begon te verspreiden. De eerste dagen van een onderzoek werden altijd gekenmerkt door enthousiasme en optimisme, een gevoel van gemeenschappelijkheid en onkwetsbaarheid. Maar de vreugde van het werken in een team verdween snel. Omdat ze met zo velen waren, en omdat er zo weinig aanknopingspunten waren, zaten ze met een berg aan informatie die haast onoverkomelijk leek. Meters ringbanden. Schoenendozen met datadiskettes. Bergkammen van provisorische opslagplaatsen. Namen, namen, namen. Processen verbaal. Lijsten. Kaarten. Krantenknipsels. Theorieën.

Zelfs het Kanal 24-spoor, waarvan Vang in stilte had gedacht dat dat de zaak in een mum van tijd zou oplossen, had tot niets geleid. Ze hadden heel omzichtig onderzoek gedaan. Vang had persoonlijk de hoofdredacteur Wolter verhoord over de technische en journalistieke staf en niet één medewerker was naar voren gekomen als speciaal interessant voor de politie. Ze hadden een lijst gemaakt van twintig namen die theoretisch gezien in het patroon zou kunnen passen. Maar een voor een waren ze uit de zaak geschrapt.

'De discipelen', zoals de onderzoekers in het zogenaamde bijbelgroepje spottend werd genoemd, hadden ook geen succes. Ze hadden weliswaar, eerlijk gezegd was het een toevalstreffer, een pedofiele groep opgerold binnen het christelijke, vrij kerkelijke milieu, maar de verknipte zielen werden al snel uit de moordzaak geschrapt. De videogroep had een distributiekanaal voor pornofilms ontdekt, maar niemand kon hem naar Aquarius leiden.

Een team van acht rechercheurs zat een dag lang alle oude gewelds- en vermissingszaken door te nemen. Alle punten die enigszins verband konden houden met de suggesties die in de derde brief werden gewekt, werden geanalyseerd en beoordeeld. Naam na naam werd in de computer ingevoerd. Het was belangrijk om zoveel mogelijk informatie in te voeren. Vroeg of laat zouden ze een match hebben: een naam die op verschillende plaatsen opdook, een persoon die interessant was om nader te onderzoeken.

En vroeg of laat zou die naam bij Aquarius horen.

3

Vang en Aksel Antonsen wandelden naar Grønland om te lunchen.

Er was bijna niemand in de lunchroom. Het was niet moeilijk te begrijpen hoe dat kwam. De ruimte was koud en kaal. Keukenstoelen en respatex tafels. En de hoge glazen toonbank zat vol vliegen.

Ze verkochten belegde broodjes, bolletjes en koffie. De stoelen schraapten over de grond toen ze bij het tafeltje aan het raam gingen zitten.

'Vertel me één ding, Runar,' zei Antonsen aarzelend en hij zette zijn vingertoppen tegen elkaar, 'is er iets aan de hand?'

Vang voelde dat hij verstrakte. Hij had niemand verteld over Herdis. Hij kon die blikken van medelijden niet verdragen.

'Je lijkt... je weet...' Antonsen kuchte.

'Moeilijke zaak', zei Vang ontwijkend en hij keek uit het raam. Een Pakistaanse moeder liep met een kinderwagen over de markt. Hij voelde dat Antonsen hem opnam. 'Erg moeilijke zaak', zei hij nog een keer en hij schoof onrustig heen en weer.

'Dat is waar', zei Antonsen. Hij keek naar Vang, hij wilde verdergaan met zijn vragen, maar bedacht zich. 'Denk je dat we hem pakken?'

'Vroeg of laat...'

'Dus de vraag is hoeveel hij er nog om kan brengen voordat we hem pakken?'

'Ja.'

'Ben jij niet een keer naar zo'n cursus geweest. In *the States*?'

'Geen cursus', zei Vang. 'Een lezing.'

'En? Wat denk je?'

'Waarover?'

'Over hem! Aquarius!'

'Denk, denk.'

'Laten we eens wat spelen, Runar. Zoals in vroeger dagen! Herinner jij je dat we wat speelden als we vast zaten? Vroeger?'

Vang glimlachte en dronk van zijn koffie. Jazeker, hij herinnerde het zich.

'Jij begint', zei Antonsen.

'Wat je wilt', Vang slikte en legde zijn bolletje op een servet. 'Dit is een gok maar *what the heck*: oppervlakkig bekeken lijkt hij zeker van zichzelf. Rustig en gecontroleerd. Maar vanbinnen is hij één bonk zenuwen. Hij is koud en cynisch. Een echte duivel. Manipulerend en berekenend. Tegelijkertijd beeld ik me in dat hij diep vanbinnen de wens heeft dat we hem pakken. Hij neemt steeds grotere risico's. Als het klopt dat hij eerder iemand heeft vermoord, en het dus geen opschepperij is, dan heeft hij dat min of meer stiekem gedaan. Nu neemt hij risico. Met een grote kans om gepakt te worden. Hij speelt met het gevaar, gaat over grenzen heen. Hij daagt ons uit, Aksel, hij provoceert!'

'Waarom geeft hij zichzelf niet aan als hij gepakt wil worden?'

'Als we hem niet kunnen pakken, zal hij zich misschien aangeven. Maar voorlopig is het te simpel! Dit is een spel voor hem. Een driedimensionaal computerspel waarin de samenleving de tegenstander is. Het doden van een mens is net zo betekenisloos als het doden van een figuurtje op het computerscherm. Dat maakt onderdeel uit van het spel. Hij moet overwonnen worden, hij wil niet degene zijn die het vrijwillig opgeeft.'

'De bijbelcitaten duiden erop dat hij in de war is. Als hij niet godsdienstig is, zou het heel goed kunnen zijn dat hij opgegroeid is in een streng christelijk milieu. Zoon van een dominee. Zoon van een predikant uit de vrij christelijke gemeente. Waarschijnlijk was hij slachtoffer van kindermishandeling. Misschien is hij seksueel misbruikt? Wat denk je?'

'Ik raak er meer en meer van overtuigd dat het bluf is. Dat hij die bijbelcitaten gebruikt om ons in de war te brengen.'

'Die gedachte is ook bij mij opgekomen.'

'Hij wil een illusie scheppen. De moordenaar die door godsdienst bezeten is. De occulte demon. Ik geloof daar niet in. Hij lijkt op een filmregisseur; hij denkt in dramaturgische beelden. Als hij werkelijk een godsdienstfanaticus was dan zou dat uit verschillende zaken blijken. De manier waarop hij doodt, de manier waarop hij zijn slachtoffers achterlaat. De symbolen.'

'Er zijn wel van die sterren. En de getallen.'

'Ik begrijp niet wat die symboliseren.'

'En waarom filmt hij in hemelsnaam zijn slachtoffers? Waarom stuur hij zijn opnames naar de televisie?'

'Zelfbevestiging! Hij denkt dat hij tegelijkertijd zichtbaar en onzichtbaar is. Net zoals Kristin Bye. Zichtbaar en machtig, onzichtbaar en anoniem. Tegelijkertijd. Herinner je je Zodiak? Hield Californië in zijn greep van 1966 tot het midden van de jaren zeventig. Volkomen gestoord. Daar leek het op. Hij tekende astrologische symbolen rond zijn slachtoffers. Niemand weet hoeveel hij er gedood heeft. Maar hij heeft meer dan twintig brieven naar de krant gestuurd. Hij wilde niet onzichtbaar zijn.'

'Is hij gepakt?'

'Nee.'

Aksel Antonsen schudde met zijn hoofd. Hij had zijn bril op zijn voorhoofd gezet. 'Die kerel is slim. Hij leest of veel boeken of hij kijkt veel naar films. Beetje ongewoon voor zo'n type, of niet?'

'Ongewoon! Integendeel! Velen van hen zijn opvallend goed opgeleid. Herinner je je Ted Bundy?'

'Hij is in de elektrische stoel beland?'

'Uiteindelijk, ja. Nadat hij jarenlang het rechtssysteem heeft gemanipuleerd. Een geslepen duivel. Intelligent. Charmant. Geliefd bij de vrouwen. En toch… gestoord.'

'Hij moet ze kennen. Omdat hij zichzelf zo'n bijnaam heeft gegeven. Hij probeert ze na te apen.'

'Dat geloof ik ook. Hij is goed opgeleid. Belezen. Hij beheerst het Noors goed', zei Vang. 'Hij heeft geen problemen met de taal. Integendeel. Hij is intelligent.'

'Dat maakt het allemaal nog beangstigender.'

Ze keken elkaar aan. Beiden dachten hetzelfde. Hij zal opnieuw doden.

Oldtimer

'Je gaat dit missen! Of niet, *oldtimer*?'

Redactiechef Anders Langen, ook wel Slangen genoemd, sloeg Gunnar kameraadschappelijk op zijn schouder. Gunnar stond met zijn armen over elkaar naar de stille nieuwsredactie te kijken. Het was bijna drie uur in de middag. Gunnar gluurde over zijn brillenglazen naar Langen. Ze hadden twaalf jaar samengewerkt op misdaad tot Langen redactiesecretaris en later redactiechef werd. Gunnar constateerde mismoedig dat Langen de enige was op de redactie die hij een vriend zou kunnen noemen. In elk geval de enige levende.

'Yep,' antwoordde Gunnar aarzelend, 'dit ga ik missen.'

Hij liet zijn blik over de redactie glijden. Er was nog niemand gestrest. Een corrector en een man van de lay-out hadden het druk met een kleurenpagina die op tijd ingeleverd moest worden. De bureauredacteur en de reportagechef stonden misprijzend gebogen over een artikel uit *Se og Hør*. Er kwam een verslaggever aangerend met een stapel papier in zijn handen, hij keek wanhopig rond en verdween weer. Een secretaresse nam een telefoon op die eindeloos overging, ze keek de redactie rond en schakelde de telefoon door naar een andere secretaresse.

Het is niet zoals vroeger, dacht Gunnar. Dit zou ook een bank kunnen zijn. Of een makelaarskantoor. Een reclamebureau. Alleen de gedrukte krantenpagina's aan de muur gaven hem het gevoel op een krantenredactie te zijn. Vroeger had de hoofdredactie eruitgezien als een hoofdredactie. Stoffig, vuil, rommelig. Toen kwamen de nieuwstelegrammen ratelend binnen op de lawaaiige telexmachines. Van Norsk Telegrambyrå, Associated Press, Reuters, United Press International. Een belletje gaf aan als het een belangrijk telegram was. Meters en meters knisperend papier die afgescheurd werden met behulp van een liniaal, *riiiiiitstj*, om vervolgens gesorteerd te worden en op een stalen prikker geprikt. Bonkende typemachines met een helder *pling* bij de rechter marge. De telefoons die rinkelden in plaats van te klinken als elektronisch speelgoed. En toch, Gunnar moest het toegeven, toch was de sfeer hetzelfde. Nieuwe mensen, maar nog steeds dezelfde details als vroeger. Een menagerie van strebers en jagers, van halve kunstenaars en klaplopers, van idealisten en cynici. Halflege koffiekopjes. Notitieblokken met onbegrijpelijke hiërogliefen. De zieke humor. Stapels oude kranten en documenten. Sommigen zaten te wachten, anderen maakten jacht op het juiste nieuws. Het goede verhaal dat de krant van morgen zou beheersen. Hoe dichter bij de deadline, hoe beter de stemming. Het gevoel van met zijn allen een goede krant in elkaar te zetten. Het saamhorigheidsgevoel. En de wanhoop als het goede verhaal uitbleef, wanneer de voorpagina omgegooid moest worden omdat het hoofdartikel niet goed genoeg was en men eigenlijk niets anders had voor de voorpagina. Gunnar dacht aan die oude mop: artsen begraven hun fouten. Juristen sluiten hun fouten op. Maar journalisten drukken ze af. Iedere dag een examen met honderdduizenden correctors. Maak je een fout dan zitten de lezers klaar met hun rode potlood en opmerkingen. Triomfantelijk! De onderwijzers die beledigende brieven schreven omdat je 'loopte' in plaats van 'liep' had geschreven. De astronomen die belden omdat je had geschreven dat een jaar op Neptunus tweehonderd jaar op aarde was, terwijl toch iedere idioot wist dat Neptunus 164,79 jaren deed over zijn baan rond de zon. Statistici die altijd zeurden over het verschil tussen 'procent' en 'percentage'. De advocaat die met een proces dreigde omdat je geschreven had dat zijn cliënt veroordeeld was voor een 'bankoverval' in plaats van 'een poging tot overval op een postkantoor'. En het ergste was dat ze allemaal volkomen gelijk hadden. De ideale krant is foutloos. Misschien niet zo vreemd dat de humor op de redactie grof en hard was. Met een eigen en speciaal jargon. Buitenstaanders die op bezoek kwamen op de redactie werden bleek en stil wanneer ze de gepeperde commentaren hoorden die door de ruimte vlogen. Ja, hij zou deze sfeer missen.

'Zie je er tegenop weg te gaan?' vroeg Langen.

Gunnar haalde adem. Het antwoord lag op het puntje van zijn

tong. Het was: Ja, het zal vreemd zijn. Dat had hij iedereen geantwoord die deze vraag aan hem gesteld had. En het zou vreemd zijn. Verdrietig. Maar het vreemde was: hij verheugde zich erop. Het leek wel of je op moest zien tegen je pensioen. Je had nog zoveel niet gedaan, je had nog zoveel te geven, je had nog zoveel lef in je donder. En dan kreeg je een kamer op een vergeten gang en daar zat je dan te suffen en schreef je een artikel dat vroeg of laat in de krant verscheen. Maar Gunnar verheugde zich. Hij verheugde zich erop 's nachts te kunnen opblijven en de volgende morgen uit te kunnen slapen zo lang hij maar wilde. Hij verheugde zich erop in zijn leunstoel te kunnen zitten lezen. Maar hij verheugde zich er het meest op om zijn oude Underwood-typemachine tevoorschijn te halen en te schrijven. Eindelijk een boek met zijn memoires. En een thriller (als hij kans zag het delicate legepaginaprobleem op te lossen waar hij mee worstelde). En al sinds zijn dertigste had hij gefantaseerd over het schrijven van een oorlogsroman. Een Noorse *The Naked and the Dead*, die hij tot op de dag van vandaag nog steeds de allerbeste roman vond die sinds de Tweede Wereldoorlog was uitgekomen. Hij had al zo'n tien hoofdpersonen duidelijk voor ogen. Hij zag de handeling al voor zich. De intriges. Maar iedere keer als hij een vel papier in zijn typemachine draaide en bovenaan *Hoofdstuk één* typte, stopte het. De eerste zin wilde niet komen. Hij was geen Mailer. Geen Hemingway. Hij was verdomme niet eens Gunnar Larsen. Maar als hij met pensioen was, zo stelde hij zich voor, dan zou het anders zijn. Dan had hij de tijd om op de woorden te wachten.

Tijd. Het magische woord. Tijd. Magisch en verraderlijk.

'Gunnar?' Langen staarde hem afwachtend aan.

Hij kuchte verontschuldigend en zei: 'Ik was aan het dagdromen! Zeg, ik zal je eens iets zeggen...' Hij legde zijn krachtige vuist op Langens schouder en trok hem naar zich toe. Hij was waarschijnlijk de enige op de redactie die dat durfde te doen met Slangen. 'Ik verheug me erop. Echt! Ik verheug me erop, Anders!'

Langen pakte het gele potlood dat achter zijn oor zat, bestudeerde de bijtsporen (alsof hij ervan verzekerd wilde zijn dat het zijn potlood was) en stak het als een sigaret in zijn mond. 'Dat dacht ik al.' Met een merkwaardige kaakbeweging rolde hij het potlood heen en weer over zijn tanden. 'Jij droomt nog steeds over dat boek dat je wilde schrijven?'

Het klonk niet plagerig of spottend. Langen sprak het woord boek uit met een hoofdletter B. Met respect. Gunnar verstarde. Hij kon zich niet herinneren dat hij iemand verteld had over het boek. Misschien alleen Kristin. Het boek was zijn geheime droom. Wanneer zou hij Langen daarover verteld hebben? Dat moet geweest zijn toen hij veel dronk. Toen was Langen zijn trouwe metgezel geweest.

Gunnar zei: 'Misschien zal ik op een dag dat boek kunnen schrijven, Anders. Misschien.'

'Goed,' Anders Langen richtte zich op en maakte een gebaar dat hij verder wilde lopen, 'als dat boek van jou er niet komt, dan weet je dat je hier altijd welkom bent.'

Hij zei het tussen neus en lippen, bijna alsof hij slechts beleefd wilde zijn, maar de woorden deden tranen in Gunnars ogen schieten. *De duivel moge je halen, Gunnar, je bent op je oude dag een sentimentele oude gek aan het worden!* Hij knipperde met zijn ogen en grapte: 'Bedankt voor het aanbod! Je weet, je kunt veel zeggen over journalistiek, maar het is...'

'in elk geval beter dan werken', maakte Langen de zin af. Hij sloeg Gunnar weer op zijn schouder. 'We spreken elkaar nog, *oldtimer.*'

Op weg naar zijn kamer door de kronkelige gangen dacht hij aan Kristin. Hij dacht bijna de hele tijd aan haar.

Hij had van vele moorden verslag gedaan. Triviale tragedies. Moord door dronkenschap. Moord uit jaloezie. Bij hoge uitzondering had hij te maken gehad met een weloverwogen, geplande moord. Maar deze kerel, deze Aquarius, was een klasse apart. Hij deed hem denken aan die Amerikaanse en Britse moordenaars over wie je leest. De kindermoordenaar in Atlanta. Son of Sam. The Yorkshire Ripper. Fred en Rosemary West. Asociale eenlingen. Ziekelijk gefocust op één ding.

Waarom had hij Kristin uitgekozen?

Hij deed de deur achter zich dicht en ging in de oude groene bureaustoel zitten die de bedrijfsfysiotherapeut de laatste acht jaar steeds dreigde weg te gooien.

Waarom Kristin?

Hij begreep het niet. Ze was knap, maar niet knapper dan de andere vrouwelijke televisiegezichten. Ze was niet op een bijzondere wijze opgevallen. Ze verscheen regelmatig op het scherm, dat was alles. *Se og Hør* had een paar foto's van haar gepubliceerd toen ze samen was met Marcus, maar ze was niet bepaald een bekend persoon. Dus waarom stuurde hij die videobeelden naar haar?

Hij had twee jonge vrouwen vermoord. Hij had ze gefilmd. Hij had die video's naar Kristin gestuurd. En hij had meer aandacht gekregen dan hij ooit had mogen dromen. De kranten schreven de laatste dagen nergens anders over. Alle Oslose media hadden hun Aquarius-sectie opgericht die jacht maakten op de laatste ontwikkelingen.

Gunnar hoopte dat hij nu tevreden was. Dat hij alle aandacht had gekregen die hij wilde hebben. Hij hoopte dat de moordenaar zich nu koest zou houden totdat politie-inspecteur Vang op een dag op zijn deur klopte en zei dat het spel voorbij was.

En toch vreesde hij dat dit slechts het begin was.

Hij hoopte, God weet dat hij hoopte, dat er niet meer moorden zouden komen.

En dat Kristin veilig was.

De onzekerheid gaf hem een smaak in zijn mond die hij zich herinnerde uit zijn jeugd. De smaak die je kreeg als je op een oud muntstuk zoog.

Ze is pas zeventien jaar. Ze ziet er tien jaar ouder uit en hij raakt in de war dat ze nog zo jong is. Ze heeft flinke tieten en een harde blik. Geen nimf. Absoluut geen nimf.

Het was eenvoudig geweest. Zo verrekte eenvoudig. Hij was een weekend naar de bergen gegaan, met een tent, visuitrusting, primus en al die andere dingen en toen, iets ten noorden van Dokka, had ze langs de kant van de weg staan liften. Bijna niemand durfde tegenwoordig te liften, zelfs niet buiten Oslo, dus toen hij gestopt was om haar te vragen waar ze heen wilde, had hij ook gevraagd of ze niet bang was voor Aquarius.

'Ben je gek, zeg!' had ze gezegd in haar dialect. 'Er gebeurt mij niets. Hier niet!'

Ze was naast hem gaan zitten en had haar rugzak op de achterbank gelegd. Ze hadden gepraat. Ze was na een ruzie weggelopen van huis en was van plan een paar vrienden in Oslo op te zoeken om daar te logeren.

'Grappig,' had hij gezegd. 'Mijn kamerhuurder is net verhuisd. Als je interesse hebt.'

Jezus, ja, ze was reuze geïnteresseerd. Als het niet te duur was.

Nee, hij vroeg niet zo veel. Had ze al werk?

Dat had ze niet. Nog niet. Ze dacht binnen een paar dagen iets te hebben. In een winkel. Of op kantoor. Zoiets. Vast en zeker.

Dat kwam goed uit. Hij had een klein bedrijf, legde hij uit. Hij was op zoek naar een kantoorhulp. Receptionistenwerk, koffiezetten... meer van dat soort dingen. Was dat iets voor haar?

Midden in de roos! Ze kon geweldig koffiezetten en vele mensen hadden tegen haar gezegd dat ze zo'n goede telefoonstem had.

'Je kunt wel even meegaan naar mijn huis om een kijkje te nemen in de kamer,' had hij voorgesteld, 'om te kijken of het wat voor je is.'

'Hartstikke fijn', had ze geantwoord.

Zo eenvoudig was het geweest. Nu ligt ze vastgeketend op de matras in de kelder. Marianne. Een heel ander type dan Una en Anita. Zij waren stil en rustig geweest. Waardig. Maar Marianne maakte alleen maar kabaal. Vermoord me niet, verkracht me niet, ik doe wat jij wilt als je me maar niet vermoordt, alsjeblieft. Zeur, zeur, zeur. Iedere keer als hij de deur van de kelder opendeed begon ze te kermen. Ze ging hem op zijn zenuwen werken. Als hij met eten binnenkwam, begon ze te grienen. En wanneer hij door de spiegel naar haar keek, rukte en trok ze aan de ketting. Ze deed hem denken aan een wanhopige vos die vastzat in een klem.

In het schemerdonker vindt hij het gelinieerde A4-notitieblok en de ballpoint. Hij trekt de gummihandschoenen aan. Slaat de Bijbel open.

LIEVE KRISTIN, schrijft hij.

Hij blijft voor zich uit zitten staren. Kristin. Haar naam smaakt naar honing. Ze zou eens moeten weten!

Hij herinnert zich de eerste keer dat hij haar stem hoorde. De eerste keer dat hij haar ontmoette. Zijn verbijstering toen hij haar ineens op televisie zag.

Hij tuurt naar de vreemde letters die hij zichzelf heeft aangeleerd. Hij laat zijn blik gaan over de kleine letters van de Bijbel. Hij haalt diep adem. Hij drukt zijn pen zo hard op het papier dat de punt bijna door het papier gaat:

> HET MEISJE IS NIET GESTORVEN; ZE SLAAPT. ZE LACHTEN HEM UIT. MAAR HIJ STUURDE HEN ALLEMAAL NAAR BUITEN. GING DE KAMER VAN HET MEISJE BINNEN EN PAKTE HAAR HAND; EN HET MEISJE STOND OP.

Hij lacht in zichzelf en zet de pen weer op het papier:

> EEN NIEUW MEISJE VOOR JOU. JE WEET NIET WIE ZIJ IS. ZE KAN IEDEREEN ZIJN. MAAR ZE STAMT AF VAN HET GESLACHT VAN LILITH. HET BLOED VAN LILITH STROOMT DOOR HAAR ADEREN.

Hij leunt achterover. Hij leest hetgeen hij geschreven heeft hardop. Hij vraagt zich af hoelang het zal duren voor ze het door hebben.

ZE SMEEKT, EEN SMEEKBEDE OM TE MOGEN BLIJVEN LEVEN. JIJ KUNT ERVOOR KIEZEN NIET NAAR DEZE SMEEKBEDE TE LUISTEREN, ZOALS LAATST, OF JE KUNT DOEN WAT ZE VRAAGT. MISSCHIEN RED JE ZO HAAR LEVEN, MISSCHIEN NIET.
IN DE SCHRIFT STAAT GESCHREVEN:

EN HIJ ZAL VOOR JE BIDDEN, ZODAT JE MAG LEVEN. MAAR ALS JE HAAR NIET TERUGGEEFT, DAN WEET JE ZEKER DAT JE STERFT. JIJ EN DE JOUWEN.

AQUARIUS

Demon van de nacht

I

Haar gezicht is opgezwollen en gevlekt. Haar haren hangen in slierten langs haar gezicht. De grote ogen zijn rood van het huilen.

'Ik heet Marianne', zegt ze. Haar stem beeft. Ze snuft, maakt haar lippen vochtig en tuurt naar iemand achter de camera. Meerdere malen probeert ze verder te gaan, maar de woorden blijven steken in haar keel.

'Maar ik draag de naam... Lilith. Aquarius heeft me gevraagd de volgende woorden te zeggen: "En wanneer de duizend jaren ten einde zijn, zal Satan je verlossen uit je gevangenschap." En nu zijn die duizend jaar voorbij.'

Ze aarzelt, kijkt vragend naar iets (een persoon? een stuk papier?) achter de camera en gaat huilend verder: 'Help me! Alsjeblieft! Laat dit vanavond op televisie zien! Zodat hij niet...'

Het gesnik krijgt de overhand. Ze huilt onbedaarlijk. Haar handen beven. Uiteindelijk krijgt ze zichzelf weer onder controle: 'Alsjeblieft! Doe wat hij zegt! Alsjeblieft!'

Kristin had tranen in haar ogen. Ze keek van Wolter naar Skaug. Wolter had zijn hoofd in zijn handen en zijn handen gleden naar beneden naar zijn neuswortel.

Ze zeiden geen van allen iets.

De telefoon van Wolter ging over. Hij nam hem niet op. Toen de telefoon ten slotte zweeg, zei hij timide: 'Hebben we een keuze?'

Noch Kristin noch Skaug antwoordde direct. Toen zei Kristin: 'Dit is een vorm van chantage...'

'Dat kun je rustig zeggen', zei Wolter fel.

'Ik begrijp de bedoeling van die bijbelcitaten niet. En wie is Lilith?' Kristin keek naar de twee mannen.

'De man is getikt, volkomen gestoord', zei Skaug.

Totaal irrationeel had Kristin het gevoel dat de verantwoordelijkheid voor de hele zaak, en de uitkomst ervan, op haar schouders rustte. Alsof zij had gevráágd haar die videocassettes toe te sturen om carrière te maken.

'Wie neemt contact op met Vang?' vroeg Skaug.

'Ik niet', zei Kristin. 'Ik ga uitzoeken wie Lilith is.'

Wolter stak met een vermoeid gebaar zijn handen in de lucht.

Kristin liep direct naar haar kamer en belde een oude kennis op Blindern, een universitair docent in folkloristische gebruiken. Ieder jaar met Kerst en Pasen had ze hem geïnterviewd over de Noorse tradities op deze dagen. Waarom we een kerstboom hebben, over de kerstman Noors is of uitgevonden door Walt Disney, wat eieren en thrillers in hemelsnaam met Pasen te maken hebben.

'Wat weet jij over Lilith?' vroeg ze toen ze klaar waren met het uitwisselen van beleefdheidsfrasen.

'Ik hoop dat dit niets te maken heeft met de Aquariuszaak', zei hij.

'Waarom niet?'

Omdat ze een echte helleveeg was.

Lilith. Het kwade. In de Noorse volkstraditie de stammoeder van onderaardse wezens. De oude joden geloofden dat ze de vrouwelijke demon van de nacht was. Er werd gezegd dat ze de eerste vrouw van Adam was. Ze verliet hem voor de wellustige demonen. Elke dag baarde ze honderden kinderen voor hen.

Lilith. De belangrijkste van de vrouwelijke demonen. Die pasgeborenen stal en ze wurgde. Die slapende mannen verleidde en hun bloed dronk.

Toen Kristin hem bedankt had voor zijn hulp en de telefoon had neergelegd, kneep ze haar ogen dicht om haar tranen tegen te houden. Arm meisje, dacht ze. Arme Marianne, arm, arm meisje!

2

Na overleg met de politie werd besloten om de opname van de onbekende Marianne, die meer dan een minuut duurde, uit te zenden. Het vorige dreigement was reëel genoeg geweest. Ze hadden niets te verliezen met het inwilligen van de eis. Weliswaar wilde Wolter zich niet onder druk laten zetten om iets te doen, maar verdomme, zelfs *The New York Times* had een manifest gepubliceerd van de 'Unabomber' in de hoop dat hij zou stoppen met het sturen van bombrieven. Het leven van een jonge vrouw stond op het spel en als er een kleine kans was om haar te redden door het tonen van de beelden, maakte het hem niet uit dat hij tegen zijn principes inging.

Om problemen te voorkomen wilde Wolter dat politie-inspecteur Vang als gast in de studio zat nadat ze de beelden hadden laten zien. De redactie had rugdekking nodig. Met zijn gezicht recht in de camera moest Vang ten overstaan van de hele natie bevestigen dat de politie *24 timer!* bijna gesmeekt had om Mariannes bede uit te zenden.

Kristin bereidde het item voor. Ze kreeg meer en meer het gevoel dat het haar zaak was. In het begin had ze gedaan alsof de zaak haar eigenlijk niet aanging, dat het bijna toeval was dat zij die video's ontving. Maar ze besefte dat dit niet het geval was. Aquarius – wie hij ook moge zijn – had haar uitverkoren in de hele club nieuwe televisiegezichten. Ze wist niet waarom. En ze kon er niets aan veranderen.

Ze begon het item met een samenvatting van de vorige zaken. Ze gebruikte een minuut om de storm van kritiek op *24 timer!* te belichten en ze interviewde Wolter die erop wees dat ze de beelden uitsluitend vertoonden in de hoop het leven te redden van Marianne. Voordat Kristin de smeekbede liet zien, legde ze uit dat er direct na de beelden drie telefoonnummers op het scherm zouden verschijnen waarmee de kijkers rechtstreeks naar de redactie konden bellen. Zowel de politie als een psychiater van de crisisopvang zaten klaar om de familie van het meisje op te vangen en tips over de zaak in ontvangst te nemen.

Mariannes moeder belde een halve minuut nadat de telefoonnummers op het scherm waren verschenen.

Ze was hysterisch. De politieman luisterde een paar seconden naar haar, sloeg zijn ogen ten hemel en gaf de telefoon door aan de psychiater. Hij had een paar minuten nodig om haar enigszins te kalmeren. Tegelijkertijd begonnen de andere telefoons te rinkelen: haar zus die in Tromsø studeerde, een vriendin op Dokka, een of andere grapjas die snel oplegde toen hij doorkreeg dat ze het gesprek konden traceren. Terwijl de psychiater rustig met Mariannes moeder sprak, nam de politie contact op met het plaatselijke politiebureau in haar woonplaats en vroeg hun naar het huis van de ouders te gaan in gezelschap van een arts. De rechercheurs uit Oslo zouden in de loop van de avond arriveren.

3

Iedereen, niet alleen Kristin en de politiemensen die de zaak onderzochten, was wanhopig toen Marianne dood werd aangetroffen.

Ze werd gevonden op de bodem van een plastic jol die tussen Nesodden en de haven van Oslo ronddobberde. Ze was naakt. Het bleek dat meerdere mensen haar gezien hadden zonder dat ze alarm hadden geslagen. Ze dachten dat ze lag te zonnen. Toen de schipper van de Nesoddveerpont uiteindelijk besloot de politie te water te waarschuwen, kwam dat doordat hij al twee keer langs haar was gevaren en er genoeg van had dat ze voor de ogen van de passagiers naakt lag te zonnen.

Hexagram

Pas tijdens de obductie van de patholoog werd het hexagram dat in haar rechter handpalm was gekrast ontdekt.

De serie kleurenfoto's van de hand van het lijk werd per politiemotor naar het bureau van politie-inspecteur Runar Vang gebracht. Vang opende de gele map, pakte de foto's eruit en bleef naar de detailfoto's zitten staren. Een ster met zes punten: een driehoek met de punt naar boven en een driehoek met de punt naar beneden vielen in elkaar.

Net zoals op de borst van Anita.

Ditmaal met het getal zeven erin.

Wat is de bedoeling hiervan, vroeg hij zich af. Wat probeert Aquarius ons te vertellen?

Psychologische studies uit de Verenigde Staten toonden aan dat erg weinig handelingen zonder een bedoeling werden uitgevoerd als iemand keer op keer moordde. Sommigen sneden de organen uit het lichaam. Anderen hakten het hoofd af van de dode. Sommige verkrachtten het lijk. Alles kon vanuit de zieke logica van de dader worden verklaard. Maar Vang zag geen kans om de symboliek achter de davidsster te duiden. Of de getallen. Het kon onmogelijk gaan om het nummeren van de slachtoffers. Dan moest hij er al vier hebben vermoord. Ondenkbaar.

Hij verzamelde de foto's en legde ze terug in de map. Dit was een kwestie voor de drie psychologen die verbonden waren aan het Aquariusteam. Zij moesten de boodschap opsporen.

*

Een paar uur later ontving hij het voorlopige autopsierapport.

Marianne was verdronken. Of men had haar laten verdrinken. Dat was onmogelijk uit te maken. Er zat zoetwater in haar longen. En sporen van zeep. Lucht in de longblaasjes. Schuim in de luchtpijp, neus en mond. De wond aan haar hand was na haar dood toegebracht. De dood was een etmaal voor de vondst van het lijk ingetreden. Er waren geen tekenen van seksueel misbruik.

Waarom misbruikt hij ze niet, dacht Vang. Hij volgt, kidnapt ze, ketent ze vast aan de muur, laat ze op een matras liggen en hij filmt ze. Alles draait om macht, dominantie. Om het heersen. Maar toch verkracht hij ze niet. Zelfs als ze dood zijn, laat hij ze met rust. Veel moordenaars zijn necrofielen. Ze zijn bang voor vrouwen. Ze zijn bang uitgelachen en afgewezen te worden. Ze zijn bang voor wat vrouwen van hen vinden. Die angst maakt hen impotent. Alleen als de vrouw dood is, durven ze hun seksuele gevoelens te laten gaan. Maar Aquarius doet niets. Dus wat drijft hem?

Waarschijnlijk lag de videoband al ergens in de stad in de een of andere brievenbus. Undercoveragenten hadden drie dagen lang de tien meest gebruikte brievenbussen in de districten waar de vorige keer de pakketten waren gepost met videocamera's bewaakt. Er werden stiekem opnames gemaakt van mensen die een brief postten. De inhoud van deze brievenbussen werd apart naar een ruimte van het postkantoor gebracht, waar een postbeambte en een politieman tussen de enveloppen zochten naar alle brieven die geadresseerd waren aan Kanal 24. Als ze geluk hadden en de brief naar Kristin Bye vonden in een van de bewaakte brievenbussen, dan hadden ze opnames van de man. Dan was het slechts een kwestie van één voor één de onschuldigen te elimineren. Maar van de acht brieven naar Kanal 24 hadden ze slechts het volgende resultaat: vier oplossingen van prijsvragen, een sollicitatiebrief, twee persberichten en een klacht over het ontbreken van ondertiteling bij programma's in het Nynorsk.

Ze is liever dan de andere meisjes. Zelfs liever dan Anita. Ze lijkt op Linda.

Hij zit op een bank, in de koele schaduw van de iepen, als ze vrolijk naar buiten komt en de trap af gaat. Kort jurkje, lange benen.

Hij ademt de merkwaardige geur van uitlaatgassen en gras in terwijl hij haar volgt met zijn blik.

Mooi figuur. Wiegende heupen.

Als ze blijft staan om over te steken, staat hij op, hij kijkt op zijn horloge, gaapt en slentert achter haar aan.

Ze moet een paar boodschappen in de stad doen. Hij staat op het trottoir aan de andere kant van de straat terwijl zij in de winkels is.

In de tram kan hij geen zitplaats bemachtigen en hij blijft vlak achter haar staan met een hand aan de lus. De tram gaat piepend door een bocht en ze draait zich plotseling om. Hij schrikt als haar blik de zijne kruist. Hij glimlacht snel alsof ze oude bekenden zijn die elkaar toevallig ontmoeten. Ze glimlacht aarzelend terug.

Ze herkende me niet, denkt hij opgelucht. En teleurgesteld. Ze stapt uit bij een winkel met buitenlandse spullen en koopt daar een conservenblik en een halve liter cola light. Hij loopt wat heen en weer op straat en als hij ziet dat ze achter hem zit, loopt hij verder terwijl hij af en toe snel achterom kijkt. Hij grinnikt, dit moet de eerste keer zijn dat hij iemand volgt door voorop te lopen.

Hij gaat in looppas over het trottoir, steekt een straat over en doorkruist een park.

Ze volgt.

Zou ze me gezien hebben, denkt hij. Dat is niet mogelijk. Hij is onzichtbaar. Als hij zich maar op de juiste manier gedraagt. Ze kan hem niet gezien hebben.

Hij gaat op een bank zitten, naast een oude dame met een poedel aan de lijn. Hij kijkt naar de grond. De oude dame haalt een zak oud brood tevoorschijn en gooit de stukjes op de grond voor de duiven die zich als een koerende duiventil om hen heen verzamelen.

Ze loopt met een wijde boog om de duiven heen.

Ze heeft me niet gezien!

Aan de andere kant van de straat, bij een appartementengebouw, blijft ze staan en draait ze de voordeur van het slot.

Hij steekt schuin de straat over, slentert met zijn handen in de zakken. Knoopt zijn veters zorgvuldig vast.

Het trottoir is leeg. In de geparkeerde auto's zit niemand. Toch trekt hij de pet over zijn voorhoofd en zet hij een zonnebril op.

Voor haar voordeur blijft hij staan en leest hij haar naam onder de bel. Het is een groot bord waarop een gepoetst plaatje van messing zit vastgeschroefd.

Ze woont op de tweede verdieping. Aan de rechterkant. KRISTIN BYE leest hij op haar naambordje.

De droom over Bø

1

In haar dromen verschijnt Bø als een beeld uit een ver verleden. Houten hekken rond het erf, zongebleekte palen rusten tegen elkaar, ramen glimmen zwart. Al tweehonderd jaar heeft de zomerboerderij weer en wind getrotseerd in de luwte van de bergkammen.

In haar dromen zijn er nooit mensen op de boerderij.

In werkelijkheid was ze daar altijd met vele anderen: haar ouders, haar broer Halvor, vriendinnen, vriendjes, maar in haar dromen is ze er altijd alleen.

Achter de houten wanden zijn de kamers donker en stil. Als een windvlaag rond het huis jaagt, kraken de vloer en de wanden. Een wandklok, scheef van ouderdom, tikt hol en in zijn eigen tempo. In een verweerde spiegel vormt de maneschijn diffuse figuren.

Er gaat een verhaal over de spiegel op Bø. Er wordt verteld dat een dochtertje van Kristins betovergrootouders erin gevangen is. Het meisje was verdwaald in het bos, in het afgelegen berggebied dat boven de boerderij lag. De familie was ervan overtuigd dat onderaardse wezens haar hadden meegenomen. Twee weken nadat het meisje was verdwenen, laat op een herfstavond terwijl de sneeuw tegen de ruiten plakte, had de betovergrootmoeder het op een krijsen gezet. Ze had het kleine meisje in de spiegel gezien.

Ze werd nooit meer de oude.

Als Kristin wakker werd, vervuld van allerlei droombeelden en herinneringen, bleef ze graag een half uurtje liggen denken aan de zomers van haar jeugd in het Juvdal in Telemarken. Beneden in het dorp lag de boerderij van moeder tussen de rijksweg en de rivier en ze kende iedere steen en iedere heuvel langs het pad dat naar de zomerboerderij leidde.

Nu zat Halvor op de boerderij en onderhield hij de zomerboerderij.

Kristin ging rechtop zitten, gaapte en wreef in haar ogen. Het was lang geleden dat ze over Bø had gedroomd. Ze keek op de wekker. Half tien. Ze had vrij vandaag en ze was niet van plan om ook maar iets te doen.

Als ze tenminste niet van haar werk belden. Als er tenminste geen video van Marianne was gekomen.

Ze hoopte dat Aquarius geen videobanden meer had. Of dat de accu leeg was. Of dat hij van de trap gevallen was en zijn rug gebroken had.

Voordat ze naar school ging, had Kristin altijd in de winter in de stad gewoond en op de boerderij van moeder en de hele zomer op de zomerboerderij. Tijdens haar jeugd, voor moeder ziek werd, was Bø het vakantieparadijs van de familie geweest. Ze was een paar jaar niet op de zomerboerderij geweest nadat moeder was overleden, maar later had ze haar vriendjes daar uitgenodigd; Knut-Olav, die weigerde gebruik te maken van de buiten-wc omdat hij ervan overtuigd was dat hij onderin een beest had gezien... Sigmunn, die dacht dat er in de kamer een geest rondwaarde... Kjell Rune die zijn duim had gebroken omdat hij geprobeerd had over de schutting te lopen... Per-Sverre, met wie ze zomerzoet had gevreeën in het hooi op zolder. Marcus had nooit mee gewild. Onder het hakblok zat een ton met drinkwater en in de kelder onder de keuken stonden nog steeds conservenblikken uit 1965 en weckpotten met de jam van oma.

Ze schopte het dekbed van zich af en ging direct onder de douche. Het water was steenkoud en haar huid begon te tintelen.

Daarna liep ze naar het raam, trok haar ochtendjas dicht en staarde naar beneden, naar de straat. In een geparkeerde bestelbus zag ze twee handen op het stuur. De auto stond er al een poosje. Een geduldige stakker, op wie zou hij zitten wachten?

Toen ze ontbeten had, belde Gunnar die haar uitnodigde voor het avondeten. Ze kon haar oren niet geloven. *Avondeten? Gunnar?* 'Aquarius probeert me zeker in de val te lokken', grapte ze in de hoorn.

Ze zette de radio aan, ging koffiezetten en genoot ervan in haar zijden ochtendjas rond te rommelen in haar flat.

Luisterend naar het nieuws van half één kleedde ze zich aan, tergend langzaam als een omgekeerde striptease: zwart slipje en bh, gele sokken, rode fietsbroek en een lila T-shirt met daarop een lichtblauwe denim blouse die ze niet dichtknoopte. Ze verzamelde haar haren in een paardenstaart en bond ze samen met een strik.

Misschien, dacht ze en ze trok een wanhopig gezicht, misschien was het tijd om dit koekoeksnest kennis te laten maken met de stofzuiger?

2

Gunnars flat lag in een exclusief, maar afgelegen appartementencomplex in een zijstraat van de Bygdøy allé. Een twee meter breed grasveld, lichtgroen en keurig gemaaid, scheidde het gebouw van het trottoir. De toegangsdeur deed je nog het meest denken aan een poort van een kathedraal. De trap naar de tweede verdieping was breed en van steen.

Gunnar was geen topkok. Hij had een leven geleid met conservenblikken, spiegeleieren en kant-en-klaarmaaltijden die je alleen hoefde op te warmen. Maar vanavond had hij zich uitgesloofd. De tafel was gedekt met een tafellaken (weliswaar niet gestreken, maar toch een tafellaken). Hij had vier kaarsen aangestoken. Uit de keuken kwamen geuren van lamsvlees met (ze geloofde haar neus niet) knoflook. Hij had een schort met vlekken voor en toen hij haar naar de bank begeleidde, haalde hij een dry martini – *shaken, not stirred* – die al klaar stond. Hij zette het eten op tafel en trok de stoel voor haar naar achteren toen ze wilde gaan zitten.

Jij oude charmeur, dacht ze.

'Ik heb je artikel van zaterdag gelezen. Fantastisch!' zei ze.

'Ach liefje, slechts een klein meesterwerkje.'

Ze keek hem aan. 'Zie je er tegenop om te stoppen?'

Hij maakte een grimas die van alles kon betekenen.

Ze grinnikte. 'Ik vond het leuk wat je schreef over zijn bureaucratische formuleringen. Wat schreef je ook alweer? "De argumenten zijn als paragrafen..."'

'"Het citeren van de landsadvocaat is als het met de hand schrijven van een paragraafteken. Zonder ernaar te kijken."'

'Zul je het niet missen, het schrijven?'

'Vast wel.'

Het vlees was heerlijk. Zacht en sappig. Hij keek beschaamd naar beneden toen ze zijn kookkunsten roemde. Hij keek naar de zwarte beeldbuis van de oude televisie die in de hoek stond. Ze volgde zijn blik.

'Ik geloof niet dat ik bij de televisie had kunnen werken', zei hij.

'Niet?'

'Misschien vroeger. In de jaren zestig. Andere tijden dus.'

'Wat bedoel je?'

'Je bent te jong, Kristin. Te jong om het te begrijpen. De televisie was een icoon! Iets magisch. De programmaleiders waren halfgoden. Idealisten. Nu zijn er nog maar weinig idealisten te vinden. Erik Bye! Kjell Arnljot Wig! Waar zijn jullie?' riep hij voor grap door de kamer.

'Je klinkt als een oude zeurpiet, Gunnar.'

'Ik ben een oude zeurpiet.'

'Er is nu een heel andere tijdgeest. Kijk naar *Dagbladet*! De krant doet het prima zonder Larsen, Borgen en Hestenes.'

'Ja? Is dat zo?'

'Enorme zeurpiet!'

'Bedenk wel dat ik een oude man aan het worden ben.'

Ze bekeek hem in het licht van de kaarsen. Hij begon een oude man te worden.

Ze proostten met alcoholvrije rode wijn die naar zuur sap smaakte. Ze nam nog meer groente en saus.

'En hoe gaat het verder?' zei Gunnar.

Ze schudde haar hoofd. 'We zitten nu allemaal te wachten op de volgende bruine envelop.'

'Ik maak me zorgen om je.'

'Om mij? Ik ben wel de laatste die hij iets zal doen.'

'Hoe weet je dat?'

'Ik weet het niet. Maar ik voel het. Hij wil mij imponeren. Om de een of andere reden.'

Hij zei niets meer. Ze aten. Ze hieven het glas en dronken.

Hij had griesmeel als dessert gemaakt, maar niet met bessensap. Later, toen ze in de zitkamer zaten, bood hij haar koffie, cognac en koekjes aan. Ze bedankte voor de cognac, maar hij stond erop. Daarom had hij cognac in huis gehaald, zei hij, en als alle gasten omwille van hem daarvoor bedankten, moest hij die op een dag wel zelf opdrinken.

Toen ze weg wilde gaan, hielp hij haar in haar jas. Ze bleef een ogenblik voor hem staan en zocht naar een paar vriendelijke woorden waaruit zou blijken wat hij voor haar betekende. Ze kon niets bedenken. 'Hartelijk dank voor het heerlijke eten, Gunnar', zei ze slechts.

'Graag gedaan!'

'Ik ben onder de indruk! Ik dacht dat je een stamppotman was.'

'Alles in het leven is een illusie.'

'Wat bedoel je?'

Hij lachte een beetje. 'Zet je schrap voor een kleine bekentenis. Mevrouw Henriksen van de derde heeft me geholpen met het vlees en de saus.'

'Gunnar!' lachte ze.

'Maar de aardappels heb ik zelf gekookt.'

Kristin ging naar hem toe en omhelsde hem. 'Het waren ook prima aardappels', fluisterde in zijn oor.

3

De ansichtkaart was niet ondertekend. Hij zat tussen de brieven en het drukwerk in het postvak op haar werk en het enige dat er stond was:

IK WEET WAAR JE WOONT,
DAAR HEEFT SATAN ZIJN TROON.

Ze dacht er niet lang over na. Ze kreeg de laatste tijd veel rare post. Sommige mensen beschuldigden haar ervan dat ze de moordenaar opjutte om nog meer mensen te vermoorden. Sommigen raadden haar aan zich te bevrijden van Satan en zich te wenden tot de Heer. Een paar briefschrijvers beschuldigden haar ervan dat ze zelf achter de moorden zat. Ze had zo'n twintig huwelijksaanzoeken gekregen (enkele leken bijzonder gemeend en serieus) en acht onsmakelijke aanbiedingen. Een van die mannelijke smeerkezen, degene met walgelijke perversiteiten waarvan ze nog nooit gehoord had, had zelfs een... tja, pikante polaroidfoto bijgevoegd.

De dag ging snel. Ze had twee miljoen telefonische vragen te beantwoorden (de meeste waren verzoeken om een interview) en na de lunch had ze vergaderingen met Skaug en Wolter en daarna met Vang op het bureau.

Vang bevestigde indirect wat ze al vreesde: de politie tastte nog steeds in het duister. Ze gaf hem met genoegen alle zieke brieven die ze had ontvangen en grinnikte toen ze zijn reactie zag op de polaroidfoto van de man die allerlei fantasierijke voorstellen deed.

4

Hoewel ze hoopte dat ze niet meer video's van Aquarius zou ontvangen, betrapte Kristin zichzelf erop dat ze zat te wachten op de volgende envelop. Ze was de enige niet. Iedereen op de redactie was ongeduldig. De kranten begonnen er al over te speculeren dat de politie en Kanal 24 iets achterhielden.

De moord op Marianne leek... Kristin zocht naar de juiste woorden die haar gevoel konden beschrijven... ingehouden, halfklaar, niet-ondertekend.

Ze had het akelige voorgevoel dat hij hen op de pijnbank liet liggen zodat de schok extra groot zou zijn.

Waar wachtte hij op? Was hij gestopt met filmen? Was er iets gebeurd? De envelop moest toch binnenkort komen?

Hij kwam, vroeg de volgende morgen.

Ze werd gewekt door Skaug. Het was half negen, ze had zich verslapen. Vang en zijn team stonden op de redactie met een envelop. De undercoveragenten op het postkantoor hadden hem onderschept. Of ze zo vriendelijk wilde zijn om in een taxi te stappen en als de bliksem naar de redactie te komen?

Ze dacht: lieve Heer, arme, kleine Marianne.

Het wemelde bij de receptie van de politie in burger. Vang, Skaug en Wolter zaten in het kantoor van de nieuwsredactie op haar te wachten.

Vang stond op en gaf haar een paar rubberen handschoenen. Ze had het gevoel dat alle mannen in zichzelf zaten te grinniken en van alles dachten toen ze de strakzittende handschoenen aantrok.

Vang gaf haar de envelop met een onbestemde lach: 'Hij is immers aan jou geadresseerd. Wij wilden hem niet openmaken.'

Toen ze de envelop in ontvangst nam, voelde het alsof ze deelnam aan een eeuwenoud religieus ritueel. Hij zag er net zo uit als de eerste. Groot, bruingeel, gevoerd en haar naam in rode, onderstreepte blokletters.

Vang begon zachtjes een oud jazzdeuntje te fluiten.

Bijna agressief scheurde ze de envelop open en trok er de band uit en de brief. Ze las hardop:

KRISTIN!

WANT NU ZIEN WE EEN SPIEGEL, IN EEN RAADSEL; MAAR DAN ZULLEN WE VAN AANGEZICHT TOT AANGEZICHT KIJKEN; NU KEN IK SLECHTS STUKJES, MAAR DAN ZAL IK HET GEHEEL KENNEN, ZOALS IK KENNELIJK BEKEND BEN.

KRISTIN, JE KENT DE GESCHIEDENIS VAN MADELEINE DE DEMANDOLX. BESCHOUW MIJ ALS JOUW BEËLZEBUB.

IN DE BIJBEL STAAT GESCHREVEN: WEES DADER VAN HET WOORD, NIET ALLEEN HOORDER, WANT DAN LIJKT HIJ OP EEN MAN DIE ZICHZELF IN DE SPIEGEL BEKIJKT.

AQUARIUS

'Volkomen helder, zoals gewoonlijk', merkte ze op.

Vang leunde voorover, trok de brief tussen haar vingers vandaan en stopte die in een doorzichtige plastic zak met verzegeling.

'Zullen we de band afspelen?' zei Wolter.

Ze hoefde niet te kijken. Ze had het al vele malen tegen zichzelf gezegd. *Je hoeft niet te kijken.* Integendeel, ze zou zichzelf een dienst bewijzen als ze het niet zou doen. Toch leunde ze achterover in de stoel en kneep ze haar ogen iets samen, zoals ze altijd deed als ze iets spannends op televisie zag. Ze hoorde Vang ongeduldig zuchten en Skaug met zijn vingers op de tafel trommelen.

'Start de band!' zei Skaug.

Wolter drukte op de afstandsbediening.

Kristin was niet verbaasd toen ze zichzelf herkende. Het leek vanzelfsprekend. De hele tijd had ze gevoeld dat het zo moest eindigen.

Ze hoorde Wolter keer op keer 'verdomme' mompelen, en ze voelde de vuisten van Skaug als twee berenklauwen op haar schouders klemmen.

Vang klemde zijn lippen op elkaar en ademde zwaar door zijn neus.

De eerste beelden waren voor haar flat opgenomen. Haar eerste gedachte was: waar heeft hij mij staan filmen? Vanachter een auto? *In* een auto?

Het volgende fragment was gefilmd toen ze op weg was naar de tram. Je zag haar even toen ze bezig was het gebouw van Kanal 24 aan de Wergelandsvei binnen te lopen en een vrij lang stuk terwijl ze boodschappen deed bij 7-Eleven in de Thorvald Meyers gate. Hoe had hij dat gedurfd? Hij moest de camera in een tas hebben verstopt, maar toch. Had ze hem kunnen zien? Zou ze voor hem bij de kassa hebben gestaan, misschien een blik met hem gewisseld hebben?

De laatste beelden waren 's avonds opgenomen. Aan haar kleren te zien, een turkooizen joggingpak, begreep ze dat hij haar had gefilmd toen ze thuiskwam van haar aerobicsuurtje.

Ze keek naar de drie ernstige mannen, zocht naar een grappige opmerking die de spanning kon breken en toen begon ze te huilen.

II

Ze is ouder dan de anderen. Dat ziet hij nu pas. Ze had zo jong en lief geleken toen hij haar ontdekt had, lang, blond haar, grote ogen, strak T-shirt en strakke jeans, maar nu, terwijl ze bewusteloos op de matras ligt, beseft hij dat ze veel ouder is dan hij had gedacht. Fijne rimpeltjes rond haar mondhoeken en ogen. Bij de wortels is het haar enigszins grijs. Dertig jaar, misschien vijfendertig.

Mijn hemel! Als hij beter had gekeken voordat hij haar in de bestelbus had opgesloten, had hij haar zeker laten gaan. Maar nu is het te laat.

Ze kreunt, maar doet haar ogen niet open. Het duurt altijd een poosje voor ze weer volledig bij bewustzijn zijn.

Hij doet haar witte pumps met hoge hakken uit. Ze draagt geen sokken. Ze heeft hele kleine tenen waarvan ze de nagels gelakt heeft met roze nagellak die bezig is af te bladderen. Hij doet haar broek open, trekt de rits naar beneden en met een beetje moeite lukt het hem haar strakke spijkerbroek uit te trekken. Het rode slipje wordt mee naar beneden getrokken. Hij trekt dit weer omhoog. Hij maakt de brede riem rond haar lichaam los en doet haar T-shirt uit. De bustehouder heeft hetzelfde doorschijnende patroon als het slipje. Hij doet deze uit. Hij weet dat meisjes er niet van houden om met bh aan op bed te liggen.

Hij heeft de nachtjapon gewassen. Hij ruikt fris en lekker, de stof voelt stijf aan tussen zijn vingertoppen. Ze is slap waardoor het nog een heel gezwoeg is om de nachtjapon aan te krijgen, maar ten slotte kan hij de handboeien vastklikken rond haar magere pols. Zoals altijd trekt hij flink aan de ketting om te controleren of deze goed aan de muur vastzit.

Hij draait de deur achter zich op slot en gaat naar de kamer ernaast om te kijken hoe ze weer bijkomt.

Hij was niet van plan om haar mee te nemen. Het gebeurde gewoon. Zonder dat hij het wilde.

Verdraaid. Al een paar keer had hij een paar weken achter een meisje aangejaagd zonder dat het lukte. Maar deze had hij niet eens willen hebben. Ze had... zich gewoon laten vangen. Alsof er een diepere bedoeling was.

Een uur later wordt ze wakker.

Eerst kronkelt haar lichaam, dan begint haar hoofd heen en weer te schudden. Het duurt een paar minuten voor ze door heeft dat ze niet thuis in haar bed wakker geworden is. Ze gaat rechtop zitten: in de war, bang. Ze rukt aan de ketting, voelt aan de nachtjapon, kijkt de kamer rond.

Ze reageren allemaal hetzelfde. Zo meteen begint ze te huilen.

Ze gaat op haar knieën zitten, controleert met haar hand of ze een onderbroek aan heeft (wat denkt ze eigenlijk van hem?) en probeert om de ketting uit te muur te trekken. Ze is agressiever dan de anderen.

Als ze inziet dat de ketting stevig verankerd is, gaat ze weer op de matras zitten. En dan hoort hij iets vreemds. Ze vloekt.

Later gaat hij naar haar toe. Ze kijkt hem aan en drukt zichzelf tegen de muur.

'Ben je bang voor me?' vraagt hij.

'Wat denk jij, verdomme?'

Haar woede verwart hem.

'Jij bent het, of niet?' vraagt ze.

'Ik?'

'Jij bent...,' ze zoekt naar de naam, 'Aquarius!' Ze spuugt het woord uit als een verrotte morel.

Hij tracht geheimzinnig te lachen. Het is niet zo eenvoudig geheimzinnig te lachen, want hij voelt zich onzeker. De vorige keren als hij binnenkwam kermden de meisjes of ze huilden, maar ze waren nooit kwaad.

'Hoe heet je?' vraagt hij.

'Hoe heet *jij*?'

Ze kijken elkaar aan. Ze zegt: 'Ik bedoel, je heet toch niet echt Aquarius?'

Het is niet de vraag die hem het meest irriteert. Het is die akelige lach van haar.

Hij loopt naar de matras, gaat op zijn hurken zitten en slaat.

Hij heeft nog nooit eerder een meisje geslagen, maar hij heeft geen keus. Hij slaat met vlakke hand, het doet vast bij haar net zoveel pijn. Maar ze moet haar mond dichthouden.

'Hoe heet je?' vraagt hij weer als hij zeker weet dat hij zijn stem weer onder controle heeft.

'Frøydis', snauwt ze. Haar ogen zijn van glas.

'Verder?'

'Vik.'

'Welkom, Frøydis. Hoe oud ben je?'

'Wat speelt dat voor...'

Hij slaat weer. Niet hard. Alleen maar om duidelijk te maken wie de baas is.

'Tweeënveertig.'

Hij kijkt haar verbluft aan.

'Je ziet er veel jonger uit', zegt hij uiteindelijk.

Zuur: 'Bedankt.'

'Veel jonger.'

'En jij ziet er niet uit zoals ik me jou had voorgesteld', zegt ze.

'Wat bedoel je?'

'Ik had je voorgesteld als een stevige gorilla.'

'Gorilla?' Hij begrijpt niet waar ze het over heeft.

'Ik had niet gedacht dat je er zo uit zou zien.'

'Hoe zie ik eruit?'

Ze haalde haar schouders op. 'Heel normaal. Een knappe jonge man. Ben je van plan me te vermoorden?'

Hij komt overeind, een beetje te snel en hij moet steun zoeken bij de muur omdat hij duizelig is.

'Ga je me vermoorden?' herhaalt ze.

Hij loopt de kamer uit en draait de deur achter zich op slot.

Tweeënveertig jaar! Nee maar! Tweeënveertig jaar!

Ze was in het park en haar haren leken goud in de zon en haar ogen straalden als ze naar hem keken.

Ze had gezegd: 'Neem me niet kwalijk, meneer, hebt u misschien een golden retriever gezien?'

Menéér. Ze was lief.

En volkomen automatisch had hij geantwoord: 'Is die van jou? Jezus, dat is geluk hebben. Hij zit in mijn auto. Ik was net van plan hem naar de politie te brengen.'

Net zoals in *The Collector.*

'Nou, dat is mazzel!' had ze geantwoord. Terwijl haar ogen glinsterden.

Het was zo eenvoudig geweest. Ze waren samen naar de auto gelopen en hij had het achterportier opengedaan en gezegd: 'hij moet zich verstopt hebben achter de dozen' en daarna had hij haar naar binnen geholpen.

Hij had niets gepland. Het gebeurde gewoon.

Tweeënveertig? Echt?

Toen hij puber was gebeurde het wel dat een even oud meisje wat met hem wilde. Hij zei altijd nee. Beleefd natuurlijk. Hij wilde immers niemand kwetsen.

Ze slaapt als hij binnenkomt met het eten, maar wordt direct wakker.

'Ik ken je nauwelijks', zegt hij.

Dan lacht ze. Hij heeft zin om haar te slaan.

'Ik wil alles over je weten', zegt hij.

'Dat zou je wel willen', antwoordt ze obstinaat.

'Heb je kinderen?' Ze ziet eruit als iemand van wie niemand gelooft dat ze kinderen heeft.

Ze geeft geen antwoord.

'Geef antwoord!' roept hij.

Ze kijkt hem recht in zijn ogen. Met vlakke hand slaat hij haar op haar wang.

'Heb je kinderen?' herhaalt hij.

'Ja', zegt ze.

'Hoeveel?'

'Twee.'

'Jongens? Meisjes?'

'Jongens.'

'Hoe heten ze?'

Ze aarzelt. 'Bjarne. Anders.' De namen doen iets met haar stem.

'Hoe oud?'

'Vijftien en achttien.'

'Wonen ze bij jou?'

'Meestal bij hun vader.'

'Wat voor werk doe je?'

'Reclame. AD.'

'Reclameaadee?'

'AD! Art director.'

'Waarom ben je niet bang voor me?'

Ze kijkt hem aan. 'Wie zegt dat ik niet bang ben?'

'Je lijkt niet bang.'

'Ik wil niet dood', zegt ze.

'Dus waarom ben je niet bang?'

Ze ontmoet zijn blik. Ze kijkt koppig. Ze maakt hem bang. Dat is een ongewoon gevoel.

'Ben je getrouwd?' vraagt hij.

'Gescheiden.'

'Dus je woont alleen?'

'Niet echt.'

'Wat bedoel je?'

'Ik heb een geliefde. Ik woon samen.'

'Hoe heet hij?'

'Eva', zegt ze.

Wachttijd

I

De lijfwachten waren gespierd en hadden kortgeknipt haar. Ze droegen grijsblauwe kostuums en een zonnebril in hun borstzak. Koude ogen. Kristin nam aan dat ze rond de dertig waren. De ene heette Patrick, de andere Claes. Ze gaven haar een hand. Stevige handdruk.

Vang benadrukte dat de politiebescherming op geen enkele wijze een garantie kon zijn. Kristin moest een teamspeler worden: doen wat de politie zei, nooit iets doen wat haar in een kwetsbare positie kon brengen, altijd luisteren naar de bedenkingen en risicoanalyses van de politie.

Ze wilden dat ze naar een andere flat ging, in elk geval voor een poosje, maar dat weigerde ze. Ergens moest ze een grens trekken, anders kon ze net zo goed naar een cel in de gevangenis verhuizen, de deur dichtlassen en daar voor de rest van haar leven in veiligheid leven.

Ze moest lijsten voor hen maken: van familieleden, van goede vrienden en kennissen, van vaste gewoontes. Ze verafschuwde dat. Hoewel de politie dat slechts deed om haar te kunnen beschermen, stuitte het haar tegen de borst haar leven aan hen over te leveren.

De ene lijfwacht ging bij de receptie in de gaten houden wat iedereen op de redactie deed, Patrick bleef de hele tijd bij Kristin in de buurt. Als ze naar de wc moest, bleef hij voor de deur staan wachten.

'Denk je dat ze 's nachts bij me in bed komen liggen?' vroeg ze aan Wolter toen ze de deur van zijn kantoor achter zich dichtdeed. Patrick bleef voor de deur de wacht houden met zijn armen over elkaar geslagen. 'Of lossen ze elkaar af?'

Hij grinnikte plichtmatig, zonder overgave.

Door de deur hoorden ze Skaug opgewonden discussiëren met

Patrick voordat hij hard op de deur klopte en zijn hoofd om de deur stak. 'Je zou bijna denken dat je van goud bent', zei hij zuchtend en hij gebaarde met zijn ogen in de richting van Patrick. 'We hebben eindelijk een theoloog gevonden die deze zuster...' hij zette zich schrap, 'Madeleine de Demandolx kende.' Hij sprak de naam in accentloos Frans uit.

Kristin en Wolter keken hem aan. Met een 'sorry, ik beloof dat ik haar niet zal doden' tegen Patrick deed hij de deur achter zich dicht.

'Het is een tamelijk merkwaardig verhaal', zei Skaug en hij plantte zijn achterste op het bureau. 'Zij was een van de vele nonnen in Aix-en-Provence die volgens de verhalen bezeten werd door demonen.' Hij trok een veelzeggend gezicht. 'Wat zeggen jullie daarvan? Demonen! Haar geval is behandeld in theologische geschriften, maar ook uitvoerig in psychiatrische verslagen. Naar verluidt was ze bezeten van... Beëlzebub. Ze begon te dromen over – nu wordt het smeuïg – over sodomie en kannibalisme. Een non! Ze kreeg krampaanvallen waarbij ze op de grond viel en, eh, haar edele delen ontblootte.'

'Wie is die Beëlzebub?' vroeg Wolter.

'De koning van de demonen', zei Kristin.

De woorden bleven in de lucht hangen.

'Ik begrijp niet waarom hij mij heeft gefilmd', zei ze.

'Omdat hij wil laten zien hoe kwetsbaar je bent.'

'En hoe kwetsbaar ben ik eigenlijk?'

Ze keken elkaar aan.

2

De politie reed haar van het werk naar huis in een zwarte Volvo met geblindeerde ramen en een magnetisch blauw zwaailicht dat op de grond voor de rechterstoel stond.

Ze hielp de politiemannen met zich te installeren in de flat. Het waren zwijgzame, humorloze mannen die deze opdracht moesten hebben gekregen als een disciplinaire maatregel. Uit de kluiten gewassen kinderlijfwachten met kogelvrije vesten. Ze controleerden de ramen en deuren, onderzochten het park beneden met een kijker en zuchtten diep van verveling.

Later die avond belde ze Halvor en vertelde hem wat er gebeurd was. Aan zijn stem kon ze horen dat hij ongerust werd en ze probeerde de dreiging te bagatelliseren.

'Het is slechts zijn manier om nog meer aandacht te krijgen', zei ze.

En hij zou nog meer aandacht krijgen als het hem echt lukt. Als het hem lukt om mij te ontvoeren en vast te ketenen aan de muur en me te filmen op de matras.

'Kun je niet beter thuiskomen, zus? Hier vindt hij je nooit!'

Ze zag de boerderij als 'thuis', net als Halvor. Ze waren opgegroeid in Oslo en de boerderij van moeder was een vakantiestek geweest. Halvor was daarheen verhuisd toen grootvader ziekelijk werd en nu had hij zelfs het plaatselijk dialect overgenomen.

Ze vertelde over de lijfwachten die op haar pasten en dat ze ondanks alles veiliger was in de stad dan op een boerderij in een afgelegen gehucht. Maar ze beloofde te komen als alles voorbij was.

Toen ze had opgelegd, dacht ze bij zichzelf: wanneer zou dat zijn?

Om negen uur, ze registreerde vaag dat ze het hoofdnieuws was van het *TV2-journaal*, werden Patrick en Claes afgelost door twee jongere politiemannen die Gustav en Ådne heetten. Uit hetzelfde hout gesneden, maar iets levendiger en met wat meer humor. Gustav kon ongelooflijk fluiten. Ze verdacht Ådne ervan dat hij steeds naar haar zat te staren en toen ze naar bed wilde gaan, vroeg hij voor de grap of ze zich alleen wel veilig voelde. Ze zei: 'Ja, hoor, bedankt'. Alhoewel hij een grapje had gemaakt, had hij een delicate grens overschreden. Hij had haar eraan herinnerd dat hij een man was en zij een vrouw, dat zij kwetsbaar was en hij een beschermer en niet te vergeten, dat de politie een rood-wit lint om haar privéleven had gespannen.

Voor ze naar bed ging, douchte ze. Vroeg of laat krijg ik nog kieuwen, dacht ze. Of vinnen. Ze trok een onderbroek aan en een wijd T-shirt. Voordat ze het rolgordijn naar beneden trok, keek ze uit over Birkelunden. Midden in het park stond een paviljoen met Griekse zuilen. Door het schemerdonker kreeg ze het gevoel terug in de tijd te zijn gebracht, naar een andere plek.

Ze trok het rolgordijn naar beneden, deed twee stappen terug en zakte neer op het bed.

Na een paar minuten kwamen de tranen. Ze had geprobeerd aan allerlei andere dingen te denken, die haar af zouden kunnen leiden, inclusief een heftige triootje met Gustav en Ådne, maar plotseling waren de tranen over haar wangen gaan stromen. Ze beet haar tanden op elkaar en probeerde de tranen binnen te houden. Ze wilde geen huilebalk zijn. Ze wilde niet dat het hem lukte haar bang te maken. Maar ze kon gewoon niet stoppen.

3

Ze wist niet hoelang ze geslapen had toen ze haar ogen opensloeg. Het was donker. Ze zag vaag de contouren van het raam door het rolgordijn. Iets had haar gewekt. Ze lag doodstil en luisterde naar de stilte.

Ze dacht: hij is gekomen.

Het was niet eens een bewuste gedachte, maar eerder het vaststellen van een onontkoombaar feit.

Geen geluid.

Kon hij al binnen zijn? Was hij als een vampier langs de gevel omhooggeklommen en door een raam naar binnen gekomen? Door het slaapkamerraam? Stond hij nu naar haar te kijken? Daar in die donkere hoek?

Ze had natuurlijk iets bij zich moeten hebben om zichzelf te beschermen. Een broodmes desnoods. Een hamer. Een bijl. Een schattig klein damesmodel pantserraket met atoomkop.

Ze wilde roepen. Het uitschreeuwen. Maar als ze een kik gaf, zou hij zich direct op haar storten. Ze moest rustig blijven liggen en hem laten geloven dat ze sliep.

Ze hoorde iets. Het kon verbeelding zijn. Of het geruis van het bloed in haar oren.

Hij had ze vermoord. De politiemannen. Hij was haar flat binnengedrongen en had ze neergestoken met een groot vleesmes en nu lagen ze in de woonkamer te baden in hun bloed.

Terwijl hij wachtte tot ze wakker zou worden.

In het donker was het benauwd in haar kamer. Ze moest haar best doen om haar ademhaling onder controle te houden.

O, lieve God, laat hij niet hier zijn!

Daar hoorde ze weer iets. Een gedempt geluid: onbestemd, in de verte.

Ze zag hem nu voor zich. Een gespierde, vierkante man met een verbeten gezicht: kort stekeltjeshaar, vale huid, een kleffe blik vervuld van waanzin. Sterke vuisten: korte harige vingers die het leven uit een arme ziel konden persen.

In de woonkamer hoestte iemand. Ze schoot overeind.

Een stem. Ådne. Hij zei iets waardoor Gustav moest lachen.

Gustavs lach maakte een zenuw in haar los. Ze gilde.

Binnen een paar seconden waren ze bij haar binnen. Ze had niet gedacht dat ze zich zo snel konden bewegen; dat ze van de bank omhoog konden komen en hun pistolen konden pakken, de deur konden openen, het licht aan konden doen en zo onvoorstelbaar snel haar kamer binnen konden stormen. Maar ze hadden het gedaan.

Ådne rende naar het raam om dat te controleren. Gustav onderzocht de badkamer en de kast. Met een lachje keek Ådne onder het bed. De hele tijd lag ze met het dekbed over zich heen getrokken naar hen te kijken.

'Had je gedroomd?' vroeg Ådne.

'Je gilde immers?' ging Gustav verder.

'Ik dacht', begon ze. Haar stem begaf het. En ze wist niet wat ze dacht. Ze had niet gedroomd. Maar ze was ook niet goed wakker geweest.

Ze keek naar de wekker op het nachtkastje. Nul, twee, nul, vier in rode streepjes.

Voor ze weer weggingen vroeg Ådne of hij het licht aan moest laten. Ze vroeg hem het uit te doen. Want ze moesten niet denken dat ze bang was in het donker. Maar toen ze weg waren, deed ze het nachtlampje aan. Ze lag wakker tot ze het ochtendgloren achter het rolgordijn kon zien en viel ergens vroeg in de ochtend in slaap.

4

Patrick en Claes namen de post mee toen ze Gustav en Ådne kwamen aflossen. Een rekening van Televerket, twee reclamefolders en een envelop zonder postzegel.

Van het bestuur van het appartementencomplex, dacht ze. Misschien wilden ze bewoners die moordenaars aantrekken weg hebben.

Maar de brief kwam van hem:

HERE, VERLOS MIJ VAN DE KWADE MENSEN,
BEHOED MIJ VOOR MOORDENAARS, DIE KWAAD
IN DE ZIN HEBBEN.

Hij was hier. Gisteren, vannacht of vanmorgen. Hij had iemand gevraagd de deur beneden te openen (of hij was achter iemand aangeglipt: de deur had een kwarteeuw nodig om weer dicht te vallen), en daarna was hij de trap opgegaan en had hij de brief in haar postbus gedaan.

Was hij nergens bang voor?

De dag ging langzaam.

Ze schrok iedere keer als er beneden op straat een auto toeterde of als de telefoon ging. Iedereen wilde met haar praten. Richard. Gunnar. Halvor. Collega's. Ten slotte trok ze de stekker eruit. Patrick werd chagrijnig en informeerde Vang hierover. Ze hadden een recorder aangesloten en apparatuur die het mogelijk maakte het gesprek te traceren. Voor het geval *hij* het in zijn hoofd zou krijgen te bellen om een praatje te maken.

Vang zei dat het haar huis was, haar telefoon.

Ze ruimde haar kast op, nam stof af op plaatsen waarvan ze nog nooit had gedacht er stof af te moeten nemen. Rusteloos liep ze van raam naar raam. Iedere keer als ze een man van in de dertig zag, dacht ze dat hij het was. Ze voelde zich opgesloten. Zonder dicht bij haar te komen was het hem gelukt haar leven binnen te dringen. Haar op te sluiten in een gevangenis van angst en verveling. Hij had haar beschermers, de lijfwachten, tot indringers gemaakt.

In de loop van de dag raakte ze steeds meer geïrriteerd. Ze maakten onbenullige opmerkingen. Een van hen bladerde brutaalweg door haar fotoalbum met foto's van haar en Marcus, ze staarden haar met verstolen blikken aan, door de kier van de deur hoorde ze een van hen (Claes?) zeggen dat ze lekkere tieten had.

Ze wilde niet dat ze ook maar iets van haar vonden. Niet van haar tieten. Niet van haar flat. Niet van haar leven.

Patrick en Claes bivakkeerden in de keuken en de woonkamer, zelf bracht ze steeds meer tijd door in haar slaapkamer. Achter de gesloten deur had ze in ieder geval rust.

Richard Wolter belde haar op haar mobiele telefoon en vroeg of alles in orde was. Ze had vijf minuten nodig om hem te vertellen dat het veel beter zou kunnen. Bedankt voor het vragen. Het was prettig om haar hart te luchten.

'We mogen in elk geval van geluk spreken dat we sinds gisteren niets meer van hem hebben gehoord', zei Richard.

Ze vertelde over de groet in haar postbus.

'Wel verdomme', zei hij.

Voor Kristin was de stilte bedreigend. Ze wist dat hij zich daarin verstopte. Ergens. Op dit moment. Hij rustte niet uit. Hij was sluw. En hij had alle tijd van de wereld om toe te slaan.

5

Die nacht droomde ze weer van Bø.

Ze had Ådne en Gustav, die onderuitgezakt op de bank hingen

te zappen tussen MTV en CNN, keurig en vriendelijk goedenacht gewenst. Ondanks alles was het niet hun schuld dat haar leven een puinhoop was en ze moest zich niet gedragen als een trut met premenstruele klachten. Voordat ze haar slaapkamerdeur dichtdeed, beloofde ze dat ze zou proberen niet te gillen vannacht. Ze zette het raam wijdopen en trok het rolgordijn naar beneden. Het was een zwoele nacht, er zat onweer in de lucht en de atmosfeer was drukkend. Ze douchte snel, maar ze voelde zich tijdens het afdrogen alweer zweterig en warm. Ze trok het wijde T-shirt aan voor het geval ze het opnieuw in haar hoofd zou halen te gillen en de Bromsnorren haar kamer weer binnen moesten stormen, maar na een kwartier trok ze het uit, veegde het zweet van haar voorhoofd en borsten af en gooide het T-shirt op de grond.

Kort daarna viel ze in een onrustige slaap.

In haar droom was terug op Bø. Ze was alleen. Het was laat op de avond en hoogzomer: de zon drukte warm op de kleine ruitjes, om haar heen zoemden de wespen en vliegen en een zwoel westenwindje zong door het wilde woud in de bergen.

Er was iets aan de hand met de oude grootvaderklok.

De honderd jaar oude klok tikte niet zoals gebruikelijk, maar maakte een doordringend geluid. Iemand had de zware pendel vervangen door een elektronische fluit.

Ze sloeg haar ogen op. Gedurende een bange seconde bevond ze zich nog op Bø, voor de oude klok. In de klamme warmte van de slaapkamer snakte ze naar lucht.

De telefoon! Haar mobiele telefoon!

Ze draaide zich om naar het nachtkastje, deed het lampje aan, kneep haar ogen dicht tegen het licht en tastte naar de telefoon.

De wekkerradio gaf nul, één, nul, vijf aan.

Kristin moest eerst op de knopjes op de telefoon turen voordat ze op de juiste kon drukken. 'Kristin! Hallo?'

Het was een paar seconden stil.

'Hallo?' herhaalde ze.

Richard? Halvor? Gunnar? Als het Marcus maar niet is!

'Met mij.'

De stem klonk zacht, bijna fluisterend. Zwaar en mannelijk.

Mij?

Híj!

Ze ging rechtop zitten, klaarwakker. Het laken dat ze over zich heen had zakte op haar heupen.

Mijn hemel, hij is het!

'Sliep je?' vroeg hij.

Happend naar adem: 'Ja.'

'Het spijt me. Ik wilde je niet wakker maken. Maar ik wilde het liefst met jou praten zonder dat die... gorilla's stiekem meeluisteren.'

Ze hadden er rekening mee moeten houden dat zoiets kon gebeuren. En haar ook meeluisterapparatuur moeten geven voor haar mobiele telefoon. En een peiler.

Zijn gedempte, hese lach deed haar denken aan het geluid van schuurpapier over steen.

'Wat wil je?' vroeg ze.

'Ik heb een vraag.'

...

'Ik wil dat je de politie iets vraagt. Vraag hun...' hij zweeg een paar seconden, 'of ze de symbolen begrepen hebben.'

'Welke symbolen?'

'Zij zullen het begrijpen.'

'Wat bedoel je? Over welke symbolen heb je het?'

Ze hoorde dat hij diep ademhaalde. Er waren geen achtergrondgeluiden. Ze zag hem voor zich in een donkere kamer. Hij was een silhouet, een mansfiguur in een wit overhemd. Ze stelde zich een sigaret voor. Een longdrinkglas. Ze dacht aan haar vader. Zo zag ze hem voor zich. Als vader.

'Was je bang toen je de beelden zag die ik van je gemaakt had?'

'Ja.'

'Dat dacht ik al.'

'Waarom wil je me niet vertellen over welke symbolen je het hebt?'

'Het is niet belangrijk. Ik vroeg me alleen af waarom de politie dat geheim heeft gehouden.'

Ze hield de telefoon steviger vast. Hij voelde klein en licht aan in haar hand. Zo licht dat hij uit zichzelf weg kon zweven als ze hem losliet.

'Ben je van plan me te vermoorden?' vroeg ze.

Ze hoorde hem ademhalen.

Aan weerszijden van het rolgordijn was een streep bleek licht te zien. De kamer was vol silhouetten: kleurloos en koud. Beneden op straat werd een auto gestart. Ver, heel ver weg, hoorde ze een stel jongeren roepen.

'Weet je hoe ik Marianne heb gedood?'

Ze slikte. 'Ze was verdronken. Of zoiets.' De forensische artsen hadden erg weinig details gegeven. In elk geval was Vangs samenvatting dat geweest.

Hij grinnikte. Hij klonk als een kind. 'Dat kun je wel zeggen.'

'Ik heb geen film gezien.'

'Video', verbeterde hij haar.

'Ik heb geen video gezien.'

'Daar mag je blij om zijn.'

Uit de woonkamer kwam de beginmelodie van CNN *Headline News*.

'Wie ben je?' vroeg ze.

Hij lachte.

Ze verhief haar stem: 'Ik heb een vraag. Voor jou.'

'Ja?'

'Waarom, in godsnaam, dood jij onschuldige mensen?'

Het klonk of hij door zijn neus ademhaalde. Hij maakte een smakkend geluid met zijn lippen. Vast onbewust, dacht ze. Een gewoonte. Iets om te onthouden.

'Wat verwacht je dat ik daarop zal zeggen?' vroeg hij. Toen voegde hij eraan toe: 'Typisch iets voor een journalist! Jullie denken dat op alles simpele antwoorden bestaan. Dat de meest banale vragen beantwoord kunnen worden.'

Een motor buiten op straat accelereerde.

'Heb je ervan genoten jouw beelden op televisie te zien?' vroeg ze.

'Jij niet?'

'Zou je... als wij zouden stoppen met het uitzenden van jouw beelden... zou jij dan stoppen met doden?'

'Stoppen? Kristin, er zijn andere televisiezenders. Er zijn kranten.'

Haar naam in zijn mond deed haar huiveren.

'Allemachtig, waarom doe je het?'

'Zie me als een gifslang. Ik dood en dan verdwijn ik de jungle weer in.'

'Zonder spijt', zei ze.

Hij lachte koud.

'Je speelt!'

Hij zweeg.

'Je speelt toneel. Je zit op te scheppen tegen mij. Je doet alsof je gek bent! En dat ben je verdomme ook! Maar je bluft!'

Hij zei niets. Maar hij maakte dat smakkende geluid weer.

'Ik weet niet wat jouw probleem is. Maar je hoeft niet te doen of je iemand bent die je niet bent.'

'Je bent scherp.'

'Dat ben jij ook. Dus laten we op een normale manier met elkaar praten. Ga niet zitten opscheppen.'

'Goed. Omdat je het zo vriendelijk vraagt.'

'Kun je me beloven dat je stopt?'

'Stopt?'

'Stopt met moorden! Geef je aan bij de politie!'

Hij lachte hard.

'Het is niet grappig', riep ze. 'Hou daarmee op! Begrijp je niet wat je doet?'

Het gelach stierf weg. Hij schraapte zijn keel. 'Uiteraard', zei hij. 'Ik begrijp heel goed wat ik doe. Maar je vraagt me rationeel te zijn.'

De slaapkamerdeur gleed open. Ådne en Gustav wierpen een blik naar binnen. *Hij?* vormde Ådne met zijn lippen. Kristin knikte.

'Maar ik ben niet rationeel. Ik word niet door dezelfde impulsen gestuurd als jij. Er woeden andere driften in mij.'

De politiemannen slopen naar het bed. Gustav ging op de bedrand zitten en duwde zijn oor tegen de telefoon. Ådne gooide het T-shirt dat op de grond lag naar haar toe. Pas nu drong het tot haar door dat ze slechts een onderbroek aan had.

'Waarom film je me?' vroeg ze.

'Omdat,' zei hij, en aan zijn stem kon ze horen dat hij lachte, 'ik gewoon wilde dat jij weet hoe dichtbij ik kan zijn.'

'Maar waarom ik?'

'Dat zul je wel begrijpen.'

Er liep een rilling langs haar rug.

'Slaap lekker', fluisterde hij.

6

Vang was binnen een uur ter plaatse. Toen had ze al minstens vier keer aan Ådne en Gustav verteld wat ze zich herinnerde van het gesprek. Eerst raakte ze geïrriteerd omdat ze hetzelfde steeds weer opnieuw moest vertellen, maar iedere keer herinnerde ze zich weer andere details. Dus toen ze, met behulp van Gustavs notities, het gesprek voor Vang herhaalde was ze verbluffend gedetailleerd.

'Nu hebben we alles gehad wat hij verteld heeft. Vertel me nu alles over zijn stem', zei Vang.

'Zijn stem?'

'Hoe die klonk. Welke beelden die bij jou opriepen.'

Ze dacht terug aan het telefoongesprek. Toen ze haar ogen dichtdeed, kon ze zich de stem weer zo levendig voor de geest halen alsof ze hem nu in de kamer hoorde. 'Ik ben er vrijwel zeker van dat hij een man is van in de dertig. Laten we zeggen met een marge van plus en min vijf. Hij spreekt helder en goed geformuleerd. Bijna ouderwets. Ik ben er tamelijk zeker van dat hij uit de omgeving van Oslo komt. Oslo-West vermoed ik. Bærum, misschien.'

Vang vouwde zijn handen en ging verzitten. 'Wat kun je nog meer over zijn stem zeggen?'

'Hij was zwaar. Mannelijk. Beetje hees. Maar tegelijkertijd bijna een beetje... kinderlijk? Iets met de tongval. Niet helemaal echt. Een beetje lichtgeraakt, verlegen toontje in zijn stem. Ik heb hem de hele tijd voor me gezien als een gespierde, brutale man. Zo'n schurk uit een tekenfilm, snap je. Maar ik geloof dat dat beeld verkeerd is. Hij ziet er niet uit als een moordenaar. Ik geloof dat hij er heel gewoon uitziet.'

Toen ze vertelde over zijn vraag naar de symbolen, lachte Vang nerveus.

'We wilden die niet openbaar maken', zei hij met tegenzin.

'Die?'

'De symbolen. Op de slachtoffers. Op Anita's borst. En in Mariannes handpalm.'

'Wat voor symbolen?'

'Hexagrammen. Gekrast in de huid met een iets duns en scherps. Een naald misschien. De punt van een mes.'

'Wat stellen ze voor?'

'Een cirkel met een zeshoek erin. Twee driehoeken die in elkaar vallen. Zoals bij de davidsster.'

Ze staarde voor zich uit. 'Denk je… zouden de moorden een politieke betekenis kunnen hebben? Terrorisme? Iets met het Oslo-akkoord?'

'We hebben de mogelijkheid overwogen. Maar het gaat vast niet om politiek.'

'O, nee?'

'Je hebt zijn brieven toch gelezen? Vol met verwijzingen naar de bijbelgeschiedenis, de astrologie en het occultisme. En het hexagram is een klassiek symbool voor occulte kracht. Wordt gebruikt bij ceremonieën en rituele magie. Heb je wel eens gehoord van het salomonszegel? We geloven dat hij gewoon zijn slachtoffers wil merken.'

De onzichtbare man

Politie-inspecteur Vang staarde naar het plafond en gaapte. Hij had geprobeerd te slapen op de bank in zijn kantoor, maar de slaap wilde niet komen. Rusteloos was hij opgestaan en had het koffiezetapparaat aangezet. Na vijf koppen koffie was hij nerveus gespannen.

Hij nam zijn koffiekopje mee naar het raam en keek naar de ochtendschemering, de daken van de huizen en het verkeer. Hij dacht aan Herdis. Hij dacht aan Una, Anita en Marianne. Hij dacht aan Kristin en schudde zijn hoofd: dat kon hij er nog wel bij hebben, dat het leven van een televiester bedreigd werd. Hij dacht weer aan Herdis.

Hij zette het koffiekopje op het bureau, sloeg zijn blazer over zijn schouder en slenterde naar de filmzaal. Zelfs zo beestachtig vroeg in de morgen heerste hier al een koortsachtige activiteit. Met een enorme geeuw overzag hij de grote zaal. Ze waren allang uit de filmzaal gegroeid en hadden beslag gelegd op de ene vergaderzaal na de ander. Maar de filmzaal was nog steeds het zenuwcentrum.

Een jonge agent begroette hem. Vang knikte terug.

De druk begon te vreten aan de meest onervaren krachten. Iedere dag dat Aquarius op vrije voeten was, werd gevoeld als een nederlaag. Vang begreep de frustratie. Een onzichtbare man heerste over de mensen en de politie stond machteloos.

Het gebrek aan resultaat maakte het team ongeduldig en geïrriteerd. Toen Vang drie onderzoekers uit de Bijbelgroep had gehaald om het pas opgerichte team dat het occulte spoor moest onderzoeken te versterken, hadden de 'discipelen' luidkeels geklaagd. Een van hen had zijn misnoegen gelekt naar *VG*. Ze vreesden dat al het werk dat ze geleverd hadden waardeloos was geworden en hun theorieën verworpen werden. Ze hadden verschillende sporen die ze wilden volgen, meerdere invalshoeken die ze nog niet onderzocht hadden en het uitdunnen van de groep had men verschrikkelijk onrechtvaardig gevonden.

Geen van die reacties kwam als een verrassing voor Vang. Prioriteiten stellen, zei hij tegen zichzelf, is het teleurstellen van enkelen, om anderen blij te maken.

Hij slenterde naar de grote, u-vormige bureausectie die hij deelde met Antonsen, Alm, Ryvik en Gran. 'Paardenhoef' werd die genoemd. Hij hield er niet van daar te zitten. Hij had het gevoel op een tentoonstelling te zitten.

Toen hij ging zitten kraakte de stoel. Hij keek naar de stapel rapporten die in de loop van de nacht gereed was gekomen. Om tijd te sparen had hij erop gestaan dat alle rapporteurs een samenvatting van de hoofdpunten moesten bijleveren. Net als een korte weergave van een krantenartikel. De rechercheurs hadden daar een hekel aan. Maar hij had al snel doorgehad dat bij zo'n groot team als dit de informatiestroom het grootste probleem zou zijn. Veel misdadigers waren de dans ontsnapt omdat belangrijke informatie verdween in de wirwar van rapporten en analyses. Daarom was Vang het meest in zijn nopjes met de I-sectie, de informatiesectie binnen het Aquariusteam, die hij had opgericht. Een groep die als enige opdracht had: het uitpluizen van de rapporten van anderen, het belangrijkste van de theorieën en conclusies eruit halen en dit vergelijken met de andere resultaten.

Hij was nog steeds van mening dat de Videogroep de grootste kans maakte om Aquarius te ontmaskeren. Daarom was die ook het grootst. Na veel vijven en zessen hadden ze nu een ledenlijst van alle filmverenigingen en -clubs. Tegelijkertijd dubbelcheckte men alle werknemers bij Kanal 24 in alle mogelijke registers. Vang had het akelige voorgevoel dat Aquarius dichter bij Kristin stond dan iemand kon vermoeden.

Hij gaapte luid.

Als die vrees klopte, had ze de stem vannacht moeten herkennen.

Het ergerde hem dat hij geen rekening had gehouden met de mogelijkheid dat hij haar op haar mobiele telefoon zou kunnen bellen. Dan hadden ze een bandopname van zijn stem gehad.

Opnieuw gaapte hij. Maar waarom gaapte hij als hij niet moe was?

Roger belde in de loop van de dag.

Hij vroeg of het goed was dat hij langskwam om de sleutel te lenen van de flat van zijn ouders. Moeder had gevraagd of hij een paar spullen wilde ophalen.

Vang nam de lift naar de hal, waar een van de medewerkers van Securitas meldde dat zijn zoon gearriveerd was. Ze liepen samen naar de parkeerplaats voor de ingang. Het was een verrassend warme, klamme dag. Vang was zo gewend geraakt aan de koele lucht in de filmzaal dat hij het bijna vergeten was: het was zomer.

'Waar woont ze?' vroeg hij nonchalant terwijl hij met de sleutelbos rommelde.

'Ze heeft me toch gevraagd daarover mijn mond te houden.'

'Maar kun je niet...'

'Verdomme, papa, betrek me daar niet in. Ik vind het al rot genoeg zoals het nu is.'

Hij gaf hem de sleutelbos en vroeg hem deze vanavond bij de portier weer in te leveren.

Politie-inspecteur Runar Vang had zijn positie nooit misbruikt. Maar vandaag gaf hij zijn eigen adres op, beschreef hij zijn zoon en gaf een van de undercoveragenten opdracht hem te schaduwen. En direct aan hem te komen rapporteren.

Voor de eerste keer in zijn leven voelde hij zich een misdadiger.

Twee uur later kreeg hij het rapport van de surveillancedienst. De jongeman had een koffer naar de Vogts gate gebracht. Een woongroep voor studenten en milieuactivisten.

Oude vrienden

Ze wilden hem bij de Aquariusgroep hebben.

Hij had nee gezegd. Helder en duidelijk. Zo helder en duidelijk dat Slangen gehaald was om hem over te halen.

De Aquariusgroep was samengesteld uit verslaggevers van alle redacties van de krant, maar vooral van de afdeling Criminaliteit. Zo bekeken was het niet logisch dat hij gevraagd werd.

Nog afgezien van het feit dat hij de laatste twintig jaar voor geen enkel speciaal project gevraagd was.

Nog afgezien van het feit dat hij een oude knar was die over een maand met pensioen ging.

Nog afgezien van het feit dat al sinds 1977 geheel en al zijn eigen gang was gegaan.

Nog afgezien van het feit dat hij Kristin Byes vriend was en dat ze hem vaak in vertrouwen nam.

Het was allemaal zo doorzichtig. De leider van de Aquariusgroep, een van de eindredacteuren, was naar zijn kantoor gekomen en had allerlei onzin uitgekraamd. Ze hadden iemand nodig van zijn kaliber en met zijn ervaring. Hij had zoveel bij te dragen. Een waardig punt achter zijn carrière.

'Gezeik', had Gunnar gezegd. 'Rot op naar je bureau.'

Een paar uur later kwam Slangen zelf.

Hij deed zijn bijnaam eer aan. Hij was sluw. Hij begreep waarom Gunnar nee zei.

'We hebben een toegang tot Kristin Bye nodig', zei hij. Recht op zijn doel af. Hij was eerlijk. Gunnar stelde dat op prijs. Maar zelfs die eerlijkheid was tactiek. Slangen ging ervan uit dat hij toe zou geven aan zo'n rechtstreeks appèl.

Maar Gunnar volhardde in zijn nee. Hij had nooit misbruik gemaakt van vriendschap, zei hij. En verdomme al helemaal niet om liaisonofficier te worden. De telefooncentrale van de Aquariusgroep. Als Kristin met hem wilde praten, moest ze ervan uit kunnen gaan dat ze met haar vriend sprak en niet met de stenograaf van *Dagbladet*.

Slangen begreep het. Dat zei hij in elk geval. En kennelijk deed hij dat ook. Alhoewel hij dolgraag een twaalftal 'Kristin Bye-exclusief' in *Dagbladet* had willen hebben. Je mag het immers altijd proberen, had hij gezegd. Gunnar was vast de enige die nee durfde te zeggen tegen Slangen.

Hij bleef tot in de avond op zijn kamer zitten. Hij had zich voorgenomen alle oude papieren op te ruimen voor hij gepensioneerd werd en dat bleek een enorme opgave. (Er gingen geruchten dat een bekende collega eens een fietswiel had gevonden tijdens een dergelijke onderneming.) Hij vond oude brieven en documenten, samenvattingen van artikelen, anonieme tips waar hij vroeg of laat naar had willen kijken (zelfs terwijl hij wist dat 'vroeg of laat' praktisch hetzelfde betekende als 'nooit'), kopieën van buitenlandse reportages waarvan hij ooit van plan was geweest een Noors artikel te maken.

Alles ging in de grote doos voor oud papier.

Om half zeven liep hij naar de centrale redactie om naar het journaal te kijken. Voor de vijfduizendste keer werd politie-inspecteur Vang geïnterviewd. Op de achtergrond, een beetje onscherp, meende hij Oscar Lund te zien.

Jij oude vos, dacht Gunnar verbluft. Oscar was vijf jaar geleden met pensioen gegaan en met Oscar had Gunnar een van zijn trouwste tipgevers bij de politie verloren. Hij was een goede, ouderwetse politieman die op de traditionele manier van adjudant opgeklommen was tot politie-inspecteur. 'De koning van de misdaad' werd hij genoemd, niet alleen onder het persvolk, maar ook onder de criminelen.

Vooral in de jaren tachtig hadden Gunnar en Oscar veel contact gehad. Zoveel dat er een voorzichtige vriendschap was ontstaan. Ze waren een paar maal wezen vissen en toen Oscars vrouw een hersenbloeding kreeg en overleed, hadden ze een trektocht van twee weken door de bergen gemaakt. Ze waren nooit echt boezemvrienden geworden (daarvoor waren ze beiden te eigenzinnig), maar ze waren twee mannen die elkaar sympathiek vonden en respecteerden. Toen Oscar met pensioen ging, hadden ze getracht contact te houden, maar ze hadden elkaar steeds minder gezien. Nu was het minstens twee jaar geleden dat ze elkaar voor het laatst hadden gesproken.

Toen Gunnar de meldkamer van de politie belde, hadden ze geantwoord dat niemand op het hoofdbureau Oscar Lund kende. *Dat had je eens moeten horen, Oscar!* Hij vroeg hem door te verbinden met het Aquariusteam; daar meldde de receptionist dat hij Oscar eerder die dag had gezien, maar dat hij geen idee had waar hij nu was. Gunnar belde zijn privénummer en Oscar nam op met zijn korte blaf *Lund!*, waarvan men zich vroeger, als men het waagde de koning van de misdaad te bellen, doodschrok.

'Je kon het niet laten', zei Gunnar. Hij zei zijn naam niet. 'Een pikante misdaad en jij bent ter plaatse als een oude, geile idioot!'

Oscar herkende de stem en pakte zonder aarzelen het oude toontje weer op. 'Jezus, ben jij het? Er moet leven na de dood zijn! Ik dacht dat ze zulke stoffige mummies als jou in deze paparazzitijden op ijs legden?'

'Ik vertrek over een maand. En in tegenstelling tot jou ben ik hier niet het vijfde wiel aan de wagen!'

Oscar grinnikte op zijn karakteristieke, grommende manier. 'Ach, je weet dat mijn oude botten altijd een beetje gaan rammelen als ik spanning vermoed.'

'Ik zag je op televisie. Jij weet altijd ergens je neus in te steken. Ben je rechercheur? Of zag ik je geest?'

'Ik help zo goed ik kan. Onbetaald. Zonder titel. Je weet hoe het gaat: ik kom wanneer ik wil en ik ga wanneer ik wil en ik doe mijn kunstje.'

'Met andere woorden, precies zoals toen je chef was.'

Oscar grinnikte. 'Ik ben als de dooier in het ei: niemand vraagt naar me, maar als ik er ben, komt Vang langs met het een of andere verzoek.'

'Hij waagt het niet iets anders te doen. Was hij niet jouw plaatsvervangend chef voordat hij jouw baan overnam?'

'Vang is een beste kerel. En om je de waarheid te zeggen, doe ik niet veel belangwekkends. Tot nu toe heb ik vier tips nagetrokken waarvan ik zeker weet dat Vang ze nonsens vond. Maar iemand moet dat toch doen. Ik zie het zo, Gunnar, als die oude Lund zo'n rotklusje kan opknappen waardoor een rechercheur tijd heeft voor belangrijker zaken, dan vind ik het best.'

'Het zou leuk zijn als we elkaar weer eens zagen, Oscar. De laatste keer is een poosje geleden.'

'Juni 1994. Norum Bar. Jij dronk alleen maar mineraalwater. Ik werd dronken en heb een heleboel onzin zitten beweren. Ik was van plan je te bellen. Maar de tijd vliegt. Wat zullen we afspreken?'

'Kunnen we het niet simpel houden? Bij mij thuis.'

'Zit je nog steeds in diezelfde keet?'

'Jazeker. Zullen we voor morgen afspreken? Tegen zessen?'

'Liever overmorgen. Morgen heb ik mijn bridgeavond, weet je nog wel.'

'Dat wordt gezellig, ouwe makker.'

'Gezellig? O ja? Heb je ook een paar jongedames uitgenodigd?'

De rode telefoon

I

Hij belde vanuit zijn kantoor naar de woongroep.

Zijn vingers beefden terwijl hij het nummer intoetste. Hij was net zo nerveus als toen hij haar de eerste keer belde. Toen was ze negentien.

De telefoon ging lang over. Eindelijk werd er opgenomen. 'Hallo?' blafte een stem. Geïrriteerd. Alsof half tien 's morgens te vroeg was om te bellen. Op de achtergrond tokkelde iemand op een gitaar. Vang dacht: zijn ze net opgestaan? Of waren ze nog niet naar bed gegaan?

'Kan ik met Herdis Vang spreken?'

'Hè?'

Het was mogelijk dat zijn toon te beleefd was. Hij zond op de verkeerde frequentie uit. 'Herdis! Herdis Vang!', herhaalde hij.

'Herdis? Bråthen?'

'Nee...' begon hij. Bråthen. Haar meisjesnaam. 'Ja', zei hij.

'Ik heb d'r nog niet gezien. Geloof niet dat ze al op is. Wacht effe! Bob!'

Bob?

Tijd voor mezelf.

'Bob! Weet je of Herdis al is opgestaan?'

Een van de vrienden van zijn zoon heette Bob. Een Amerikaan. Rond de dertig. Een soort folkzanger. Zijn haren kwamen tot op zijn schouders. Roger was een paar keer met hem aan komen zetten. Hij had bij ze gegeten en op de bank in de kamer overnacht. Kon niet dezelfde zijn.

'Ze slaapt', riep Bob terug. Twee woorden. Toch kwamen ze er hakkelend uit.

Vang hing op.

2

'De rode telefoon' ging twee keer over.

Eigenlijk was hij niet rood, maar geelbruin. Hij stond op een ijzeren statief midden in de Paardenhoef en hij had zijn bijnaam gekregen omdat Vang had uitgelegd dat hij net zo heilig was als de hotline destijds tussen het Kremlin en het Witte Huis. Alleen de staf van het onderzoeksteam kende het geheime nummer. Vang had iedereen opdracht gegeven de telefoon alleen te gebruiken als het van groot belang was om de leiding te spreken en alle gewone lijnen bezet waren. Tot nu toe had niemand het gewaagd de telefoon te gebruiken.

Vang, die in de Paardenhoef aan zijn bureau zat en door de rapporten van de I-sectie van die avond en ochtend bladerde, staarde, voor hij opnam, verbaasd naar de telefoon.

'Vang', zei hij luid.

Om hem heen werd het stil.

Een jonge stem kuchte nerveus. Met agent Skogstad. Die naam zei Vang niets. De agent legde uit dat hij op het postkantoor was gestationeerd om de post van Kanal 24 door te nemen. Hij had direct geprobeerd Vang te bellen, maar de lijn was bezet geweest. Vang vroeg hem terzake te komen. Het was namelijk zo, zei de agent gespannen, alsof hij bang was te storen, dat er een nieuwe envelop met een videoband voor Kristin Bye was gekomen.

Op weg naar de televisiestudio aan de Wergelandsvei vroeg Vang zich af of de videoband nieuwe beelden van Kristin Bye bevatte of dat Aquarius hun opnames van de moord op Marianne had gestuurd.

Hij hoopte dat het beelden van Marianne waren. Nieuwe beelden konden helpen bij het moordonderzoek. En als er iets was wat ze nodig hadden, dan was het wel een doorbraak.

De chauffeur deed de sirene bij Grotten uit en reed het trottoir bij Kanal 24 op. Tegelijkertijd arriveerde de politieauto die de envelop van het postkantoor kwam brengen. Toen Vang de envelop in ontvangst had genomen en zich de trap naar de receptie op haastte, hoorde hij de opgewonden sirene van de surveillancewagen van Patrick en Claes.

Hoofdredacteur Richard Wolter stond hem op te wachten bij de receptie. Vang zag hem door de glazen deuren met de grote cijfers 24, hij stond ongeduldig te wachten terwijl hij met zijn vuist in zijn handpalm sloeg. Vang had met de gedachte gespeeld dat Wolter Aquarius kon zijn. De psychologen van het onderzoeksteam hadden hem dat idee uit zijn hoofd gepraat. Wolters enige motief kon zijn dat hij aandacht wilde voor zijn nieuwsuitzending. Als Aquarius zich onder de staf van Kanal 24 bevond, zo concludeerden de psychologen, dat moest hij op zoek naar een man tussen de vijfentwintig en veertig, iemand die gefrustreerd was en vol met opgekropte agressie, iemand die problemen had met de omgang met vrouwen (alles van een ziekelijke verlegenheid tot impotentie) en die alleen woonde of samen met een dominante moeder of een ouder (waarschijnlijk vrouwelijk) familielid.

Wolter paste niet in dat patroon. Hij was te oud, hij was getrouwd, hij had twee kinderen. En hij leek verdomde harmonisch.

Een stel journalisten en technici, daarentegen, waren eerder van het nerveuze type. Maar de meest waarschijnlijke kandidaat, een regisseur van tweeëndertig die samenwoonde met zijn moeder, zat op het moment dat Una ontvoerd en vermoord werd op een cursus in de Verenigde Staten.

Misschien jaag ik op een geest, dacht Vang.

Toen ze elkaar een hand hadden gegeven en op weg waren naar Wolters kantoor, kwam Kristin Bye aangerend, samen met Patrick en Claes. Met verschrikte ogen keek ze van de één naar de ander.

'Waar is de band?' vroeg ze buiten adem.

In haar blik zag Vang de paniek die vlak onder de oppervlakte lag.

Hij liet haar de envelop zien. Om te demonstreren hoe kalm hij was, begon hij te fluiten. 'Moonlight serenade'. Voorzichtig legde hij de envelop neer, deed hij de rubberen handschoenen aan en trok de cassette en de brief eruit.

Hij gaf Kristin een paar rubberen handschoenen aan, die ze ongeduldig aantrok, en gaf haar de brief.

'Voor jou', zei hij met een meevoelend lachje.

Hij bleef fluiten.

Liliths paradijs

I

Met klamme vingers vouwde Kristin de brief open. Ze keek op van het vel papier en monsterde de mannen om haar heen. Wolter en Skaug zaten op het bureau van Wolter. Vang en zijn handlangers stonden met over elkaar geslagen armen te wachten. Een cameraman, de jonge Yngve, was op een stoel geklommen en maakte opnames.

'Moet ik het hardop lezen?' vroeg ze. Het was een overbodige vraag, maar ze moest checken of haar stem niet brak.

Vang knikte.

Ze keek naar de hoekige blokletters. De brief was kort. Zo kort dat ze hem al gelezen had voordat ze had kunnen nadenken.

Onbegrijpelijk. Volkomen onbegrijpelijk.

'Kristin?' Wolters stem. Ongeduldig.

Ze schraapte een paar keer haar keel:

KRISTIN!

ZE TASTEN ZONDER LICHT IN DE DUISTERNIS OPDAT
HIJ HEN KAN LATEN RONDDOLEN ALS EEN DRONKEN MAN.
ZO STAAT HET GESCHREVEN.
LILITH IS NAAR HUIS TERUGGEKEERD.
BAPHOMET APPLAUDISSEERT!

AQUARIUS

Zonder hem aan te kijken gaf ze de brief aan Vang. Hij pakte hem, las hem snel door en stopte hem in een plastic zak. Toen liep hij naar de videorecorder van Wolter en stopte er de band in.

Kristin stroopte de rubberen handschoenen af. Richard Wolter hield zijn adem in. Skaug kneep zijn ogen half dicht, alsof hij het eigenlijk niet wilde zien. Vang stond onbeweeglijk, emotieloos.

De eerste beelden lieten een bloemenwei zien. Op de achtergrond klonken de tonen van Air van Bach.

Twee vlinders fladderen boven het gras. De bloemen vormen kleurige strepen. Wollige wolken en blauwe hemel weerspiegelen in een meertje met waterlelies.

Het paradijs, dacht Kristin onwillekeurig, hij wil dat we het paradijs voor ons zien.

Langzaam gaat het beeld over naar een ander motief.

Marianne zit in bad. Ze heeft een zwarte bikini aan. Ze is bang.

Haar enkels en polsen zijn samengebonden met een touw dat uit het beeld verdwijnt. Met betraande ogen kijkt ze in de cameralens. Ze beweegt haar mond, maar alleen de muziek is te horen.

Iemand trekt aan het touw.

Ze spartelt tegen terwijl ze in het bad wordt getrokken. Ze schreeuwt (geluidloos, ze horen slechts de muziek).

Haar hoofd gaat onder. Een paar seconden ziet ze kans om zo tegen te spartelen dat ze haar gezicht boven water kan houden.

Het touw wordt nog strakker getrokken. Ze wordt onder getrokken. Een stroom luchtbellen golft uit haar mond.

Ze zien haar duidelijk onder water. Ze spert haar ogen open. Haar hoofd schudt heen en weer. Uit haar mond borrelen eindeloos luchtbellen.

Dan verstommen de bewegingen.

Er komen nog een paar bellen.

Het lichaam schokt.

De muziek sterft weg.

Enkele seconden rust de camera op het stervende meisje in het bad. Dan gaat het beeld weer over in de bloemenwei. Een mezenjong fladdert voorbij. Een hommel, zwaar van de nectar, zoomt in een koekoeksbloem. De cameraman richt de camera op de hemel, waar de zon tussen de wolken zuilen van zilver maakt. Langzaam komen de letters tegen de lucht in beeld:

The End

2

Ze schaamde zich. Triest. Schuldbewust. Ze zat in een kamer en staarde leeg uit het raam.

Ze had gevraagd alleen te mogen zijn. Claes en Patrick hadden zwijgend geknikt en zich aan weerszijden van de deur opgesteld, schouder tegen schouder met hun armen over elkaar. Mijn stenen beelden, dacht ze.

Sommige herinneringen bewegen zich in cirkels. Vroeg of laat komen ze terug.

Acht jaar geleden was ze met haar toenmalige vriend Jan naar de Canarische Eilanden geweest. De dag voor ze weer naar huis zouden vertrekken had het flink gewaaid. De golven waren twee meter hoge muren van water. Achterovergeleund in hun ligstoelen hadden ze naar de surfers en zwemmers gekeken die de brekende golven trotseerden. Plotseling was haar iets opgevallen wat achter de golven gebeurde. Eerst dacht ze dat het een haai was. De hele vakantie was ze bang geweest voor haaien. Maar toen had ze iemand zien sjorren aan een man; een man van middelbare leeftijd, een forse toerist. Hij was nog heel (geen haai dus), maar hij was blauw en slap. Op het strand, slechts een paar meter van Kristin en haar vriend vandaan, hadden ze geprobeerd hem weer tot leven te brengen. Mond-op-mond, hartmassage, de hele rimram. Na twintig minuten kwam de ambulance. De brancardiers wierpen een blik op de man, legden een laken over zijn hoofd en reden met hem weg. Kristin had gedurende de hele voorstelling onbeweeglijk gelegen: haar paperback (Stephen King? Koontz?) lag opengeslagen op haar buik, de fles met zonnebrandolie lag tussen haar dijen en het was allemaal zo verrekte onwerkelijk. Ze had haar hoofd opgetild, een kerel zien verdrinken, ze hadden hem voor haar opgebaard en getracht weer leven in hem te krijgen en daarna waren ze met hem weggereden en nu was het alweer tijd om haar buik te gaan liggen.

Nu was ze vervuld van dezelfde gevoelens van verwarring en hulpeloosheid vervuld.

Ze probeerde niet aan de beelden van Marianne te denken, maar ze verdrongen de beelden van de dode toerist in het zuiden. Als hij haar nog een paar minuten had gefilmd zouden ze gezien hebben dat ze blauw werd.

Ze herinnerde zich dat ze nog een paar uur op het strand hadden gelegen nadat de toerist weggebracht was. Toen hadden ze alles bij elkaar geraapt, waren ze naar het hotel gegaan en hadden ze het zand afgedoucht. Ze hadden gevreeën voordat ze pizza gingen eten. En de hele tijd had ze aan de dode toerist gedacht. Nu had hij, dacht ze, in zijn hotelkamer moeten staan en zijn beige bermuda uit moeten trekken voordat hij en zijn gezin op zoek gingen naar een restaurant. Nu had hij moeten eten. Nu had hij de warme wind van zee moeten voelen.

In plaats daarvan lag hij in de kunstmatige kou in de koelruimte van het lijkenhuis.

Net zoals Marianne.

Een jogger kwam voorbij gerend over het pad in het slotpark.

Dat zou hij kunnen zijn, dacht ze. Hij kan wie dan ook zijn. Ze deed haar ogen dicht.

Haar geweten lag als een klont op haar maag. Toen ze haar gebeld hadden, had ze gedacht dat er een nieuwe video met beelden van haar was gekomen. De hele weg naar Kanal 24 had ze zich schrap gezet tegen wat ze verwachtte te zien en toen ze gezien had dat het om Marianne ging, was ze opgelucht geweest.

Opgelucht!

Opgelucht! Nee, echt, Kristin! Je ziet een jong meisje doodgaan en het enige waaraan jij denkt, is dat je blij bent dat jij het niet bent! Je moest je schamen!

De walging vulde haar mond met een metalige smaak. Een beginnende hoofdpijn drukte achter haar ogen.

Ze schaamde zich.

Voor ze wegging, stak ze haar hoofd om de hoek van Richards kantoor. Skaug zat met zijn benen op de vergadertafel, Richard met zijn benen op het bureau. Beiden rookten.

Echte jongens!

'En hier wordt gewerkt?' zei ze gemaakt vrolijk.

Richard keek haar niet aan.

Skaug trok een grijns.

'Toralf, je bent vergeten je sigaret níet uit te doen', zei Kristin.

Het grapje sloeg niet aan. Skaug inhaleerde, maar reageerde niet, hij keek niet eens naar haar.

'We gaan de beelden niet laten zien', zei Richard.

Hij leek moe. Triest. Alsof de gebeurtenissen eindelijk op hem in begonnen te werken. Alsof hij eindelijk inzag dat alles wat er gebeurde echt was. Dat het nieuws niet iets was wat slechts in het televisieapparaat ronddraaide. Er was een echte moordenaar en hij vermoordde echte vrouwen.

'Mooi', zei ze in het luchtledige.

Niemand gaf antwoord.

Skaug zuchtte, nam een trek van zijn sigaret en liet de rook over zijn longen gaan.

'We zien elkaar nog wel', mompelde ze voor zich uit. Stilletjes trok ze de deur achter zich dicht.

De verdenking

1

'Het is te simpel', zei Vang. Hij keek de anderen uitdagend aan. 'Veel te simpel!'

Ooit, en dat was langer geleden dan hij wilde toegeven, was hij opgehouden morele oordelen te vellen. Toen hij pas bij de politie was, hadden alle zinloze moorden hem geraakt. Hij voelde zich verplicht de dader op te pakken om een morele orde te herstellen. Maar de ene moord werd afgelost door de andere. Hij ontdekte dat de misdadigers een gezicht en een geschiedenis hadden en op een dag – terwijl hij het lijk van een mishandelde vrouw stond te bekijken die op de grond van een wasserij lag – besefte hij dat de jaren zijn gevoel weggeslepen hadden tot een vermoeide weerzin.

De beelden van Marianne hadden in hem een vonkje van afschuw opgewekt.

Hij begreep niet waarom Marianne dat effect op hem had. Una Mørch was ongetwijfeld een mooiere jonge vrouw. Anita Fjordvik was nog mooier. Misschien kwam het doordat in Marianne het bange, kleine meisje te zien was dat in dat veel te grote vrouwenlichaam zat?

Ieder mens, ieder leven, had een zekere waarde. Zo brutaal is de werkelijkheid. Hij had steeds geprobeerd geen prijs te plakken op een slachtoffer, maar dat was nooit gelukt. Ieder lijk heeft zijn prijskaartje in het hoofd van een politieman. Ook al zette hij evenveel mannen op het onderzoek naar een moord op een dakloze als op een moord op een meisje, toch was de betrokkenheid niet dezelfde. Niemand liep het vuur uit zijn sloffen voor zo'n zaak, niemand volgde elk spoor helemaal tot aan het eind en de zaak werd te vroeg terzijde geschoven. Zo was het gewoon.

Voor de eerste keer in de loop van dit onderzoek was hij kwaad. Hij had geen controle. Hij voelde zich hulpeloos. En hij wist niet of hij vooral boos was op zichzelf of op Aquarius.

Hij probeerde zich de moordenaar voor te stellen. Hij beschikte over dat talent. Alsof hij helderziend was. Hoewel hij geen kans zag om gelaatstrekken of details op te roepen, kon hij zich vaak een innerlijk beeld vormen van de misdadiger op wie hij jacht maakte: een beeld van zijn psyche en wezen. Verbluffend vaak klopte zijn giswerk. Maar op Aquarius kreeg hij geen vat. Geen gevoelsindrukken, geen ideeën over hoe hij dacht, niets. Hij wist slechts één ding: wanneer Aquarius vroeg of laat gepakt werd, zou zijn advocaat op de proppen komen met een psychiater die hem als geesteszeik zou bestempelen en er zou een verzoek ingediend worden om hem naar een gesloten afdeling te laten gaan. Maar hij was niet geestesziek. Daar was Vang van overtuigd. Aquarius was immoreel, meedogenloos en brutaal. Verrot en slecht. Hij was een psychopaat en een berekenende sadist. Maar hij was niet geestesziek.

Vang dacht: hij weet heel goed wat hij doet. Hij hoort geen stemmen in zijn hoofd. Er zit geen demon in hem. Hij weet wat hij doet.

'Vang?' zei Antonsen vragend. Alsof hij hem wilde terughalen naar deze wereld, naar de prozaïsche werkelijkheid, naar het bureau en de vergadering die Vang had belegd.

Vang keek op en knipperde met zijn ogen. 'Te simpel! Veel te simpel', herhaalde hij mechanisch.

De blikken van Aksel Antonsen, Geir Ryvik en Elisabeth Gran schoten heen en weer en het leek of ze hun best deden elkaar niet aan te kijken.

'Niet per definitie', stelde Antonsen. Zijn stem had een wanhopige klank gekregen. 'We hebben gespeculeerd over de mogelijkheid dat hij gepakt wil worden. Misschien is dit zijn manier om zijn identiteit prijs te geven.'

'Het is bijna een moord met een handtekening', stemde Ryvik in. Een beetje te ijverig.

Ze hebben met elkaar gesproken, dacht Vang. Over mij. Over hoe ik het onderzoek leid.

Hij keek naar zijn smalle vingers en toen naar de dossiers van bijna twintig jaar geleden. De bovenste politiedossiers waren op een ouderwetse typemachine getikt en voorzien van stempels, dossiernummers en journaalnummers en wat onleesbare hanepoten in de marge. De tekst zag eruit alsof die letter voor letter in het papier was gehakt. Hij zat zo vol spelfouten dat de politierechercheur woordblind moest zijn geweest. Of een wijsvinger zo dik als een rookworst moest hebben gehad.

'Maar toch,' zei Vang nadenkend, 'is het te simpel.'

'Beter dan niets', verzuchtte Elisabeth Gran. 'Ik ben het met je eens dat de oplossing wat al te...' ze kuchte, 'voor de hand liggend kan lijken. Alleen het visitekaartje ontbreekt nog. Maar misdaadzaken zijn wel eens vaker op grond van magere bewijzen opgelost.

Rune Strøm...

Vang herinnerde zich de oude zaak nog maar nauwelijks. Er was een jonge vrouw in haar flat dood aangetroffen in bad. Haar verloofde was 's nachts thuisgekomen en had haar ontdekt toen hij zijn tanden wilde gaan poetsen. Beweerde hij. Toen de politie kwam, was hij apathisch geweest. 'Als een zombie' merkte een van de politiemannen op in het verder zeer saaie rapport. Alsof 'zombie' een juridisch of psychologisch begrip was. De rechercheurs verdachten hem al snel. Maar hoe ze ook de druk opvoerden, hij bleef ontkennen. Hij zat een paar weken in voorarrest. Maar hij bekende nooit. De officier van justitie weigerde een aanklacht tegen hem in te dienen. Ten slotte hadden ze hem moeten laten gaan.

Rune Strøm.

Het klonk niet eens als een naam van een moordenaar.

Vang had vanmiddag acht tips gekregen van het team. En vier van buitenstaanders. Alle tips verwezen naar de oude 'badmoord'.

Strikt gesproken kon er nooit met zekerheid worden vastgesteld dat het om moord ging. Ze zou net zo goed verdronken kunnen zijn nadat ze een ongeluk had gehad of niet goed was geworden.

De zaak was opnieuw bekeken door het team dat oude moordzaken en geweldsdelicten doornam. Tot nu toe was er niets geweest wat Rune Strøm en Aquarius met elkaar in verband kon brengen.

Tot nu toe...

Vang keek naar het persoonsnummer van Rune Strøm. Geboortedatum 30 januari. Hij dacht na. 30 januari... Waterman. Aquarius.

'Wat is er met je?' vroeg Gran.

Vang schudde zijn hoofd terwijl hij zijn oorlel masseerde. 'Helemaal niets.'

'Je lacht zo vreemd.'

Vang sloot zijn ogen liet de lach van zijn gezicht verdwijnen.

'We moeten hem naar het bureau laten komen voor een praatje', zei Antonsen.

Het geknik rond de tafel deed Vang denken aan zo'n knikkend figuurtje op de hoedenplank van een auto.

'Dat kan geen kwaad', zei hij vermoeid.

Elisabeth Gran knikte tevreden en stond al op: 'Ik stuur twee eenheden!'

'Wacht, wacht!' Vang hief zijn handen. 'Kalm aan jullie! We hebben de zaak nog niet opgelost. We hebben Aquarius nog niet te pakken. We hebben een zeer vage verdachte met wie een praatje willen maken.' Hij lachte ontwapenend. 'In alle rust.'

Gran liet zich weer met een plof op haar stoel vallen.

'Runar! Nee, eerlijk zeg!' Antonsen klonk ongeduldig, op de grens van geïrriteerd.

'We moeten nog wat geduld hebben. Voordat we tot wat voor actie dan ook overgaan, wil ik graag nauwkeuriger en grondiger naar deze...' hij keek naar de papieren hoewel hij de naam heel goed wist, 'Rune Strøm kijken.'

Te simpel...

Toen de anderen vertrokken waren, bleef Vang zitten bladeren in de documenten. De laatste, en de meest onbegrijpelijke, was gedateerd in 1992. Vangs blik gleed over de ingewikkelde tekst. Op 17 november 1992 zag de rechtbank Oslo af van... dossiernummer... volgnummer... aanklager... tegen Rune Strøm, vertegenwoordigd door advocaat... wetboek van strafrecht... voor het inbreken bij...

Vang schudde zijn hoofd, maar kon een schaapachtig lachje niet onderdrukken.

In de zomer van 1992 werd Rune Strøm opgepakt tijdens een inbraak in het Historisch Museum. Hij liep rond op een reizende tentoonstelling uit Haïti over voodoos toen hij ontdekt werd door een bewakingscamera. De inbraakpoging was amateuristisch. Voor het museum pakte de politie een vrouw op die zat te wachten in een auto; zij ontkende alle betrokkenheid. Ze werd meegenomen voor verhoor, maar ze bekende niet. Toen ze als getuige werd opgeroepen in de zaak verscheen ze niet. Rune Strøm weigerde een verklaring af te leggen, maar de aanklager nam aan dat hij uit was op een van de oude, traditionele voodoopoppen. De rechtbank hield rekening met het feit dat hij eerder onschuldig had vastgezeten, maar koos er toch voor hem een onvoorwaardelijke gevangenisstraf op te leggen, omdat aannemelijk was gemaakt dat hij geprobeerd had een cultuurschat te stelen die uitgeleend was door een vreemde mogendheid.

Vang trok aan zijn haren. Voodoo, dat ontbrak er nog maar aan. Waar eindigde dit? Hij barstte uit in spontaan gelach. Voodoo! Hij zocht naar een verband, een verklaring, een verlossend woord. Een vlaag van woede ging door hem heen, hij fluisterde 'verdomme, verdomme, verdomme' en hij sloeg hard met zijn hand op het tafelblad. Verbaasd over zijn eigen reactie hield hij zijn handpalm voor zijn ogen.

Hij gloeide nog steeds toen hij nogmaals in Rune Strøms dossier begon te bladeren.

'Te simpel', mompelde hij voor zich uit. Een duif fladderde voor het raam langs, hij schrok en staarde naar de lucht. Hij dacht: of maak ik alles ingewikkelder dan het is?

2

Hij ging die avond laat naar huis. Op de deurmat lag de avondeditie (*Nieuwe shockerende video voor Kanal 24*) en hij stopte de krant onder zijn arm terwijl hij de deur van het slot draaide.

De flat was leeg. Stil. Hij deed het licht aan in de gang. In de keuken. In de kamer. Hij zette een Art Tatum-plaat op om de stilte te verdrijven.

Vlak voor hij vertrok hadden ze nog een discussie gehad over het Rune Strøm-spoor. Antonsen en Gran hadden gezeurd dat hij onmiddellijk moest overgaan tot oppakken. Maar zijn ruggenmerggevoel zei dat hij niet te hard van stapel moest lopen. Zowel Antonsen als Gran had gevraagd wat zijn probleem was.

Hij wist niet wat zijn probleem was.

In de keuken bleef de ene tl-buis knipperen (zoals al weken het geval was). Hij had beloofd het in orde te maken. Hij bedacht zich dat hij sinds het begin van de middag niet gegeten had. Hij vond een conservenblik met stamppot in de kast en warmde dat op in de koekenpan.

Terwijl hij zat te eten vroeg hij zich af wat Herdis nu deed.

Als Rune Strøm werkelijk de moordenaar was, dan wilde hij dat de politie dat wist. Hij kon hun geen duidelijker teken geven. In dat geval zou hij vanavond niet moorden. Als Rune Strøm Aquarius was, zat hij thuis te wachten tot de politie op zijn deur klopte. Er was geen haast bij. Soms kon haastwerk alles verpesten.

Hij dronk een paar slokken water, hij had te veel peper op de stamppot gedaan.

Hij dacht: ik snap niet dat Herdis in die woongroep bij Bob is gaan wonen. Ze kunnen onmogelijk een relatie hebben. Ik zou het gemerkt hebben. Hérdis en Bób? Allemachtig, ze is tien jaar ouder dan hij. En de moeder van een vriend van hem. Ze zou zoiets nooit doen.

Hij zag Rune Strøm voor zich: zittend in een leunstoel in een donkere kamer. Hoewel Strøm allang volwassen was, zag hij hem voor zich als een verlegen jongen die gevangen zat in de tijd.

Hij schoof zijn bord met eten van zich af.

Hij kon haar bellen. Hij wist waar ze woonde. Hij proefde de woorden. *Waar ze woonde.* Alsof ze hier niet woonde, bij hem, in de flat op de tweede verdieping waar ze de laatste vijftien jaar hadden gewoond. Hij kon naar haar toe gaan, dat was ook een mogelijkheid. Op de deur kloppen en vragen of hij haar kon spreken. Maar dat zou alleen maar leiden tot een scène. Hij verafschuwde scènes.

Hij trachtte aan Rune Strøm te denken.

Had Herdis genoeg van hem gekregen? Was hun seksleven saai en voorspelbaar geworden? Verdroeg ze zijn lange werkdagen niet meer? Hield ze niet meer van hem? Was ze boos omdat hij vergeten was een nieuwe tl-buis te kopen?

Hij sloeg met zijn handpalm op tafel. Het begon vast een slechte gewoonte te worden. En nog een keer. Harder.

De telefoon ging.

Herdis, dacht hij en hij sprong op.

Maar het was zijn werk.

Luchtbellen

De beelden werden heen en weer geslingerd in haar hoofd als visuele echo's: luchtbellen, luchtbellen, luchtbellen.

Ze hing over de wc-pot. Haar maag zat in een knoop. Haar middenrif leek een hoop glassplinters te kneden.

Haar bloed ruiste. Op de gang waren Gustav en Ådne bezig Claes en Patrick af te lossen. Ze lachten en maakten grapjes. Iets over Gustav en een vrouwelijke collega.

Luchtbellen, luchtbellen, luchtbellen.

Ze trok door en bleef met haar kin op de roze wc-bril liggen.

'Kristin?' Ådnes stem. 'Is alles in orde?'

In orde? Ben je vergeten waarom je hier bent, mijn jongen? Eerder vandaag heb ik gezien hoe een jong meisje verdronken werd. Ze werd slechts zeventien jaar oud. Ze werd vermoord in bad. Koelbloedig vermoord. Vermoord door een gestoorde man die op mij uit is. Op mij! En dan vraag je me of alles in orde is? 'Ja hoor', riep ze mat.

'Mogen we naar het voetballen kijken?'

Kijk verdomme naar wat jullie willen. 'Goed.'

Ze krabbelde overeind en spoelde haar mond met water van het fonteintje. Het smaakte ranzig. Ze vulde haar handen met koud water en wreef over haar gezicht. Ze bleef naar zichzelf kijken. Haar spiegelbeeld was vreemd, onwerkelijk. Als die oude spiegel op Bø.

Ze dacht: ik ben niet oud. Nog niet. Maar ik ben ook niet jong meer. Ik zie het zelf. Geen jonge vrouw meer. Ik ben volwassen.

Ze staarde aandachtig naar de spiegel.

Rijp, dacht ze.

Het zou niet lang meer duren tot de rimpels tevoorschijn sprongen. Eén voor één. Ieder moment konden die fijne, bijna onzichtbare streepjes geleidelijk diepe groeven worden. Haar borsten zouden slap worden. Haar billen zouden naar beneden zakken. Haar buik zou boller worden en dat zou ze er onmogelijk af kunnen trainen. De aderen zouden blauw worden. Haar haren zouden grijze strepen krijgen. Eerst bij de slapen, dan zou het zilver zich uitbreiden.

Als híj haar niet eerder ingehaald had.

Haar adem had de spiegel wazig gemaakt. Dat was best.

Hoelang kon deze nachtmerrie doorgaan? Weken? Maanden? Jaren? Wat nu als ze hem nooit te pakken kregen? Zou ze dan de rest van haar leven met politiebescherming moeten leven? Ze kon net zo goed met Ådne trouwen. Of met alle vier, voor haar part. Maar ze mocht Ådne het meest.

Ze was er altijd van uitgegaan dat de politie hem in zijn kraag zou vatten. Meer dan honderd van de beste politiemensen van het land maakten jacht op Aquarius. Dat waren meer mensen dan bij de Therese-zaak. Maar toch, als ze hem niet vonden? Stel je voor dat hij stopte met moorden, dat hij gewoon verdween? Ze zou zich nooit kunnen ontspannen. Elk onverwacht geluid zou haar doen schrikken. Elke blik op straat zou haar eraan herinneren hoe kwetsbaar ze is.

Ze poetste haar tanden, gebruikte teveel tandpasta om de smaak van braaksel kwijt te raken.

Op de verdieping boven haar draaide de bewoner de douchekraan open.

Ze duwde de deurklink naar beneden, deed het licht uit in de badkamer en liep de kamer in. Gustav en Ådne begroetten haar met een korte knik en hun blikken gingen weer terug naar de voetbalwedstrijd. Ze had geen idee wie er speelden. En het interesseerde haar ook niet. Met haar armen over elkaar liep ze naar het raam en keek ze uit over het park. Er waren veel mensen buiten. Was hij een van hen? Misschien die man met die dikke cockerspaniel uitliet? Of de man met de tassen?

Een straalvliegtuig had een witte streep over de hemel getrokken. De avond ademde rust uit. De idylle provoceerde haar. Ze had zin het raam te openen en naar alle mensen te schreeuwen, hen eraan te herinneren wie er in de schaduw stond te loeren.

'Zeg, ik geloof niet dat het verstandig is om lang voor het raam te staan', zei Ådne.

Voor ze naar bed ging, douchte ze lang. Een warme douche deze keer. Ze rilde sinds ze de video had gezien.

Toen ze haar hoofd om de deur stak en goedenacht zei tegen de politiemannen, zaten ze naar de analyse van de wedstrijd te kijken. Vijf experts verklaarden achteraf waarom het gegaan was zoals het gegaan was. Ze wilde vragen wie gewonnen had, maar ze wist niet eens of het een competitieduel of een wedstrijd van het nationaal elftal was geweest. Heeft het werkelijk zin om hierover op televisie te debatteren, dacht ze. Iedere idioot ziet dat het ene team heeft verloren omdat het andere team meer doelpunten heeft gemaakt. Ze liepen sneller, dribbelden beter, troffen het doel.

In haar slaapkamer trok ze het rolgordijn naar beneden. Haar matras kraakte toen ze in bed ging liggen. Hij had nog nooit eerder gekraakt.

Ze trok het laken over zich heen en staarde naar het plafond. Ze was uitgeput, maar ze was niet moe.

Ze deed haar ogen dicht.

Luchtbellen, luchtbellen, luchtbellen.

Waar is hij nu, dacht ze. Wat doet hij nu? In deze seconde?

Ze is erg fotogeniek. Als hij haar filmt door de spiegel, zoomt hij in op dat meisjesachtige gezicht. Als hij het licht bij haar dempt, vindt hij dat ze op Ingrid Bergman in *Casablanca* lijkt. Ze heeft grote ogen die schitteren in het schemerdonker. Hij is bij haar binnen geweest en wilde haar filmen. Maar ze maakte zichzelf lelijk. Zelfs toen hij haar sloeg, met vlakke hand, en niet heel hard, trok ze gekke bekken en bedierf ze de opnames.

Ze ligt vastgeketend aan de muur en als het om dát ging, kon hij doen met haar wat hij wilde.

Wat hij wilde!

Maar hij is zo min mogelijk bij haar.

Het zal geen goede video worden. Aangezien ze weigert mee te werken, is het onmogelijk om een sfeer op te bouwen. De video's met Una en Anita waren stemmingsvol en sensueel geweest. De video met Marianne was vulgair en ruw en klopte zo bekeken goed bij haar wezen. Maar het is onmogelijk om iets van Frøydis te maken.

Hij denkt aan Eva.

Eva.

Het is niet te geloven.

Frøydis en Eva.

Achter de spiegel probeert hij zich Frøydis naakt voor te stellen, samen met een andere vrouw. Eva. Dat is niet eenvoudig. Maar hij heeft eens een film gezien. *Bilitis*. Helemaal onnozel is hij niet.

Maar eerlijk, ze is tweeënveertig! Ze heeft twee zonen! Dat het mag!

Hij heeft het niet uitgerekend, maar Linda zou ongeveer van de leeftijd van Frøydis zijn geweest als ze was blijven bleven. Vreemd om daaraan te denken. Voor hem is Linda in de tijd bevroren toen ze stierf. Net als Frøydis was zij het type om haar jeugdigheid te behouden, zodat je heel dichtbij moest komen om te ontdekken dat de jaren haar getekend hadden.

De herinneringen zijn zo overweldigend dat hij de super-8-projector opzet, de gordijnen dichttrekt en de film draait van de avond dat ze doodging.

Zwijgend en roerloos zit hij te kijken en ziet haar tot leven komen op het doek: de stomme lach... de lach in haar ogen... haar gezicht dat bloost... de hand die met water spat... haar figuur achter het plastic gordijn.

En dan de nimfbeelden, die goddelijke mooie nimfbeelden. Linda, mooie, tere Linda, wit en levenloos in het heldere water.

Hij spoelt de super-8-film terug en draait hem nogmaals.

Haar ogen vangen zijn blik. De geluidloze lach werkt aanstekelijk.

En dan: haar lichaam dat als een marmeren beeld van een godin baadt in witte wijn.

Hij denkt: een nimf in water met zilveren spikkels.

De oude zaak

Gunnar Borg was onrustig en hij begreep niet waarom.

Voor hij naar bed ging keek hij naar het late journaal. Ze hadden een korte reportage over de laatste video. Ze berichtten dat Marianne werd verdronken, maar ze zeiden niet hoe. Kristin had hem daar alles over verteld.

Ze had hem eerder die dag op zijn werk gebeld. Met een schorre stem had ze beschreven hoe Marianne van het leven was beroofd. Ze had meerdere malen gepauzeerd om zichzelf weer onder controle te krijgen. Ze beschreef de angst in Mariannes ogen en barstte uit: 'Jezus, Gunnar, wat gaat er in het hoofd om van een man die zoiets kan doen?' Alsof Gunnar daar een antwoord op had.

Steeds opnieuw vertelde ze over de luchtbellen, dat ze niet had geweten dat er zoveel lucht in een paar longen zat.

Hij begreep dat ze belde omdat ze iemand nodig had tegen wie ze kon praten. Iemand die luisterde zonder vragen te stellen. Iemand die haar uit liet praten.

Hij liet haar praten tot ze geen woorden meer had. Hij zei iets meelevends. De troost was leeg, de woorden net zo zinloos als de woorden waarmee een dominee komt als er iemand overleden is. Maar juist dat had ze nodig.

Voordat ze ophing bedankte ze hem. Haar stem was iel. Hij zei dat er niets was om voor te bedanken.

Het gesprek zat hem dwars. En dát bracht hem nog meer in verwarring. Met de jaren had hij eelt op zijn ziel gekregen. Een moord meer of minder werkte niet op zijn zenuwen. Eerlijk gezegd had de moord op Anita Fjordvik, die langzaam doodging met tape rond haar neus en mond geplakt, meer indruk op hem gemaakt dan de moord op Marianne. Toch had Kristins beschrijving een snaar van angst bij hem geraakt. En het ergerde hem dat hij niet kon begrijpen waarom.

Deze rusteloze angst maakte hem dorstig. Zó dorstig.

Gunnar las een half uur in Tolkiens *In de ban van de ring*, legde toen een boekenlegger tussen de bladzijden en deed het nachtlampje uit.

Vaak, als hij niet kon slapen, beeldde hij zich in dat zijn ledematen zwaar als steen werden. Soms deed hij alsof hij een slaappil had genomen. En andere keren zat er niets anders op dan het licht weer aan te doen en verder te gaan met lezen.

Dit was zo'n nacht.

Hij lag een paar uur te woelen. Hij luisterde naar de auto's op straat en het getik van de wandklok in de kamer. Hij dacht aan Kristin. Zijn bloed klopte in zijn slapen. Hij bestudeerde de schaduwen op het plafond en vroeg zich af of hij bezig was een hartaanval te krijgen. Of een hersenbloeding.

Uiteindelijk draaide hij zich op zijn zij, strekte zijn hand uit en vond het snoer met het lichtknopje. Met zijn duim knipte hij de lamp aan. Hij sloeg het boek open, ging met zijn blik over de bladzijde om te zoeken waar hij gebleven was en op dat ogenblik herinnerde hij zich de oude zaak.

De bouwval

I

Hij woonde in een bouwval aan een stille straat op Grefsen. Het huis lag achter in een grote tuin. Donkere ramen, de gordijnen dichtgetrokken. De witte verf bladderde van de muren. Ooit moest het een voorname uitstraling hebben gehad, maar nu was alles in verval: paardenbloemen en wilgenroosjes groeiden tussen de keien van de paden, de bloemperken waren overwoekerd door brandnetels en weegbree en het indrukwekkende grasveld was al lang niet meer gemaaid. Een groene brievenbus, gedeukt en met roestige plekken, hing scheef aan het traliehek. Iemand had er met slordige letters 'Strøm' op geschilderd.

Politie-inspecteur Runar Vang was al een keer langs het huis naar het eind van de straat gelopen en daar omgekeerd en weer teruggewandeld. Hij was alleen. Hij had op het bureau niet verteld waar hij naar toe ging. Soms moest hij voelen en met eigen ogen zien om zich een indruk te kunnen vormen. Hij stelde zich voor dat hij werkelijk helderziend was. Maar deze keer kwam er niets. Geen vibraties, geen gevoelens.

Een eindje verderop pakte hij zijn mobiele telefoon en het papiertje met Rune Strøms telefoonnummer. Hij liet de telefoon dertig keer overgaan.

Een heg en een paar oude appelbomen schermden het huis af van de buren. Hij bleef dicht bij het huis staan terwijl hij de tuin in zich opnam. Zelfs al had niemand de telefoon opgenomen, toch had hij last van een kinderlijke angst dat er daarbinnen nog een medeplichtige zat die telefoons haatte. Een tweelingbroer met een gehavend gezicht, bijvoorbeeld. Hadden niet alle wrede en gestoorde moordenaars een tweelingbroer met een gehavend gezicht die opdook als al het gevaar geweken leek? Zo was het altijd in de Amerikaanse paperbacks die hij op het vliegveld kocht. Maar hij zag niets interessants; geen pas gedolven graven, geen jurken met bloedvlekken, geen verstopte hoofden, slechts gras, onkruid en verrotte appels. Een gedeukt olievat op een ijzeren statief. Een gammele trap. Het roestige frame van een hangmat.

Hij dacht: je bent niet graag in de tuin, Rune Strøm!

2

Toen Vang de oude vrouw voor het raam in het huis aan de overkant zag staan, schrok hij alsof ze hem op heterdaad betrapte op iets onwettigs. De dame deed snel een paar passen terug, uit Vangs blikveld. Een nieuwsgierig Aagje, dacht Vang, De I-sectie van de buurt.

Vang twijfelde nog even voor hij de straat overstak en bij haar aanbelde.

Eerst weigerde de oude vrouw hem binnen te laten. Een veiligheidsketting hield de deur op een kier en de vrouw nam Vang achterdochtig op en riep dat ze de politie zou bellen als hij niet maakte dat hij wegkwam. Pas toen hij zijn politiebadge liet zien, haalde ze de veiligheidsketting weg.

'Bent u van de politie? Mijn hemel, waarom zei u dat niet direct?' Ze duwde hem de gang door. 'Zeker wel zin in koffie? Zo vroeg op de morgen en dan al op pad! Politie?'

De oude vrouw was een knappe, tanige vrouw met zilvergrijs haar en reebruine ogen. Ze liep achter Vang aan naar een overvolle, ouderwetse kamer en zei hem plaats te nemen op de zachte bank voordat ze naar de keuken verdween.

'Ik dacht dat u een inbreker was', riep ze door de openstaande keukendeur. Vang hoorde gerinkel en gekletter. Direct daarna kwam ze terug met een blad met kopjes, servetten, koekjes en koffie.

'Een inbreker?' bromde Vang.

Ze schonk hun beiden koffie in. 'Niet dat u er zo uitziet, God beware me, maar je kunt tegenwoordig niemand meer vertrouwen. U weet wat het is. U bent bij de politie en zo.'

De koffie rook zoals Herdis hem zette. De kopjes en schalen waren van handbeschilderd porselein. Op een zilveren schaaltje lagen zelfgebakken koekjes.

Vang knikte en lachte. 'Ik onderzoek een bijzondere zaak en houd het huis van de buren in de gaten. De man die daar woont, kan belangrijke informatie als getuige hebben.' Hij bracht zijn koffiekopje naar zijn mond.

'Rune? Die arme jongen, waar is hij nu weer in terechtgekomen? Nee nee, komt er dan nooit een einde aan? Nooit?' Na iedere zin klemde ze haar lippen elkaar en leek het of heel haar gezicht aan touwtjes vastzat waaraan iemand trok.

'Hij heeft waarschijnlijk helemaal niets gedaan', verzekerde Vang haar niet geheel naar waarheid. 'Maar het is mogelijk dat hij belangrijke informatie heeft als getuige. Als getuige!'

Een licht briesje deed de kroonluchter aan het plafond zachtjes tinkelen.

'Mijn lieve man, doe voorzichtig met hem! De arme jongen!' De oude dame leunde voorover en ging zachter praten: 'Het gaat niet goed met hem. Weet u, hij heeft vele jaren geleden zijn verloofde verloren. Vreselijke geschiedenis! Vreselijk! Ze is verdronken, jazeker. In bad. Het arme meisje. Rune kwam in de gevangenis!' Ze snoof. 'Rune! Zo'n aardige jongen! Gevangenis!' Haar lippen vormden een knop. 'Nee maar, neem alstublieft een koekje!'

'Hartelijk dank!' Hij pakte een zandkoekje van de schaal. 'Hij zat in voorarrest. Pure routine. En hij werd nooit aangeklaagd.'

Maar de oude vrouw kende geen nuances. 'Het heeft hem kapotgemaakt, weet u. De gevangenis. Kapotgemaakt! Hij is daarna direct thuis komen wonen. Maar hij is nooit meer de oude geworden! Niet die goede jongen die ik kende. Kapotgemaakt! Toen hij nog op school zat, maaide hij altijd het gras voor me.'

'O ja? Dus hij is opgegroeid op Grefsen?'

Ze duwde het zilveren schaaltje met koekjes in zijn richting. 'Neem zoveel als u wilt, ik kan niet zo goed tegen koekjes. Ja, Rune heeft hier al die jaren gewoond. Nou ja, behalve dan het half jaar dat hij verloofd was. Zijn vader is diezelfde zomer overleden. Het hart. Toen ging hij weer bij zijn moeder wonen. Ze zorgden voor elkaar, snapt u. Hij had het er erg moeilijk mee, dat met Linda. De verloofde. Werd nooit meer de oude. Een beetje een eenling geworden. Niet gezond. Niet voor een volwassen man. Het was de gevangenis die hem kapot heeft gemaakt, snapt u. Vreselijk.' Haar ogen vulden zich met tranen. 'Arme Rune.'

'Dus hij heeft nooit een andere vrouw gevonden?'

'Vrouw? Niet dat ik weet. Maar ik loop niet te spioneren.' De oude vrouw kneep haar lippen samen en boorde haar blik in die van Vang, misschien in de veronderstelling dat hij haar op dat punt zou aanspreken. 'Maar Ragnhild heeft er nooit iets over verteld.'

'Ragnhild?'

'Zijn moeder. Ragnhild! Godsvruchtig als een engel. Domineesdochter uit Odalen. Zo'n jeugd doet iets met je, weet u. Trouwe kerkbezoekster. Iedere zondag. Zelfs toen Rune nog klein was. Iedere zondag naar de kerk! Geen excuus! Door de regen naar de kerk! Geen makkelijke vrouw, Ragnhild. Streng, maar rechtvaardig.'

Een flinke wandklok barstte los in een meerstemmig klokkenspel.

'Was hij 's nachts vaak weg?' vroeg Vang en hij slurpte van zijn koffie.

''s Nachts? Dat weet ik niet. Dan slaap ik.'

'Hebt u regelmatig contact met zijn moeder?'

'Ragnhild? God zegene haar! Wist u het niet? Arme Rune!'

'Wat bedoelt u?

Ze liet haar stem weer zakken. 'Vreselijke tragedie. Jonge vrouw. Ze werd bijna zestig. Hartaanval. Ze is in juli overleden.'

Morgenstond

Ze sliep veel te lang.

Vannacht had ze gedroomd van een verzonken stad in zee, bevolkt door zeemeerminnen en krokodillen met mensenogen, maar tegen de ochtend was het in haar dromen veranderd in een landschap met cipressen en Griekse tempels en in een van die tempels had iemand haar naam staan roepen. Ze was pas wakker geworden toen Patrick en Claes Gustav en Ådne kwamen aflossen, toen had ze zich omgedraaid, het laken over zich heen getrokken en was ze weer ingedommeld.

Toen ze eindelijk wakker werd, steeg ze door taai teer op naar de oppervlakte.

Ze had de smaak van verrot vlees in haar mond. De zon had net zo lang gepeuterd dat ze de kier tussen het rolgordijn en de raamsponningen had gevonden. Het licht versplinterde in haar ogen. Met een kreun draaide ze zich om naar de andere kant van het bed en tuurde ze op de wekker.

Half twaalf. Ze had niet meer zo lang geslapen sinds ze ging stappen in de stad. Een miljoen jaar geleden.

Ze wankelde uit bed en trok jeans aan en een stokoud, wijd T-shirt (BOY TOY). Ging met haar vingers door haar haren.

Ze moest eruitzien als een trol. Toen ze op blote voeten de kamer in kwam gesjokt, staarden Patrick en Claes haar aan en barstten ze in lachen uit.

'Je bent nog maar net wakker, of niet?' merkte Patrick op.

'Ook goedemorgen, jongens', zei ze overdreven opgewekt.

'Mooi dat televisiesterren er 's morgens net zo uitzien als gewone mensen', plaagde Claes.

Ze douchte lang en deed extra haar best met de make-up. Ze deed zelfs nagellak op. Patrick had koffie gezet en een uur lang voelde zie zich bijna weer mens.

Ze aten halve knäckebröd met jonge kaas terwijl ze door *Aftenposten* bladerde. Ze besteedden twee pagina's zaak. Het grootste deel ging over de beelden van de moord op Marianne. De politie had de video op de persconferentie laten zien. En had de pers vier onscherpe zwart-witfoto's gegeven die de krant graag met zijn lezers wilde delen. Onderaan, op dezelfde bladzijde, schreef de mediacommentator van de krant dat de storm van protest op *24 timer!* Richard Wolter uiteindelijk tot bezinning had gebracht.

De telefoon ging terwijl ze las. Ze had een nieuw, geheim nummer gekregen dat alleen de politie, de chefs van kantoor en Gunnar kende. En Halvor natuurlijk. Hij belde. Hij had zojuist in de regionale krant gelezen over de laatste video. Ze zei dat het haar speet dat ze hem dit keer niet vooraf had gewaarschuwd.

Ze spraken wat over dagelijkse dingen. Over welke boeken ze de laatste tijd hadden gelezen en hoe ze haar tijd nu doorkwam. Hij vertelde over de akkers die er goudgeel en rijp bij lagen. En dat hij van plan was vanavond naar de dorpsbijeenkomst te gaan tegen de nieuwe provincieweg. Over het nieuwe echtpaar dat het café pachtte. De hele tijd zag ze het dal en het dorp voor zich: de steile hellingen met de akkers tussen de rotsblokken, het dennenbos, de loofbomen, de rivier die witschuimend vanaf Mårsjø door het dal sneed, de geur van het bos.

Opnieuw beloofde ze zichzelf dat ze naar het zuiden, naar haar dorp, zou gaan zodra Aquarius was opgepakt.

Áls hij werd opgepakt.

Wannéér hij werd opgepakt.

Vergeelde herinneringen

Hij heette Rune Strøm.

Gunnar zat in zijn benauwde kantoor met een versleten, gele envelop voor zich op het bureau. Hij transpireerde. De warmte was drukkend en hij had zijn stropdas losgemaakt en de twee bovenste knoopjes van zijn overhemd. Een vlieg vloog steeds opnieuw tegen de ruit van het halfgeopende raam. Waarom voelde hij de tocht niet en vloog hij naar buiten, vroeg Gunnar zich af. Beneden waren een paar mensen bezig onder het geven van aanwijzingen en hard gesteun iets zwaars in een vrachtwagen te sjouwen. *Als hij nu eens op zoek ging naar een andere uitgang, als hij nu eens een paar centimeter naar links ging dan zou hij allang vrij zijn.* 'Domme vlieg', mompelde hij. Hij keek naar het krantenartikel en naar zijn handen die trilden.

Rune Strøm.

Hij had de tere knipsels uit de envelop gehaald en ze over het bureau verspreid. Meerdere artikelen kwamen van zijn hand.

Nu werden artikelen elektronisch gearchiveerd en konden ze tevoorschijn worden gehaald door een paar keer op enkele toetsen van de computer te drukken. Maar twintig jaar geleden zaten de archivarissen nog steeds ieder artikel uit te knippen, voorzagen het van een teken en stopten het in de juiste envelop.

Rune Strøm had zijn eigen envelop gekregen. Die was niet zo dik. Het oudste knipsel was een kort artikeltje: *Vrouw dood in bad.* Toen waren er een paar dagen verstreken voor de redactie wakker was geworden: *Verdrinkingsraadsel voor politie Oslo: Moord of ongeluk?* Toen kwam het eerste artikel dat hij zelf had geschreven: *Verloofde verdacht van 'badmoord'.* Er waren een paar artikelen over het voorarrest en een verklaring van Strøms advocaat. En uiteindelijk Gunnars exclusieve interview: *Verloofde verklaart: 'Ik heb Linda niet vermoord'*

Hij vroeg zich af waarom hij niet direct had gedacht aan deze oude zaak toen Kristin hem verteld had hoe Marianne vermoord was. En hij dacht dat hij het antwoord wist.

De journalistiek is vluchtig. Zaken komen en gaan. Iedere dag begint een journalist weer opnieuw. Gisteren is al weer bezig te verdwijnen in de mist van het geheugen. De krant is leeg. Een nieuwe werkelijkheid dient gedefinieerd, beschreven en geanalyseerd te worden. In de loop van een jaar schrijft een journalist honderden artikelen. De meeste worden vergeten.

Daarom was het eigenlijk opmerkelijk dat hij zich sowieso deze reportage herinnerde die hij twintig jaar geleden over Rune Strøm had geschreven.

Hij vouwde het interview open. Het krantenpapier was bezig te verpulveren. Voorzichtig legde hij de grote *Dagbladet*-bladzijde op het bureau.

De foto van Rune Strøm was vier kolommen breed. Het was een grofkorrelige foto en het zou overdreven zijn om te zeggen dat de fotograaf een goede dag had gehad, maar toch was Rune Strøms blik intens en levendig.

Gunnar bleef naar de foto zitten kijken. Hij staarde in de ogen van Rune Strøm.

Ben jij het?

Hij las: 'Ik mis Linda ontzettend! Dat de politie mij ervan verdenkt haar vermoord te hebben, maakt mijn verdriet nog moeilijker te dragen.'

Blufte hij? Had hij inwendig gehoond toen Gunnar hem bij vertrek had bedankt voor het interview?

'Te beweren dat ik haar vermoord heb, is volkomen krankzinnig.'

Krankzinnig? Wie was hier eigenlijk krankzinnig?

En waarom had de politie deze zaak niet weer opgediept? Was het niet een van de eerste dingen die men deed: kijken naar oude, niet-opgeloste zaken? Zouden zij, net als hij, de hele zaak zijn vergeten? Er was nooit een aanklacht ingediend en daarom was hij ook niet veroordeeld. Het was toch niet zo dat de politie geen lijst had van degelijke oude zaken?

Of zouden ze hem verkeerd hebben gearchiveerd?

Hij herinnerde zich ineens dat hij Oscar Lund had uitgenodigd voor het eten. Hij kwam vanavond. Oscar zou dergelijke dingen wel weten.

Misschien moest hij Kristin bellen zodat zij ook kon komen, dacht hij. Ze had er recht op dit te weten. En ze moest ook zien dat hij aan haar dacht. Dat hij alles deed om haar te helpen.

Hij pakte de telefoon en toetste Kristins nummer in. Terwijl de telefoon overging, keek hij naar het raam. De vlieg was weg.

Banshees

1

Hij voelde zich onzeker. Dat was een vreemd en onbehaaglijk gevoel voor politie-inspecteur Runar Vang.

Zijn bezoek aan de buurt van Rune Strøm had hem in de war gebracht. De aanblik van het vervallen huis en de informatie van de oude buurvrouw betekenden dat de weegschaal doorsloeg naar schuldig. Maar alles wat hij aan onderbuikgevoel en ruggenmergreflexen in huis had, schreeuwde tegen hem dat Rune Strøm Aquarius niet was. Het was een veel te simpele oplossing, veel te voor de hand liggend.

Zijn probleem was dat de anderen in het team ervan overtuigd waren dat het klopte. Uiteraard was Rune Strøm iemand naar wie beter gekeken diende te worden. Waarschijnlijk had hij zijn verloofde in 1976 in bad vermoord en was hij vrijuit gegaan. Wat de rechercheurs toentertijd van de zaak vonden, stond zwart op wit te lezen in de politiedossiers. Veel psychopathische moordenaars houden zich jarenlang schuil voordat ze opnieuw toeslaan, als een gebeurtenis in het gewone leven hun bloeddorst weer opwekt. Een scheiding, ontslag, een sterfgeval...

De aangeslagen stem van de tanige buurvrouw fluisterde tegen hem: *Vreselijke tragedie. Jonge vrouw. Ze werd bijna zestig. Hartaanval. Ze is in juli overleden.*

Alles klopte!

Maar toch...

Hij verafschuwde die woorden 'maar toch'. Ze drukten twijfel en wankelmoedigheid uit.

Maar toch...

Toch voelde hij zich verdomd onzeker.

Rune Strøms karakter stemde overeen met het psychologische profiel. Hij was een eenling, iemand die aan de rand van de samenleving leeft. Iemand die zich anders voelt. Iemand die misschien wel anders *is.*

Het overlijden van zijn moeder eerder deze zomer kon heel goed *the stressor*, waar de FBI-jongens het over hadden, zijn geweest. Die plotselinge psychologische factor in het leven van de dader die de lust tot moorden opwekte.

Maar toch...

Iets in Aquarius' raffinement rechtvaardigde het idee dat hij de politie nooit een dergelijk overduidelijk spoor zou geven door een moord te plegen op exact dezelfde manier als twintig jaar geleden. Als hij ontmaskerd wilde worden, zou hij slimmer zijn geweest, artistieker. Misschien zouden zijn slachtoffers net zo oud zijn geweest als het eerste slachtoffer. Misschien moesten ze uiterlijk op haar lijken of dezelfde voornaam hebben. Sporen die niet direct voor de hand lagen, maar die lagen te wachten op degene die de tijd nam om te zoeken naar verbanden. Hij verwachtte dat Aquarius op deze manier met de politie zou spelen. Met discrete hints, met geraffineerde aanwijzingen, met de *touch of class* van de connaisseur. Hij zou zijn identiteit niet prijsgeven door het aanbrengen van graffiti op een witte betonnen muur.

Als Rune Strøm Aquarius was, dan was dat precies wat hij nu had gedaan.

Hij riep de leiding van het onderzoeksteam om één uur 's middags bijeen.

Ze hadden kennelijk met z'n allen hun argumenten op een rijtje gezet om Vang ervan te overtuigen dat ze Strøm moesten oppakken. Eén voor één somden ze alles op wat in de richting van Strøm wees. Antonsen waagde te beweren dat het een schandaal zou worden als Strøm schuldig bleek te zijn en het bekend zou worden dat de politie al enkele dagen op de hoogte was van zijn naam zonder dat men actie had ondernomen.

'Oké', zei Vang kalm. Als Strøm onschuldig was, zou dat snel en pijnloos blijken. Zo was het bijna altijd. En als hij schuldig was, zou Vang de eerste zijn die spijt zou hebben van zijn scepsis.

Hij had niet het idee dat ze begrepen wat hij bedoelde.

'Haal hem maar op', zei hij.

Hij zag dat ze onderling blikken uitwisselden.

2

Rune Strøm was een lange man met een getekend gezicht en ogen die uit elkaar stonden als afstotende krachten in een magneet.

Ze zaten in het kantoor van Gran. Vang, Antonsen en Gran zaten op hoge stoelen achter het bureau, dat bezaaid lag met mappen. Rune Strøm zat aan de andere kant op een lage stoel. Hij had zijn armen en benen over elkaar geslagen. Vang vond dat hij op een angstig kind leek in een te groot lichaam.

Hij is het niet, dacht hij.

'Heb je misschien een idee waarom we je gevraagd hebben hier te komen?' begon Elisabeth Gran. Ze had als bijvak psychologie gedaan en ze was heel goed in het verhoren van mensen. Een van de besten op het bureau.

Strøm gebaarde met zijn armen om aan te geven dat hij geen idee had en dat het er feitelijk weinig toe deed.

'Je kent vast de laatste video van Aquarius.'

De drie politiemannen staarden hem aan. Hij vertrok geen spier.

Hij is het niet!

Gran ging verder: 'Die de moord op het jonge meisje laat zien. Op Marianne.'

'Wat is de vraag?' vroeg Strøm vermoeid.

'Ze werd verdronken', zei Gran. Haar stem werd harder: spitser en koud. 'Ze. Werd. Verdronken. Hoor je me? Verdronken! In bad.'

Strøm klemde de over elkaar geslagen armen dichter tegen zich aan en wikkelde zijn rechtervoet om zijn linkerbeen. Een menselijke knoop die steeds strakker werd. 'O, boy', mompelde hij.

'Dus nu begrijp je vast waarom we met je wilden praten.'

Grans stem klonk weer mild. Moederlijk. Begripvol. Alsof ze hem het liefst uit deze penibele situatie wilde redden. 'Je wordt niet verdacht. Maar we moeten met je praten. Dat begrijp je. We praten met zoveel mensen', zei ze. 'Je hoeft niet bang te zijn. Het is een logisch onderdeel van het onderzoek.'

Logisch onderdeel van het onderzoek, mocht je willen. Pas op, jongen, zo meteen heeft ze je bij je strot!

Ze legde haar hand op een stapel dossiers. Bovenop lag Rune Strøms dossier. Vang zag dat ze haar lange nagels had gelakt. De aanblik verbaasde hem. De nagels waren glanzend rood en tamelijk spits. Elisabeth Grans nagels waren hem nog nooit eerder opgevallen.

'Begrijp je?' vroeg Gran.

Hij is het niet!

Rune Strøm kuchte. 'Ik wil graag een advocaat.'

Dat ontbreekt er nog maar aan, dacht Vang.

Nauwelijks een uur later was Karianne Li op het bureau. Vang kende haar een beetje van eerdere kleinere geweldsdelicten. Zoon slaat moeder, man slaat echtgenote, bedrogen echtgenoot slaat minnaar van echtgenote. Zulke zaken. Ze was een rustige, kundige advocate: een onzichtbaar type dat altijd de een of andere troefkaart achter de hand hield. Verrekte kundig. Ze zag eruit als dertig, maar hij vermoedde dat ze rond de veertig was. Misschien iets ouder.

Vang bracht haar snel op de hoogte van de feiten in de zaak.

'Ik begrijp het niet... wat hébben jullie tegen hem?' vroeg ze toen hij klaar was.

Okay, here we go! Vang schraapte zijn keel en zei: 'We hebben hier op het hoofdbureau een aantal goede redenen om met uw cliënt te willen praten.' Hij wist dat hij overdreef. En dat zij dat wist. En dat hij het hoofdbureau naar voren schoof in de hoop dat ze afgeschrikt zou worden. In elk geval een beetje.

Maar ze liet zich niet afschrikken. Uiteraard niet. 'Een aantal goede redenen?' herhaalde ze sceptisch. 'Laat horen!'

Hij slikte, hij had Gran deze verrekte advocate moeten laten bewerken. 'Nou... de moordzaak uit 1976. Het persoonlijkheidsprofiel dat verbluffend goed klopt. De dood van zijn moeder kan de drang tot doden hebben opgewekt... alles bij elkaar.'

'Bullshit!' sneed ze hem de pas af. 'Jullie hebben niets! Nul, niks en niets! Heb je niet net verteld dat de zaak uit 1976 geseponeerd werd? En dat er nooit is vastgesteld dat het moord was? Als je informatie achterhoudt, en ik ga ervan uit dat je dat niet doet,' zei ze scherp, 'dan heb je me net verteld dat jullie mijn cliënt...' ze moest in haar papieren kijken om de naam te weten te komen, '...Rune Strøm hebben opgepakt omdat hij twintig jaar geleden verdacht werd van een mogelijke moord die lijkt op de laatste moord van Aquarius. *That's it!* Nee, eerlijk zeg, Vang.'

'Nou,' hij slikte weer, 'op het hoofdbureau zien we dat misschien wel niet zo.' *Hoewel ik dat nu juist precies wel doe.* Hij vond haar mooi, maar dat was hem nooit eerder opgevallen. 'Op dit moment willen we alleen maar met hem praten. We hebben nog helemaal niet het plan hem aan te klagen.'

'Aan te klagen?' Ze lachte even, om te onderstrepen dat ze haar eigen oren niet geloofde. '*Be my guest*, klaag hem aan! Alleen om mij een plezier te doen! Een aanklacht...' ze zocht een paar seconden naar een treffend beeld, 'die net zoveel gaten vertoont als gatenkaas!'

Waarom zijn de anderen hier niet, dacht hij, ze zegt precies wat ik ook vind.

Karianne Li vroeg om een gesprek onder vier ogen met haar cliënt voordat het verhoor verderging. Vang, Antonsen en Gran bleven buiten staan. Geen van hen zei iets. Toen ze een kwartier later naar buiten kwam, had ze een uitdrukking op haar gezicht waaruit op te maken viel dat ze niet wist of ze moest lachen of haar ogen ten hemel moest slaan.

'Hij heeft een alibi', zei ze kort.

Vang zei niets. Dit mochten de anderen oplossen.

'Alibi?' vroeg Antonsen. Alsof hij niet wist wat het woord betekende.

'Alibi!' herhaalde Li.

'Voor welke moord?' vroeg Gran.

'Voor de meeste, zou ik denken. Rita Quist. Een vriendin van hem. Of geliefde, iemand die een beetje voor hem zorgt, voorzover ik weet. Ze heeft een winkel in de Markvei.'

'Wat fijn voor hem', zei Antonsen.

Terwijl Vang, Antonsen en Alm verdergingen met het verhoren van Rune Strøm, nu met Karianne Li als zuchtende en kreunende bijzitter, ging Gran weg om Quist te bellen. Toen ze terugkwam, knikte ze kort tegen de anderen. Haar blik bevestigde wat de advocate tegen hen gezegd had. Quist gaf Strøm een alibi. De angel was toch al uit het verhoor en de vier politiemensen trokken zich terug in Vangs kantoor.

Vang trommelde met zijn vingers op tafel. 'Ik zal niet zeggen: wat heb ik gezegd, maar...'

'...wat heb ik gezegd!' riepen de drie anderen in koor.

'We moeten die Quist nader bekijken', zei Gran. 'En dan bedoel ik heel grondig. Ze klonk tamelijk afwezig.'

'Maar ze heeft het bevestigd?' vroeg Alm.

'Ik geloof dat ze zelfs zou bevestigen dat ze samen op de maan waren en rondgehuppeld hebben in het paradijs als daar behoefte aan zou zijn', zei Gran. 'Ik stel voor dat we haar voor verhoor ophalen. Haar flink aanpakken!' Ze grijnsde als een Gestapo-agent toen ze dat zei. 'Ik heb het gevoel dat het alibi flinke scheuren kan gaan vertonen.'

'Kunnen we hem aanklagen?' vroeg Alm.

'Op welke grond?' vroeg Vang onmiddellijk.

'Ik zou zeggen dat we gerechtvaardigde verdenkingen hebben die onder de huidige omstandigheden...'

'Vergeet het', onderbrak Vang hem. Alm werd altijd zo hoogdravend als hij zich onzeker voelde. 'Luister eens: het zou een ramp zijn als we Strøm aanklagen voordat we er zeker van zijn dat hij onze man is. Denk eens na, jullie! De pers gaat amok maken. Karianne Li zal ons levend villen, sorry voor de uitdrukking, tijdens de rechtszitting. We hebben niets! En als we tegen alle verwachtingen in de rechtbank kunnen overtuigen, zal ze in beroep gaan. En we kunnen ons nu wel voorstellen hoe het zal gaan als we tijdens die rechtszitting komen aanzetten met deze flinterdunne bewijzen. Als we in deze zaak een verdachte in de gevangenis willen hebben, wil ik er zeker van zijn dat hij de moordenaar is. Zeker! We moeten niet de indruk wekken dat we koortsachtig iedereen oppakken die ons pad kruist, iedereen van wie we het vermoeden hebben dat hij Aquarius zou kunnen zijn! We moeten iets hebben tegen hem. Wat dan ook. Als het maar overeind blijft tijdens de zitting.'

'Ik weet dat hij het is!' zei Antonsen stil. 'Ik weet het net zo zeker als dat ik weet dat de aarde rond is.' Hij keek op. 'Dus is het aan ons om dat te bewijzen.'

'Succes', zuchtte Vang.

Rune Strøm verliet samen met advocate Karianne Li om zes uur het hoofdbureau van de politie Oslo.

Acht minuten later parkeerde een burgerauto van de politie met geblindeerde ramen twintig meter voor de oprit van zijn huis.

3

Een half uur later werd Vang bij de hoofdcommissaris geroepen.

De hoofdcommissaris was verbazingwekkend klein en mager. Op televisie en in de kranten leek hij groot en krachtig, met een donkere blik en een diepe stem, maar dat was een illusie, gewekt door het uniform en de hoek van de camera. Hij was een mannetje. Maar een aardig mannetje voor wie iedereen respect had.

Vang was niet bang voor hem. Maar hij voelde zich nooit op zijn gemak bij de hoofdcommissaris. Toen Vang een stoel naar zich toetrok en ging zitten, schoot er een beeld door hem heen: een ondeugende leerling bij de rector.

Het was de hoofdcommissaris ter ore gekomen dat ze eindelijk een verdachte hadden. De éérste verdachte, merkte hij zo dubbelzinnig op dat Vang niet wist of hij dat als kritiek of als compliment moest opvatten. Vang excuseerde zich voor het feit dat hij de hoofdcommissaris niet eerder op de hoogte had gesteld, maar dat kwam doordat het Strøm-spoor nog vers was en eerlijk gezegd klopte er ook het een en ander niet helemaal. Hij praatte de hoofdcommissaris helemaal bij en vergat niet zijn eigen twijfels te vermelden.

De hoofdcommissaris leunde achterover, ging met zijn hand

over zijn zwarte baard en zuchtte langzaam en theatraal. Het verraste Vang dat de blik mild was. 'Ja, ja, ja, Vang, je weet hoe het gaat. Twee keer per dag word ik gebeld door de staatssecretaris van Justitie om te horen hoe het met de zaak gaat. Iedere keer maar weer zegt hij dat de minister ervan overtuigd wil zijn dat we onze mogelijkheden volledig benutten. Ha, ha! *VG* is begonnen met een serie die ze 'Vragen waarop de hoofdcommissaris geen antwoord wenst te geven'. Ja, je zult ze wel gelezen hebben. Ik heb uitnodigingen gekregen voor allerlei nieuwsprogramma's en van elke regionale radiozender in ons land. Dus als ik ongeduldig lijk, komt dat niet doordat ik niet begrijp hoe behoedzaam men te werk dient te gaan bij een dergelijk onderzoek. Allemachtig, Vang, ik heb met genoeg moeilijke zaken gewerkt om te weten in welke klem je zit. Maar als we een verdachte hebben, al zijn de aanwijzingen nog zo mager en vreemd, laten we het dan tot op de bodem uitzoeken. We moeten laten zien dat we iets doen, dat we iedere steen omkeren, dat we niet in het duister tasten.'

'Uiteraard.' *Maar dat is nu precies wat we doen.*

'Heeft hij al een advocaat gekregen?'

'Ja, Karianne Li.'

'O, bewaar me! Juffrouw Formalia! Ze is volkomen hopeloos. Scherp, maar onmogelijk om mee te onderhandelen.'

'Dat is me opgevallen.'

'Wat heeft ze hierover gezegd?'

'Ze lachte. Ze daagde ons uit om Strøm aan te klagen. Ik geloof dat ze er zin in had om ons tijdens de rechtszitting tegen te komen.'

'Typisch Karianne.' De commissaris wilde iets zeggen, maar bedacht zich. 'Wat is verder jullie strategie?'

'We zijn van plan om morgen Rita Quist, Strøms alibi, voor verhoor op te roepen. Haar de duimschroeven aan te draaien en te kijken of er iets spannends uit komt. Als blijkt dat ze gelogen heeft, pakken we Strøm onmiddellijk op. Gaan we huiszoeking doen. Zetten we hem onder druk.'

'Hebben jullie zijn huis nog niet doorzocht?' Het klonk naar iets wat het midden hield tussen een vraag en een verwijt.

'Ik zou niet weten hoe we dat zouden moeten rechtvaardigen. Nu nog niet.'

De commissaris dacht na. De donkere ogen gingen rusteloos door de kamer. 'Ik ben het met je eens. Het is goed om op onze tellen te passen. Als we voortdenderen zonder te weten wat we doen, krijgen we de media over ons heen.'

'Dat had ik ook gedacht.'

'Toch wil ik je raden het Strøm-spoor een hogere prioriteit te geven.'

'Juist, ja.'

'Je klinkt alsof je denkt dat hij niet onze man is.'

'Ik...' Hij gebaarde met zijn armen.

'Waarom wachten jullie tot morgen om Rita Quist voor verhoor op te roepen?'

De vraag kwam onverwacht. Typisch de hoofdcommissaris. Het ene moment je beste vriend, het volgende moment een inquisiteur zonder scrupules.

'Nou...' zei Vang. Hij had geen antwoord. 'We hebben vanavond nog veel te doen, alleen daarom.'

'Probeer er in elk geval haast mee te maken. Het is mogelijk dat ze liegt.'

'Uiteraard.'

Ze keken elkaar aan. De blik van de hoofdcommissaris zei: je kunt op mijn steun rekenen, Vang, als je maar snel maakt dat je Aquarius grijpt! Vang had geen idee wat zijn eigen blik zei. Voor de zekerheid keek hij weg.

4

Vang ging alleen naar de winkel van Rita Quist om een indruk van haar te krijgen.

Af en toe, als hij dagdroomde, vond hij het leuk om zichzelf voor te stellen als de eenzame strijder van de politie Oslo. De Clint Eastwood van Noorwegen. De rebel die alles in orde maakt. Die autoriteiten en hiërarchieën uitdaagt. Natuurlijk waren het slechts gedachtespinsels, domme fantasieën. Hij was inspecteur, verdomme! Hij moest alles verrekte precies volgens de regels doen. Toch deelde hij speldenprikken uit. Heel stiekem. Bijvoorbeeld rechercheurs bevoordelen van wie hij wist dat ze niet goed lagen bij de hoofdinspecteur. Of opmerkingen tegen de krant maken waar de hoofdcommissaris later zeker op terug zou komen. Heel kleine dingetjes. Zoals op eigen houtje erop uitgaan, naar een getuige, een verdachte, zonder iemand op het bureau te informeren. Hij ging gewoon. *Dirty Harry light.*

De winkel heette 'Banshees'. Hij dacht het een popband was. Zijn zoon had een grote poster aan de muur gehad toen hij nog thuis woonde.

'We gaan om tien uur open en sluiten als we zin hebben', stond er gekalligrafeerd op een bordje op de deur.

Banshees? Wat voor naam was dat? Hij zag de poster van zijn zoon voor zich. Wat stond daar ook alweer? Iets met indianen. Roger had een plaat laten horen. Niet direct Errol Garner.

Hij zag de jongenskamer voor zich. Ze hadden er een televisiekamer van gemaakt toen de jongen het huis uitgegaan was. Herdis had haar breiwerk in de gevlochten mand achter de bank gehad. En alle weekbladen, opengeslagen op de bladzijde met de kruiswoordraadsels, op een stapel op tafel.

Een bel aan een veer bij de deurpost rinkelde opgewekt toen Vang de deur opende. Het benauwde winkeltje rook zwaar en zoet naar wierook en kruiden.

'Een ogenblik!' zong een stem vanuit de achterkamer.

Het was moeilijk te zeggen wat je hier zou moeten kopen. Er waren planken met new-ageliteratuur en antiquarische boeken. In de glazen toonbank lagen armbanden, ringen en kettingen: ouderwets en rustiek van vorm. Aan een rek hingen hippieachtige jurken, blouses en vesten. Hij zag een plank met allerlei varianten wierook en een schap met losse thee. Kaarsen, gedroogde planten, handgeweven doeken, kleine doosjes met messing en koper, een mand vol vingerhoedjes. Aan de muur vreemde posters. Een ervan stelde een hexagram voor.

'Zo,' zei de vrouw die uit de achterkamer kwam terwijl ze een schort voor knoopte, 'waarmee kan ik je helpen?'

Rita Quist was een stevige dame met lang, rossig haar en een bleek gezicht dat vol zat met sproeten. Ze had ogen die de hele tijd focusten op iets wat naast je was. Haar leeftijd was onbestemd: ergens tussen de dertig en de vijftig. Toen herinnerde Vang zich dat ze in 1957 geboren was. Ze droeg onwaarschijnlijk grote oorknoppen, een halsketting waarvan de hanger verdween in de spleet tussen haar zware borsten en grote ringen aan bijna elke vinger.

'Bijzondere winkel...' zei Vang aarzelend.

'Hartelijk dank! We hebben hier bijna alles. Anders kunnen we het bestellen.'

Ze bleven elkaar even aanstaren.

'Zoekt u iets speciaals?' vroeg Quist.

'Niet direct. Maar ik werd nieuwsgierig toen ik zag wat er allemaal in de winkel staat.'

'Spannend, hè? Als je geïnteresseerd bent in dat soort zaken' Haar blik volgde de contouren van Vangs lichaam, van top tot teen en weer terug. *Herkent ze me?*

'Dat soort zaken?'

'Ach, je weet wel... New age. Mystiek. Occultisme. Oosterse filosofie en wijsheid.'

'O, dat soort...'

'Niet dat je erg geïnteresseerd hoeft te zijn in dat soort dingen. Ja, om hier iets te vinden. Slechts een klein deel van mijn klanten is oprecht zoekende. De rest heeft een voorkeur voor...' ze wapperde met haar handen in de lucht alsof ze op zoek was naar iets onzichtbaars, een toverstaf bijvoorbeeld, '...beeldjes, stoffen, geuren, smaakjes. Ook prima natuurlijk. Je hoeft immers geen boer te zijn om van groente te houden, toch?' Het klonk als een ingestudeerde zin.

'Wat voor symbool is dat?' vroeg Vang en hij wees naar de poster met de hexagram.

Rita Quist schommelde naar de poster en liet haar lange wijsvingernagel de omtrek van het hexagram volgen. De nagel maakte een klagend geluid. 'Een hexagram!' Ze nam Vang op, alsof ze wilde zien of hij het waard was om daar meer over te weten: 'Een heel oud symbool dat kracht en bescherming kan geven aan occulte magiërs.' Ze schommelde terug naar de toonbank. 'Wilt u iets kopen?' vroeg ze ineens ongeduldig.

Vang greep een willekeurige kaars die in een mand op de toonbank lag. 'Ik wil er zo eentje.'

Ze hield haar hoofd scheef. 'Je komt me ergens bekend voor.'

Vang zocht in zijn broekzak naar een paar munten. 'Dat kan ik me niet voorstellen. Wat kost deze kaars?'

'Vijftien kronen. Ik vergeet nooit een gezicht. Ik vergeet namen en data, maar nooit een gezicht.'

Namen en data? Vang verplaatste zijn gewicht van zijn ene been op zijn andere been. 'Vreemde naam voor deze winkel.'

Rita Quist begon de kaars in te pakken in crêpepapier. '"Banshees" komt uit de Keltische mythologie. Ze was een soort elfenvrouw: haar geschreeuw en gehuil 's nachts waarschuwde de oude Schotse families voor de dood.' Ze lachte verontschuldigend en gaf Vang de kaars. 'Een spannende naam voor een winkel, vind je niet?'

Vang liet de ingepakte kaars door zijn handen gaan. 'Heel spannend', zei hij.

5

Hij was tegen zes uur weer terug op het bureau.

Håvard Alm en Antonsen stonden opgewonden voor zijn kamer te wachten. 'Waar ben je geweest?' vroeg Antonsen, maar hij wachtte niet op antwoord: 'Håvard en de jongens hebben een patroon ontdekt!'

Alm en Antonsen staarden Vang aan als twee puppy's die zaten te wachten op een complimentje.

'Patroon?' vroeg Vang terwijl hij hen naar zijn kamer leidde. Geen van drieën ging zitten.

'Linda Gabrielsen werd in juli 1976 gedood.' Antonsen pauzeerde even. 'Una Mørch werd in juli 1996 gekidnapt.'

'Is dat een patroon?'vroeg Vang niet-begrijpend.

'Laat ons even uitpraten!' zei Antonsen. 'Håvard, leg het uit!'

Håvard Alms handen beefden. 'In mei 1981 werd er een tienermeisje gevonden in het meer Vesletjern in Groruddalen, herinner je je de zaak nog ? Geseponeerd. Waarschijnlijk verdrinking.'

'Ik herinner het me nog een beetje. Maar er was toen nooit sprake van moord, of wel?'

'We gaan verder. Oktober 1986. Herinner je je de zaak?'

Vang dacht na. 'Mona?' vroeg hij. 'Die prostituee die verdween?'

'Klopt. Volgende steekwoorden: juli 1991.'

'Ik kan geen onopgeloste moordzaak bedenken.'

'Eirin Granvik. Ze is als vermist opgegeven. Ze was christelijk. Haar boot werd later op de Son gevonden.'

'O ja, zij. Maar dat werd toch nooit als een moord beschouwd? Is ze ooit gevonden?'

Alm en Antonsen schudden lachend hun hoofd.

'Oké, we hebben zo'n vijf dames die zijn verdwenen of gedood. Al deze zaken hebben we opnieuw bekeken. Ik zie nog steeds geen patroon.'

'1976', zei Alm langzaam. '1981, 1986, 1991, 1996.'

Vang zei niets. Antonsen knikte opnieuw. Alm hield één voor één zijn vingers omhoog.

'Elk vijfde jaar...' zei Vang.

'Precies. Een jonge vrouw ieder vijfde jaar.'

De kamer drukte op hen.

'Wel verdomme', zei Vang voor zich uit.

'Wel verdomme!' stemde Antonsen met een lach in.

Frøydis

Ze was doodsbang. Ze was nog nooit zo bang geweest. Zelfs niet toen ze Bjarne kreeg en ze er in de milde roes van het lachgas van overtuigd was dat ze van kruis tot kin open zou scheuren, was ze zo bang geweest. Hij zou van alles kunnen doen. Dat had hij al eerder laten zien. Wat dan ook. Ze zag het aan zijn blik. Hij had mooie ogen, maar er ontbrak iets. Leven. En achter alle angst voor de pijn en het lijden dat hij haar zou kunnen toebrengen, zat de zekerheid dat hij haar vroeg of laat zou doden. Haar doodschieten. Wurgen. Haar verdrinken zoals die andere stakker. Haar vergiftigen.

Toch wilde ze niet toegeven aan de angst. Niet als hij bij haar was. Ze zou net zo lang in zijn gevoelloze ogen kijken tot hij zijn blik neersloeg.

De kamer was onprettig. *Kamer? De cel, mijn kind, de dodencel!* De gedachte aan de vrouwen die voor haar op deze matras hadden gelegen, maakte haar misselijk. Ze hadden naar dezelfde meubels gestaard: de televisie, waarop hij de vreemdste films liet zien, de dikke spiegel, het tafeltje met het gehaakte kleedje en de vaas met de plastic bloemen. Het leek haast of hij geprobeerd had het gezellig te maken.

Gezellig? Tja, niet echt zoals in de Ikea-catalogus, Frøydis! Maar een huis is een huis...

Ze vroeg zich af waarom hij de moeite nam een goede maaltijd te serveren. Was dat van belang?

Ze had de verslaggeving van de moorden niet zo goed gevolgd. Ze gingen haar niet aan en ze vond de aandacht van de media voor deze tragedies walgelijk. Konden ze dergelijke zaken niet beter doodzwijgen, had ze gedacht. Ze was en bleef een moralist. Ze wenste ze dat ze het beter had gevolgd. Hoelang liet hij zijn slachtoffers leven? Een paar dagen? Een week?

Eva moest haar al als vermist hebben opgegeven.

De gedachte aan haar vriendin deden de tranen in haar ogen

opwellen. Na haar scheiding vijf jaar geleden had ze met een paar mannen een relatie gehad voordat ze op Eva, een vrouw nota bene, verliefd was geworden. Ze had nooit geweten dat ze voor een vrouw kon vallen. Maar het was een diepe en zoete val geweest; als het vinden van een lichaamsdeel waarvan je niet eens wist dat je het had. Ze was bang geweest voor hoe de jongens het zouden opvatten, ze zaten immers in een moeilijke fase, maar het speelde kennelijk nauwelijks een rol voor hen of ze nu het bed deelde met een nieuwe man of een nieuwe vrouw. Ze waren beleefd tegen Eva, ze brachten om de week het weekend met hen door, ze aten patat en dronken cola en ze beschouwden moeders nieuwe liefde als een pijnlijke curiositeit.

Frøydis ging verliggen op de matras.

Ze vroeg zich af wat hem dreef. Aquarius. Wat gaat er om in het hoofd van een man die vrouwen gevangen houdt voordat hij hen vermoordt? Ze kon zich niet herinneren iets over verkrachtingen gehoord te hebben. Dat zou een verklaring kunnen zijn. Niet een begrijpelijke verklaring, bewaar me, maar toch een verklaring. Of lag de oplossing misschien juist in het onverklaarbare, het zinloze?

Midden in de jaren zeventig, toen ze met haar vriend Asle in Latijns-Amerika rondtrok, was ze ooggetuige geweest van een liquidatie. Een jeep met een officier en vijf soldaten was plotseling gestopt voor een Fiat, de soldaten waren gaan staan en hadden het vuur geopend. Toen de machinegeweersalvo's verstomd waren, was de Fiat doorzeefd en de ruiten rood van het bloed. De soldaten waren gaan zitten en de jeep was verder gereden. Frøydis en haar vriend waren op het trottoir blijven staan, verstijfd van schrik, maar het gewone leven om hen heen was doorgegaan. Het gevoel van onwerkelijkheid dat bij de gebeurtenis hoorde, verbaasde haar tot op de dag van vandaag. Het was hetzelfde gevoel dat haar zenuwen nu ook verdoofde.

Ze besefte dat ze overgeleverd was aan haar bewaker. Het onafwendbare van de situatie was in zekere zin rustgevend. Ze kon niets doen. Hij kon haar van het leven beroven en daar kon ze niets aan veranderen. Maar haar zelfrespect en eigenwaarde kon hij haar niet ontnemen. Haar blik kon hij niet sturen. Hij kon haar doden, jazeker, maar als hij haar blik wilde ontwijken, moest hij haar ogen uitsteken.

Ze dacht: het is niet nodig om dat tegen hem te zeggen. Hij is van het type dat me op mijn woord gelooft.

De ontdekking

I

Gunnar Borg stond in de deuropening te wachten toen Kristin gehaast de trap op kwam rennen. Door de intercom had hij kort en afwijzend geklonken, maar op het moment dat ze de laatste bocht van de trap nam, zag ze hoe de ernstige trekken rond zijn ogen en mond omsmolten tot een lach. Ze stopte op de bovenste trede en snakte overdreven naar adem.

Ådne glipte langs haar heen, gaf Gunnar een ongeïnteresseerde handdruk en vroeg of het goed was dat hij even een kijkje nam in de flat.

Gunnar liet hem met een grom voorbij, ving de blik op van Kristin en schudde verdrietig met zijn hoofd. Met zijn ruwe vingertoppen streelde hij over haar wang en haren. 'Mijn arme meisje', mompelde hij.

Kristin hoorde Ådne binnen met iemand praten.

Ze liepen de gang in. Kristin zag alleen Ådnes rug terwijl hij stond te praten met een man die buiten haar gezichtsveld stond. Gunnar liep naar binnen en legde zijn hand op Ådnes schouder. 'Aangezien de sterke arm al vertegenwoordigd is, wil ik je vragen in de eetkamer te gaan zitten, zodat wij ongestoord kunnen praten.'

'Maar...'

'Het is goed', bulderde de vreemde stem.

'Doe de deur alsjeblieft achter je dicht', zei Gunnar en hij gebaarde naar Kristin. 'Je hebt Oscar Lund nog nooit ontmoet?'

Oscar Lund was een boom van een kerel: breed, gespierd en met bijna geen haar op zijn hoofd. Hij moest minstens zeventig zijn, maar toch sprong hij op uit zijn stoel om Kristin een hand te geven. Toen hij zich voorstelde, was zijn stem zo diep dat die haar deed denken aan het geronk van een vrachtwagen.

De kamer rook naar vroege avondzon, stof en boeken.

'Oscar is een oude kameraad', legde Gunnar uit.

'Kameraad?' Oscar Lund sloeg zich op zijn dij. 'Verrek, nu heb ik dat ook gehoord!'

Gunnar negeerde hem. 'Oscar is een gepensioneerde politie-inspecteur. Geweldsdelicten en Criminaliteit. Hij assisteert af en toe nog wat op het bureau.'

'Meestal loop ik ze voor de voeten', gromde hij.

Gunnar had koffie in een grote thermoskan en schonk voor hen in. 'Zoals ik jullie al aan de telefoon heb uitgelegd,' begon hij plechtig en hij keek afwisselend naar Kristin en Oscar Lund, 'ben ik iets tegengekomen wat van belang kan zijn voor het onderzoek.'

'O, ja?' bromde Lund. Zelfs als hij zacht sprak, klonk zijn stem als onweer in de verte.

'Wat ben je tegengekomen?' vroeg Kristin.

'Ik geloof dat ik hem heb', zei Gunnar.

Hij liep naar een oude secretaire, klapte hem open en draaide zich om. In zijn hand had hij een stapel A4-tjes.

'Ik weet het niet zeker', zei Gunnar ineens gereserveerd. 'Het is een gok. Een *hunch*. Maar vannacht herinnerde ik me ineens een kerel die ik vroeger eens geïnterviewd heb. Merkwaardig type. Je ziet het aan hun ogen, weten jullie dat? Dat er iets niet helemaal in orde is.'

Hij legde de papieren voor Kristin en Oscar Lund op tafel. Oude artikelen. Ze trokken ze naar zich toe. Ze waren bijna twintig jaar oud. Vele geschreven door Gunnar Borg.

Oscar Lund vloekte zacht. 'Hier had ik aan moeten denken!' riep hij uit.

'Dat moet de leeftijd zijn', zei Gunnar.

Kristin las snel: In juli 1976 werd een jonge vrouw, Linda Merethe Gabrielsen, dood aangetroffen in het bad van haar flat op Ammerud. De politie weet niet of ze verdronken is of dat ze verdronken werd. Na een paar dagen wordt de verloofde verdacht van moord en in verzekerde bewaring gesteld. Vier weken later wordt hij vrijgelaten. Het lukt de politie niet om iets tegen hem te vinden. In een interview met Gunnar vertelt de man dat de verdenking van de politie zijn verdriet nog zwaarder te dragen heeft gemaakt. 'Te beweren dat ik haar vermoord zou hebben, is volkomen krankzinnig', zegt de man. 'Als ik Linda werkelijk vermoord zou hebben, dan zou ik haar toch niet in bad hebben laten liggen en de politie hebben gebeld', zegt hij.

Kristin las de naam steeds opnieuw:

Rune Strøm.

Rune Strøm.

Rune Strøm.

Rune *te-beweren-dat-ik-haar-vermoord-zou-hebben-is-volkomen-krankzinnig* Strøm.

'Ik geloof,' zei Oscar Lund, 'dat het verstandig is om Vang te waarschuwen.'

2

Kristin draaide Vangs directe nummer. Oscar Lund had zojuist alle papieren bij elkaar geveegd en begaf zich nu naar de deur.

Een telefoniste nam op. De stem klonk koel en afwijzend: Vang was helaas niet aanwezig, probeer het morgen nog maar eens.

Kristin zag haar voor zich. Een vrouw van middelbare leeftijd in een beige jurk. Grijs haar, strikt, correct. Formeel. Een ijspegel. Met een leven achter zich bij de politie dat zich afgespeeld heeft op de achtergrond. Plichtsgetrouw. Doodsbang iets verkeerd te doen.

Kristin zei wie ze was en dat ze onmiddellijk met Vang moest spreken.

Helaas, zei de ijspegel, Vang heeft gevraagd om onder geen enkele omstandigheid gestoord te worden. En ze nam aan dat dit ook gold voor..., Kristin wist niet zeker of ze zich het inbeeldde, maar ze meende een vleugje minachting of arrogantie in haar stem te horen, ...als Kristin Bye belde.

'Hij wil vast wel met me praten', zei Kristin.

Koel: 'O, ja?'

'Ik geloof dat ik weet wie Aquarius is.'

Stilte. 'Een ogenblik', zei de ijspegel.

De lijn was stil en koud. Toen was daar ineens Vang met een 'ja' die klonk als een zweepslag.

'Met Kristin Bye.'

Ongeduldig en kort: 'Wat bedoel je met dat je weet wie Aquarius is?'

'Ik zei niet dat ik weet wie hij is. Ik zei dat ik geloof dat ik weet wie hij is.'

'Ja?' Het klonk bijna als een bevel.

'Ik heb een naam voor je.'

'Laat horen!'

Ze zweeg een ogenblik. Toen zei ze: 'Rune Strøm.'

De stilte drukte in de hoorn.

Ze hoorde haar eigen ademhaling. Gunnar, die vlak voor haar stond, raspte met zijn nagels over zijn baardstoppels.

'Ben je er nog?' vroeg ze.

Zijn stem klonk ver toen hij antwoordde: 'Waarom geloof je dat het Rune Strøm is?'

Ze glimlachte naar Gunnar.

Waarom geloof je dat het Rune Strøm is?

Niet: wie is Rune Strøm?

Niet: hoe zei je dat hij heette?

Niet: Rune Strøm, bedoel je die man die ervan verdacht werd halverwege de jaren zeventig zijn verloofde verdronken te hebben?

Niet: nu moet je ophouden, Rune Strøm!?

Nee hoor, slechts een kalm: waarom geloof je dat het Rune Strøm is?

'We hebben een paar oude krantenartikelen gevonden.'

'Ja en?'

'Het was opvallend dat...'

'We hebben helaas geen tijd alles te onderzoeken wat opvallend is. Maar bedankt voor de tip, ik zit nu eigenlijk in een vergadering.'

Hij hing op.

Kristin bleef met de hoorn in haar hand staan.

'Wat zei hij?' vroeg Gunnar.

'Bedankt voor de tip.' In gedachten legde ze de hoorn neer.

'Bedánkt voor de tip?'

'Ik geloof dat hij al op de hoogte was van dit spoor. Zo klonk het. Hij kende Rune Strøm. Hij was niet verbaasd.'

Ze gingen aan tafel zitten. Kristin schonk meer koffie in voor hen beiden.

'Dat klinkt niet zo onlogisch', zei Gunnar; hij doopte een suikerklontje in de koffie en zoog erop tussen zijn vingers. 'Ze hebben vast elke moordzaak sinds de oorlog binnenstebuiten gekeerd. Ik wil wedden dat ze lange lijsten met namen hebben van potentiële verdachten. Ik had dat natuurlijk allang kunnen bedenken. Het was dom van me.'

'Het is niet dom, Gunnar! Ik geloof dat we iets op het spoor zijn. Vang klonk zo... vreemd.'

'Hij heeft veel om over na te denken. Rune Strøm is slechts één van de honderd namen voor hem'

'En toevallig iemand die zijn verloofde in bad heeft verdronken?'

'Hij is nooit veroordeeld. Er is nooit bewezen dat ze verdronken werd.'

'Maar toch...'

'Dit zijn professionele lui, Kristin. Ze weten wat ze doen. Wij hebben ons werk gedaan.'

'Niet helemaal. Waar heb jij je telefoonboek verstopt? Ik wil nakijken waar dat type woont.'

3

Gustav had de politieauto, een gewone auto, midden op het trottoir voor Gunnars deur geparkeerd. Ådne ging voorin zitten, zij achterin.

'Ik wil even door Grefsen rijden', zei ze.

'Denk je dat dit een taxi is?' vroeg Gustav voor de grap.

Ze gaf hem het adres. Geen van beiden reageerde. Gustav draaide de straat op en gaf gas.

Rune Strøm woonde in een zijstraat van een dure villawijk. Gustav sloeg op de hoofdweg af en reed langzaam langs een rij geparkeerde auto's.

Het huis was oud en vervallen en stond in een overwoekerde tuin. Het deed vooral denken aan een onbewoond spookhuis.

De auto zou Kristin nooit zijn opgevallen als Gustav geen verholen teken aan Ådne had gegeven. Een eindje verderop in de straat stond een witte Opel met geblindeerde ramen geparkeerd tussen twee auto's. Ze konden twee silhouetten zien. En twee antennes.

Gustav en Ådne keken demonstratief de andere kant op toen ze voorbijreden.

Bij het volgende kruispunt vroeg ze Gustav te stoppen. 'Ik moet even bellen', zei ze. Ze deed het portier open en beiden draaiden bliksemsnel hun hoofd om. 'Sorry jongens, privé', zei ze suikerzoet. 'Ik exploiteer een sekstelefoon, jullie weten hoe dat gaat.'

Ze gooide het portier achter zich dicht.

Een of andere chemisch gebrek in haar hersenen maakte het haar onmogelijk telefoonnummers te onthouden, maar ze had het nummer van Richard Wolter voorgeprogrammeerd in haar mobiele telefoon. Hij nam direct op. Op de achtergrond hoorde ze muziek en tafelgeluiden.

'Met Kristin', zei ze snel. 'Waar ben je?'

'Theatercafé. Uit eten met de staf. *¿Qué pasa?*'

'Zoek een plaats waar je ongestoord kunt praten.'

Ze hoorde dat Richard zich verontschuldigde. Na een poosje was zijn stem er weer. Een auto toeterde.

'Ik sta buiten op het trottoir. Wat is er gebeurd?'

'Ik geloof dat ik hem gevonden heb.'

'Hem?' Richard was vanavond in een heel andere wereld.

'Aquarius!'

'Wat zeg je nu? Aquarius gevonden?'

'Het is een lang verhaal. Het is mogelijk dat hij slechts een verdachte is, ik weet het niet. Gunnar, je weet wel, Gunnar van *Dagbladet*, kwam een oude zaak tegen die hij...'

Wacht, wacht! Hebben jullie een verdachte?' Wolter schreeuwde bijna in de hoorn. 'Verdomme, dit is een reuzenzaak, m'n kind! Laat horen!'

'Nou, hij heet dus Rune Strøm. Hij woont op Grefsen. Hij is

rond de veertig jaar oud. Hij werd in 1976 verdacht van moord op zijn verloofde, maar is nooit veroordeeld.'

'Verdacht? Wat voor zaak was het?'

Kristin kon het niet laten te lachen. 'Je zou het niet willen geloven.'

'Zeg het dan!'

'Ze werd verdronken.'

Verdronken? Werkelijk? Jezus!'

'In bad.'

'Hij heeft haar verdronken?'

'Hij heeft haar verdronken!'

'In bad?'

'In bad, Richard!'

'Hou je me voor de gek? Je maakt een grapje! Wat? Niet? Hé, dit is te mooi om waar te zijn. Wel verdomme! Wat zegt de politie?'

'Helemaal niets. Ik heb Vang gebeld en hij zei bedankt voor de tip. Totaal ongeïnteresseerd. Afgezien van het feit dat hij kennelijk wist wie Rune Strøm was.'

'Maar hij is niet gearresteerd of veroordeeld of zoiets?'

'Ik weet het niet. Eerst dacht ik dat Gunnar en ik het belang van dit spoor overdreven. Maar toen ik vroeg aan oom politie of ze me naar Grefsen, langs het huis van Rune Strøm, wilden rijden, wat denk je dat ik toen zag? Een civiele politieauto!'

Het werd stil. Ze hoorde de harde stemmen van mensen die langs Richard liepen. Toen was hij er weer: 'Dit is heftig, Kristin. De eerste verdachte!'

'Ik weet voorlopig niets...'

'Ik geloof dat we genoeg weten.' Ze hoorde aan zijn stem dat hij rende. 'Ik ben over vijf minuten op de redactie. We moeten haast maken.'

'Moet je de staf niet even goedenavond wensen?'

'De staf kan opvliegen.'

Ze draaide zich om naar de auto. Ådne staarde haar aan. Gustav sprak in de telefoon.

'Richard, wat ben je van plan?'

'Nog een paar uur voor uitzending. We kunnen nog net een livecrew daar krijgen.'

'Hier? Op Grefsen?'

'Nee, ik dacht aan Spitsbergen.'

'Richard! Ik kan er naast zitten!'

'Ik zal met Vang praten.'

'Stel je voor dat we het onderzoek in gevaar brengen. Misschien bespioneren ze hem omdat...'

'De trein rijdt, Kristin. *Dagbladet* weet het al. Wij weten het. Het is geen geheim meer. *Dagbladet* zal het nooit achterhouden. Ik zal Vang waarschuwen. Dit is heftig!'

Hij zit in de kamer op de bank en denkt onmogelijke gedachten.

Hij vraagt zich af wat duisternis is. Of duisternis het tegenovergestelde van licht is. Of duisternis een eeuwigheid is en licht een indringer. Misschien is tijd, als je het goed bekijkt, slechts een ogenblik van een lichtflits in de oneindige duisternis. Een zon die oplicht en weer dooft. Een galaxis die ontstaat en vergaat. Kan tijd bestaan in eeuwige duisternis?

Daar denkt hij aan.

Hij is in de war, radeloos. Daarom komen die zinloze gedachtespinsels zijn hersenen infiltreren. Wat is duisternis? Wat is tijd? Wat is dood? Pompeuze vragen die ronddraaien en malen, vragen zonder antwoord die hem daarom plagen.

Shere Khan miauwt zachtjes. Zo zachtjes dat het wel inbeelding kan zijn. Het geluid haalt hem terug naar de realiteit. Hij knippert met zijn ogen. De kamer is donker. Buiten, tussen de gordijnen door, ziet hij vaag een verliefd stel op het paadje naar het meer.

Hij weet niet wat hij met haar moet doen.

Met die anderen was het zo simpel geweest. Maar met Frøydis zijn er alleen maar problemen. Ze irriteert hem. Ze irriteert hem mateloos. Wat had ze verdomme in dat park te zoeken? Waarom moest ze hem vragen naar die hond? En waarom kon hij niet gewoon zijn schouders ophalen? Hij had kunnen zeggen: 'Het spijt me, ik heb hem niet gezien' en dan beleefd kunnen lachen, dan was hem dit allemaal bespaard gebleven. Dan had hij haar niet als onwelkome gast op de matras in de kelder gehad, dan had hij haar giftige commentaren niet gehoord, haar blik niet hoeven zien en al die radeloze pijn.

Hij fluit naar Shere Khan. De kat luistert niet.

Hij ziet Frøydis voor zich. Haar blik in het park. Waarom had die zo'n indruk op hem gemaakt?

Hij hoeft haar alleen maar te doden, zegt hij tegen zichzelf.

Maar het gaat er niet alleen om haar te doden. Het patroon wordt kapotgemaakt. Het ritme. Hij weet niet hoe hij het gevoel moet concretiseren: de zekerheid dat alles samenhangt.

'Poes, poes, poes', fluistert hij in de kamer en hij wrijft zijn duim uitnodigend over zijn wijsvinger. Shere Khan verroert zich niet.

Hij leunt met zijn hoofd achterover en ademt zwaar door zijn neus. Niets is meer als vroeger. Kristin Bye is van het scherm gehaald en wordt dag en nacht bewaakt. Hoewel het probleem binnenkort opgelost zal zijn. Hij grijnst tevreden. Binnenkort.

Zou hij Frøydis achter de hand houden? Gebruik van haar maken op de dag dat de bewakers Kristin verlaten hebben?

Iets om over na te denken, op zijn minst.

'Poes!' fluistert hij.

Frøydis heeft vast een plaats in het geheel. Hij moet die alleen vinden, de bedoeling van alles begrijpen.

In de tussentijd moet hij zich koest houden. De dingen hun gang laten gaan. Het kan nu niet meer lang duren voor er iets gebeurt. Tenzij ze dom zijn. En dat zijn ze niet.

Hij kan natuurlijk een video van haar naar de televisiezender sturen. Alleen om hen eraan te herinneren dat hij bestaat. En dat hij ze iedere dag de baas is. Maar het is niet meer hetzelfde. Niet nu Kristin gestopt is met het brengen van de items.

De lucht in de kamer is benauwd en ruikt naar warme zon. Met gesloten ogen haalt hij diep adem en laat hij de lucht langzaam ontsnappen, hij laat alle sombere gedachten met zijn adem ontsnappen, hij probeert al het vuil te verwijderen en in contact te komen met zijn innerlijke stromen.

Hij voelt zich beter. Hij lacht in zichzelf.

Binnenkort, denkt hij verwachtingsvol. Binnenkort zullen al die losse draadjes bij elkaar komen. Eén voor één.

En dan zal hij wel begrijpen wat hij met Frøydis moet doen. Begrijpen hoe zij in het geheel past.

'Poes!' zegt hij harder.

Hij vult zijn longen met gouden lucht. Binnenkort.

Eindelijk staat Shere Khan op en wankelt naar hem toe.

Het alibi

1

'Nu breekt de hel los', zei Elisabeth Gran.

Om de een of andere perverse reden voelde Vang de behoefte om toegeeflijk en blij te lachen.

Gran zakte met een plof neer op de stoel voor hem. Voor de tweede keer zochten zijn ogen haar roodgelakte nagels. Hij dacht: zou ze haar man over zijn rug krabben als ze vrijen?

'Ådne heeft gebeld. Hij rapporteerde dat Kristin een merkwaardige ontmoeting heeft gehad bij Gunnar Borg, die van *Dagbladet*, je weet wel, en met Oscar Lund.'

'Oscar?'

Ze knikte veelzeggend. 'Ådne moest in een andere kamer wachten, dus hij weet niet waar ze het over hebben gehad. Maar hier komt mijn punt: na het gesprek had ze hun gevraagd naar een adres op Grefsen te rijden, naar Strøm nota bene, waar Ådne en Gustav tot hun verbazing een eenheid zagen die...'

'...die daar nog steeds onopgemerkt geparkeerd staat, naar ik begrijp.'

'Ådne herkende de auto. Hij gelooft niet dat Kristin Bye het doorhad. Maar de grote vraag is: hoe weet Kristin Bye van Rune Strøm? Is er een lek? Heeft iemand Oscar verteld van Strøm?'

'Ho even. Kristin Bye heeft mij gebeld. Gunnar Borg heeft een paar oude krantenartikelen gevonden. Klaarblijkelijk werken ze parallel met ons en denken ze net zoals wij.'

'Journalisten?' vroeg Gran verachtelijk.

De telefoniste klopte op de deur en stak haar hoofd om de hoek. 'De redacteur van de nieuwsredactie van Kanal 24 staat erop met je te praten', fluisterde ze.

Hij hield zijn handen afwerend in de lucht.

'Ik heb gezegd dat je niet doorverbonden wilt worden, maar hij geeft niet op. Hij zegt dat het in het belang van de politie is dat je met hem spreekt. Hij is tamelijk vasthoudend.'

Vang zuchtte diep. 'Verbind hem maar door.'

Het werd een kort gesprek. Wolter zei dat ze het nieuws in het journaal van tien uur zouden brengen. Vang probeerde eerst te ontkennen dat ze een verdachte hadden, daarna dreigde hij dat Kanal 24 de observatie onmogelijk zou maken als ze het nieuws naar buiten brachten. Volgens Wolter zou *Dagbladet* morgen toch met het nieuws komen en Vang moest wel met heel goede argumenten komen om Wolter ervan te weerhouden het nieuws te brengen. Vang had geen argumenten. Niet anders dan dat Strøm iemand was die ze nader wilden onderzoeken. Dat is genoeg voor mij, zei Richard Wolter.

Vang keek op de klok. Twee uur nog voor de uitzending.

'Wat wilde hij?' vroeg Gran.

Hij vatte samen wat Wolter had gezegd.

'De klootzak', siste ze.

Vang trommelde met zijn vingers op tafel. Eerlijk gezegd kon Kanal 24 het onderzoek niet schaden door het nieuws naar buiten te brengen. Strøm wist al dat hij verdacht werd. Als ze verraadden dat de politie hem in de gaten hield, zou hij zich uiteraard rustig houden. Maar als Strøm Aquarius was, zou het ze wel lukken hem te pakken. Niemand kon meerdere moorden plegen zonder een enkel technisch bewijs achter te laten: een haar, een vezel, een souvenir dat de moordenaar had meegenomen.

Nee, Vang was vooral bang voor de reactie van de publieke opinie. De pers en het publiek zouden nooit in staat zijn om de zaak rationeel te bekijken als bekend werd dat de politie een verdachte had. Ze zouden roepen om een kruisiging.

'Zoals de situatie nu is, zou ik je aanraden over te gaan tot arrestatie', zei Gran.

Hij staarde haar aan.

Gran ging verder: 'Kun je je het kabaal voorstellen als dit bekend wordt? Rune Strøm zal gekielhaald worden. Gelyncht. Als we de media op hem loslaten, blijft er erg weinig voor ons over. We moeten hem vanavond nog ophalen en hem ver weg houden van televisies en kranten.'

'Ik weet het niet', mompelde hij.

Op hetzelfde moment werd de deur opengegooid en kwam Oscar Lund binnengestormd. 'Nu hebben we hem!' riep hij buiten adem en hij gooide een stapel krantenartikelen voor Vang op het bureau. 'Hier is je man! Rune Strøm!' schalde hij luid.

2

Rita Quist zat op hen te wachten in een van de verhoorkamers.

Ze schrok op toen ze de blik van Vang opving. 'Jij!' zei ze slechts.

'Ik, ja.'

Rita Quist sloeg haar handen in elkaar en kneep haar vingers dicht. 'O, nee! Gaat het weer over Rune? Ik heb het al gezegd toen ze belde, die politiemevrouw. Hij was bij mij! Waarom moeten jullie iedere keer als er een moord wordt gepleegd die oude zaak weer oprakelen?'

'Je hebt met mij gesproken', zei Elisabeth Gran. 'De kwestie is wat het enige wat de politie verhindert Rune Strøm in voorarrest te nemen het alibi is dat jij hem geeft.'

'Godzijdank!'

'En jij zegt dus dat iedere keer dat er een moord is gepleegd, hij bij jou was?'

Onzeker: 'Ja.'

'Maar, zelfs wij weten niet precies wanneer iedere moord gepleegd is.'

'We zijn op het moment erg veel samen...'

'Wanneer werd Una Mørch vermoord?'

Ze lachte schaapachtig. 'Ik weet het niet... in juli... augustus. Eind juli.'

'En jullie waren iedere dag samen.'

'Ja. Bijna wel.'

Noch Vang, noch Antonsen, noch Gran zei iets.

Rita Quist zei ook niets.

Tenslotte zei Gran: 'En op welke datum...'

‘Luister eens!’ zei Rita Quist en ze stond half op, zodat de stoel met een schrapend geluid achteruit werd geschoven. Ze zette haar handen op tafel en leunde voorover. De hanger kwam uit de zachte spleet tussen haar borsten getuimeld. ‘Kunnen jullie me zeggen wat een datum is? Een datum is niets meer dan een getal op papier. Een punt in het bestaan waarvan iemand het nodig vond er een nummertje aan te plakken. Alsof de tijd een lijn is van chronologische etappes. De tijd is niet iets wat gaat. De tijd is iets wat er is. Alleen de klokkenmakers proberen de tijd te vangen, hem in stukjes te verdelen.’

De politiemensen keken elkaar aan. Gran sloeg haar ogen ten hemel.

Het viel Vang op dat Rita Quist geen horloge droeg. Haar armband stelde een slang voor die zich rond haar pols kronkelde.

‘Welke datum is het vandaag?’ vroeg hij.

Een spiertje bij haar mondhoek vertrok. ‘Speelt dat een rol? Je moet de tijd in een groter perspectief zien. We zitten aan het begin van het teken Maagd. Het is nog steeds augustus. Eind augustus. Dit heeft werkelijk geen betekenis.’

Antonsen nam voor het eerst het woord. ‘Je was samen met Rune Strøm toen de drie vrouwen werden vermoord?

‘Ja. Nou, van twee van hen hebben jullie een tijdstip van de moord, of niet? En daarvan weet ik heel zeker dat Rune en ik toen samen waren. En over dat arme meisje dat nooit gevonden is, weet ik heel weinig. Maar ik was in die tijd de meeste tijd samen met Rune. Toen al dat vreselijks gebeurde. Hij had net zijn moeder verloren. Hij was uit zijn doen, dat moeten jullie toch begrijpen!’

‘Waar waren jullie?’

‘We waren in de bergen. Samen. Rune en ik waren in de bergen.’

‘Welke bergen?’

‘Welke bergen, welke bergen? Wat voor vraag is dat? Dat maakt toch niets uit? We waren met ons tweeën. In zijn hut in Valdres.’ Ze keek dromerig. ‘We zaten in het donker voor de hut en keken naar de hemel. In de bergen zie je de sterren veel helderder, wist je dat?’

'Ja, ja, maar...'

'De helderheid wordt niet verstoord door het licht en de verontreiniging van de stad. We zaten naar het heelal te kijken en het leek wel of we in de eeuwigheid keken. De oneindigheid.'

'Heeft Rune een hut?'

'Dat is niet zo belangrijk. Of de hut van Rune is. Of dat hij die geleend heeft. Is eigendomsrecht meer dan een paar woorden op papier? Kan iemand een bos bezitten, een berg? Werkelijk bezitten? Kunnen we iets anders dan wonen in een huis? Jullie moeten echt de geschriften van Geronimo, het indianenopperhoofd lezen!'

'Wanneer precies...' begon Gran.

'Wanneer, wanneer, wanneer! Jullie moeten proberen het te begrijpen: data, tijdstippen, dat zijn de gevangenbewaarders van de moderne mens. Ik heb me daarvan vrijgemaakt. Het is onbelangrijk. Ik herinner me wat belangrijk is! Ik herinner me de geur van de open haard en het gevoel van de houten vloer onder mijn kousenvoeten. Vraag me naar iets wat belangrijk is om te onthouden! Ik herinner me hoe het huis eruitzag: een houten huis met twee verdiepingen, een schuin dak en op de achtergrond een bergtop. Aan een meer. We hebben gezwommen. IJskoud. Maar heerlijk. Het bergwater spoelt al het gruis uit je weg, of niet? Jullie zouden het moeten proberen.'

Vang schraapte overdreven zijn keel. 'Weet je zeker dat het dat weekend was waarin Anita Fjordvik werd vermoord?'

Het leek of Rita Quist zich ineens herinnerde waarom ze hier was. 'O, ja.'

'Hoe weet je dat zo zeker?'

'Is het zo moeilijk aan te nemen dar Rune nooit een haar op iemands hoofd zal krenken? Rune heeft rust gevonden. Een universele band.'

'Maar hebben we je goed begrepen?'

'Ik weet toch dat we dat weekend samen hebben doorgebracht? Ik herinner me dat ik de week daarna heb gehoord over die moord.'

'Op Anita Fjordvik?'

'Ja! Het ging in elk geval om een vrouw. Jeetje, wat een afschuwelijke zaak! Zo koelbloedig vermoord. En nu verdenken jullie Rune! Aardige, goede Rune!'

Antonsen rommelde met een ballpoint. 'Vertel eens, waar ken je Rune van?'

'Van vroeger. Van heel lang geleden. We gingen met dezelfde mensen om. Ik was de vriendin van zijn verloofde.'

Vang en Gran keken snel op.

'Bedoel je Linda?' vroeg Vang.

'Ja. Linda Gabrielsen.'

'Jij was bevriend met Linda Gabrielsen?'

Ze hield haar hoofd scheef, onzeker of ze iets verraden had wat ze voor zich had moeten houden.

'Was jij een vriendin van Linda?'

'Ja...?'

'Had jij toen een verhouding met Rune Strøm? In die tijd?'

Ze sloeg haar hand tegen haar borst. 'Ben je gek? Rune? En ik? Terwijl Linda nog leefde? Nee, zijn jullie helemaal gek?'

3

Håvard Alm stond ongeduldig voor de verhoorkamer te wachten toen Vang, Gran en Antonsen er in optocht uit kwamen.

'Hoe ging het?' vroeg Alm.

Vang keek hem aan met een tamelijk wanhopige uitdrukking en barstte los: 'Ze heeft ze niet allemaal op een rijtje!'

Gran zei: 'Helemaal mee eens!'

Alm gaf een formulier aan Vang. 'Ik dacht dat je dit wel wilde zien. Is een paar uur geleden binnengekomen. Een melding van een vermissing.'

'Opnieuw een vrouw?'

'Weer een vrouw. Frøydis Vik. Ouder dan de anderen. Tweeënveertig. Woont samen met,' hij kuchte, 'een vrouwelijke arts. Twee zonen uit een eerder huwelijk. AD bij Pen & Paint.'

'Wat zei je daar?'

'Art director. Bij een reclamebureau.'

'Hoelang wordt ze al vermist?'

'Een paar dagen. Het is een beetje onduidelijk, haar vriendin was op reis.'

'Tweeënveertig jaar, dat is oud. Hij heeft zich tot nu toe steeds beperkt tot jonge vrouwen.'

'Ik heb hetzelfde gedacht, maar de vriendin had een foto bij zich.'

Alm gaf hem een kleurenfoto van het formaat van een half A4-tje. Frøydis Vik was zeker een knappe blondine te noemen. Vang wist niet wanneer de foto genomen was, maar het zou heel goed om een vrouw van achter in de twintig kunnen gaan.

'Ze ziet er nog goed uit', zei Alm met bewondering in zijn blik. Hij zuchtte: 'Mijn vrouw is twee jaar jonger dan zij en ziet er tien jaar ouder uit.'

Vang zei: 'Wat denk je?'

'Ze zou natuurlijk ook liftend naar Kopenhagen kunnen zijn...'

'Dat zeg je altijd als een vrouw als vermist wordt opgegeven.'

'...maar dit keer geloof ik dat Aquarius erachter kan zitten.'

'Weet je iets over waar ze verdwenen is?'

'Niets.'

'Heeft ze iets van huis meegenomen?'

'Daar lijkt het niet op. Maar haar hond is weg. We hebben een paar mensen naar de vriendin gestuurd om de flat te onderzoeken.'

'Dus voorlopig hebben we geen andere keuze dan aan de slag te gaan met de hypothese dat Aquarius haar heeft.'

'Ik zie geen andere mogelijkheid.'

'En als Rune Strøm werkelijk Aquarius blijkt te zijn...'

'...dan is het mogelijk dat ze in zijn huis zit', vulde Alm aan.

'In levensgevaar', zei Antonsen, die het hele gesprek had gehoord.

Vang: 'Oké, ik geef het op. We gaan over tot arrestatie. Vanavond.' Hij keek op zijn horloge. 'Het is nog een anderhalf uur tot *24 timer!* in de lucht gaat.'

'We moeten de mobiele eenheid inzetten', zei Antonsen. 'Hij

moet snel opgepakt worden, voordat er een gijzelingssituatie ontstaat.'

'Dat is goed. Jij regelt de eenheid!'

'Komt in orde!'

'We komen om tweeëntwintig uur nul nul in actie! Voordat hij kans heeft gezien *24 timer!* te zien.'

Iedereen keek op zijn horloge.

'Go, go, go!' riep Antonsen lachend.

Frøydis

Ze was ter dood veroordeeld. Dat was een feit. Een klont gloeiend lood in haar maag. Ze zou sterven. De hele tijd had ze getracht zich iets anders in te beelden, maar die hoop was vals en niets anders.

Frøydis, zei ze tegen zichzelf, je bent net zo'n terdoodveroordeelde als een neger op *death row* in de zuidelijke staten van Amerika.

Het grote huis was stil. Het was lang geleden dat ze zijn zachte pantoffelstappen op de planken vloer had gehoord. Aan de voetstappen en de trap, die iedere keer dat hij met eten naar beneden kwam kraakte, begreep ze dat ze in een kelder zat. Soms kraakte de trap zonder dat hij bij haar binnenkwam en ze vroeg zich af of hij haar kon zien door de spiegel. Dat zou haar niet verbazen.

Hij kwam nooit erg dichtbij. In het begin was ze bang geweest dat hij haar zou verkrachten, maar zo was hij niet. Niet zichtbaar. Hij was het type dat aan de andere kant van de spiegel gaat staan. Daar gaat staan staren. Staan staren. En met zichzelf speelt.

Hij had een probleem. Duidelijk. *Gefeliciteerd, Frøydis, je had psycholoog moeten worden! Je kunt zóóó goed observeren!* Ach, zo bedoelde ik het niet, zei ze tegen zichzelf. Hij heeft een probleem met vrouwen. Daarom kidnapt hij ze. Ons. En doodt hij ze. Ons.

Ze vroeg zich af waar hij was in de uren dat hij niet thuis zat. Had hij een baan? Had hij een ander leven? Als ze hem ontmaskerden, vroeg of laat wordt hij ontmaskerd, zouden de kranten schrijven hoe verbijsterd de buren en vrienden zouden zijn dat híj, van alle mensen! achter deze moorden zat. Zo ging dat altijd.

Ze dacht: Ik kan alleen op mezelf vertrouwen.

Niemand wist waar ze was. Niemand wist wíe hij was. Ze had alleen zichzelf. Niets anders. Ze was met een ketting aan de muur vastgeketend. Maar ze moest er het beste van maken. Wat dan ook.

Het alternatief, dacht ze, is te sterven zonder het ooit geprobeerd te hebben.

Op de een of andere manier moest ze hem te slim af zijn. Hem mentaal overrompelen. Hem een psychologische knock-out geven. Ze moest die plek in hem treffen die het meest kwetsbaar was. Met een beetje geluk zou ze kans zien hem een geestelijke klap toe te brengen.

Ze moest hem bewerken. Toenadering zoeken.

Ze liep het risico gedood te worden. Ze zou de wankele balans tussen hen verstoren. Het kleinste ding kon hem provoceren.

Wat dan nog, dacht ze. Hij zal me vroeg of laat toch doden. Ik heb niets te verliezen.

Live

I

'Mooi, het beeld is naar de regie!'

De technische leider trommelde met zijn handpalm op het mengpaneel. Richard Wolter keek op zijn horloge. 'Prima!' Hij draaide zich om naar Kristin en misdaadverslaggever Caspar Vik. Ze zaten achter in de mobiele reportagewagen van Kanal 24. Het was een rode Amerikaanse *van* met een satellietzender op het dak. De grote parabool wees naar de hemel. Zware statieven waren voor en achter vastgeschroefd. Kristin vond dat de auto op een laserwapen leek, een technologisch hoogstandje.

Ze hadden geparkeerd op het kruispunt tegenover het huis van Rune Strøm. Ze waren met niet zoveel mensen. Twee technici, de cameraman, Richard, Kristin en Caspar.

'Wat zei Vang hierover?' vroeg Caspar.

'Niet zo enthousiast', antwoordde Wolter. 'Maar hij zei ook niets over dat we het onderzoek in gevaar brachten. Op mij maakte het de indruk dat hij meer tijd wilde hebben omdat hij onzeker was. Maar dat,' hij sloeg zijn ogen ten hemel, 'is zijn probleem.'

'Het kan toch, heel hypothetisch, zo zijn dat Rune Strøm de verkeerde man is', zei Kristin.

'Uiteraard. En daarom...' Richard wees naar Caspar, 'is het extreem belangrijk dat je de hele tijd benadrukt dat hij een verdachte is. Geen moordenaar. Nooit een naam! Ik heb met de cameraman afgesproken dat hij het huis niet in beeld brengt. We maken slechts opnames van de buurt. De wijk.' Hij verdraaide zijn stem: 'Hier, op het idyllische Grefsen, woont de man die de politie nu wil verhoren in verband met de Aquariuszaak.'

'Maakt het niet een overdreven indruk dat we een livereportage maken als we nog maar zo weinig hebben?' vroeg Caspar.

'Overdreven?' zei de redacteur scherp. 'CNN zond live uit toen de FBI aanklopte bij de bewaker die ervan verdacht werd de bom geplaatst te hebben tijdens de Olympische Spelen.'

'Wat als hij nu zit te kijken?'

'Dat is het probleem van de politie.'

'Nee eerlijk, Richard...' begon Kristin.

Hij weerde de discussie af met een handbeweging. 'Daar hebben we geen tijd voor! Het is mijn besluit en mijn verantwoordelijkheid. We noemen geen naam! We laten geen beelden zien van het huis! We constateren slechts dat...' hij verdraaide zijn stem weer, 'in deze prettige buurt op Grefsen in Oslo een man woont van wie de politie vermoedt dat hij Aquarius kan zijn en *ta-di-da-di-da-da*. Caspar, hebben Arve en jij alle vragen doorgenomen?'

'Ja. En ik heb verdomme geen enkel antwoord!'

'Luister, het punt is niet zozeer wat je zegt, maar het feit dat je het als eerste zegt. De zaak zal morgen in de schrijvende pers exploderen. We zeggen niet meer dan we weten. Een man die eerder verdacht werd van het verdrinken van zijn verloofde in bad, staat nu in de schijnwerpers van de politie. Niet meer en niet minder. Dat we live gaan, is puur en alleen voor het dramatische effect.'

'En als die duivel naar buiten komt gestormd met een geweer?'

Die gedachte was kennelijk niet bij Wolter opgekomen. Hij wierp een blik op de klok en keek Caspar in zijn ogen. 'Dan, Caspar, moet je duiken en proberen iets te zeggen!'

'Ta-di-da-di-da-da', zei Caspar.

Toen ze verbinding kregen met de studio, liep Caspar naar buiten om droog te oefenen voor de camera. Kristin en Richard bleven in de auto zitten. Op drie kleine monitoren zag ze het beeld van Caspar. Een technicus gaf hem de draadloze microfoon en een oortje waarin het geluid van de producent en de programmaleider in de studio te horen was.

Caspar deed de microfoon aan en gaf door dat hij klaarstond. De technisch leider, die voor Kristin zat, controleerde het geluidsniveau. In een andere luidspreker hoorde ze de stem van Arve Arnesen, die in de studio zat en de commentaren oefende.

'Nog zeven minuten', zei Richard. Hij stond voorovergebogen

op, liep naar het mengpaneel en drukte op een knop van een vaste microfoon.

'Hallo allemaal, dit is Richard. Horen jullie me?'

Arve, Caspar en de producent in de regiekamer van de studio antwoordden bevestigend. Op de monitor zagen ze dat de cameraman knikte met de camera.

'Nog even snel over de reportage: we noemen geen naam. We laten geen beelden zien van het huis. Arve, de vragen dienen zo algemeen mogelijk te zijn, want we weten niet erg veel. Breng de reporter niet in verlegenheid. Caspar, als je een vraag krijgt waarop je geen antwoord weet, antwoord dan eerlijk dat je het niet weet. Raak niet verwikkeld in iets waar je niet uit kunt komen. Het is nu vijf voor tien. Succes allemaal!'

2

Toen de politie aan kwam stormen, verliep alles in een sneltreinvaart.

Drie minuten voor tien remden er plotseling twee politieauto's naast de reportagewagen. Tegelijkertijd kwamen er twee burgerauto's aan en blokkeerden de uitrit van Strøms huis.

'Wel verdomme,' zei Richard, 'ze zijn toch niet van plan ons tegen te houden?'

Twee minuten voor tien kwam er een Opel voorbijgeraasd. Kristin ving een glimp op van Vang, Antonsen en twee personen van wie ze niet wist wie ze waren. De politieauto's naast de reportagewagen reden langzaam in de richting van het huis.

Richard Wolter greep de microfoon. 'Dit is Richard. De politie lijkt hier een of andere actie te gaan ondernemen. Gericht op het huis of op ons. We gaan verder zoals gepland. Als ze van plan zijn om ons te stoppen, zullen ze het verdomme live moeten doen!'

Precies om tien uur, terwijl Kristin de begintune van *24 timer!* in haar oren hoorde, reden de burgerauto's met een flinke vaart naar het huis. Tegelijkertijd kwamen er uit verschillende richtingen nog vier politieauto's, een commandowagen van de mobiele eenheid en een *van* met een zwaailicht.

Richard leunde naar voren naar de microfoon. 'Verdomme, Caspar en camera! Ze zijn van plan in te grijpen! Probeer er zo dicht mogelijk bij te komen! De instructies om het huis niet te tonen of de naam niet te noemen vervallen! Tracht zoveel mogelijk te filmen! Ze gaan hem arresteren!'

De cameraman knikte met de camera. Caspar stak zijn duim in de lucht. Beiden liepen in looppas naar het huis van Rune Strøm.

Door de luidspreker hoorden ze Arve de avonduitzending inleiden: 'Politie met verdachte in de moordzaak: *24 timer!* met een liveverslag.'

De politieauto's remden hard voor Strøms huis.

Arves stem klonk rustig: 'We beginnen deze uitzending met een nieuwe ontwikkeling in de moordzaak die Noorwegen de laatste weken heeft opgeschrikt. Volgens informatie die Kanal 24 gekregen heeft, beschikt de politie over een concrete verdachte in de moordzaak. We schakelen direct over naar onze reporter Caspar Vik. Caspar?'

Caspar keek recht in de camera. 'Dank je wel, Arve. Ik sta op het moment in de idyllische wijk Grefsen in Oslo, waar de verdachte schijnt te wonen. Een paar seconden geleden nam de zaak een dramatische en verrassende wending. Net op het moment dat we de lucht in gingen, begon de politie met een onverwachte actie gericht op het huis van de verdachte. Het is onduidelijk wat er precies gebeurt in het huis achter me, maar zoals we nu kunnen zien, hebben eenheden van het hoofdbureau het huis van de verdachte omsingeld en staan ze op het punt het huis binnen te dringen.'

'Caspar, is de politie bang dat de man bewapend is?'

'Uh, dat weet ik niet, want de actie van de politie komt zoals gezegd als een volslagen verrassing voor ons. Maar ik ga ervan uit dat de politie geen enkel risico neemt. Ik zie dat mannen van de mobiele eenheid, de Deltagroep, de zogenaamde antiterreureenheid, uitgerust is met zowel wapens als kogelvrije vesten en helmen. Arve?'

'Wat is de situatie op dit moment, Caspar?'

'Verdomme, Caspar is bloednerveus', fluisterde Richard tegen Kristin.

Dat kan ik me goed voorstellen, dacht Kristin.

'Nou Arve, uh, zoals ik net al zei is de politie, uh, geheel onverwacht met deze actie begonnen. We verwachten daarom dat de politie de verdachte zal oppakken of dat dit uit zal draaien op een belegering. Het is natuurlijk ook spannend of de politie bewijzen in het huis zal vinden.'

'Wat weet je van de verdachte, Caspar?'

'Het is belangrijk om te onderstrepen dat hij slechts een verdachte is en ik ken de details op grond waarvan de politie de man verdenkt niet. Maar wat ik wel kan zeggen is dat de man in 1976 in voorarrest heeft gezeten op verdenking van moord op zijn verloofde. Net als Aquarius' laatste slachtoffer verdronk zij in bad. De verdachte werd vrijgelaten zonder dat het tot een veroordeling was gekomen. Ik neem aan dat de gelijkenis tussen de twee moorden reden voor de politie is geweest in te grijpen. Maar ik neem ook aan dat de politie over meer informatie beschikt omdat er zo massaal wordt ingegrepen.'

Terwijl hij sprak, waren Caspar en de cameraman in de richting van de oprit gelopen. In het huis was alles stil. Een politieman gebaarde hun weg te gaan. Plotseling begon er iemand te roepen vanuit het huis.

'Arve, het lijkt erop dat de politie iemand heeft opgepakt. Ik zag zojuist meerdere mensen in de deuropening en nu kunnen we zien, als de camera het door de bomen kan laten zien, dat de politie inderdaad iemand heeft opgepakt. Dat betekent dat de arrestatie rustig en zonder incidenten heeft plaatsgevonden.'

Op de monitor zag Kristin hoe zwaarbewapende politiemannen Rune Strøm uit het huis voerden. Onderaan de trap legden ze hem op het grind.

Allemachtig, dacht Kristin, waarom zit ik hiernaar te kijken op de televisie?

Ze stormde de reportagewagen uit en rende de weg over. Een politieman wilde haar tegenhouden, maar toen hij zag wie ze was liet hij haar door. Ze bleef vlak achter de cameraman en Caspar staan.

'...wat ik verder nog kan zeggen is', zei Caspar, 'dat mensen van de Technische Recherche het huis minutieus zullen onderzoeken op jacht naar sporen die de verdachte in verband kunnen brengen met een of meerdere moorden. Als ze geen technische bewijzen kunnen vinden, als hij bijvoorbeeld een ander huis heeft gebruikt om zijn gekidnapte vrouwen in op te sluiten, wordt het de vraag of de verdenkingen voldoende zijn voor een aanklacht. Uh, we moeten opnieuw benadrukken dat het onderzoek nog maar net gestart is en dat het aan de rechtbank is om te beoordelen of hij schuldig is.'

Op de achtergrond had de politie Strøm gefouilleerd en hem weer overeind getrokken. Twee gespierde politieagenten sleepten hem mee. Op het moment dat ze de oprit afkwamen, draaide Strøm zich om naar het camerateam. Toen ging zijn blik naar Kristin. Een seconde hield hij zijn blik op haar gevestigd.

Een onbestemde blik. Ze voelde niets. Absoluut niets.

Zonder een spier te vertrekken draaide hij zich om. Toen hij op de achterbank van de politieauto werd geschoven beschermde een politieman zijn hoofd tegen het dak van de auto.

Bewijs

1

Ze vonden Frøydis niet.

Terwijl Geir Ryvik en zijn Technische Recherche druk bezig waren het huis nauwkeurig te onderzoeken, liepen Vang en Antonsen van kamer naar kamer. Ze leken op kersverse vaders op een kraamafdeling. Ze droegen beiden rubberen handschoenen, operatiemutsjes en plastic overtrekken over hun schoenen. Ryvik stond daarop. Zijn favoriete uitdrukking was op het moment: een vervuilde plaats van het misdrijf.

Niets weersprak het feit dat dit een huis was van een volwassen, alleenstaande man.

Aan de muren hingen borduurwerken en reproducties van schilderijen met christelijke motieven. Op de banken in de kamer lagen stapels en stapels geborduurde kussen van Ragnhild Strøm. (Vang zag haar voor zich: met ingevallen wangen in elkaar gedoken in de schommelstoel.) De lampen hadden roze kappen. Alle tafels waren bedekt met gehaakte kleedjes. De vloerkleden waren dik (en erg stoffig). In de keuken hing een kalender van de lutherse uitgeverij. Rune Strøm had de kalender op 23 juli laten staan. 'Moeder ziekenhuis' stond eronder geschreven. Twee dagen verder stond een kruis onder de datum.

'Wanneer is Una Mørch verdwenen?' vroeg Antonsen.

Vang gaf geen antwoord. Dat was niet nodig.

'Hij heeft niets veranderd sinds zijn moeder dood is', zei Vang. 'Zou dat niet heel normaal zijn geweest? Iets veranderen?'

Antonsen keek de kamer rond. 'Erg ongezellig', zei hij voor zich uit.

Alleen de jongenskamer, Vang zag het als de jongenskamer hoewel de man al over de veertig was, getuigde van het feit dat Rune Strøm in dit huis woonde.

Het bed stond midden in de kamer. Kingsize. Zwarte sprei. Donkere gordijnen en vloerbedekking. Houten vloer.

Ze keken in het kastje en de kledingkasten.

Het nachtkastje zat op slot. Antonsen riep een van de jongens van de Technische Recherche, die het binnen een halve minuut open had. Het kastje zat vol pornoblaadjes en een paar video's. Vang keek er snel naar. Bondage en SM.

'Hij is in elk geval dol op lezen, jongens', zei Antonsen droog. 'Literair geïnteresseerd!'

'Ach, hij kijkt gewoon naar de plaatjes. Hij geeft de voorkeur aan de naakte feiten', vulde Vang aan.

'Hij houdt vast van misdaadliteratuur. Maar alleen als het diepgravend is.'

'Prikkelende interesses.'

De twee mannen grinnikten zonder overgave, bijna verontschuldigend.

Vang pakte een VHS-videoband op met de titel *Samantha's Delight*. Op de voorkant stond een foto van een vrouw. Ze was spiernaakt. Ze had een zweep in haar hand. Haar ogen zaten verscholen achter een kattenmasker. Onder haar, met zijn billen omhoog, lag een man vastgeketend aan een bed. De vrouw lachte ondoorgrondelijk. De man trok een gepijnigd gezicht.

Als de rode, opgezwollen strepen op zijn billen echt waren, begreep Vang heel goed waarom.

'Ze zit niet in dit huis', zei Vang toen ze de kelder uit kwamen.

'Niet in levenden lijve, in elk geval.'

'Waar kan hij haar verstopt hebben?'

'We weten niet zeker dat hij haar heeft.'

'Toch moet hij ergens die cel hebben. Die gevangenis. Maar hier kennelijk niet.'

'Hebben we al bij Rita Quist gekeken?'

'Of in die hut waar ze het over hadden?'

In de keuken was de Technische Recherche onder leiding van Geir Ryvik bezig de vuilnisbakken leeg te halen en de inhoud ervan in papieren zakken gevoerd met plastic te stoppen.

'Veel plezier, jongens', riep Antonsen op weg naar buiten.

Niemand lachte. Maar in de auto terug naar het bureau begon Vang te neuriën.

2

'Een discrete en onzichtbare arrestatie', constateerde Karianne Li chagrijnig.

Vang draaide zijn handpalmen naar haar om in een gebaar van vertwijfeling. 'We hadden ze niet uitgenodigd. Het televisieteam stond er al toen we kwamen.'

'Heel toevallig, natuurlijk.'

'Luister eens, zowel Kanal 24 als *Dagbladet* waren op de hoogte van Rune Strøm. Ze hadden zelf het verband gezien. Ze hadden het niet van ons. Wat zouden wij er voor belang bij hebben om een televisieteam hijgend in onze nek te hebben?'

Karianne Li knikte met gesloten ogen, alsof ze wilde aangeven dat ze allemaal verliezers in dit spel waren. 'Maar toch is mijn cliënt voor het oog van de hele natie aangewezen als hoofdverdachte. En jullie weten net zo goed als ik dat in de ogen van de mensen verdácht synoniem is aan veroordeeld en schuldig. Als morgen de kranten komen, hebben ze vast kans gezien zijn hele leven binnenstebuiten te keren en alle troep over de pagina's uit te spugen.' Ze zuchtte. '*24 timer!* heeft hem in de schijnwerpers gezet, dus nu hebben de anderen vrij spel om op hem te gaan trappen en springen.' Ze deed haar ogen weer dicht.

'Is het niet in je opgekomen dat hij misschien schuldig is?' zei Antonsen.

Karianne Li opende langzaam haar ogen, als na een diepe slaap. Ze keek Antonsen aan. Maar ze antwoordde niet.

Rune Strøm zat onbeweeglijk. Hij draaide zich niet eens om toen ze binnenkwamen. Zijn blik was gericht op een punt op de muur. Vang volgde zijn blik en zag een heel klein vlekje.

Zijn mentale schuilplaats, dacht hij.

Ze zaten in Vangs kantoor. Karianne Li nam plaats naast haar cliënt. Vang, Antonsen en Gran liepen om de tafel heen, maar bleven staan.

'Waar is ze?' vroeg Vang abrupt.

Strøms vuisten spanden zich en ontspanden weer, spanden en ontspanden.

'Waar is wie?' vroeg Karianne Li.

'Frøydis Vik', zei Gran. 'Ze wordt vermist.'

'Wat? Wordt er iemand vermist? Nee maar, niemand heeft me op de hoogte gesteld dat ...'

'We hebben de melding vanavond binnengekregen', onderbrak Vang haar. 'Rune?'

De spieren in de vuisten spanden zich en ontspanden weer.

Vang zei: 'Het spel is voorbij. Dat snap je toch. Het is toch goed om je geweten wat te ontlasten, of niet? Waar is ze? Waar heb je de vrouwen gevangen gehouden?'

Hij bleef staren naar de vlek op de muur.

'Je hoeft niet te doen alsof je gestoord bent', zei Antonsen.

'Mijn cliënt...' begon Li.

Rune Strøm boog voorover en bonkte hard met zijn hoofd op de tafel.

'Wil je iets zeggen?' vroeg Antonsen.

Gran: 'Stop hem voordat hij zich bezeert!'

Karianne Li probeerde Rune Strøms schouder te pakken. Hij duwde haar weg.

'Nu is het genoeg!' zei Vang scherp.

'Jullie bedoelen dat we niet verdergaan?' vroeg Li. Toen niemand antwoord gaf, ging ze verder: 'Jullie zien in welke toestand mijn cliënt zich bevindt! We moeten het verhoor uitstellen totdat een arts naar hem gekeken heeft!'

'Hij speelt toneel', zei Antonsen.

'Frøydis! Frøydis Vik!' zei Vang hard en dwingend. 'Waar is ze, Rune? Waar heb je haar verstopt? Help ons haar te vinden! Waar is ze?'

Rune Strøm verstijfde. Hij rukte zijn blik los van de vlek op de muur en keek Vang recht in zijn ogen.

Hij is gek!

Rune Strøm begon te schreeuwen.

3

Een uur later werd Vang uit het verhoor gehaald. Geir Ryvik stond buiten met een doorzichtige plastic zak. Vang zag niet wat de inhoud was.

'Een slipje', zei Ryvik. 'Een damesslipje. Pikant dingetje. En een panty.'

'Waar hebben jullie dat gevonden?' vroeg Vang en hij hield de zak tegen het licht.

'Je zult het niet willen geloven. In een melkpak gevuld met etensresten. In de vuilnisbak bij de weg.'

'Amateuristisch.'

'Ik weet het niet... Het melkpak zat in een dichtgebonden plastic tas. Gevuld met oude, zure saus en bedorven aardappels.'

'En jij vraagt je af waarom wij de voorkeur geven aan gewoon recherchewerk?'

Ryvik grinnikte.

'Is het mogelijk uit te zoeken wie deze kledingstukken gedragen heeft?'

'We gaan er mee aan de slag. Er zitten een paar haren in het slipje.' Hij knikte naar de deur. 'Zit er al een beetje schot in?'

Vang schudde zijn hoofd.

'Pak hem hard aan!'

Vang vertrok zijn gezicht. 'Ik begrijp dat jij Karianne Li nog nooit bent tegengekomen.'

Het verhoor was een parodie.

Ze trachtten verder te gaan, maar Rune Strøm leek steeds apathischer en afweziger. Het was onmogelijk in te schatten of hij toneelspeelde. Gedurende lange periodes zweeg hij. Hij staarde langs hen. Dan kon hij ineens jammerend roepen: 'Ik herinner me het niet!' of 'Ik weet het niet!' Karianne Li zeurde dat het verhoor afgebroken moest worden en dat de man naar een arts moest. 'Het is duidelijk dat hij psychiatrische hulp nodig heeft!' Maar Vang wilde niet toegeven.

Het was ver na middernacht toen Geir Ryvik hard op de deur bonkte, hem opendeed en naar zijn collega's wenkte.

'Hij is het!' zei hij buiten adem toen ze de deur achter zich hadden dicht gedaan. Zijn stem trilde.

'Wat heb je?' vroeg Vang.

'We hebben een match met de haren!'

'Een match?' zei Vang, hij durfde niet te geloven dat ze een doorbraak hadden.

'Het slipje is van Marianne geweest!'

Ze keken elkaar aan.

'O, god', fluisterde Elisabeth Gran en ze stak twee gebalde vuisten in de lucht.

Vang had het gevoel dat iemand een prop uit zijn buik had getrokken en dat al zijn ingewanden, al zijn organen en gedachten over de grond uitgestort werden.

'Een match?' herhaalde hij.

'Een match!' Ryvik lachte, werd weer serieus en lachte weer. 'Hij is het, Runar! We hebben die duivel te pakken!' Zijn stem klonk aangedaan. 'Hij is het verdomme, Runar!'

Vang dacht: hij zegt anders altijd Vang tegen me.

Twaalf weken

1

De opkomst van de pers was enorm.

Alle grote kranten en televisiezenders hadden meerdere reportageteams naar de rechtbank van Oslo gestuurd. Een twintigtal buitenlandse journalisten en cameramensen was aanwezig. De flitsen en de cameralampen schitterden. Een woud van microfoons schoot omhoog iedere keer als er een deur openging of een politiechef voorbijsnelde met 'geen commentaar' als een terugkerend mantra. De persmensen protesteerden geërgerd en luidruchtig toen het verzoek van de openbare aanklager om een zitting achter gesloten deuren werd ingewilligd. Bij gebrek aan een nuttige besteding van de tijd begonnen de journalisten elkaar te interviewen.

Terwijl de journalisten en fotografen ongeduldig op de uitspraak zaten te wachten, kreeg Kristin felicitaties en schouderklopjes van collega's. Ze werd geïnterviewd door Amerikaanse, Deense, Zweedse en Duitse televisiezenders. Advocaten in dure maatpakken en modieuze jurken haastten zich voorbij. Een bekende advocaat zei voor de grap 'een feestmaal voor de hyena's' en werd acuut uitgefloten.

Kristin speurde vergeefs naar Gunnar. Geen van de reportages in *Dagbladet* over de zaak was van de hand van Gunnar en toen ze aan een van de jongere verslaggevers vroeg waar Gunnar was, kreeg ze een onverschillig schouderophalen als antwoord.

Rune Strøm kreeg een voorlopige hechtenis opgelegd met een verbod op bezoek en brieven.

Na de zitting hield Karianne Li op de trap in de hal een geïmproviseerde persconferentie. Eerst in het Noors en daarna in een foutloos Engels met Amerikaans accent. Ze karakteriseerde de zitting als een modern heksenproces. De woordkeus was niet toevallig. De bewijzen en het zogenaamde DNA-bewijs tegen Rune Strøm, benadrukte ze, waren net zo vaag en subjectief als de bewijzen tegen de vrouwen die in de middeleeuwen veroordeeld werden voor hekserij.

'Er zijn twee zaken die tegen mijn cliënt pleiten', riep ze over de verzamelde pers heen, 'namelijk dat zijn verloofde twintig jaar geleden verdronken is en dat hij een persoonlijkheid heeft die overeenstemt met het medische fantasiebeeld van de moordenaar.'

Ze keek naar de groep op zo'n manier dat iedereen het gevoel kreeg dat Karianne hem of haar recht in de ogen keek.

'Hoe zit het dan met het slipje?' riep een journalist.

'Nee maar! Dat is gevonden in een vuilnisbak die voor zijn huis stond!' antwoordde ze geïrriteerd.

'Ja en?'

'Dat betekent toch niet dat híj het erin gestopt moet hebben!'

De meeste journalisten vonden dat ze haar werk goed deed. Zelfs Kristin was geïmponeerd. Hoewel Karianne Li geen kans had gezien om bewijzen tegen Rune Strøm te ontkrachten, wist ze ze wel te bagatelliseren.

Na de persconferentie stonden Kristins collega's in de rij om haar reactie op de zitting te krijgen. Kristin zei dat het niet aan haar was om te oordelen, maar dat ze hoopte dat de nachtmerrie eindelijk voorbij was. Ze zei verder dat ze Li's kritiek respecteerde, want het rechtssysteem was nu eenmaal zo dat het de plicht van de verdediger was om omstandigheden te vinden die in het voordeel van hun cliënt pleitten.

2

Een politieauto met zwaailicht reed Kristin naar het politiebureau op Grønland. Twee agenten leidden haar door de gangen naar de lift op weg naar Vangs kantoor.

Hij lachte breed toen hij haar tegemoetliep. Ze herkende hem nauwelijks. Hij zou haar bijna omhelzen.

'Zo, dat was dat', zei hij.

Ze hielden elkaars hand lang vast. Hij wilde haar bijna niet loslaten.

'Heeft hij bekend?'

Vang schudde zijn hoofd. 'Hij zegt geen woord tegen ons. Hij weigert een verklaring af te leggen. Maar hij babbelt honderduit als de advocaat en hij alleen in een kamer zitten.'

'Wat gebeurt er nu? Met mij en Ådne en de Hardy-boys?'

'Daarom wilde ik dat je hier kwam. Om te horen wat jij wilt.'

'Wil?'

'Of je de lijfwachten nog wilt houden. Als jij je onveilig voelt en bescherming wilt hebben tot het proces tegen Strøm is afgelopen, dan zullen we uiteraard jouw verzoek inwilligen. Maar tegelijkertijd hebben de jongens de indruk dat je er niet zo enthousiast over bent dat ze in je flat zitten.'

'Wanneer komt de zaak tegen Strøm voor?'

'O, er valt nog heel wat recherchewerk te doen. Over driekwart jaar, misschien. Een jaar? Ik weet het niet. Dat is niet mijn pakkiean.'

'En jij vraagt me of ik misschien wel een jaar lang twee politiemensen dag en nacht om mij heen wil hebben?'

'Zoals de zaak er nu voorstaat, zie ik geen noodzaak om de bewaking dag en nacht voort te zetten...'

'...en dat vind ik prima.'

Hij knikte tevreden. 'Voor de zekerheid zullen we een bepaald veiligheidsniveau handhaven. Er lopen altijd van die gekken rond. Jij houdt uiteraard het veiligheidsalarm. En wij zullen regelmatig een surveillancewagen langs sturen.'

'Ik heb een vraag.'

'Barst los!'

'Jullie hebben die vrouw die als vermist is opgegeven niet gevonden?'

Hij schudde zijn hoofd. 'Niet bij hem thuis. We onderzoeken of hij andere bezittingen had. Bovendien is het niet zeker of er een verband is. Ze kan liftend naar Kopenhagen zijn of met een gebroken been in Nordmarka liggen.'

3

Richard Wolter zat met taart en champagne te wachten toen Kristin terugkwam op de redactie.

Haar collega's stonden in een rij te applaudisseren terwijl ze grinnikend en blozend langs hen liep om een stuk taart af te snijden. Richard hield een vlammend betoog over de onvermoeibare jacht van journalisten naar de waarheid en een goed verhaal. Hij prees Kristin omdat ze niet alleen de meest dramatische misdaadzaak in de Noorse geschiedenis had verslagen, maar er ook nog deel van had uitgemaakt.

Ze proostten met de champagne en enkele collega's droegen Kristin onder luid gejoel en gelach op een stoel twee keer rond de balie.

Bij de receptie stond nog steeds een groep journalisten te wachten.

Toen ze de taartkruimels, de papieren bordjes en de lege flessen hadden opgeruimd, lieten ze de wachtende collega's binnen in de vergaderzaal. Geen van hen nam genoegen met een gezamenlijke persconferentie en aangezien ze zelf altijd ook haar eigen aanpak wilde volgen, gaf ze de grootste media elk vijftien exclusieve minuten. *Dagbladet* vroeg zich af of ze niet vreselijk opgelucht was dat Aquarius eindelijk gepakt was. De reporter van Dagsrevyen, die vriendelijk en aardig was totdat het lampje op de camera rood werd, vroeg of een commerciële nieuwszender als Kanal 24 niet medeverantwoordelijk was voor alle moorden, aangezien de moordenaar het zo belangrijk vond om de video's op de televisie te zien. *Aftenposten* vroeg haar iets te zeggen over hoe het was om weer terug te komen op het werk en of ze verslag zou doen van de rechtszaak tegen Strøm, terwijl *TV2-journaal* het over een andere boeg gooide door te vragen wat ze ervan vond dat media en misdadigers elkaar steeds vaker gebruikten. Ze barstte in lachen uit toen *VG* vroeg of ze vroeger veel Agatha Christies had gelezen. TvNorge focuste op hoe bang ze was geweest voordat Rune Strøm werd gepakt. *P4* ondervroegen haar over hoe ze als vrouw de laatste weken had beleefd en of ze vanwege het feit dat de slachtoffers allemaal vrouwen waren een persoonlijke haat koesterde tegen Strøm, terwijl *Dagsnytt 18* ten slotte zich vooral bezighield met de vraag of ze de live-uitzending van de arrestatie kon rechtvaardigen aangezien de man toen slechts een verdachte was.

Grote genade, dacht ze, wat een domme en vanzelfsprekende vragen. Journalisten!

Toen de interviews achter de rug waren, moest ze direct naar de grimeur om vervolgens in de studio door Ninni als gast ontvangen te worden waar ze verslag moest doen van de zitting. Op de redactie werd er met veel emotie gewed of *24 timer!* vanavond een kijkdichtheid van dertig procent zou halen.

4

Tostrupkjeller is een kroeg met een rijke traditie, die veel stijlvoller en pompeuzer is dan zijn ietwat nonchalante cliëntèle. Gedurende de hele avond wordt de rokerige ruimte bevolkt door journalisten, politici, advocaten en een of andere acteur. In een hoek zit een dronken journalist te zaniken dat zijn tweekolommer een zeskolommer had moeten zijn. In de garderobe staat een van de meest vooraanstaande vaandeldragers van de democratie over te geven. In het allerdonkerste hoekje heeft een televisiester kans gezien om een hand onder de jurk van een vakantiekracht te krijgen terwijl deze niet weet of ze moet protesteren of het maar zo moet laten. Enkelen proosten. Een voormalig parlementariër vertelt in geuren en kleuren over hoeveel mensen hebben geneukt in de rechtszaal. De toehoorders grijnzen en willen namen, namen, namen hebben en daar is dan weer een blad met bier en wie heeft er cognac besteld? Er is altijd iemand die naar iemand schreeuwt, altijd iemand die een oude studiekameraad van Volda tegenkomt of een oud-collega van de allereerste krant waar men werkte.

Het is een beroepscode dat iedereen doet alsof er niets aan de hand is als een beroemdheid of een topjounalist de bar binnenkomt, maar toen Kristin en haar gevolg kort na het journaal van tien uur Tostrupkjeller binnenkwamen, werd het stil, en toen begon een club bij een van de kleine tafeltjes te juichen en te fluiten en al snel klapte iedereen. Kristin had zich nog nooit zo opgelaten gevoeld. Richard Wolter gaf een teken aan de barman hoeveel halveliters er nodig waren, waarvoor hij meer vingers nodig had dan hij had, en toen begonnen ze naar een leeg tafeltje te zoeken.

Nu is het zo in Tostrupkjeller dat er altijd iemand vertrekt op het moment dat jij komt, dus vond de club van Kanal 24 een tafel in de restaurantafdeling. De meesten hadden honger en bestelden iets te eten, sommigen hadden genoeg aan een biertje of een borrel.

Het werd laat die avond. Na een paar halveliters werden de anekdotes verteld, de verhalen die nooit gedrukt of uitgezonden werden, maar waar de journalisten elkaar sinds jaar en dag mee vermaakten. Ze gingen over het algemeen over het seksleven, de blunders of het alcoholmisbruik van bekende personen of collega's.

Meerdere keren die avond hieven ze hun glas om voor Kristin te proosten. Ze zongen dronkemansliedjes. Een politiek journalist klom op de tafel en improviseerde een gedicht over de heldhaftige jonge maagd Kristin en de boeman van Grefsen.

Ze voelde dat ze moe was. Onbeschrijflijk moe. Steeds opnieuw werd er bier in haar richting geschoven en ze had niet de moed om het te laten staan.

5

Het was al bijna drie uur 's nachts toen Kristin zich de trap op sleepte naar haar flat. Ze was aangeschoten en moe en in de halfdonkere hal zag ze de gedaante niet voordat ze voor haar voordeur stond te zoeken naar haar sleutels.

Hij zat op de trap bij haar deur. Zijn hoofd en schouder leunden tegen de muur. Naast hem, op een traptree, stond een halve fles Eau de Vie. Hij had overgegeven op de trap.

Eerst schrok ze en deed ze een stap naar achteren. Toen zei ze zacht: 'Gunnar?'

Hij bewoog niet.

'Gunnar...' zei ze iets harder en ze duwde tegen zijn schouder.

Zijn ogen gingen langzaam open. Hij hief zijn hoofd op en tuurde naar haar.

'Jezus! Gunnar!'

Hij schraapte zijn keel. 'Je was... niet thuis.'

Ze keken beiden naar de fles Eau de Vie.

'Kom mee naar binnen!' zei ze.

'Nee, nee, nee, nee, het is... laat. Veel te laat.'

'Je bent dronken, Gunnar! Ga mee naar binnen!'

'Nee, nee. Te laat.'

'Waarom ben je dronken?'

Hij trachtte overeind te komen. Toen hij stond, had hij alle spieren rond zijn ogen nodig om haar scherp te kunnen zien. 'Ik ben heel dom geweest...'

'Dom geweest?'

'Te oud, snap je!'

'Waar heb je het over?'

'Ik heb er niet aan gedacht. Te waarschuwen. De krant.' Hij keek haar aan. 'Je hebt niks gezegd... tegen mij. Over dat... wat er gebeuren ging. Daarginds. Dat jullie... live gingen. En ik heb niet gewaarschuwd. De krant.'

'Het ging zo snel, Gunnar. Ik had geen idee dat...'

'Ik heb al honderd jaar... weet je, Kristin... al geen honderd jaar... een artikel op de voorpagina gehad. Wat voor... jour-nalist... maakt me dat?'

'Ik wist niets van die arrestatie! Geloof me, Gunnar! We zouden een item doen dat de politie een verdachte had en ineens kwamen er politiemensen aangestormd. Kom, ga mee naar binnen.'

'Je had kunnen bellen. Mij. Dan kon ik... de redactie... tippen. Voordat ze het zagen. Op televisie. Of niet? Omdat...' hij hikte, 'we samen hebben gewerkt.'

'Allemachtig Gunnar, ik wilde niet... Het spijt me! Geloof me, Gunnar! Kom mee naar binnen, dan kunnen we samen praten.'

Hij schudde vermoeid zijn hoofd. 'Had ik maar...' De woorden werden gehuld in stilzwijgen.

'Gunnar ik had geen idee... Kom, ga met me mee. Eventjes maar. Alsjeblieft!'

'Ik geloof... ik moet. Huis.'

'Kun je niet hier slapen? Ik kan een bed voor je opmaken.'

'Ik geloof dat ik naar huis moet.'

'O, Gunnar...'

'Heb geen medelijden met me!' Zijn blik verhardde zich. 'Wat dan ook! Maar heb geen. Medelijden. Met mij!'

'Gunnar...'

'Gefeliciteerd met het succes.' Het kwam eruit als 'feelsiteert me secesss'. 'Maar nu moet ik naar huis.'

'Doe niet zo, je kunt...'

Hij gaf haar de fles Eau de Vie. 'Jij bent daar altijd... zo goed in...' hij wankelde, '...kun jij die... re-cy-clen voor me?'

Ze pakte de fles aan. 'Gunnar, wil je niet...'

Maar hij had zich al omgedraaid. Tree voor tree wankelde hij naar beneden. Hij keek niet om.

'Gunnar!' riep ze voor de laatste keer.

Ze draaide haar voordeur van het slot en liep naar het raam. Na een poosje zag ze hem. Met kleine, onvaste stappen zwalkte hij over het trottoir door de uitgestorven straat. Een oude man, dacht ze.

Toen hij was verdwenen in de schaduw van Birkelunden, bleef ze staan kijken naar de nacht. Naar de donkere ramen aan de overkant, het silhouet van de toren van de Paulus kerk, de taxi's die over de Toftes gate scheurden, flitsten van wit licht en naar de hemel waar ze geen sterren en geen wolken zag, slechts een leegte van oneindigheid.

Nu ben ik moe, dacht ze. Moe en triest en een beetje dronken. Ze liep naar de badkamer en kleedde zich uit. Ze plaste voor de zoveelste keer die avond. Ze waste de make-up weg en poetste haar tanden. Ze boerde. Even overwoog ze om nog even te douchen, maar ze had geen zin. Ze kroop in het grote bed en voor ze insliep dacht ze: ik zou trots en gelukkig moeten zijn. Waarom ben ik niet trots en gelukkig?

Toen viel ze in slaap.

III

Bø

I

De schapen die op de grashellingen stonden te grazen bij de zomerboerderij begonnen onrustig te blaten toen Kristin krakend door de met struikgewas begroeide helling kwam aangelopen. Ze stopte en trok een strootje los dat ze tussen haar tanden stak. Van beneden zag Bø eruit als een huisje uit een sprookje, omringd door rotsblokken en lage begroeiing. Warme gevoelens van herkenning golfden door haar heen. Hier begonnen haar dromen: waar het pad door het loofbomenbos uitkwam op de weiden. Daarachter, een halve dagmars door het naaldbomenbos, dat gekenmerkt werd door diepe kloven en steenhellingen, torende grijs en indrukwekkend de hoge berg.

Langzaam en genietend snoof ze de delicate geur op van bergen, moeras en appelboomgaard.

Ze droeg een zware rugzak en een koffer. Hoewel ze haar jack en trui uit had gedaan, was ze drijfnat van het zweet. Halvor had aangeboden haar te helpen met het naar boven brengen van de bagage, maar ze had daarvoor bedankt. Juist dit moment wilde ze voor zichzelf hebben.

Om het huis wiegden wilgenroosjes en lupines in het zachte briesje. De vliegen zoemden. Grootvaders oude slijpsteen was in een brandnetelbosje tegen de hooischuur aan gevallen. Het ogenblik was nu, maar het had net zo goed twintig jaar geleden kunnen gebeuren. Elk moment kon grootvader mank lopend de hoek om komen en vrolijk uitroepen: 'Mijn meisje, eindelijk!' Elk moment konden moeder en vader achter het keukenraam naar haar zwaaien. Een houtduif koerde. Ze spuugde het strootje uit, lachte in zichzelf en fluisterde: 'Welkom terug, Kristin!'

De luiken waren dicht. Ze liep een rondje om het huis en maakte de hangsloten open en zette de luiken met de haken vast aan de muur.

Met de sleutel die grootvader voor de oorlog had gesmeed draaide ze de voordeur van het slot. De sleutel lag in een plastic zak onder een steen bij de vlaggenmast. Ze opende de zware deur en stapte naar binnen.

De geur van Bø was onvergankelijk. Ze bleef staan en snoof hem op. Het rook er naar oud hout en kindertijd, het rook er naar teer en bedompte lucht, het rook er naar zomer, gelach en naar een tijd die stilstond.

Ze zette de rugzak in de gang op de grond en liet de deur openstaan.

De zonnestralen vielen versplinterd door de kleine ruitjes van de eetkamerramen. Haar blik gleed over de meubelen: de bedstee, de robuuste vurenhouten tafel waaraan ze altijd zaten te eten, de grootvaderklok (die stilstond), de verweerde spiegel aan de korte muur, de paraffinelampen aan het plafond en de muren, de plank met de stokoude weekbladen en uitgaven van Het Beste.

Ze liep door de kamer, naar de grootvaderklok. De vloer kraakte. Ze opende het houten paneel en trok de twee vormeloze gewichten omhoog. Met haar wijsvinger duwde ze voorzichtig tegen de slinger.

Het getik klonk gelijkmatig. Als een hartslag, dacht ze.

Ze opende het glazen deurtje voor de wijzerplaat en zette de klok op tien over twee. Het uurwerk liep vijftien tot twintig minuten per etmaal achter, maar het gaf in elk geval een richtlijn. De tijd was op Bø niet zo belangrijk.

In de keuken pakte ze het eten uit: zakjes soep, wat conservenblikken, knäckebröd, salami, kaas, en daarna nam ze de rugzak mee naar de slaapkamer op zolder.

Het was laag onder het dak. De twee bedden waren elk tegen een muur geschoven onder het schuine dak, zodat je in het midden min of meer rechtop kon staan. Ze kon niets gezelligers bedenken dan liggen luisteren naar de regen op het leistenen dak.

Ze opende de rugzak en spreidde de kleren uit over het lege bed: onderbroeken, sokken, T-shirts, twee warme truien, een Levisbroek en twee joggingpakken.

Ze zette de zakradio op het nachtkastje.

Ze vond het beddengoed in de kast van de grootste slaapkamer en hing het te luchten.

Nu zou ze een paar emmers pakken en kijken hoeveel water er dit jaar in de bron stond.

De uitgeverij had haar gistermiddag gebeld. Het was de dag na de rechtszitting en ze had vanaf de vroege ochtend rondgelopen met een leeg en akelig gevoel in haar maag. Toen de redacteur van de uitgeverij belde om haar te vragen of ze er al over na had gedacht om over haar belevenissen een boek te schrijven, had ze haar best moeten doen om niet al te gretig over te komen. Een boek! Uiteraard! Waarom had ze daar niet zelf aan gedacht? Een echt boek met een harde kaft en haar naam op de omslag. Diezelfde middag had ze een ontmoeting gehad met de redacteur om te onderhandelen over het aanbod. En in de loop van de volgende twaalf uur had ze het contract ondertekend, had ze strijd geleverd om twee weken onbetaald verlof te mogen opnemen, haar rugzak en koffer gepakt, een doos typemachinepapier met watermerk van Buskerud Bank gekocht en was ze vertrokken naar Bø.

Ze kwam laat in de middag in het dorp aan, stijf na al die uren in de trein en de taxi. De lucht was helder en blauwzilver. Mårvatn blonk zwart tussen de boomstammen. Boven de hondenbolussen en het hoge gras in de greppel zoemden wolken mugjes. Voor de Rimi-winkel hingen de vlaggen slap in de warmte. Een groepje jongeren had zich verzameld rond een Opel Ascona en volgde de taxi met nieuwsgierige blikken. Een van hen, hij dronk bier uit een flesje, boerde luid. Ze hoorde niets maar zag het aan zijn lichaamstaal en het gelach van de jongens om hem heen.

Halvor zat op de tractor op het land toen de taxi het erf opreed. Hij was kleiner dan Kristin, stevig en had een rood gezicht en het leek of ze elk een andere vader hadden. Toen hij van de tractor sprong, viel het haar op dat hij sinds de laatste keer een buikje had gekregen. Ze bleven staan en omhelsden elkaar. Ze liep met hem mee naar de keuken en dronken samen koffie terwijl ze het laatste nieuws vertelde. Voordat ze weer vertrok beloofde ze hem over een paar dagen te komen eten.

Bø ligt ongeveer een uur klimmen van het dorp. Het is een steile klim. Het pad begint achter de schuur van moeders boerderij en slingert omhoog tegen de steile hellingen, door het loofbomenbos en het lage struikgewas, langs zwerfkeien en rotsblokken met korstmossen. Elke steen en elke boomwortel wekte herinneringen op bij Kristin.

Ze kreeg de primus aan de praat en zette een kop thee die ze mee naar buiten nam naar het kleine terrasje dat Halvor had gelegd voor de zomerboerderij. Hier vandaan kon ze in noordelijke richting over het Juvdal uitkijken. In de verte zag ze vaag de witte kerktoren tussen de bomen. Ze kon een stukje van de weg zien die uit het dorp kwam en de rivier die als een zilveren streep uit Mårvatn liep. De hellingen aan de overkant van het dal leken onder het donkere woud op een lappendeken in vele tinten groen.

Die avond haalde ze de oude typemachine uit het rommelhok tevoorschijn.

2

De schemering viel langzaam in Bø. Geleidelijk werd het landschap grijsblauw en vlak. Kristin was naar boven gelopen om een wollen trui aan te trekken. Nu stond ze op het terrasje en genoot ze van de invallende schemering.

Hier en daar werd in het dorp en op de helling aan de overkant een lamp aangedaan. De maan werd zichtbaar boven de bergkam. Een enkele heldere ster schitterde in zijn eentje aan de hemel, ze kon zich nooit herinneren welke planeet het was. Venus? Jupiter?

Ze liep naar binnen, draaide de deur op slot en liet de sleutel in het slot zitten. Ze haalde een pakje koekjes en at terwijl ze in een paar weekbladen van 1968 zat te bladeren. De paraffinelamp gaf warm en behaaglijk licht.

De eerste nacht schreef ze tot twee uur. Niets verstoorde haar: ze had de opbouw van het boek helder voor de geest en de gebreken met de typemachine zorgden nog voor de meeste ergernis. Een meesterwerk was het manuscript niet, maar de opzet was om haar gedachten en woorden in een enigszins logische volgorde op papier te krijgen. Daarna zou ze het herschrijven... en herschrijven... en her... Ze had nog zoveel dat ze moest uitzoeken, vele interviews die ze wilde afnemen, maar ze had geen haast. De uitgeverij wenste het boek op de markt op de dag dat Rune Strøm werd veroordeeld en het zou nog maanden duren voor de rechtszaak plaats zou vinden. Het belangrijkste was nu de gevoelens onder woorden te brengen voordat ze langzaam verdwenen. De details zouden in de loop van de tijd uitgewist worden: de angst, de onrust, de opluchting toen Rune Strøm naar de politieauto werd gebracht en de wetenschap dat de nachtmerrie voorbij was.

Ze strekte haar benen onder tafel, vouwde haar handen achter haar hoofd en rekte zich uit. Haar vingertoppen deden pijn en haar armen waren slap van de ongewone schrijfhouding.

De vloer kraakte toen ze naar de oude spiegel liep. Het spiegelbeeld was vervormd en vlak en door een vlek leek het of ze een echte plek van een zuigzoen in haar hals had. Was dat maar zo! In een kinderlijke opwelling stak ze haar tong uit tegen zichzelf en de tong raakte een kromming waardoor hij twee keer zo lang leek. Kameleon Kristin! Ze grinnikte en trachtte dat punt weer terug te vinden in de spiegel, maar daar slaagde ze niet in. Soms vroeg ze zich af of de spiegel echt behekst was.

Buiten was het stikdonker. Ze moest naar de wc buiten voordat ze naar bed ging, ze nam een zaklantaarn mee en struikelde op het erf. De nachtelijke hemel was witbespikkeld met sterren. Als kind was ze altijd bang geweest als ze in het donker naar de wc moest. Ze voelde zich nu niet veel dapperder. Niet dat ze dacht dat er iemand op haar stond te wachten of dat er gevaar op de loer lag, het was meer een ondefinieerbare angst voor de duisternis die zich uitstrekte tot in het heelal.

Uit een oude gewoonte deed ze de deur van wc op het haakje. Ze belichtte met de zaklantaarn de wanden: de vergeelde foto van koning Olav, de pin-upgirl die Halvor had opgehangen, potloodtekeningen en spinnenwebben.

Daarna ging ze in looppas terug en leunde ze stevig tegen de deur toen ze hem op slot draaide. Ze moest lachen in zichzelf.

Ze draaide de paraffinelamp uit en nam de smalle trap naar boven met twee treden tegelijk. Ze zette het kleine raampje in de slaapkamer open, schudde de deken op, kleedde zich uit en kroop in bed.

Ze huiverde. Als je nu eens een Johan Olav Koss had om je aan te warmen, dacht ze en ze grinnikte om zichzelf. Het was lang geleden.

Ze rommelde wat met de zakradio voordat ze de juiste frequentie vond om *Dagsnytt* te kunnen horen. Geen nieuws.

Ze deed de radio en de zaklantaarn uit en zei halfluid: 'Slaap ze!' Met een geeuw trok ze dunne, ruwe deken over zich heen.

De volgende dag

I

Gunnar Borg werd langzaam wakker.

Heel ver weg werd er gebeld. Hij begreep niet waar hij was en wat er aan de hand was. Alleen dat er iets herrie maakte en belde en hem uit zijn diepe, donkere slaap haalde. Hij trachtte zijn ogen open te krijgen. Het bellen ging door merg en been, het geluid prikte op een zenuw die van zijn oren naar beneden langs zijn nek liep. De telefoon! Natuurlijk. Hij kreunde. De gedachte op te moeten staan en door de gang te wankelen, deed hem al duizelen. Hij had een droge mond. Zijn tong kleefde tegen zijn gehemelte. Zijn mond smaakte naar zuur vlees, verrotte ui en oude kool. De hoofdpijn liep in een zenuwbaan van ieder oor, over zijn voorhoofd naar zijn ogen, waar de pijn zich samenbundelde. Hij was misselijk. Zijn handen trilden.

Eindelijk zweeg de telefoon.

Hij deed zijn ogen iets open en kreunde weer. Hij lag op de bank. In de kamer. Op de salontafel was een glas gevallen. De fles met goede cognac was bijna leeg. Een sigaret had een gat in het kleed gebrand.

Hij keek op de klok. Half elf. Hij keek naar de datum. Hij keek nogmaals naar de datum. Allemachtig. Hij was drie dagen dronken geweest.

Hij wreef in zijn ogen en trachtte zich iets te herinneren. De laatste dagen waren weg.

Het enige wat hij zich herinnerde, was de dag waarop het allemaal begonnen was. De dag van de voorlopige hechtenis van Rune Strøm. Het onwerkelijke, trotse gevoel toen hij Kristin zag voor al die camera's. Kristin die hem niet eens had gezien in de menigte voor de rechtbank. De hectische drukte op de redactie. Hij had getracht zich aan te bieden. Hij had met de nieuwsredacteur gesproken over een verhaal achter de schermen, maar ze hadden geen tijd gehad. Probeer het maar een andere keer, had de chef gezegd. Gunnar had zich een oude man gevoeld die kwam storen. Hij was naar de hoofdredacteur gegaan en had aangeboden een commentaar te schrijven, een bescheiden commentaar, maar dat had de hoofdredacteur al zelf gedaan. Was er nog iets wat gecontroleerd diende te worden? Nog problemen die nader bekeken moesten worden? Iets waaraan hij een bijdrage kon leveren? Ongeduldig had de hoofdredacteur gezegd dat hij naar de reportagechef moest gaan. Maar de reportagechef zat aan de telefoon als hij niet zijn orders blafte, en toen hij hem eindelijk te pakken kreeg, had de jonge man uit de hoogte naar Gunnar geglimlacht en recht op de man af gezegd dat hij nu vanavond niet nodig was, kon hij voor morgen niet iets verzinnen waaraan hij kon werken?

Een oude man die kwam storen...

Gunnar was naar zijn kleine kantoor gegaan en had de deur achter zich dichtgedaan. Hij had lang met zijn hoofd tegen het raam gestaan en naar de achtertuin gekeken. Toen was hij naar de boekenkast gelopen. Achter deel nummer acht en negen van Het Grote Noorse Lexicon had hij een ongeopende fles Eau de Vie staan. Hij pakte de fles, die onder het stof zat, trok zijn jas aan en stak de fles in zijn binnenzak.

Hij liep via de centrale ruimte van de redactie naar buiten. Dat deed hij anders nooit, maar hij hoopte dat iemand hem na zou roepen: 'Hé, Gunnar, heb je nog even tijd om iets na te kijken voordat je vertrekt?'

Hij dwaalde door de redactie als een geest die slechts een windvlaagje achterlaat.

Hij liep de trap af en stapte op straat. Hij sloeg linksaf de Akersgate in, langs de Trefoldighetskerk en de St. Olavskerk en sloop het kerkhof, Vår Frelsers Gravlund, op.

Een geest die zijn graf zoekt, dacht hij, jezus, je bent pathetisch! Je bent een oude gek, Gunnar! Een pathetische oude gek!

Op een bank achter een struik opende hij de fles.

Wat was er daarna gebeurd? Hij herinnerde zich slechts flarden. Hij wist niet wat werkelijkheid was en wat fantasie. Het bezoek aan Kristin, de lange uren dat hij voor haar deur had zitten slapen en de angstige seconden toen ze besefte dat hij dronken was: een flakkerend beeld dat net zo goed een droom kon zijn geweest.

Hij kwam moeizaam omhoog van de bank, wankelde naar de badkamer, waste zijn gezicht met koud water, boog zich over de toiletpot en gaf over, hij spoelde zijn mond, opende het medicijnkastje en slikte drie paracetamollen door.

Met een mechanische effectiviteit ruimde hij de tafel op, leegde de asbak op het tafelkleed en verzamelde de kurken. Toen greep hij het tafelkleed bij de vier hoeken, knoopte het samen en propte het in de afvalbak.

Hij liet de rest van de cognac in de gootsteen lopen.

De hele tijd trilden zijn handen. Zijn hoofd deed pijn en leek haast weg te zweven.

Hij ruimde de kamer op en maakte hem schoon, hij gooide de oude etensresten uit de koelkast weg, gaf tweemaal over, hij maakte het bed op, gaf de planten water, weigerde in de spiegel te kijken, zette de ramen open en viel tenslotte in slaap op de bank.

Opnieuw was het de telefoon die hem wakker maakte. Slaapdronken wankelde hij naar het rinkelende monster.

Kristin.

Hij was klaarwakker.

Het was erg genoeg om te weten dat hij was gezwicht. Maar het was onverdraaglijk om de nederlaag met haar te delen.

Hij antwoordde kort en afwerend. Hij verzekerde haar dat hij nuchter was. Hij verdroeg geen medelijden. Niet vandaag. Hij wilde haar niet in vertrouwen nemen. Vandaag wilde hij met rust gelaten worden. Alleen zijn.

Kristin vertelde dat ze op Bø was.

'Bø?' riep hij. 'Wat doe je daar?'

'Ik schrijf een boek.'

'Een boek?'

'Over de zaak. Ik heb eergisteren een aanbod gehad. Ik heb geprobeerd je te bellen.'

'Ik heb wat gewerkt', zei hij.

'Het wordt een echt boek', herhaalde ze. 'Is het niet spannend?'

'Leuk', zei hij. 'Mooi.'

'Ben je nuchter?' vroeg ze. Scherp.

'Ja', antwoordde hij. Net zo scherp.

Toen aarzelde ze even en haar stem klonk iel toen ze zei dat ze hem de volgende dag weer zou bellen.

Hij gaf daar geen antwoord op. Hij had geen stem.

Doelloos dwaalde hij rond in zijn flat. Niemand van het werk belde. Hij dronk vele glazen water. Zijn handen wilden niet stoppen met trillen.

Ja, hij was ingestort. Hij had gefaald. Hij had gezopen. Zeg het zoals het is, Gunnar! Je bent een alcoholist. Je bent altijd een alcoholist geweest en je zult er altijd een blijven. Maar hij was er weer bovenop en het ging weer. Had hij niet het restje cognac weggespoeld? Had hij niet de hele dag water gedronken?

Je bent gek, Gunnar! Maar het lukt je! Je bent kopje onder gegaan, maar je komt weer boven!

Maar hij besefte maar al te goed dat hij altijd een alcoholist zou blijven. Een dronkelap. Zelfs als hij nooit meer een druppel zou drinken, zou hij toch nog steeds een alcoholist zijn.

De ketting

I

Een ketting

Het eerste beeld dat ik herkende was een ketting van koude schakels. De ketting wierp zwarte schaduwen op de muur die wit als gips was. Een stemmetje in me, ik kan het nog steeds niet anders omschrijven, waarschuwde me dat er iets akeligs stond te gebeuren. Mijn tong maakte een klakkend geluid in mijn mond. Maar hoewel ik voorbereid was, schrok ik toen ik de hand zag.

De vrouw lag op een matras in een kale kamer, als een wild dier vastgeketend aan de muur, en in de grote nachtjapon zag ze eruit als een deelneemster aan een merkwaardig gekostumeerd bal. Ik geloof dat ik een kreet slaakte toen de vrouw haar hoofd omdraaide en in de camera keek. Bang en in de war keek ik naar de brief die ik in mijn hand hield.

Wat had hij geschreven? En nog een keer las ik de laatste regels:

Het water zal op het land in bloed veranderen.

De rol haperde toen Kristin het vel papier uit de typemachine trok. Het was een oude rammelkast van een Remington: de o's en de m's bleven aan elkaar vastzitten als ze niet hard genoeg op de toetsen ramde en de spatiebalk dreigde los te gaan zitten. Maar ze hield van deze machine. Ze had hierop haar eerste verhaaltjes getypt, toen ze zo'n tien jaar oud was en ze zich verveelde op regenachtige dagen in de zomer.

Ze legde het vel bovenop de stapel naast de typemachine en leunde achterover in haar stoel. De vliegen zoemden sloom op de vensterbank. Door de vuile ruiten zag ze de schapen die op de grashelling stonden te grazen. De zomer was hier op zijn retour. De helling aan de andere kant van het dal begon al geel te worden, de wind was iets frisser en de ochtendmist was koud.

Met een waarschuwend geratel en gerommel in de raderen en veren trachtte de oude grootvaderklok te waarschuwen dat het zeven of acht uur was. Ze keek op haar horloge, tien over twaalf, en glimlachte meewarig naar de aftandse klok: een standvastige soldaat die weigerde te sterven. Ze herinnerde zich de ijle, meerstemmige slagen die elk half en heel uur te horen waren nog heel goed uit haar jeugd. Grootmoeder zei dat ze er gek van werd. Als in een reflex haalde grootvader altijd zijn zakhorloge tevoorschijn, zelfs als hij dat het uur ervoor ook al had gedaan en het uur daarvoor.

Met beide handen duwde ze een leeg A4-tje achter de rol van de typemachine en draaide het verder door. Ze drukte een paar maal op de tabulator:

> In het begin had ik geen zin om een reportage te maken over de vrouw op de matras. Het stond me tegen.
>
> Mijn instinct zei me dat dit de grootste zaak was waarmee ik tot nu toe als journalist te maken had gehad, maar toch stribbelde ik tegen. Pas nu, achteraf, begrijp ik waarom: ik wilde niets te maken hebben met het lot van die vrouw.

Ze zuchtte ontevreden. De formuleringen waren klungelig en kleurloos. Ze liet het zo. De redacteur van de uitgeverij had tegen haar gezegd dat ze zich helemaal leeg moest schrijven. Daarna kon ze het bijslijpen.

2

Later die dag maakte ze een lange wandeling door het bos, langs het moeras tot aan de voet van de berg waar volgens haar betovergrootouders de onderaardse wezens zich ophielden. Ze baadde naakt in een ijskoude bocht van een rivier, schuurde haar lichaam met rendiermos en liet zich opdrogen op een rots die was opgewarmd door de zon.

Ze voelde zich haast een bosgeest. In elk geval zolang er geen jager kwam aangeslopen.

Ze bleef liggen denken aan Gunnar. Ze maakte zich zorgen om hem. Toen ze hem eerder die dag eindelijk aan de telefoon had gekregen, had ze aan hem kunnen horen dat het niet goed met hem ging. Ze kon Gunnar lezen als een boek. Achter die zogenaamde woede had hij zich geschaamd als een kind. Ze kreeg een slecht geweten. Eigenlijk had ze nu bij hem moeten zijn. Typisch iets voor vrouwen om dat zo te voelen, dacht ze. Alsof het mijn schuld was dat het ging zoals het ging. Alsof hij mijn zoon of mijn geliefde of zoiets is. Allemachtig, de man gaat bijna met pensioen!

Maar dat hielp niet erg.

Op de terugweg vond ze een open plek met bosbessen waar ze zich vol at. Een eekhoorn rende omhoog tegen een boomstam, ze bleef een paar minuten stilstaan in de hoop dat hij zich weer liet zien. Vlak achter de zomerboerderij bleef ze staan bij het enorme rotsblok dat hier in de ijstijd was neergelegd. De denksteen, noemde ze het blok.

Wat als…

Hij sliep de hele nacht diep en ontwaakte verrassend uitgerust. Het was een heldere, warme dag met gelach in de lucht. Hij lag lang in bed en staarde de kamer in terwijl hij lag te wachten tot de dorst zich weer kwam melden, de zelfverachting, het zelfmedelijden.

Niets.

Hij stond op, bakte twee eieren voor het ontbijt en ging bij het raam zitten wachten. Wachten op al die verlammende gevoelens.

Ze kwamen niet.

Hij ging naar de redactie. Hij liep langzaam door de centrale ruimte van de redactie, zodat iedereen kon waarnemen dat hij op zijn werk was en niet bezopen was. Maar niemand had meegekregen dat hij was ingestort. Waarom zouden ze ook? Ze hadden niet eens gemerkt dat hij er de laatste dagen niet was.

Een paar oude kerels keken op en mompelden: 'Hallo, Gunnar.'

Zelfs dát gaf hem een warm gevoel.

Hij verzamelde de Oslose kranten van de laatste dagen en nam ze mee naar zijn kantoor. Hij hing zijn jas op. En zette deel acht en negen van Het Grote Noorse Lexicon op hun plaats in de kast.

Zoals verwacht was de aandacht enorm. *GEPAKT* stond er in gigantische letters op de voorpagina van *Dagbladet*. *GEPAKT!* schreeuwde *VG*. Lang leve de variatie, dacht Gunnar. Zelfs *Aftenposten* smeerde de zaak uit over acht kolommen: *Verdachte gegrepen in Aquariuszaak.*

Hij las de artikelen en verwerkte alle nieuwe informatie. Het ging vooral over Rune Strøm. *VG* had gehoord dat Kristin naar de zomerboerderij zou gaan om een boek te schrijven. Kanal 24 had een nieuw kijkcijferrecord gevestigd en de hoofdredacteur van *Dagsrevyen* beschuldigde Richard Wolter van onverantwoordelijk gedrag omdat hij de arrestatie live had uitgezonden. Alles weer bij het oude, dacht Gunnar.

Dus wat zat hem dwars? Het lukte hem niet daar de vinger op te leggen. 'Onderbuikgevoel' werd dat wel genoemd of *feeling*. Vrouwen noemden het 'intuïtie'.

Hij dacht: wat als ze de verkeerde man te pakken hebben?

Na de lunch, die hij alleen at op zijn kantoor, probeerde hij de informatie over Rune Strøm en de moorden te systematiseren. Maar dat ging niet zo goed. Hij maakte een datafile die hij na drie uur invoeren van alle mogelijke details uit de krantenartikelen kans zag te wissen. Hij raakte zo opgewonden dat hij tranen in zijn ogen kreeg. Hij verafschuwde computers. Hij had leren typen met zijn wijsvingers op een ouderwetse, weerspannige Royal-typemachine en tot op de dag van vandaag hamerde hij net zo hard en onverdroten op de kwetsbare toetsen van de computer. Toen de redactie overschakelde naar computers, had hij erop gestaan zijn eigen draagbare typemachine, zijn trouwe vriend over de hele wereld, te mogen gebruiken. Maar na een paar weken hadden die idioten op de redactie geweigerd zijn uitgetypte artikelen in ontvangst te nemen. Hij zag in dat de ontwikkelingen hem aan het inhalen waren, dus moest hij van zichzelf de overgang naar de computer net zo vlekkeloos doorstaan als die arrogante afgestudeerde journalisten van de School voor Journalistiek. Hij had twee keer een interne computercursus gevolgd, maar hij was nog steeds een klungel. Hij begreep dat gedoe met die files en opslaan en die elektronische mail gewoon niet. En hij miste zijn typemachine. De vering in de toetsen. Het klikgeluid. Het opgewekte 'pling'-geluid.

Hij leunde achterover in zijn stoel en kreunde. Het frisse, opgewekte gevoel van vanmorgen was verdwenen. Hij was moe en in de war en had er genoeg van. En hij had dorst. Dat was het ergste.

Later die middag trok hij zijn jas aan en liep via het slotpark en Homansbyen naar huis. Hij vond een goed boek, installeerde zich in zijn leren leunstoel en verroerde zich niet tot het tijd was om naar bed te gaan.

De kraaien

I

De kraaien kwamen ’s morgens heel vroeg.

Het wolkendek hing laag, grijs en nat over de berghelling. Somber weer, dacht Kristin. Ze was duizelig van de slaap toen ze zich aankleedde en naar beneden sjokte. De ruiten waren beslagen en het was koud en vochtig.

Ze hoorde de kraaien toen ze buiten liep, op weg naar de wc.

Eerst snapte ze niet wat dat meerstemmige geluid was, maar toen ontdekte ze de zwarte groep vogels die aangefladderd kwam uit het bos. De groep ging in de dode eik zitten aan de andere kant van het weiland.

‘Vlieg verder, domme beesten’, mompelde ze.

Maar ze vlogen niet verder. Met veel rumoer bleven ze zitten wachten op de kale takken.

Ze zette de dampende kop thee op tafel naast de typemachine, liet haar kin in haar handpalm rusten en staarde naar de zinnen die op het halflege vel papier stonden.

Ze kwam bij het einde van het hoofdstuk dat over Una Mørch ging. Maar het schrijven ging moeizaam. De woorden kwamen niet makkelijk. De zinnen leken door een trechter te moeten worden geperst.

De dag ging langzaam. Ze wachtte op een hoosbui die niet kwam. Later die middag zonk het wolkendek nog lager en werd het landschap gevangen in de mist. Ze kon niet eens het bos beneden zien.

Ze deed de deur dicht en liep van raam naar raam, rusteloos en ongeïnspireerd. Ze ging bij de typemachine zitten, keek weer uit het raam, begon met een spelletje patience, trachtte te schrijven, bladerde in een tijdschrift, sorteerde de speelkaarten, keek uit het raam.

Als avondeten maakte ze vleessoep. Toen ze gegeten had, deed ze haar oude regenjas aan die in de gang hing, liep door de mist naar de bron en vulde twee emmers met water.

Ergens in die grijze leegte kon ze nog steeds de kraaien horen.

2

De duisternis viel snel. De mist maakte die tot een dikke, bijna tastbare massa. Ze verbrak een van de beloftes die ze zichzelf had opgelegd en pakte de mobiele telefoon om Halvor te bellen, alleen om te horen of het daar beneden ook regende. Maar de batterij was leeg.

Ze trok de gordijnen dicht, want ze was bang dat ze ineens een gezicht tegen de ruit zou zien. Ze schonk een whisky in uit Halvors fles die in de hoekkast stond en speelde patience. Het spel kwam niet uit. Ze schonk nog meer whisky in. Toen ze voelde dat ze moest plassen, stond ze lang met de sleutel in haar hand voordat ze op een lege emmer in de keuken ging zitten.

Ze merkte pas dat de grootvaderklok stilstond toen ze naar bed wilde. Ze trok hem op en zette hem gelijk.

Toen liep ze naar de oude spiegel.

Het spiegelbeeld was er met de jaren niet helderder op geworden. Als ze iets te veel naar links stond, zag ze eruit als een misvormde mutatie. Als ze aan de rechterkant stond, zag ze eruit als iemand die in een vergevorderd stadium van builenpest was. Maar als ze precies in het midden stond, en geen vin verroerde, gaf het spiegelbeeld een glimp van de realiteit.

Halvor had Kristin in haar jeugd vaak bang gemaakt met de spiegel. Hoewel ze geen woord geloofde van de familiesage over het kleine meisje dat in de spiegel gevangen zat, had ze vele uren doorgebracht voor de verweerde spiegel: starend, dromend... wachtend.

Ze deed het licht uit, knipte de zaklantaarn aan en liep de trap op naar de slaapkamer. Ze deed geen raam open. Zo verrekte stil! Ze legde haar trui, flanellen blouse en bh op een stapeltje en haar

Levis, maillot en onderbroek op een ander. Het was een beetje fris dus ze trok haar oude, vormeloze nachtjapon aan. Ze gleed in bed en trok de deken helemaal tot aan haar kin.

Geen commentaar

Die nacht droomde hij weer van Vietnam.

De zon schijnt. Hij zit op het grasveld bij de jungle en maakt grapjes met zijn collega van *The New York Times*. Hij hoort het schot niet. Als hij de pijn voelt, denkt hij dat die van een giftig insect komt dat hem in zijn dij bijt. Niet-begrijpend hoort hij de korte bevelen van de gekleurde Amerikaanse sergeant, ziet hij hoe de soldaten en de andere journalisten zich in het gras laten vallen, hoort hij het geratel van de patrouille mitrailleurs. Hij laat zich vallen. Pas dan beseft hij dat een schotwond heeft. Een schotwond! De collega van *The New York Times* komt naar hem toegekropen en scheurt zijn broek open. Hij knikt geruststellend, *don't worry, buddy.* Het is maar een vleeswond. Uit de jungle hoort hij luid geroep in een vreemde taal. Iemand schreeuwt in doodsnood. Schotwond.

Zoals altijd zijn het de schoten die hem wekken.

Hij ontbeet laat en nam een taxi naar de winkel van Rita Quist, *Banshees.* Die was gesloten. Het kostte hem een paar uur om Oscar Lund op het politiebureau op te sporen. Hij had niets nieuws te vertellen. De advocaat van Rune Strøm was niet voor twee uur die middag beschikbaar.

Hij belde haar om een minuut over twee en de receptioniste schakelde hem met tegenzin door. Gunnar stelde zich voor. Ooit was zijn naam een toverformule geweest, een hocus pocus die de betreffende persoon aan de andere kant van de lijn naar adem deed snakken. *Gunnar Borg?* Zo was dat niet langer meer. Niemand kende hem. Degenen die hem ooit bewonderd hadden, dachten dat hij dood was.

Advocaat Karianne Li klonk afwerend en ongeïnteresseerd. 'Waar gaat het precies over?'

Gunnar zette zijn autoritaire stem op. 'Ik zou graag een gesprek met u hebben.'

'*No way*, elke journalist in Oslo belt me op en zeurt me aan mijn hoofd. Ik heb gewoonweg geen tijd. Om wat voor interview gaat het?'

'Geen direct een interview. Ik wil graag informatie.'

'Wie wil dat niet? Ik begrijp dit gewoon niet, u bent de vierde van *Dagbladet* die belt en ik heb al heel nadrukkelijk gezegd dat ik geen commentaar heb. Wat wilt u eigenlijk?'

Hij zei: 'Om heel eerlijk te zijn, ik ben er niet zeker van dat de politie de juiste man heeft gepakt.'

De advocaat zweeg. Toen floot ze zacht in de hoorn. 'Gefeliciteerd!' zei ze zuur en onzeker. 'Het is de eerste keer dat ik een journalist dát hoor zeggen. Mag ik vragen waarom?'

'Een lang verhaal. Hebt u een paar minuten?'

'Oké, als het zo is dat er eindelijk een van jullie de moed heeft om tegen de stroom in te zwemmen. Maar het zal morgen moeten. Mijn agenda is zo dik als een doctoraalscriptie.'

Herinneringen

1

De volgende ochtend waren de mist en de kraaien verdwenen.

's Middags wandelde ze naar beneden, naar Halvor, om een praatje te maken en de batterij van haar mobiele telefoon op te laden. Onderweg plukte ze een boeket veldbloemen. Hij hield ervan veldbloemen in een vaas op de keukentafel te hebben.

Hij was niet thuis, maar ze wist dat hij een reservesleutel aan een spijker in het gereedschapshok in de schuur had hangen.

Terwijl de batterij werd opgeladen, bladerde ze door een paar lokale kranten (die er nog net zo uitzagen als toen ze kind was) en door zijn tijdschriften. Halvor was geabonneerd op *Vi Menn* en een blad over het buitenleven. Hij was een fanatiek jager en vliegvisser. Een paar pagina's uit *Vi Menn* waren eruit gescheurd en toen ze in de inhoudsopgave keek welke hij wilde bewaren, zag ze dat het ging om het model van de week. Ze lachte in zichzelf en vroeg zich af waar hij de foto's had opgehangen.

Toen het lampje van de batterij groen oplichtte, schreef ze een briefje aan Halvor dat ze langs was geweest. Ze draaide de deur op slot en hing de sleutel op de spijker in het hok.

Het grootste deel van het pad naar de zomerboerderij ging ze in looppas omhoog en ze was buiten adem en bezweet toen ze aankwam. Ze miste de douche. Voordat ze weer begon te schrijven, waste ze haar haren en bovenlichaam in de keuken in een lampetkan met koud water.

2

Die avond haalde ze een van de flessen met zelfgemaakte bessenwijn uit de kelder en in de loop van een paar uur dronk ze heel de fles leeg. De milde verdoving vervulde haar met een stil geluk.

Haar blik gleed over de ongelijke regels van de halflege bladzijde in de typemachine. Het was een onwerkelijk gevoel dat deze woorden mettertijd een boek zouden worden. Wanneer zou haar leven weer normaal worden? Ooit? Zodra haar verlof voorbij was, moest ze aan de gang met de documentaire over de moorden. Richard Wolter wilde een serie van vijf afleveringen. Ze moest vrienden en buren van Rune Strøm interviewen, praten met de nabestaanden van de slachtoffers, beelden gebruiken van de nieuwsuitzendingen over de moorden. Dat zou maanden gaan duren. In haar vrije tijd, als ze vrije tijd kreeg, moest ze verder werken aan haar boek. Zou er eigenlijk wel tijd zijn voor vriendinnen de komende jaren? Of tijd voor een nieuwe man?

Ze schoof de typemachine verder op tafel en liep het huis uit, de duisternis in.

Door het gebladerte fonkelde het dorp met speldenprikken van licht.

De berglucht tintelde op haar gezicht. Het bos en de berg rezen op als een zwarte muur. Ver weg blafte een waakhond. Het geruis van het bos raakte een snaar ergens diep bij haar vanbinnen en stuurde haar halsoverkop terug naar die keer dat ze hier was met vader en moeder en ze in het donker ging wandelen, net als nu, om alleen te zijn. Hoe oud zou ze geweest zijn? Dertien ? Veertien? Ze had alleen in het donker rondgedwaald en voor één keer was ze niet bang geweest. Ze was helemaal naar het rotsblok, die ze de densteen noemde, gelopen, was erop geklauterd en had daar zitten luisteren naar de noordenwind. De avond was vervuld geweest van magie. En die avond had ze haar kindertijd van zich afgegooid. Vanaf de top van de denksteen had ze uitgekeken over het donkere dal, naar de verschillende lichtjes, naar de silhouetten van de bergen tegen de sterren. Ze had die avond een verhaal geschreven waar ze zeer tevreden over was. Iedereen had het gelezen en haar geprezen en hier op dit rotsblok was de gedachte voor het eerst in haar opgekomen. Dat haar toekomst lag in de woorden. Het besef van ineens te weten wat ze wilde met haar leven, had haar hele lichaam doen prikken en sidderen. Toen ze van het rotsblok was geklommen en door het hoge gras naar de boerderij was gegaan, was ze ineens een jonge vrouw. Alhoewel ze wist dat een mens niet in een paar minuten volwassen wordt, wist ze toch dat ze een kind was toen ze het huis verliet en er als een jonge vrouw weer binnenkwam. Ze zei niets tegen haar ouders en broer, die zaten te kaarten. Ze vond een boek en kroop in een hoekje van de bank. Ze zei goedenacht voordat ze zeiden dat ze naar bed moest gaan en ze ging naar haar kamer en kleedde zich uit. Voordat ze haar nachtjapon aandeed, keek ze naar beneden langs haar tengere lijf en voor de eerste keer schaamde ze zich niet voor haar pijnlijke, kleine borsten. Ze had haar nachtjapon aangedaan en was onder de dekens gekropen en de volgende morgen had ze niet meer gedacht aan wat er die vorige avond was gebeurd. Maar het was een magische avond geweest. Ze had die zomer niet meer omgekeken naar haar oude spelletjes en diezelfde herfst kreeg ze verkering met een jongen van de hobbyclub. De eerste van hoeveel?

Hoe heette hij ook al weer? Kristin keek omhoog naar de hemel en probeerde het zich te herinneren. Kristoffer! Hij zat een klas hoger dan zij en ze had zijn naam op haar etui en in de kantlijn van haar schriften geschreven. Kristoffer... reffotsirK... Krostiffer. En ze waren samen naar feestjes geweest en hadden hand in hand wandelingen gemaakt door het bos. Maar die winter was hij in een band gaan spelen en ze hadden de interesse in elkaar verloren en al snel waren er andere jongens geweest.

Ze liep langs het huis en ging op de bank zitten. Een schaap blaatte. De bloemenwei rook vochtig. De bank kraakte toen ze naar achteren leunde en haar armen op de rugleuning legde. Ver onder haar hoorde ze een auto toeteren.

Hier leek alles zo onwerkelijk. Alles wat haar het laatste jaar had beziggehouden. Was het dit leven dat ze zich had voorgesteld toen ze op het rotsblok zat, half zo oud als ze nu was?

Op een boerderij aan de overkant van het dal werd een lamp uitgedaan.

Ze bleef een paar minuten zitten peinzen voordat ze opstond en naar binnenging. Ze draaide de deur op slot en ging achter de typemachine zitten. Het was bijna half twaalf. Ze trok de typemachine naar zich toe en staarde een poosje naar het ouderwetse toetsenbord voordat het geluid van het onregelmatige gehamer de kamer vulde.

3

Ze schreef tot drie uur 's nachts en sliep uit tot elf uur. Toen ze wakker werd, kon ze zich niet herinneren of ze gedroomd had. De lucht in de slaapkamer was warm en bedompt. Ze opende het raam dat ze vergeten was vannacht op een kier te zetten, vond haar onderbroek en sokken en trok dezelfde trui aan als gisteren.

Het gras voor de wc was nat en toen ze de deur opende viel er een ijskoude druppel van de deurlijst in haar nek.

In de keuken legde ze een paar blokken berkenhout in de gietijzeren kachel en ze zette een kop honingthee voor zichzelf als ontbijt. Ze luisterde naar *Dagsnytt*. Ze belde Halvor alleen maar om een stem te horen.

Ze overwoog om Gunnar weer te bellen, maar bedacht zich.

Het duurde nog een half uur voor ze met tegenzin de typemachine naderde. Ze was verbaasd hoeveel moeite het haar kostte om aan het werk te gaan. Als ze eenmaal op stoom was, kon ze uur na uur schrijven zonder acht te slaan op de tijd, maar om het contactsleuteltje om te draaien en de startmotor op gang te krijgen was zo'n opgave.

Ze las snel de laatste pagina's door voordat ze een nieuw vel in de machine draaide. Twee spaties. Bladzijde 89. Nogmaals las de laatste bladzijde. Vannacht was ze heel tevreden geweest met de formuleringen, maar nu, in het daglicht, klonken ze overdreven en gekunsteld.

Enkele minuten bleef ze voor zich uit zitten staren, de kamer in, naar het lege papier, naar de typemachinetoetsen. Toen typte ze langzaam:

De zaak veranderde toen het lijk van Anita werd gevonden in de vijver voor het raadhuis van Oslo.

Ze fluisterde: 'Nee maar, Kristin!' Met hard gebonk van haar wijsvinger 'x-te' de hele zin door en deed een nieuwe poging:

De zon was net opgegaan toen de gemeentereiniger Anita vond in de vijver voor het raadhuis van Oslo. Op dit idyllische tijdstip nam de zaak een nieuwe wending: voor de eerste keer had de politie iets meer dan videobeelden en handgeschreven brieven om te onderzoeken.

Ze hadden een lijk.

Buiten blaatten de schapen onrustig. Ze keek uit het raam. Hoog in de lucht zweefde een grote vogel. Arend? Havik? Ze volgde de vogel met haar ogen tot hij uit haar gezichtsveld verdween. De rook van een vuur tussen de bomen op de andere helling, steeg recht omhoog totdat een windvlaag hem verder blies in onrustige slierten. Ze leunde voorover om te kijken of ze de vogel nog zag. De schapen waren stil.

De uren vlogen terwijl ze schreef.

De stapel van het manuscript groeide vel voor vel. Ze zat geconcentreerd met haar blik rustend op het witte papier of dansend op de ronde toetsen. De machine liet een helder 'pling!' horen als ze de rechterkantlijn naderde. Haar ogen prikten, haar vingertoppen deden pijn.

Ze schreef tot ze merkte dat ze uitgehongerd was. In de keuken warmde ze een Italiaans instantgerecht op dat nergens naar smaakte. Ze nam een kop thee mee naar de drempel van de voordeur. Hoewel de zon nog warm was, was de wind fris. Ze vroeg zich af of er hoog in de bergen al sneeuw was gevallen.

Ze zat een kwartier op de drempel, slurpte de thee naar binnen en spuugde de theebladeren uit die op haar tong plakten. Het laatste restje gooide ze op het gras.

Toen ging ze naar binnen en pakte ze haar mobiele telefoon om Gunnar te bellen.

De oude groep

I

Karianne Li deed eerst koeltjes. Maar langzamerhand ontdooide ze en Gunnar stelde tot zijn verbazing bij zichzelf vast dat hij haar erg aantrekkelijk vond. Op de foto's in de krant en op televisie had de advocate erg zakelijk en saai geleken. Een muisje. Hij was verrast hoe knap ze was als ze fel uit haar ogen keek. Terwijl hij vertelde over de achtergronden van zijn bezoek, liet haar blik hem niet los.

Ze wilde weten hoe ze kon helpen en hij verzekerde haar dat dit geen interview was. Uit ervaring wist hij dat advocaten van haar kaliber, voorzichtig en formeel, zich makkelijker openstelden als ze niet geciteerd werden. Wat hij nodig had, legde hij uit, was achtergrondinformatie, goede tips en het liefst namen van mensen die een licht konden werpen op het leven van Rune Strøm. Het liefst vrienden van vroeger. 'Uit de tijd dat Linda overleed', voegde hij eraan toe.

'*No problem*', zei ze en ze haalde wat papieren uit de archiefkast. 'Ik heb nog niet zoveel mensen kunnen achterhalen. Er was een groep.' Ze tuurde op de papieren en lachte verstolen naar hem. 'Goed, deze namen heb je niet van mij: Rita Quist, zijn alibi, woont en werkt in Markveien. Werner Schwarz, kunstschilder, atelier en woning in Parkveien, hij heette vroeger overigens Per Hansen. Ann-Reidun Skard, krijgt een uitkering, dagpatiënt in Solvik, psychiatrische instelling vlakbij Drammen. Tor Berg. Tandarts in Stovnercentrum.'

Gunnar noteerde de namen op een schrijfblok. 'Ga je in je verdediging ervan uit dat hij onschuldig is?'

'*You bet!*'

'En geloof je dat hij onschuldig is?'

'Ik luister naar wat hij tegen me zegt. En hij zegt dat hij geen mens heeft gedood. Waarom denk *jij* dat hij onschuldig is?'

Gunnar keek naar het plafond en dacht na: 'Eerlijk gezegd weet ik het niet, ik volg slechts mijn instinct. Misschien komt alles een beetje te... gearrangeerd over? Een beetje té toevallig? Ik weet het niet. Heb je erover nagedacht dat hij misschien liegt? Dat hij schuldig als de hel is? En dat jij het op je hebt genomen een monster te verdedigen?'

'Gunnar Borg... jij bent een ervaren man', zei ze nadenkend en de dubbelzinnigheid deed hen beiden lachen. 'Je kent mijn rol als advocate. We laten ons niet leiden door onze gevoelens.' Opnieuw keek ze hem uitdagend aan. Hij keek naar de vloer. Ze ging verder: 'Zelfs de meest afgrijselijke misdadiger verdient een rechtvaardige behandeling in ons rechtssysteem en het is de plicht van zijn advocaat om alles te doen voor hem wat hij kan. Maar of hij gelooft dat hij bewust in zijn gezicht staat te liegen, dat is uiteraard een heel andere vraag. De advocaat dient vertrouwen te hebben in zijn cliënt. Hij is misschien niet bereid iemand te vertegenwoordigen die de waarheid niet tegen hem zegt. Niet op grond van de gepleegde misdaad, maar omdat ze elkaar niet respecteren. Zelf heb ik nooit iemand vertegenwoordigd van wie ik dacht dat hij tegen me loog. Maar in het geval van Rune Strøm is het simpel. Ik geloof niet dat hij liegt.'

'Hoe zit het met de kleren die in zijn afvalbak zijn gevonden?'

'Iemand moet ze erin gestopt hebben.'

'Erin gestopt?'

'Natuurlijk.'

'Wie?'

'Dat is nogal logisch! De moordenaar! Aquarius!'

Hij lachte. 'Je lijkt zo zeker van je zaak.'

Ze knikte.

'Dat betekent dat de moordenaar, vooropgesteld dat de moordenaar niet Rune Strøm is, een of andere relatie met hem heeft.'

'Misschien. Dat hoeft niet. Hij kan over de oude zaak in de krant gelezen hebben.'

'Of hem kennen?'

Ze knikte.

'Wat voor type is Rune?'

Een neiging tot glimlachen kroop over haar lippen. Gunnar betrapte zich erop dat hij naar ze staarde, naar de lippenstift die de lippen smaller maakte dan ze waren en voor de eerste keer in vele jaren voelde hij een zoet gekriebel tussen zijn benen. Jeetje, hij dacht dat dat halfdode wormvormig aanhangsel reeds lang geleden stilletjes was ingeslapen.

'Speciaal', zei ze. 'Heel speciaal. De eerste keer dat we elkaar ontmoetten, zei hij tegen me dat ik een sensueel aura heb. Jezus! Het komt nogal eens voor dat ik opmerkingen krijg als een man ziet dat zijn advocaat een vrouw is,' ze wachtte even om de woorden te laten bezinken, 'maar een "sensueel aura" slaat alles! En hij is werkelijk zo. *Off the record*, die man heeft een probleem...' ze wees naar haar slaap. 'Wanneer ik aan hem vraag waar hij toen en toen was, begint hij over sterrentijd en dimensies. Ik bedoel, ik zie de rechter al die het goedkeurt dat een aangeklaagde zich beroept op zijn onschuld omdat hij zich op het tijdstip van de moord in de achtste dimensie bevond.'

Ze lachte kokct en bevochtigde haar lippen met het puntje van haar tong, heel snel, bijna onmerkbaar, maar de uitwerking was explosief. Verbluft merkte Gunnar dat hij bezig was een erectie te krijgen. *Mijn hemel, er is dus leven na de dood!* Hij sloeg zijn ene been over het andere. Het was zeven jaar geleden dat hij het bed had gedeeld met een dame (voor beiden niet zo'n geslaagde belevenis), en nu had hij het gevoel dat het wormvormig aanhangsel en de zware, warme zak samenspanden om de verloren tijd in te halen.

'Heb je het met hem gehad over die inbraak in het Historisch Museum?'

Ze trok een wanhopig gezicht. 'Een zaak van niks! Hetzelfde gedoe. Occult fanatisme. Hij wil er zelf niets over loslaten, maar zijn vriendin, hoe heet ze ook al weer, Rita, vertelde me dat Rune die voodoopoppen wilde stelen om ze terug te kunnen geven aan de rechtmatige eigenaars. Dat waren Haïtiaanse opperpriesters of goden of weet ik wat.'

'Maar denk je niet dat hij zo gestoord is dat hij een paar moorden op zijn geweten kan hebben?'

Ze schudde zacht haar hoofd, hield zijn blik vast en bevochtigde haar lippen.

Verdomme, ze doet het met opzet, dacht hij.

'Hij is niet helemaal normaal', zei ze, 'maar dat maakt hem niet tot een moordenaar. En het is een kwestie van tijd tot de politie dat ook ontdekt.'

'In dat geval betekent het dat de echte moordenaar nog steeds ergens rondloopt.'

'*Yes sir*, hij loopt daar gegarandeerd nog ergens rond.'

Buiten op straat probeerde hij Kristin te bellen, maar ze nam niet op. Waarschijnlijk was ze in het bos gaan wandelen. Maar hij maakte zich ongerust om haar. Als Rune Strøm onschuldig was, kon Aquarius van alles verzinnen.

2

Gunnar liep terug naar *Dagbladet*. Vanuit zijn kantoor begon hij de vrienden van Rune Strøm te bellen. De enige die hij te pakken kreeg was Werner Schwarz. Hij zei dat hij net stond te schilderen, maar dat Gunnar gerust langs kon komen als hij dacht dat hij kon helpen.

Het atelier zat op een zolderverdieping in Parkveien. Het zag er precies zo uit als Gunnar zich had voorgesteld hoe het eruit moest zien. Grote ramen tot aan de hemel. Een robuuste ezel. Een naakt stel bevroren in een omhelzing op een bed. En Werner Schwarz zelf: Lang, broodmager, met piekerig haar en verfvlekken op zijn shirt.

Gunnar raakte verlegen bij het zien van de modellen die daar in al hun naaktheid lagen. Maar noch Schwarz noch het paar leek zich er druk over te maken. Op zijn kantoor was het hem gelukt om het wormvormig aanhangsel weer terug te lokken in zijn coma, maar de aanblik van de dame, een verleidster met een roze huid á la Rubens, lokte elk geslachtshormoon weer uit zijn schuilplaats. Allemachtig, dacht hij, ik moet een tumor in mijn hypofyse hebben!

'Het gaat dus over Rune Strøm', zei Gunnar en hij probeerde zijn ogen gericht te houden op de lange schilder. Die rook naar terpentine en olieverf.

'Arme kerel. Ik heb over hem gelezen. Vreselijk!' Hij lispelde. 'Ik geloof niet dat hij het is. Ik dacht het toen al niet, met Linda, weet je wel, en ik geloof het nu ook niet.'

'Ze hebben kleding gevonden...'

Hij rilde. Met die beweging wilde hij kennelijk aangeven dat in zijn wereld dergelijke trivialiteiten niet zoveel te betekenen hadden. 'Ik ken Rune. Of kende. Het is alweer een tijd geleden dat we elkaar spraken.'

'Waar ken je hem van?'

'We hoorden bij dezelfde kliek toen we op het gymnasium zaten. We zaten op de Kathedraalschool in dezelfde klas. We vormden een groep, weet je. Je weet hoe jongeren zijn.'

'En je gelooft niet dat hij Linda vermoord heeft?'

'Hij kan het gewoon niet gedaan hebben. Rune is een gevoelige jongen, of niet? Hij is een keer helemaal naar de dierenkliniek gegaan om een aangereden kat af te geven. Rune houdt zich bezig met spirituele vraagstukken. Het hogere bewustzijn. New age heet dat geloof ik.'

'Ben je verhoord toen Linda was vermoord?'

'Vermoord? Ik geloof nog steeds dat ze verdronken is. Ik denk dat ze een joint had genomen en in slaap is gevallen in bad. Ze ging vaak in bad, dat domme meisje! Sorry! Maar nee, ik ben niet verhoord. Waarom zou ik?'

'Wat herinner je je?'

'Ik herinner me dat Rune helemaal in de vernieling raakte. Het gebeurde een paar jaar nadat we van het gymnasium af waren. De groep ging nog steeds met elkaar om. Maar Rune veranderde na de dood van Linda. Alles ging op slot, snap je? Hij ging bij die gekke moeder van hem wonen. Van zo'n moeder zou iedereen een gestoorde moordenaar worden. Maar Rune dus niet. Hij onttrok zich aan ons. Behalve aan Rita dan. Een paar jaar later werden ze een stel. Ze zijn nog steeds samen, voorzover ik het begrepen heb. Maar Rune werd, hoe zal ik het zeggen, marginaal. Iemand die leeft aan de rand van de samenleving. Als je begrijpt wat ik bedoel. Ik praat nogal gauw in raadselen. Heb je gehoord over zijn inbraak? Toen hij die voodoodingen probeerde te stelen uit het Historisch Museum? Dat is zo typisch Rune! Helemaal bezeten van dergelijke idiote ideeën. Maar toch, geen moordenaar. Nee, nee. Veel te aardig.'

Gunnar gluurde stiekem naar de naakte vrouw voordat hij afscheid nam. Het leek wel of ze geslapen had.

3

Hij hoorde de telefoon toen hij net met de trap op de eerste verdieping was aangekomen.

Gunnar draafde de trap op, tastte naar zijn sleutels... vooruit, vooruit, vooruit!... hij draaide de deur open... niet ophangen!... stormde de kamer in en pakte de telefoon. 'Hallo?' hijgde hij.

'Sliep je?'

De telefoonverbinding was slecht, maar het was Kristins stem. Geen twijfel mogelijk.

Hij had bijna geen lucht om te antwoorden. 'Godzijdank... ik heb geprobeerd... je eerder vandaag... te bellen...' hij hapte naar adem, ik kom... net thuis.'

'Gunnar? Ben je bezig een infarct te krijgen of zoiets?'

Stilte.

'Hallo? Gunnar?'

'Ik leef, ik leef! Maar ik moet even op adem komen.'

Weer stilte.

'Waarom heb jij eerder vandaag gebeld?' vroeg ze.

'Ik was bij de advocate van Rune Strøm...'

'O?'

'Het is zo dat...' Hij aarzelde even.

'Ja?'

'Kristin, ik heb een akelig gevoel.'

'Akelig. Waarom akelig?'

'Ik heb met mensen gepraat. Bekenden van Rune Strøm.'

'Ja, dus?'

'Zeg, ik heb gedacht...' Hij zocht naar de juiste woorden voordat hij losbrandde: 'Is het ooit in je opgekomen dat Rune Strøm misschien Aquarius niet is?'

Ze zweeg even. 'Toen zei ze: 'Nee, eigenlijk niet. Integendeel. Ik weet dat hij het is, Gunnar!'

'Maar Kristin... Vind je niet dat het allemaal erg gearrangeerd lijkt?'

'Wat bedoel je?'

'Het meisje dat in bad verdronken is. Rune Strøm die geboren is in het teken van de waterman. De kleren die in de afvalbak op de politie lagen te wachten. Zijn de sporen niet een beetje te overdreven?'

'De rechtbank vindt van niet.'

'Misschien hebben ze niet naar het hele beeld gekeken?'

'Gunnar,' zei ze koud, 'vergeef me als ik harteloos klink, maar is het niet zo dat delirium bij sommige mensen achtervolgingswaanzin en complothysterie kan veroorzaken?'

'Ik... Kristin, ik vind het niet prettig dat jij daar alleen zit.'

Hij hoorde haar gelach in zijn oren. 'Rustig maar! Bovendien, Gunnar, de zomerboerderij is de vredigste plek op Gods aarde. Hij ligt overal mijlenver vandaan! Ik zou geen veiliger plaats weten.'

Hij zei: 'Niet als hij uit is op jou.'

'Ach, schei uit, Gunnar.'

'Maar Kristin...'

'Ik zei: schei uit!'

Hij zuchtte. 'Ik zal niet meer zeuren.' Stilte. 'Maar waarom heb je mij gebeld?'

'Ik vroeg me af hoe het ging.'

'Bedoel je of ik nuchter ben?'

'Eigenlijk is het wel een beetje grappig. Jij bent ongerust over mij. Ik ben ongerust over jou.'

'Dat ik weer ga drinken?'

'Doe niet zo irritant. Ik wilde alleen maar horen hoe het met je gaat.'

Opnieuw duurde het even voor hij antwoordde. 'Sorry', zei hij.

'Het is niet jouw schuld dat ik...' Hij keek in de donkere gang. 'Het is te erg, Kristin. Te erg!'

'Ik voel me verantwoordelijk, Gunnar.'

'Dat ben je niet. Het is mijn schuld.'

'Ik wilde je niet buitensluiten. Ik had nooit...'

'Je hoeft het niet uit te leggen, Kristin.'

Het werd een ogenblik stil. Maar het was geen beladen stilte.

'En, hoe gaat het met het boek?' vroeg hij.

Ze vertelde over het schrijven, over hoever ze gekomen was en over het leven op de boerderij. De hele tijd dat ze sprak stond hij naar zichzelf te kijken in de rechthoekige spiegel die in de entree boven het telefoontafeltje hing. Maar hij zag Kristin voor zich.

'Wees voorzichtig', zei hij voordat ze ophingen.

Het meisje in de spiegel

I

Rond middernacht deed ze de paraffinelamp uit en ze nam de zaklantaarn mee naar de slaapkamer. Ze had pijn in haar schouder en rechterhand van het typen. Het enige wat nog ontbrak was een zenuwontsteking.

Voordat ze zich uitkleedde, legde ze de kleren klaar die ze morgen aan zou doen. Ze rilde. Al springend trok ze haar nachtjapon aan. Ze stopte de deken goed om haar heen zodat alleen haar neuspuntje er nog maar uitstak.

Terwijl ze lag te wachten op de slaap dacht ze aan vader en moeder.

2

Toen ze sliep, gingen haar gedachten over vader verder in haar dromen. Ze waren op Bø, samen, op een stikdonkere avond die vervuld was van regen en fluisterende stemmen. Het huis kraakte en knerpte, deuren gingen open en dicht, voorzichtige voetstappen slopen over de vloer. Maar ze zagen niets. Ze stonden in de kamer, voor de oude spiegel. Vader vroeg haar wie het meisje in de spiegel was en ze lachte omdat hij niet zag dat zij het was. Hij herkende haar niet. Ze leunde dichter naar het spiegelbeeld toe en zag dat zij het toch echt niet was, maar een vreemd meisje. Verschrikt deed ze een stap naar achteren, maar het meisje in de spiegel volgde ook. Het gezicht en haar uitgestrekte handen duwden tegen het spiegelglas en de spiegel werd een gummiachtig vlies dat op het vreemde meisje kleefde terwijl ze probeerde vrij te komen.

Kristin probeerde weg te lopen, maar vader hield haar vast. Ze probeerde te schreeuwen, maar dat lukte niet. Ze keek naar hem op. Ook vader was een vreemde geworden. Hij lachte haar uit. Een droge, raspende lach.

Het meisje in de spiegel greep haar met koude handen vast. Kristin keek de vreemde diep in de ogen.

En ze herkende zichzelf.

Eindelijk kon ze schreeuwen.

Ze werd wakker met een hik.

De kamer was donker en de duisternis voelde dik en beklemmend aan. Als in een heftige omarming lag ze geklemd met de deken tussen haar armen en dijen. Haar vuisten waren gebald.

Het ergste met een nachtmerrie is, dacht ze, dat je alleen wakker wordt in een donkere kamer. Ze had een kinderlijke angst voor nachtmerries. Als ze in bed lag met iemand kroop ze altijd dicht tegen hem aan na een nachtmerrie.

Toen hoorde ze het geluid.

Het was niet hard. Als het buiten had gewaaid, had ze het misschien helemaal niet gehoord.

Het was de vloerplank voor de trap die kraakte.

Haar gedachten werden helder door een serie elektronische explosies in haar hersenen: Ze droomde niet!

Ze was wakker!

Ze was op Bø!

Er was iemand beneden!

Halvor?

In een reflex ging ze rechtop zitten en zwaaide ze haar benen uit bed.

Ze kneep haar ogen samen (zelfs al was het pikdonker in de kamer) en trachtte iets te ontdekken waarmee ze zichzelf kon verdedigen.

Buiten kraste een kraai. Ze kromp ineen en greep haar borstkas vast.

O, god.

Voorzichtig, om de vloer niet te laten kraken, kwam ze overeind. Ze bleef staan luisteren.

Ze deed een stap.

Een traptrede kraakte.

Allemachtig.

Op de tast trippelde ze naar de kledingkast achter de deur. Toen ze klein was, had ze zich daar vaak verstopt als ze verstoppertje speelde met Halvor.

Ze ging met haar handen over het schuine plafond voor ze de kastdeur had gevonden. Haar linkerhand gleed langs de deur tot haar vingers zich om de houten deurknop sloten. Ze moest de deur iets optillen om hem te openen. Bevend stak ze haar hand in de kast. In een angstig ogenblik dacht ze: hij heeft zich daarin verstopt! Ze schrok toen haar hand iets raakte.

Een vest! Grootvaders Noorse vest. Dat altijd hier had gehangen. Het rook sterk naar natte wol, hooi en schapen.

Piepte de deur?

O here Jezus nog aan toe!

Ze stak haar rechterbeen in de kast. Haar blote voet duwde tegen schoenen en sandalen. Ze stond stevig, boog zich voorover de kast in en trachtte een plekje te vinden tussen de jacks, planken en schoenen.

Het was krap. Als ze met haar rug tegen de ene wand leunde en haar voeten tegen de andere, kon ze misschien in elkaar gedoken zitten.

Ze liet zich op de bodem zakken. Het ging. Maar net. Met haar kin bijna in haar knieën lag ze als een invalide onder in de kast.

Ze trok de kastdeur naar zich toe. De deur klapte dicht.

O god o god.

Ze hield haar adem in.

Zou hij hier naar haar zoeken? Zou ze zijn voetstappen horen op de eerste verdieping, de bonk tegen de kast voelen als hij zijn hand om de deurknop legde en zou ze verblind worden door het licht van zijn zaklantaarn op het moment dat hij de deur opendeed?

Ze moest plassen. Mijn hemel, ze moest zo nodig dat ze pijn in haar buik kreeg.

Ze kneep haar ogen dicht.

De tijd verstreek. Een minuut... Een uur... een jaar.
Lieve God laat het een droom zijn lieve God

Een geluid!
Ze wist niet waar het vandaan kwam. De lucht was zwaar en bedompt, vol met stof en beklemmende luchtjes.
God laat hij me niet vinden alsjeblieft laat hij me niet vinden
Ze hikte.
Nog een geluid.
Voetstap.
Lieve lieve God laat hij me niet vinden
De kastdeur ging open.

3

Ze gilde niet.
In de donkere kamer zag ze hem als een rijzig silhouet van schaduwen. Hij was niet echt. Hij was uit een droom gelopen. Een fantasiebeeld geschapen door haar eigen angst.
'Ben je hier?' zei hij.
Hij is niet echt is niet echt is niet echt
Hij stond lang in de deuropening naar haar te staren. Het donker verborg de gezichtsuitdrukkingen.
Ga weg! Verdwijn! Je bent niet echt!
Hikkend schopte ze zichzelf naar de hoek.
Ik droom! Dit is een nachtmerrie... een nachtmerrie waarin je niet precies weet of je wakker bent of slaapt
Maar hij verdween niet en ging niet weg.
'Halvor?' piepte ze.
Hij bewoog zich niet.
Haar ademhaling ging met horten en stoten. Haar hart hamerde zo hard dat het ruiste en klopte in haar oren.
'Halvor? Ben jij het? Halvor?'
Hij maakte een smakkend geluid met zijn lippen.

Ze vouwde haar handen voor haar borst. Ze trilden alsof ze kramp hadden.

...o God laat het Halvor zijn... er is iets vreselijks gebeurd beneden op de boerderij... een brand!... en hij is hier midden in de nacht heen gekomen om me dat te vertellen...

'Halvor?'

...God God God het is Halvor niet... een insluiper! Een inbreker!... en nu staat hij voor een vrouw... heregod! Niemand zal me horen als ik gil en hij wet dat en zo meteen zal hij me verkrachten heregod!

Maar nog steeds zei hij niets. Hij stond daar alleen maar: een rijzige gestalte in het donker, onwerkelijk, als een trol.

Pas toen dacht ze ineens: *Heregod... hij zal het toch niet zijn?*

Shere Khan was dood. De dierenarts had gezegd dat er geen andere mogelijkheid was dan hem een spuitje te geven. Hij was gaan huilen. Erg pijnlijk. Hij had voor de dierenarts gestaan, met zijn rechterhand op de magere rug van Shere Khan, en toen waren de tranen gekomen. Zelfs de dierenarts werd er verlegen van.

Shere Khan zou alleen maar lijden tot hij vanzelf doodging, zei de dierenarts, en dat had geen zin. Hij was het met hem eens.

Hij had met Shere Khan op schoot gezeten toen de dierenarts hem een spuitje gaf en hij had hem geaaid totdat hij merkte dat de kat niet meer ademhaalde.

'Wie ben je?' piept ze.

Hij opent de kastdeur helemaal. Hij kijkt neer op de dubbelvouwen gedaante.

Begrijpt ze het niet? Is ze dom? Begrijpt ze het echt niet?

'Ik ben het!' zegt hij.

Ze maakt een piepend geluidje, van dat kinderlijk gekerm dat vrouwen laten horen als ze bang zijn. Hij kan haar maar net zien in de maneschijn die door de kier van de gordijnen valt. Ze is zo breekbaar en kwetsbaar: ze doet hem denken aan een van moeders porseleinen poppen.

De revolver voelt hard en koud aan tegen de huid. Hij hoopt dat hij hem niet hoeft te gebruiken. Dat zou zo zonde zijn. Hij wil dat het met haar allemaal netjes verloopt.

Hij strekt zijn hand uit en ze pakt die automatisch aan. Hij voelt hoe ze beeft. Hij helpt haar omhoog en ze wankelt langs hem en valt over het bed.

'Ik ben het', zegt hij nogmaals.

'O, heregod', fluistert ze.

'Ben je bang?'

Hij hoort slechts haar ademhaling.

Hij bedenkt zich dat hij vergeten is haar te filmen. Dat was nu juist de opzet: haar reactie te filmen! Hij maakt een geërgerd geluid terwijl hij de camera aanzet en de zaklantaarn uitdoet.

Ze beschermt met haar onderarmen haar ogen tegen het felle licht. Hij richt de lamp op de grond, zodat ze niet meer verblind wordt, en filmt.

Als het eindelijk tot haar doordringt dat hij met een videocamera voor zijn oog staat, kruist ze haar armen voor haar borst en hikt ze.

'Mama!' roept ze huilend als een klein meisje. Dan lijkt ze zich te willen beheersen. 'Maar hoe...' begint ze. Ze haalt adem. 'Wie ben je?' roept ze bijna.

Hij hoort aan haar stem dat ze het eindelijk begint te begrijpen.

'Ja,' zegt hij slechts, 'ik ben het.'

Hij zwijgt terwijl een vloedgolf van ijswater over haar heenspoelt.

'O, god... ben je ontsnapt?'

'Ontsnapt?'

Het duurt even voor hij begrijpt wat ze bedoelt. Soms is hij toch echt traag! Hij richt de lamp op zichzelf en ze kijkt naar hem op.

'Maar, wie ben je?' vraagt ze opnieuw.

Ze herkent hem niet. Dan is het een kwestie van afwachten. Maar toch is hij teleurgesteld.

'Wie dacht je dat ik was?'

'Ik dacht dat je hém was.'

'Hem?'

'Strøm. Rune Strøm!'

'Dat dacht ik al.'

'Wie ben je?'

Hij gromt.

'Wat doe je hier?'

'Jou bezoeken.'

'Heregod, alsjeblieft... alsjeblieft!'

'Ik had zin je beter te leren kennen.'

'Maar mijn god, waarom?'

'Dat zul je wel begrijpen.'

Ze ademt snel en aan haar stem hoort hij het gebonk van haar hart.

'Wie ben je?' vraagt ze voor de derde keer.

'O, je weet wel wie ik ben.'

Ze zwijgt een poos. Hij laat haar rustig nadenken. Hij voelt hoe stukjes een voor een op hun plaats vallen.

'Maar, Rune Strøm...' mompelt ze.

Hij lacht en smakt met zijn tong. 'Rune, arme, domme Rune.'

Ze zwijgt weer. Hij filmt haar.

'Wie ben je? Zijn broer of zo?'

Hij begint te lachen. 'Nee, nee, nee.'

Dan zegt ze: 'Maar je kent hem?'

'Nu niet meer.'

'Wat bedoel je?'

'Vroeger.'

'Vroeger?'

'We zaten in dezelfde groep.'

'In dezelfde groep', herhaalt ze mechanisch.

Hij lacht even. 'Ik had wat met zijn vriendin.'

Nu hoort hij alleen nog maar haar ademhaling. Merkwaardig hoe je aan de ademhaling van een mens kunt horen wat iemand denkt.

'Zijn vriendin?'

'Yep.'

'De verloofde van Rune Strøm?'

'Sstt! Niet verder vertellen!' fluistert hij voor de grap.

'Linda?'

'Leuk meisje!'

'O, god', zegt ze.

Geen van beiden zegt iets. Hij rommelt wat met de lamp en gluurt naar haar. Ze is nog mooier zonder make-up.

'O, heregod', herhaalt ze. 'O, o, heregod!'

'Neem het niet zo zwaar. Iedereen zou dezelfde fout hebben gemaakt.'

Ze staart hem aan.

'Alles klopt feitelijk', zegt hij. 'Alles wat de politie en jullie over

Rune hebben ontdekt. Alle redeneringen. Alles, behalve één belangrijk detail. De voorwaarde, zou je kunnen zeggen.'

'O, god.'

Hij wacht even. 'Rune heeft Linda niet vermoord.'

Ze zit kaarsrecht, onbeweeglijk en houdt haar adem in.

'Het is waar! Hij kreeg de schuld, maar hij heeft het niet gedaan.'

'Heregod.'

'Niemand wist van ons. Ze was daar heel precies in. Ze vond het jammer dat ik wat jonger was dan zij. Zo zijn meisjes, weet je. En Rune zou een hartverzakking hebben gekregen als hij het ontdekt had van ons.'

'Jij was het.'

Hij doet de camera uit en legt hem op bed. Dan zet hij de zaklantaarn op het nachtkastje. De lichtstraal werpt een koude baan op het gespleten hout van het plafond.

'Ja,' zegt hij, 'ik was het.'

'Jij! Al die tijd!'

'Ja,' herhaalt hij, 'ik was het de hele tijd.'

Azuria

I

De nacht dat moeder overleed, zaten Kristins gedachten in een kwetsbare heliumballon die aan haar lichaam vastzat met een heel dun zenuwdraadje.

Zo was het vannacht ook. Met een gedeelte van haar hersenen besefte ze hoe kwetsbaar en hulpeloos ze was. Hij kon met haar doen wat hij wilde en ze kon helemaal niets doen. Maar tegelijkertijd was een deel van haar uit haar lichaam getreden om te observeren, analyseren en reflecteren. Ze hoorde zijn ademhaling: een rustig ademhalen door de neus alsof hij net in slaap was gevallen. In het schijnsel van de zaklantaarn zag ze dat zijn gezicht smal was en de lichtblauwe ogen iets te groot, waardoor hij je deed denken aan een verdrietig kind. De wenkbrauwen waren bijna aan elkaar gegroeid boven de neus. Hij zag er aardig uit. Knap. Heel anders dan ze zich had voorgesteld. Hij zat op Halvors bed en rommelde met zijn videocamera. Zijn vingers waren lang, de nagels goed verzorgd. Hij droeg geen ringen. Was hij iemands broer, vriend of minnaar? Ze probeerde zich voor te stellen wat voor leven hij leidde als hij geen vrouwen volgde en vermoordde. Zat hij wel eens aan tafel te eten terwijl hij met zijn vrouw en kinderen sprak, of met zijn ouders, broers en zussen, tantes, vrienden van de familie? Groette hij de telefoniste op zijn werk opgewekt? Misschien was hij voetbaltrainer van een pupillenelftal. En terwijl ze hem zat op te nemen, werd de groeiende sympathie verdrongen door de beelden van zijn slachtoffers, al die onschuldige vrouwen die hij gefilmd en vermoord had, gefilmd en vermoord, gefilmd en vermoord.

Hij zei: 'Je ligt zeker na te denken hoe je me kunt overmeesteren. Of je kunt ontsnappen?'

Hij zweeg en keek haar aan. De grote ogen waren gevoelloos. Dat maakte hem angstaanjagend. Als een dier.

'Nee', zei ze afwerend.

'Probeer het niet!'

Hij niets meer. Hij keek haar slechts aan.

Ze kon een hik die omhoog kwam niet onderdrukken.

Over zijn gezicht trok een warme lach. 'Ben je bang?'

Toen kwamen de tranen. Ze wilde niet huilen, wilde haar angst niet laten zien. Maar haar ogen stroomden over en de tranen lieten een zwak, kronkelend streepje achter op haar wangen.

'Ga je me doden?' Haar stem klonk iel en snotterig. Het was een domme vraag. Ze wist dat het een domme vraag was. Dom, dom, dom! Maar de woorden rolden gewoon uit haar hersenen en vielen op haar tong en vlogen naar buiten voordat ze ze had kunnen stoppen. 'Alsjeblieft, dood me niet.'

Het leek op spreken in tongen. Ze wilde het niet zeggen, ze besefte dat het slimmer was haar mond te houden, maar de woorden zochten hun weg naar haar tong en verder de vrijheid in.

Hij leek niet naar haar te hebben geluisterd.

Ze hikte weer.

'Het wordt al bijna licht', zei hij.

Ze vroeg zich af of ze de nieuwe dag nog zou mogen beleven. Of dat hij van plan was haar hier en nu te doden. Ze dacht: nu begrijp ik wat ze bedoelden, al die mensen die vertelden hoe de doodsangst hun geleerd had bagatellen te waarderen. De zon. De wind. Vroeger klonk het zo banaal, maar nu begrijp ik het.

Hij zei: 'Je moet je aankleden.'

Twee tegenstrijdige gevoelens kwamen in haar omhoog. De opluchting dat hij haar niet direct zou vermoorden en de walging dat ze de deken van zich af moest gooien terwijl hij toekeek.

Ze bewoog zich even en lag weer stil.

Hij keek haar aan.

'Ja?' zei hij. Ongeduldig. Alsof ze geprotesteerd had.

'Me aankleden?' mompelde ze.

Hij boog zich voorover en trok de deken met een ruk van haar af.

'Ben je van plan hierin rond te lopen?' vroeg hij en hij knikte naar haar nachtjapon.

Ze bleef half liggen, half zitten en steunde op haar ellebogen.

'Ik zei dat je je moest aankleden!' Zijn stem klonk niet meer geïrriteerd. Eerder beleefd. Misschien dat de toon daarom zo angstaanjagend klonk.

'Je zit op mijn kleren', zei ze.

Hij begon te lachen, tilde zijn achterwerk op en trok de kleding tevoorschijn.

Ze hoopte dat hij zijn hoofd zou wegdraaien of in elk geval naar de grond zou kijken, maar hij bleef zitten filmen.

Ze begon met het aantrekken van haar onderbroek, maar hij stopte haar met een handbeweging.

Hij wilde dat ze eerst de nachtjapon uitdeed.

De angst verspreidde zich vanuit haar maag als draden koudvuur over haar lichaam. Hij wilde haar verkrachten! Nu begreep ze het. Hij wilde haar verkrachten, maar niet, zoals hij moordde, ruw en brutaal. Hij wilde haar langzaam, bijna teder, verkrachten, alsof ze geliefden waren. Hij wilde haar kussen en liefkozen en alleen als ze het waagde tegenstand te bieden, zou hij macht gebruiken.

De onderbroek glipte uit haar hand. Viel op de grond.

De angst balde zich samen als een harde klont misselijkheid. Haar handen begonnen weer te beven en haar kin en onderlip trilden.

'Vooruit!'

Ze ging rechtop zitten, trok de nachtjapon uit, vouwde haar armen over haar borsten en trok de kleren naar zich toe. Nu beefde ze over haar hele lichaam. Ze keek hem niet aan.

'Ga weer liggen', zei hij zacht. Voor de eerste keer hoorde ze onrust in zijn stem.

Haar armen en benen luisterden niet. Maar toen ontspande één zenuw en ze zakte neer op het bed.

Ze staarde naar het plafond, naar het droge hout, naar de spleten tussen de planken, naar de kwasten.

De klont in haar maag werd groter en groter. Als hij nu op me gaat liggen, dacht ze, dan geef ik in zijn gezicht over.

Ze keek opzij. Hij zat onbeweeglijk. Zijn blik gleed op en neer over haar lichaam.

Hij verschoof.

Nu laat hij zich op zijn knieën vallen en begint hij me aan te raken. Eerst met zijn vingers... o, heregod!

In een reflex kneep ze haar dijen tegen elkaar en balde ze haar vuisten.

Nu komt hij, dacht ze.

Hij boog zich voorover. Pakte de onderbroek van de grond en gooide die op haar buik.

'Zo! Kleed je aan!'

Ze bleef liggen. Het was niet waar, ze had het verkeerd gehoord, het was een truc, een verrekte truc. Maar toen ze naar hem keek, zat hij daar weer met zijn videocamera. Het rode lampje brandde. Zonder haar blik van hem af te wenden, ging ze rechtop zitten. Ze trok haar onderbroek aan. Haar bh. De sokken. Flanellen blouse. Spijkerbroek. De hele tijd filmde hij haar. Als een boos oog gloeide het rode lampje.

2

Ze zaten in de keuken en dronken thee toen de zon langzaam opkwam achter de bergrug. Hij zat met zijn handen gevouwen om de theebeker alsof hij warm wilde worden en iedere keer als hij wilde drinken blies hij op de thee. Kristin trachtte een rustige indruk te maken, maar iedere keer als ze haar beker optilde trilde haar hand zo dat ze hem met haar andere hand moest ondersteunen.

De hele tijd dacht ze: wanneer vermoordt hij me?

Ze verbaasde zich erover hoe aantrekkelijk hij eruitzag. Prachtige ogen. Smalle neus, dunne lippen. Niet haar type, maar het type man voor wie je makkelijk valt als je in een nachtclub een beetje aangeschoten raakt.

Haar blik viel op het broodmes.

'Dat zou niet zo slim zijn', zei hij.

Ze keek snel naar buiten. Er blaatte een schaap.

Hij tilde de beker op, blies op de thee en slurpte wat naar

binnen. Voorzichtig zette hij de beker weer neer.

'Je kunt natuurlijk proberen te vluchten. Je kunt proberen me te doden.' Hij grinnikte. 'Maar dat zou dom zijn. Ontzettend dom, Kristin.'

Haar naam deed haar huiveren.

Zijn handen gingen onder zijn trui. Hij haalde een revolver tevoorschijn. Die was groot en zwaar.

'Wil je dat ik je demonstreer hoe dom dat zou zijn?'

Ze schudde heftig van nee. De revolver was staalblauw.

'Want als je...'

'Nee! Dat hoeft niet! Ik zal niets doen. Alsjeblieft.'

'Ik weet het niet, Kristin. Ik kan me goed voorstellen hoe aanlokkelijk het kan zijn om het te proberen. Je bent bang. Je vraagt je af wat ik met je wil doen. Of ik je ga doden. Over een paar minuten. Morgen. Of dat ik je daar slechts mee dreig. Je vraagt je af of ik je pijn ga doen. Je martel tot je het niet meer uithoudt. Je denkt dat ik ziek ben in mijn hoofd en dat ik zoveel vreselijke dingen heb gedaan dat je je er niet echt voor hoeft te schamen als je mij doodt. Niet als je daarmee je eigen leven redt. Maar toch vind je het moeilijk, of niet? Je hebt nooit iemand gedood. Je gelooft niet echt dat je het durft. Maar je weet dat je het kunt als het werkelijk moet. Als je leven ervan afhangt. Maar tegelijkertijd ben je bang voor wat er zal gebeuren als je het probeert en je faalt. Word ik dan kwaad? Wat zal ik met je doen als je het probeert?'

Hij sprak duidelijk verstaanbaar, als een geduldige leraar die aan een leerling die traag is van begrip iets uitlegt. Kristin begreep dat hij geen helderziende hoefde te zijn om te raden wat er in haar hoofd omging, maar toch was het akelig om haar eigen gedachten uit zijn mond te horen.

Hij stond op, stak zijn revolver onder zijn trui, pakte het broodmes en ging weer zitten. Hij keek haar lang aan. Toen hield hij het mes voor haar ogen.

'Weet je wat ik hiermee kan doen?' Hij liet de punt van het mes een paar maal rondcirkelen. 'Ik kan je doden. Maar ik kan er oneindig veel meer mee. Denk erover na, Kristin, jij leeft van het laten zien van je gezicht.' Hij hield zijn linkerarm omhoog en sneed zich in zijn handpalm. Een dun streepje bloed werd zichtbaar. 'Denk na over alles wat ik met je zou kunnen doen. Alles wat ik met je ga doen als je het in je hoofd haalt dat je me kunt overwinnen. Denk erover na.'

'Ja, ja!'

'Ik zei: dénk!'

'Ik denk, ik denk!'

'Kristin! Je denkt niet! Hou je mond en denk!'

Ze hield haar mond. En dacht na.

3

Hij zei: 'Ik wil dat je meegaat op reis.'

Als kind, toen ze nog zo jong was dat alles mogelijk scheen, dagdroomde ze er vaak over om op een eiland in de Stille Zuidzee te gaan wonen. In de boekenkast van grootvader stond een fotoboek over de Stille Zuidzee waarin ze had gebladerd en ze stelde zich een eiland voor met een vulkaan, een wit strand met palmen en uiteraard een lagune. Op het eiland wachtte een jongeman op haar: een stralend knappe koningszoon, en ze zag hem voor zich hoe hij op het koraalstrand stond terwijl zij het eiland naderde in haar kano. Azuria noemde ze het eiland. Ze tekende een kaart die ze verstopte in haar bureau en verzon een koninklijke familie en hun stormachtige geschiedenis. In de zesde klas, toen de leraar de leerlingen opdracht gaf een vreemd land te beschrijven, schreef zij een opstel over Azuria. Ze kreeg een negen plus.

Met de jaren vervaagde de magie van Azuria, maar toch bewaarde ze een paar korrels van het koraalstrand in haar hart. Azuria bleef haar geheime paradijs. En later in haar leven stelde ze zich Azuria voor als de plaats waar ze zou komen nadat ze dood was gegaan.

Daarom had ze Azuria voor ogen toen hij zei dat ze op reis zouden gaan. Ze stelde zich het strand voor, de puntige vulkaan en de palmen die bogen in de warme wind.

Toen trok die kinderlijke droom weer weg en probeerde ze te begrijpen wat hij in gedachten kon hebben. Een reis? Waarheen? Waarom moest zij mee?

'Waar gaan we heen?' vroeg ze. Ze probeerde nederig te klinken.

Sommige vragen provoceerden hem meer dan andere en ze begreep niet waarom.

'Waar de weg ons brengt', antwoordde hij kortaf.

Ze vroeg niet meer.

Even later stond hij op en keek uit het raam. 'Zijn dit jouw schapen?' Hij tikte op de ruit met zijn wijsvinger.

'Ze horen bij de boerderij', antwoordde ze ontwijkend.

'Welke boerderij?'

'Waar de zomerboerderij bijhoort.'

'En welke boerderij is dat?'

'Eentje beneden in het dorp.'

'Ken je de boer misschien?'

'Een beetje...'

Ze had nooit gedacht dat hij zo snel zou zijn. Het ene moment stond hij bij het raam, het volgende had hij zich op haar geworpen en haar tegen de muur aan geduwd. Ze was te perplex om te schreeuwen, maar haar gezicht vertrok in een grimas.

'Lieg niet!' siste hij in haar gezicht, hij was zo dichtbij dat ze de geur van een keelpastille in zijn adem rook. 'Nooit! Nooit! Nooit tegen me liegen. Hoor je me? Nooit!'

Ze hikte ongecontroleerd.

'Hoor je me?'

Ze knikte heftig.

'Nooit meer!'

Ze schudde haar hoofd.

Hij liet haar los. Ze bleef tegen de muur staan en snakte naar adem.

'Dus,' zei hij kalm, 'van wie zijn die schapen?'

'Van mijn broe-oe-oe-r', hikte ze.

'Halvor?'

Ze knikte. Toen greep ze naar haar gezicht. Hij kende zijn

naam. Hij was op de hoogte van Halvor. Hij had hem vermoord! Hij had Halvor vermoord!

Hij liep naar het raam. Met zijn rug naar haar toe stond hij over het dal uit te kijken.

O, arme Halvor...

Naast haar op het aanrecht lag het broodmes.

...mijn broer, mijn lieve grote broer, o Halvor!

Ze staarde naar het mes. Ze staarde naar zijn rug.

Ze kon het. Als ze het mes greep en zich op hem wierp, zou hij geen tijd hebben om zich om te draaien. Ze kón het! Ze had het mes. Zij was in het voordeel.

'Mooie schapen', zei hij opgewekt.

Toen hij zich omdraaide, was de lach koel en spottend, als de lach van iemand die zojuist een overwinning had behaald. Hij keek in haar ogen. En naar het mes. Toen lachte hij weer.

Verwarring

Runar Vang werd vreselijk vroeg wakker.

Hij had er nooit van gehouden lang uit te slapen. Zelfs in het weekend stond hij meestal uren eerder op dan de andere mensen in het appartementencomplex. Dan liep hij wat rond in zijn flat en dacht aan de zaken waaraan hij had gewerkt, soms zette hij een jazzplaat op (zo zacht dat hij de muziek bijna niet kon horen) en af en toe sloop hij naar binnen bij Herdis en snoof de geur op van haar warme huid en een vleugje van haar parfum van de vorige dag.

Hij draaide zijn hoofd om. Gisteravond had hij het beddengoed verschoond en, als een magisch ritueel, ook Herdis' bed opgemaakt. Toch rook de kamer nog steeds naar haar. Hij zag haar hoofd voor zich op het kussen, het dekbed dat ze om haar lichaam had gestopt.

Ze was pas twintig toen ze trouwden. Feitelijk nog een kind. Ze deed alles wat hij vroeg. Onderwierp zich. Liet hem beslissen. De eerste jaren hadden hun relatie bepaald.

Hij was niet erg veranderd. Maar zij wel. Hij had het alleen nooit gemerkt.

Hij ging rechtop zitten. Het was half zes.

Met stijve bewegingen, hoe kwam het in godsnaam dat hij zo stram was geworden, zette hij zijn voeten op de vloer waar ze vanzelf de pantoffels vonden.

Ze hadden alle huizen die mogelijk iets te maken konden hebben met Rune Strøm doorzocht. Niets. Geen Frøydis Vik. Geen zelfgemaakte cel. Helemaal niets.

Waar kon hij zijn schuilplaats hebben?

Hij was ervan overtuigd dat Aquarius Frøydis Vik had. Tegen de kranten zeiden ze heel iets anders. 'We houden alle mogelijkheden open.' 'Niet onwaarschijnlijk dat ze ineens opduikt.' De gebruikelijke nonsens die de pers als zoete koek slikte en weer uitspuugde over de krantenpagina's.

Maar inwendig wist hij dat hij haar had.

Wáár?

Bijna het hele rechercheteam werkte aan de zaak. Meer dan honderd man! Ze hadden het officiële bevolkingsregister doorgespit, al zijn bekenden bezocht (dat was snel klaar want dat waren er maar erg weinig), de woning van Rita Quist binnenstebuiten gekeerd, zelfs zijn oude flat doorzocht, plaats van het misdrijf in Ammerud.

Niets. *Nada!*

Hij sjokte naar de badkamer, plaste, zette koffie, deed de radio aan, schoor zich en kleedde zich aan.

Het baarde hem zorgen dat hij zich zo vergist had in het Rune Strøm-spoor. Nooit eerder had zijn intuïtie hem op die manier in de steek gelaten. Meerdere malen had hij zich afgevraagd of Frøydis Vik op tijd gevonden zou zijn als ze Rune Strøm eerder hadden opgepakt. Een onmogelijke gedachte. Maar hij kwam steeds terug.

De klok aan de wand wees tien voor zeven aan. Hij had nog maar weinig tijd. Meestal was hij als eerste op kantoor. Hij vond het prettig om het licht aan te doen, de espressomachine aan te zetten en de voetstappen van de mensen te horen die een voor een arriveerden.

Hij dacht aan Kristin Bye. Ze was leuk. Hij had daar tijdens het onderzoek niet zo over nagedacht. Maar nu alles voorbij was, lukte het hem niet om haar uit zijn hoofd te zetten. Hij was niet verliefd. Ze was alleen zo verdomde leuk.

Hotel California

I

De draagriem van de rugzak sneed in haar heup toen ze het pad afliepen. Het was vroeg. Het gras was hard en nat en de stenen glibberig. Zij liep voorop, hij een paar stappen achter haar. Ze kon zijn ademhaling horen en iedere keer als hij zijn voeten neerzette kon ze het piepende geluid van de zolen van de sportschoenen horen.

De ochtendzon was scherp, maar koud en ver. Het zonlicht werd versplinterd door de ochtendmist. Ze hoorde de bus beneden in het dorp ronkend bij de halte staan en het geluid van een motorzaag in de verte. Er krinkelde rook uit enkele schoorstenen. Het landschap rook naar nazomer of vroege herfst.

Ze was hier beter bekend dan hij. Als ze de rugzak van zich afgooide, kon ze als een gek het pad afrennen of in het struikgewas verdwijnen.

Maar de angst weerhield haar. De angst dat hij zou schieten. Of haar weer zou pakken. De angst voor wat hij zou doen als hij haar inhaalde.

Uit het bos klonk het gekabbel van de bergbeek. Het was haar nooit eerder opgevallen dat je op dit pad de beek kon horen.

'Niet zo snel', zei hij hijgend.

Bij de zwerfkei, die markeerde dat ze halverwege waren, stopten ze om uit te rusten. Als kind liep Kristin altijd vooruit zodat ze op deze steen kon gaan zitten wachten op haar ouders. Door de herinneringen moest ze een paar maal slikken.

Met een stokje prikte hij in het mos dat op de steen zat. Hij floot een wijsje dat haar vaag bekend voorkwam.

'Waar gaan we heen?' vroeg ze hem.

Hij bleef fluiten. In het struikgewas vloog een vogel op. Ze zag een wolk hele kleine insecten om hen heen. Muggen?

Ze knipperde de tranen weg en draaide zich naar hem om. Hij

stond op zijn gemak naar haar te kijken. En floot.

'Welk liedje is dat?' vroeg ze.

De vraag deed hem glimlachen en daardoor kon hij niet meer fluiten. Maar hij gaf geen antwoord. Hij had al bijna al het mos van de steen verwijderd. Hij gooide het stokje in de struiken.

'Verder!'

Ze waren bijna bij de schuur van Halvor toen hij haar tegenhield en naar rechts wees tussen de bomen door. Ze keek hem verbaasd aan, maar hij gebaarde haar met een ongeduldige handbeweging verder te lopen. Ze volgden een paar honderd meter een begroeid wildspoor. Ze moest steeds bukken om grote en kleine takken te ontwijken. Hij liep ver genoeg achter haar om niet geraakt te worden door de takken die wegzwiepten. Ze probeerde zich voor te stellen waar ze waren ten opzichte van Halvors boerderij.

Bij een steile afdaling, een ravijn in het bos, moesten ze elkaar een hand geven om niet naar beneden te rollen. Ze daalden af en toen ze beneden waren tussen de bomen herkende Kristin waar ze waren. Ze zaten op de oude weg. Hier kwam de jeugd van Juvdal als ze alleen wilden zijn in hun auto's. Gedeeltelijk aan het zicht onttrokken door het gras en de verdorde planten lagen sigarettenpeuken, condooms en lege flesjes.

Hij leidde haar verder over de weg, langs het verbogen en roestige bord waar ooit 60 op had gestaan en toen weer tussen de bomen door.

Ze zag zijn bestelbus pas toen ze er vlak voor stonden. Het leek of hij flink vaart had gemaakt en zo de bosjes in was gereden. Maar toen begon hij de takken weg te trekken en ze begreep dat hij de auto had gecamoufleerd. Hij gebaarde niet dat ze moest helpen. Ze stond stokstijf stil tot hij alle takken, die de geparkeerde auto onzichtbaar hadden gemaakt, had weggehaald.

2

De auto start direct. Hij is opgelucht. De laatste tijd had hij problemen met starten wanneer de motor een poos koud was geweest en de hele nacht had hij zich bezorgd afgevraagd wat hij moest doen als de auto niet wilde starten. Maar de motor slaat bij de eerste poging aan en hij rijdt achteruit de weg op terwijl hij het meisje goed in het oog houdt.

Ze zit met haar handen tussen haar benen geklemd en kijkt naar een punt kilometers verderop. Hij heeft haar opdracht gegeven de gordel om te doen, zodat ze zich niet ineens tijdens het rijden naar buiten kan werpen of zoiets. Er zijn geen grenzen aan hoe doldriest meisjes kunnen zijn.

Hij stopt een cassette met 'Hotel California' in de recorder. Voordat hij uit de auto stapte had hij het bandje teruggespoeld zodat het nu precies bij dit nummer begint. Maar ze luistert niet.

'Eagles', zegt hij.

Ze schrikt op en heeft even nodig om weer tot zichzelf te komen. 'Sorry?'

Hij knikt naar de recorder.

Ze volgt zijn blik.

'Eagles!' herhaalt hij.

Eindelijk snapt ze het kennelijk. In elk geval lacht ze schaapachtig.

Bij de gitaarsolo fluit hij, bijna geluidloos, mee. Hij gluurt naar haar. Maar ze lijkt helemaal niet mee te luisteren.

De weg Juvdal uit is smal en bochtig. Eentonig landschap. Kale heuvels en vlakten met dennenbomen. Donkere zijdalen, omgehakte stukken bos, op de bergkammen stronken die op trollen lijken. Het asfalt is grijs en zit vol gaten, de witte middenstreep is vervaagd door de ouderdom. De aanblik doet hem denken aan *Thelma & Louise*. Hij verafschuwt die film. Behalve het eind misschien.

Hij draait het raampje een paar centimeters naar beneden. Hij verbaast zich erover dat ze geen andere auto's tegenkomen.

'Zou je me kunnen vertellen waar we heengaan?' vraagt ze timide.

Irritatie laait omhoog en dooft direct weer, als een lucifer die uitgeblazen wordt door een windvlaag, denkt hij. Ze heeft die vraag al eerder gesteld en hij heeft geen antwoord gegeven. Misschien dat ze daarom bang lijkt het te vragen, bang is om te zeuren.

Hij zou kunnen zeggen dat ze met hem meegaat naar huis en dat zou kloppen. Naar het huis in de stad.

De gedachte aan Frøydis maakt dat er allerlei gedachten door hem heen schieten. Hij zou vrouwen nooit mogen! Nooit! Hij had gedacht dat hij haar kende, dat hij haar begreep, maar hij had dus niets begrepen.

Dat ze het kon!

Hij kijkt Kristin van opzij aan. Vroeg of laat gaan ze naar huis. Maar eerst maken ze nog een tochtje.

3

Als hij reed, met beide handen stevig om het stuur geklemd en een spiedende blik die heen en weer over het landschap en de weg schoot, leek het of hij vergeten was dat zij er was. Hij had een paar cassettes uit de jaren zeventig die hij steeds weer draaide. Een van de deuntjes, het eeuwige 'Hotel California', spoelde hij terug om het nog een keer te horen. Op het klepje van het handschoenenvak had hij een sticker geplakt waarop stond 'Fijn dat je niet rookt', ondertekend met een gebroken sigaret. Hij had de aansteker op het dashboard verwijderd.

Toen ze haar keel schraapte om te zeggen dat ze moest plassen, zette hij de auto aan de kant en liet hij haar achter een bosje zitten. Hij zei haar hardop te tellen zodat ze geen flauwekul in haar hoofd kon halen.

Hoewel ze deze weg honderden keren had gereden, leek hij nu nog langer en saaier dan eerst. Alles was zoals het altijd was geweest. De donkere boomstronken en stukgereden vlakten, de meertjes die even tussen de bomen door schitterden, de zoemende hoogspanningsleidingen. De bakken van de wegendienst.

De angst was overgegaan in een verlammend gevoel van berusting. Ze overwoog zich uit de auto te laten vallen als ze in de bebouwde kom kwamen, maar ze wist dat ze dat nooit zou durven. Ze kon tekens geven aan de mensen die voorbijreden of het raampje naar beneden draaien en om hulp schreeuwen. Zo simpel kon het zijn. Maar ze zou het niet doen. Zo simpel was het.

Bij een van de stukken waar bomen omgezaagd waren, stopte hij en trok de handrem aan. Ze voelde haar lichaam verstijven. Nu gebeurt het, dacht ze. Hij vermoordt me hier op dit verlaten stuk.

Hij opende het portier voor haar, hielp haar uit de auto en leidde haar naar een stapel pas omgezaagde stammen. Hij liet haar plaatsnemen op een van de wankele boomstammen terwijl hij haar filmde. Hij vroeg haar te zwaaien en te lachen. Ze zwaaide en lachte. Toen was hij tevreden en ze reden verder door het bos.

4

Op de rijksweg slaat hij rechtsaf, niet in de richting van Oslo. Hij merkt dat ze naar hem kijkt, maar hij zegt niets.

Even later vraagt ze: 'Gaan we de bergen weer in?'

Maar ook nu antwoordt hij niet.

Op de rijksweg is meer verkeer en hij is bang dat ze tekens zal geven aan de andere automobilisten. Maar ze zit onbeweeglijk. Hij heeft haar een hoed en een zonnebril gegeven en ze kan iedereen zijn. Zijn vrouw bijvoorbeeld. Hij begint te lachen in zichzelf.

Bij een van de stroomversnellingen van Bøverfoss parkeert hij op een lege parkeerplaats en neemt hij haar een eindje omhoog langs de rivier om haar te filmen. Ze is stijf en bang. Hij zet haar op een steen vlakbij de rivier en met de witschuimende stroomversnelling op de achtergrond wordt het een prachtig plaatje. Hij vraagt haar de hoed en zonnebril af te zetten en ze zwaait en lacht.

Hij dagdroomt altijd als hij rijdt. De zintuigen zijn gefocust op de weg, maar de gedachten bevinden zich op heel andere plaatsen. Hij houdt van autorijden.

Ze zit stil naast hem. Hij had gedacht dat ze meer weerstand zou bieden, meer zou protesteren, met diepzinnige morele argumenten zou komen, maar ze zwijgt. Bang. Dat is prettig. Als de angst zijn greep verliest, kan ze dingen gaan proberen. Ze heeft alleen wat tijd nodig. Vroeg of laat zal ze naar hem toekomen. Hem steunen. Hem helpen. Misschien wel verliefd op hem worden. Het stockholmsyndroom. Klassieke psychologie.

Net zoals bij Frøydis. Hij klemt zijn vingers om het stuur, voelt dat alles zich samenbalt.

Ze was net zoals de andere meisjes. Het had hem een paar dagen gekost dat te zien. Hij denkt altijd het beste van nieuwe meisjes. Maar ze zijn allemaal hetzelfde! En Frøydis was net zoals alle anderen.

Het was begonnen met de blikken. Lange, moeilijke blikken. Als hij binnenkwam met het eten, wist hij uiteindelijk niet meer waar hij moest kijken. Wie dacht ze dat hij was? Eva? Hij kreeg er steeds meer een hekel aan om bij haar binnen te gaan. Zelfs als hij achter de spiegel stond, volkomen onzichtbaar, lag ze zich aan te stellen voor hem. Alsof ze wist dat hij daar stond.

Hij kijkt op de snelheidsmeter en mindert vaart, hij kan het risico niet lopen dat ze aangehouden worden door een snelheidscontroleur.

Meerdere malen had hij op het punt gestaan om er een einde aan te maken. Gewoon om er vanaf te zijn. Maar hij stelde het de hele tijd uit. Ze was geen onderdeel van het plan. Hij kon haar niet zomaar doodschieten! Hij moest een plan hebben, een totaalbeeld, ze moest erin passen.

O, hij wenste dat hij haar nooit had gezien in het park!

Wanneer hij door de spiegel naar haar stond te kijken, vroeg hij zich af of ze werkelijk door hem gevangen werd gehouden. Die gedachte deed hem huiveren over zijn hele lichaam. Het was niet onmogelijk. Wanneer je bang genoeg bent en intens haat, is het mogelijk dat je je gevoelens weerspiegelt. Hij had daar veel over gelezen. Hij had het alleen nooit meegemaakt.

Ten slotte was het lachwekkend geworden. Zoals gistermorgen...

Hij had voor haar gestaan met ontbijtdienblad. Ze had zich met haar blik aan hem vastgezogen. Een blik die hem week en misselijk maakte.

'Is er iets?' had ze gevraagd. Met die akelige, slijmerige stem. De stem van een vampier.

Hij had zich niet kunnen bewegen.

'Zeg?' had ze gezegd. Met een overdreven, gladde stem. Alsof ze geliefden waren. Zeg? Hij wist wat er altijd na zo'n *zeg* kwam.

Hij had zich omgedraaid en was weggegaan. Hij had het ontbijt meegenomen, de deur achter zich op slot gedraaid, het dienblad met eten in de keuken gezet en toen had hij door de spiegel naar haar gekeken en gedacht: ik ga weg!

Zijn gezicht had zich vertrokken tot een lach.

Zo simpel kon het zijn. Hij hoefde haar niet te doden. Hij kon gewoon weggaan. En de rest vanzelf laten gebeuren. Zonder water was ze kansloos.

Dat kon wel een paar dagen duren. En dat kwam hem goed uit. Het kwam hem heel goed uit. Want hij had een paar dagen samen met Kristin nodig voordat hij met haar naar huis kon gaan en haar de plaats op de matras en zo kon laten innemen.

5

Ze reden langs de ruige vooruitstekende rotspunten en de verwrongen sparren die zich vastklampten aan de bergketens.

Ik had hem kunnen vermoorden, dacht ze zonder scrupules. Als hij bij de rand van een ravijn had gestaan, had ik hem geduwd.

Een merkwaardige gedachte voor een pacifist, dat besefte ze. Begin jaren tachtig had ze meegelopen in de demonstraties tegen geweld en atoombewapening. Ze had het leven altijd beschouwd als iets wat onaantastbaar is. Ze had nooit een bontjas gehad (haar idealisme werd goed geholpen door de prijzen, maar toch). Een periode in haar leven (nou ja, twee weken) had ze geprobeerd vegetariër te worden.

Toch wist ze dat ze hem zou doden als ze de kans kreeg.

De angst maakte haar passief. Ze hoopte dat alles op zijn pootjes terecht zou komen zonder dat zij wat behoefde te doen. Dat hij ineens in snikken zou uitbarsten en haar zou laten gaan. Of dat de politie tevoorschijn zou springen en hem zou overmeesteren. Wat dan ook, als het maar betekende dat zij er niet bij betrokken werd.

Ze sloot zich op in haar eigen gedachten, probeerde hem buiten te sluiten.

Midden op de dag ging haar mobieltje.

Hij zat in haar rugzak tussen de kleren die ze erin had gepropt tijdens het pakken. Ze draaide zich vragend naar hem om.

Hij haalde de revolver tevoorschijn.

'Opnemen!' zei hij.

Ze zocht het mobieltje tussen haar kleren en drukte op de knop.

'Hallo?' riep ze.

Hij haalde de veiligheidspal naar beneden met een doordringende blik.

'Hoi, ik ben het maar.'

Gunnars stem. Als van de aardbol aan de andere kant van het heelal.

'Was je weg?' vroeg hij.

'Ik...'

'Kristin? Hallo?'

'Ik ben er nog. Gewoon een slechte verbinding.'

'Ik wilde alleen maar horen hoe het met je gaat. Op de boerderij.'

'Gewoon goed.'

'Ik maak me zorgen om je, snap je.'

'Ja.'

'Is het niet te koud?'

'Nee hoor.'

'Ik stoor misschien. Tijdens het schrijven?'

'Het hindert niet.' Elk woord was als een klit die vast bleef zitten in haar keel.

'Kristin? Is je batterij misschien bijna leeg, je bent soms wel en soms niet te horen.'

'Ik heb hem gisteren opgeladen. Bij Halvor.' Ze barstte bijna in snikken uit.

Hij zwaaide kwaad met de revolverloop voor haar gezicht.

'Juist.' Hij leek in verwarring. Ze was nooit zo kortaf. Hij dacht vast dat ze boos was. 'Ja, ja. Ik zal je niet verder storen tijdens het schrijven. Veel plezier nog!'

'Tot ziens!' fluisterde ze.

Ze deed de telefoon uit en kneep haar ogen dicht.

'Grote meid', zei hij.

6

Enkele kilometers verder het dal in rijdt hij naar een Norol-station om benzine te tanken. Hij stopt zijn kaartje in de betaalautomaat, toetst de code in, tilt de pomp op en begint te tanken. De hele tijd houdt hij haar in het oog. Ze zit onbeweeglijk. Hij heeft gezegd dat hij zowel haar als de mensen bij het benzinestation zal neerschieten als ze alarm slaat en het lijkt erop dat ze naar hem luistert. Dat is goed. Want hij loog niet. Als de tank vol is, hangt hij de pomp weer op zijn plaats. Hij zwaait naar de man die hem van achter het raam van het benzinestation staat op te nemen. De man groet terug. Als dit een Amerikaanse film was geweest, dan was ik naar binnen gegaan en had hem doodgeschoten, denkt hij.

'Grote meid', zegt hij weer als hij de auto start en de weg op draait.

Ze zegt niets.

'Ben je hier eerder geweest?' vraagt hij.

'Niet dat ik weet.'

'Ik wel', zegt hij.

'Hoe heb je me gevonden?'

'Het stond immers in *VG*. Dat je hierheen zou gaan om een boek te schrijven.'

'Je weet zoveel over me', zei ze.

Dan vertelt hij verder. Over hoe hij haar gevolgd heeft. Over hoe hij, vrolijk en vlot babbelend, de redactie heeft gebeld, vlak voor de uitzending: 'Hallo, met Halvor, de broer van Kristin. We organiseren een surpriseparty voor een gemeenschappelijke vriend, maar ik ben Kristins mobiele nummer kwijtgeraakt, heb jij dat misschien bij de hand?' En iemand had hem nietsvermoedend geholpen.

Hij lacht, een trotse en zelfingenomen lach.

'Dus jij kent Rune Strøm?'

Zijn lach verdwijnt, de vingers klemmen zich om het stuur. Hoe vaak zal ze daarnaar blijven vragen?

'Ik kende zijn vriendin beter', zegt hij. Hij tracht te lachen, maar het klinkt als een hoest.

'Ze hebben Mariannes kleding in de afvalbak van Rune Strøm gevonden', zegt ze. Het is misschien bedoeld als vraag, maar hij antwoordt niet.

'Jij hebt ze daarin gestopt', gaat ze verder. 'In de afvalbak. Jij hebt Mariannes kleding in de afvalbak gedaan.'

'Het is bijna pijnlijk hoe simpel het is. Het manipuleren. Het lijkt op het besturen van een modeltreintje. Je stuurt de trein waarheen je wilt. En het liefst naar een doodlopend spoor.'

'Hoe wist je dat de politie hem zou verdenken?'

'Omdat ik dat zo wilde.'

'Zo wilde?'

'Kristin, je stelt me teleur.'

'Maar...'

'Waarom denk jij dat ik Marianne in bad heb vermoord?'

Ze is een paar tellen stil. Dan ontsnapt er een hik uit haar keel.

Ze rijden een paar kilometer.

'Zou je bekend hebben? Als hij veroordeeld was?' vraagt ze.

Eerst geeft hij geen antwoord. Zijn blik rust op de weg. Dan kijkt hij haar aan: 'Nee. Maar vroeg of laat zou ik een ander meisje hebben vermoord.'

De minnaar

1

Het lukte tandarts Tor Berg een kort gesprekje met Gunnar te hebben tussen een wortelkanaalbehandeling en een losse vulling in.

Hij was een energieke man met dun haar, een slordige snor en lange, spitse vingers. Hij leek het niet prettig te vinden om bij de zaak betrokken te worden, maar hij was tegelijkertijd nieuwsgierig. Hij kende Rune uit zijn gymnasiumtijd, vertelde hij, maar later had hij nog maar weinig contact gehad. Hij begreep niet waarom zijn naam na zoveel jaren was opgedoken. 'Ik was nooit zo'n actieve deelnemer in de...' hij aarzelde, 'groep. Alleen maar voor de lol. Na mijn examen deed ik niet meer mee. Tandheelkunde, beurs. Vrouw en kind. Je weet hoe het gaat. Dus toen ik las over Linda's dood, was het bijna of ik al een buitenstaander was. Als je begrijpt wat ik bedoel.'

Gunnar begreep het.

Hij had nog meer vragen, maar Tor Berg had geen antwoorden. Na tien minuten bedankte Gunnar voor de hulp en op weg naar buiten lachte hij meelevend naar de dame met de losse vulling. Het was geen plichtmatige lach: Gunnar Borg was altijd bang geweest voor de tandarts.

2

Van het Stovnercentrum nam hij een taxi naar het centrum. Hij vroeg de chauffeur via de Markvei te rijden langs de winkel van Rita Quist. Hij vroeg hem te stoppen toen hij zag dat de winkel open was.

Rita Quist stond als een matrone achter de toonbank toen Gunnar onder de rinkelende bel doorging en de zware geuren binnenstapte. Ze knikte hem vrolijk welkom. Maar toen hij zich hoopvol voorstelde met de aftandse toverformule: 'Goedendag, mijn naam is Borg. *Dagbladet*! Gunnar Borg!' versmalden haar ogen zich. 'Loop naar de hel!' siste ze.

Hij schrok, niet gewend aan dergelijke zichtbare agressie.

'Jullie zijn een stelletje verrekte leugenaars, allemaal! Jullie schrijven wat jullie willen. Denk maar niet dat je van mij hulp krijgt. Wegwezen jij!'

'Je begrijpt het niet', zei hij met zijn diepe, grootvaderlijke stem. Hij legde beide handen op de toonbank en boog naar haar toe. 'Ik ben hier omdat ik jullie wil helpen.'

Ze had een nieuwe reeks krachttermen op haar tong liggen, maar ze bleef even staan aarzelen.

'Ik geloof niet dat Rune schuldig is', zei hij.

Nog steeds stond ze hem, groot en zwaar als een beeld van Vigeland, op te nemen. 'Wat bedoel je?' Haar stem was een beetje milder, maar nog steeds achterdochtig.

'Ik geloof niet dat Rune de moordenaar is', zei hij.

Sceptisch: 'Jij gelooft niet dat Rune de moordenaar...'

'Ik geloof dat de politie de verkeerde man heeft opgepakt. Maar ik heb hulp nodig om dat te onderbouwen. Jouw hulp.'

'Hulp? Wat voor hulp?'

Hij was zo oud dat hij het zich kon veroorloven naar haar te knipogen. 'Allereerst, jouw samenwerking.'

'Dit is geen spelletje? Ik ken jullie journalisten. Jullie kunnen liegen dat jullie barsten! Waarom zou ik je geloven?'

Hij trok zijn schouders op alsof hij wilde zeggen: je moet zo'n grijze man van eer als ik vertrouwen.

Met glanzende ogen nam ze hem van top tot teen op. Van top tot teen. Misschien leest ze mijn aura, dacht hij opgewekt.

'Je hebt een donkergroen aura', zei ze.

'Jezus', zei hij. 'Donkergroen? Allemachtig!'

'Wat kan ik voor je doen?'

'Vertel me gewoon alles wat je je herinnert. Wat jij en Rune deden in de tijd waarvoor jij hem een alibi hebt gegeven. Wat je tegen de politie hebt gezegd. Alles wat je je herinnert.'

Ze haalde diep adem door haar neus. 'Kan ik een shagje opsteken?' vroeg ze zonder op antwoord te wachten. Ze pakte een shagje en stak dat aan met een ouderwetse aansteker. En toen vertelde ze. Ze vertelde over de tocht naar de hut in de bergen en dat ze geen idee had hoe het daar heette want dat ze geen interesse had voor dergelijke zaken. Alleen de essentie van het verblijf had betekenis, niet wat er op een bord bij een treinstation stond. Het klonk misschien vergezocht, maar zo zat het, ze had deze kwaliteiten ontwikkeld omdat ze leed aan dyslexie, woordblindheid. Namen, data, geen van zulke zaken werden in haar hersenen opgeslagen. Maar gezichten, gevoelens, stemmingen kon ze zich jaren later nog herinneren. Ze vertelde dat Rune een aardige en zorgzame man was die het nooit, nóóit, in zijn hoofd zal halen een mens te doden. Ze vertelde over het bezoek aan de politie, over hoe onzeker ze was geworden, over hoe ze verwikkeld raakte in halve waarheden omdat de politie zo aandrong en omdat ze bang was om iets verkeerds te zeggen, iets wat Rune zou kunnen schaden. Ze herinnerde zich hoe kapot Rune was geweest nadat Linda gestorven was en hij gevangen was gezet en nu was het nog erger.

'Vertel me over die keer', zei Gunnar.

'Toen Linda stierf? Poeh, dat is zo lang geleden.'

'Jullie zaten in dezelfde vriendenkring?'

'Dat kun je wel zeggen...' Ze lachte weemoedig. 'We waren een groep van de Kathedraalschool. De meesten van ons waren tamelijk vreemd. Rune, Linda, ik. Op zijn hoogst zo'n vijftien jongelui. We wilden niet bij een van de andere milieus op school horen. Geen kakkers. Geen freaks. Geen socio's. Dus we begonnen met een eigen groep. We noemden ons de Klan. Bijzonder plechtig. We begonnen met meditatie. Een beetje hasj op de vrijdagavond, tamelijk onschuldig spul. Toen viel ons oog op astrologie en occultisme. We maakten horoscoopschema's. Arrangeerden spirituele seances. Het werd een soort levensstijl.'

'Waarom heb je dit aan niemand verteld?'

'Verteld? Jezus, waarom is dat van belang? Niemand heeft ernaar gevraagd.'

3

De namiddagzon verblindde hem toen hij de trappen oprende van de psychiatrische dagkliniek Solvik. Hij deed de zware deur open en kwam in een gang die leidde naar een woonkamer met een televisie en meerdere weeftoestellen. Daar zaten zo'n tien mannen en vrouwen.

'Ann-Reidun Skard?'riep hij in de ruimte.

Zonder hem aan te kijken stond een broodmagere vrouw mechanisch op, als een robot die geconstrueerd is om te luisteren naar een naam, een woord, een geluid. Haar gezicht leek op een schedel waarover iemand huid had getrokken. Het joggingpak hing op haar schouders als op een klerenhanger.

'Fijn dat je me wilde spreken', zei hij.

Ze knikte kort, schraapte haar keel, maar keek hem niet aan.

'Is er een plek waar we ongestoord kunnen praten?' vroeg hij.

Ze leidde hem de gang door naar een lege rookruimte. Ze ging in een stoel zitten en wreef zich nerveus in de handen, alsof ze met een natte dweil in haar handen zat.

'Is het lang geleden dat je Rune voor het laatst hebt gezien?' vroeg hij.

Ze schraapte haar keel. 'O ja, jeetje, dat moet eeuwen geleden geweest zijn. Zeker tien jaar.' Haar stem was hees en vlak, bijna toonloos.

'Dus je kent hem niet echt goed?'

'Niet meer. Snap je... Maar vroeger hebben we samen opgetrokken.'

'Je hebt samen met hem op Katta gezeten?'

'Hoe wist je dat? Ik zat in de klas van Rune en Linda. We hadden een groep...'

'Was je bij de Klan?'

'Jezus, die domme dingen. Hoe weet je dat? Het was een kinderlijk gedoe. Een flirt met het bovennatuurlijke. Niets serieus.'

'Hoe goed kende je Linda?'

Het hele broodmagere lichaam schokte. 'Weet je...' Ze schraapte haar keel, er was iets manisch aan dat keelschrapen van haar.

'Waren jullie vriendinnen?'

'O, ja. Heel goede vriendinnen.'

'Wat dacht je toen ze stierf? Dacht je dat het Rune was?'

Opnieuw schokten haar botten en knokkels toen ze haar hoofd schudde.

'Hoe kun je zo zeker zijn?'

'Zeker? Ja...' Als een eekhoorn begon ze aan haar vingertoppen, waarvan de nagels bijna weggegeten waren, te bijten.

'Hoe?' herhaalde hij.

'Ik weet het gewoon, snap je.'

'Maar hoe weet je het?'

Ze zuchtte, schraapte haar keel en zuchtte weer. 'Omdat ik hem die avond van huis heb gelokt, oké?'

'Wat bedoel je?'

'Hij was bij mij. Bij een soort seance. Linda wilde dat.'

'Dit begrijp ik niet.'

'Ze had een vriend, snap je? Iemand van wie ze niet wilde dat Rune het wist. Snap je... Dus ik heb haar geholpen door Rune een paar keer van huis weg te houden, snap je?'

'Ze had een vriend? Een minnaar?'

'Minnaar en minnaar... Maar toch, het was haar eigen keus, of niet?'

'Wie was hij?'

Ze stak haar handen in de lucht. 'Ze wilde dat niet zeggen. Niet eens tegen mij.'

'Waarom heb je dat nooit aan de politie verteld?'

Ze schoot overeind alsof iemand haar een klap in het gezicht had gegeven. Het leek wel of haar ogen uit haar schedel spatten. Een opgezwollen ader op haar slaap klopte. 'Ik was niet helemaal mezelf, toch? Toen Linda stierf begon dit...' Ze stak haar skeletachtige armen uit om het duidelijker te maken. Ze deed haar best om zich weer onder controle te krijgen. 'Toen Linda doodging, ben ik... ingestort. Zenuwen. Ben ik opgenomen. Toen ik weer gezond was,' ze lachte zonder gevoel alsof ze wilde onderstrepen dat gezónd misschien niet het juiste woord was, 'was Rune allang geen verdachte meer. De zaak was voorbij. Linda had me een geheim toevertrouwd. Ik zag geen reden om iets naar boven te halen wat… haar nagedachtenis kon bezoedelen. En ik wist niet eens wie haar vriend was. Ik kon niet tot hulp zijn! Snap je?'

De laatste vraag klonk als een smeekbede.

Hij pakte haar hand vast. Die was klam en knokig. 'Probeer het je toch te herinneren', zei hij. 'Heeft ze nooit iets over hem verteld? Zijn voornaam? Hoe hij eruitzag? Wat dan ook…'

'Ze deed zo geheimzinnig. Maar ze zei dat hij knap was. En dat ze nooit, je weet wel…'

Hij keek haar vragend aan.

'Ze hadden nooit… snap je.'

'Ik begrijp het niet.'

Ze schraapte haar keel en liet haar stem zakken. 'Je weet wel. Samen geslapen.' Ze giechelde als een klein meisje.

'Nee, maar.'

'Niet echt, in elk geval.' Ze wreef haar vingers tegen elkaar.

'Zei ze waarom ze niet…'

Ze keek naar de grond. 'Waarschijnlijk niet omdat Linda het niet wilde. Ze was altijd behoorlijk vlot met zulke zaken. Met jongens en zo. Snap je.'

'Je bent een grote hulp, Ann-Reidun. Geweldig! Herinner je je verder niets meer?'

'Ik weet het niet. Eén dingetje misschien. Als het iets te betekenen heeft. Toen Linda en Rune samen gingen wonen op Ammerud, zei ze volgens mij dat ze nu veel vaker bezoek kon krijgen. Van haar vriend. Dus ik nam aan dat hij in de buurt moest wonen. Of niet al te ver weg, snap je?'

'Fantastisch! Maar je weet niet waar? Wat preciezer?'

Ze schudde haar hoofd en door haar dunne haar zag hij de hoofdhuid. Hij pakte haar hand weer vast en toen hij die licht drukte, vertrok ze haar gezicht alsof ze pijn had. Hij liet haar meteen weer los.

'Het was fijn om met je hierover te praten', zei ze verlegen. 'Echt! Ik heb er echt last van gehad, snap je? Vele jaren. Weet je, het was fijn om het verteld te hebben.'

IV

Het laatste etmaal

19:05

Jøkulfoss Camping & Hytteland was nooit het succes geworden waar de lokale investeerders en de gemeente op gehoopt hadden.

Het terrein lag prachtig, de brede bedding van de rivier was licht glooiend en het was slechts een klein stukje wandelen naar de waterval. Op een steenworp afstand van het dorpscentrum strekte het meer Langvatn zich uit tussen Skarbu en Lyngskjervheiene.

Al sinds de vorige eeuw kwamen de toeristen van heinde en verre om de majestueuze waterval te bewonderen. Maar Jøkulfoss Camping & Hytteland werd geen toeristische trekpleister. De buitenlanders kwamen in campers en hadden zelf eten bij zich. De Noorse toeristen parkeerden bij het dorp, zoals ze altijd al deden. Ze namen hun thermoskannen mee naar de waterval en reden een paar uur later weer verder. De rafters, die volgens de toeristenconsulent in hordes naar het kampeerterrein zouden komen, vonden de stroomversnellingen niet spannend genoeg. De weinige mensen die een houten hut huurden, bleven slechts één nacht.

Jøkulfoss Camping & Hytteland werd in 1986 gebouwd, ging in 1988 failliet, kwam in 1989 in privéhanden, ging in 1991 weer failliet en werd nu geleid door een min of meer gemeentelijk bestuur dat er steeds meer geld in pompte.

Leif Bryn nam de auto op die de kiosk naderde.

Toen hij de dagelijkse leiding op zich nam van Jøkulfoss Camping & Hytteland had hij niet gedacht dat hij elke godganse dag in deze kiosk annex receptie zou zitten te wachten op toeristen. Hij had gedacht dat de 'dagelijks leider' iemand was die rondliep en erop toezag dat iedereen zijn werk goed deed, niet iemand die zelf al het werk moest doen. In feite was hij niet meer dan een onderbetaalde bewaker en receptionist. Hij beheerde twintig hutten, een veld met plaats voor vijftig caravans en een veld waar nooit meer dan één tent stond. En hij verveelde zich.

De auto, een oude bestelbus, stopte voor het hokje. Er zaten een man en een vrouw in. De man stapte uit. Leif schoof het glazen luikje omhoog en leunde uit het gat.

'Goedenavond', zei de man beleefd. Een beetje te beleefd, zoals stadse mensen tegen mensen van het land spraken als ze wilden doen alsof ze zichzelf niets meer voelden.

'N'avond', antwoordde hij. De dame in de auto zat zo dat het onmogelijk te zien was of ze knap of lelijk was. Maar aan de man te zien moest ze wel knap zijn.

'Is er nog een hut vrij?'

Hij had erg veel zin om de man recht in zijn gezicht uit te lachen. Een hut vrij? Hier zijn zoveel vrije hutten, mijn vriend, dat je een asielzoekerscentrum kunt openen, antwoordde hij in zichzelf. Maar hij zei niets. Hij pakte het groene boek en liet zijn wijsvinger over de lege kolommen gaan. Van de twintig hutten waren er vier verhuurd. Het seizoen was voorbij en over een paar weken zou de camping dichtgaan.

'Yep,' zei hij met een onbestemd lachje, 'ik kan jullie wel ergens tussen stoppen.' Hij lachte om zijn eigen droge grapje. 'Hoelang zijn jullie van plan te blijven?'

'Alleen vannacht.'

Alleen vannacht. Alsof er ook maar iemand op de wereld zich voor kon stellen twéé nachten in dit godverlaten, schitterende oord door te brengen.

'Veel toeristen vandaag de dag?' vroeg de man.

Leif moest hem aankijken om te zien of hij de spot met hem dreef. Veel toeristen. Ha! 'Stil op het moment', antwoordde hij. Op het moment! Dat was werkelijk het einde.

'Mooi', zei de man.

Iets in de manier waarop de man sprak, wekte nieuwsgierigheid bij Leif. Het viel hem op dat de man geen trouwring droeg. Tegenwoordig hoefde dat helemaal niets te betekenen, maar het kon betekenen dat hij op pad was met een nieuwe vriendin.

'Nummer zes is vrij', zei hij. 'Bij de rivier.'

Hij gaf nummer zes altijd aan de spannende paartjes. Een kier in het ventilatierooster maakte het mogelijk buiten in het struikgewas te staan en recht in bed te kijken.

'Heel mooi', zei de man. Heel mooi. Alsof hij een belangrijk directeur was of zoiets. Als hij zo verrekte belangrijk was, waarom nam hij dan geen hotel in het dorp? Waarom huurde hij een goedkope hut? Waarom reed hij in een oud wrak van een bestelbus en niet in een Mercedes 500SLC?

Hij pakte de sleutel van nummer zes terwijl de man zich inschreef. De naam was totaal onleesbaar. Het leek nog het meest op *D@xs#kjqwe R&wymscxa* of zoiets. Hij betaalde contant. Leif gaf hem de sleutel en wees naar nummer zes. 'Vlak bij de rivier, er staat een getal op de deur, je kunt aan de achterkant parkeren.'

De man bedankte. Leif probeerde een glimp op te vangen van de vrouw, maar ze droeg een zonnebril. Hoewel de zon niet fel was.

Hij verheugde zich erop dat hij naar haar zou kunnen gluren door de kier in het ventilatierooster.

19:20

De campinghut was groter dan ze had verwacht. Rechts van de deur was een keukenhoek met een kookplaat, koelkast en gootsteen. Tegen de ene wand stond een bank en een tafel, tegen de andere een tweepersoonsbed.

Hij deed de deur achter haar dicht.

'Gezellig', zei ze toonloos.

'Vind je?'

Ze lachte nerveus. *Ik haat hem. Ik haat hem. Ik haat hem.*

Hij draaide deur op slot en controleerde het raam. Ze legde de rugzak op de bank.

'Nu gaan we het gezellig hebben', zei hij.

'Gezellig? Wij?'

'Dat was ik van plan.'

'Gezellig hebben?'

'We kunnen praten. Een wandeling maken. Een beetje chocola eten. Ik heb Stratos en Rolo gekocht. Wil je wat?'

Ze schudde haar hoofd.

'Wat doen we hier?' vroeg ze even later.

'Doen? We moeten toch ergens slapen.'

'Maar waar gaan we heen? Wat doen we hier?'

Hij lachte naar haar, alsof hij wilde zeggen dat het een geheimpje was dat hij niet wilde verklappen.

19:35

Ze waren niet zo heet als hij gehoopt had. Leif Bryn vloekte in zichzelf. Sommige jonge paartjes die hun intrek namen in de campinghutten lukten het nauwelijks de deur achter zich op slot te doen voordat ze elkaar de kleren van het lijf begonnen te rukken. Oei, oei, oei, wat een sappige shows had hij gadegeslagen door de smalle kier in het ventilatierooster. Maar vanavond was er geen passie waar te nemen. De dame zat op de bank, van hem afgewend. De man zat op het bed. Ze praatten. Hij hoorde niet wat ze zeiden. Dat was niet belangrijk. Als ze niet van plan waren seks aan te bieden, konden ze wat hem betreft over beursnoteringen of het gat in de ozonlaag praten.

Misschien wilden ze wachten tot ze naar bed gingen? Het licht uitdoen, de deken over zich heen trekken en een potje neuken als een vermoeid miljonairsechtpaar. Geen lol aan met zo'n stel!

Of misschien deden ze het liever 's morgens? Die had je ook. Die eerst een nacht goed geslapen moesten hebben voordat ze een nummertje konden maken. Leif grijnsde, hij moest hier maar 's morgens vroeg gaan kijken. Nu had het geen zin om hier nog te blijven staan gluren. Thuis had hij nog een paar video's en blaadjes liggen.

21:45

Het gebruis van de stroomversnelling vervult hem met ontzag.

Hij wil niet over het aangelegde pad lopen, maar neemt het wandelpad dat langs de waterval slingert tot aan de stroomversnellingen. Op sommige plaatsen is het pad zo smal dat hij haar moet helpen om te voorkomen dat ze haar evenwicht verliest en naar beneden valt. Het is een magisch gevoel om haar hand vast te houden, haar huid te voelen, de warmte, te voelen hoe ze haar spieren spant om niet onderuit te gaan: een prikkelend gevoel dat via zijn hand door heel zijn lichaam trekt.

Ze moeten een eind omhoog om bij de leistenen trap van het platform te komen waar je over de waterval uit kunt kijken. Een duizelingwekkende hoeveelheid water stort naar beneden en verandert in een wolk waterdruppels. Het uitzichtplatform wordt gestut door vijf dikke betonnen zuilen die uit de bergwand steken. Als je over het hek leunt, kijk je direct de afgrond in.

Hij houdt van dat gevoel.

Hij filmt haar bij het hek, maar het licht is al grauw en niet scherp genoeg. Hij besluit te wachten met filmen tot de volgende dag. Midden op de dag, als het licht helder is, kan hij haar misschien mee naar beneden nemen, onderaan de waterval. Hij trekt haar mee naar de rij picknicktafels van ruw hout. Ze zijn alleen. Het eindeloze gebulder van de waterval werkt kalmerend.

'Ben je hier nog nooit eerder geweest?' vraagt hij.

Ze schudt haar hoofd.

'Ik ben hier wel geweest', zegt hij. 'Lang, lang geleden.' Hij weet niet of dat de waarheid is of een droom. Maar hij ziet moeder duidelijk voor zich, staand voor een hek voor een waterval.

'Waarom film je me de hele tijd?' vraagt ze.

De vraag komt als een verrassing. Hij raakt geïrriteerd. Hij houdt niet van verrassende vragen.

Omdat ik een plan heb, zou hij kunnen zeggen. Omdat ik van plan ben je mee te nemen naar de kelder van mijn huis. Ik heb een matras die op je wacht. Je hebt die vast op televisie gezien. Dan stuur ik videocassettes naar jouw televisiezender. Van jou. Een voor een. Het hele land mag meegenieten van het raadsel. De Grote Jacht Op Kristin Bye! Waar denk je dat ze vandaag is? Moeder, haal de koffie en de koekjes, het journaal met het dagelijkse raadsel begint! Van sommige beelden zal het onmogelijk vast te stellen zijn waar ze gefilmd zijn. Bos en bergen. Kan overal zijn. Andere beelden zullen een beetje verraden. De waterval. Een bergtop. Een boerderij. Je kijkt toch ook naar het televisieprogramma *Norge Rundt*, met die wedstrijd waaraan zoveel Noren deelnemen? Stel je net zo'n wedstrijd voor. Met jouw leven als inzet. Met jou als hoofdpersoon.

Dat zou hij allemaal kunnen zeggen.

Maar hij zegt niets.

'Ben je van plan me te doden?' vraagt ze.

Hij kijkt in haar ogen. 'Als je zulke vragen stelt, krijg ik ontzettend veel zin om dat te doen.'

Hij zegt het half voor de grap, maar hij ziet aan haar dat ze het serieus neemt.

22:10

Langzaam, als geliefden, slenterden ze terug van de waterval.

De avond was zacht en het bos zat vol geluiden. Ze namen nu het aangelegde pad, maar toch greep hij haar hand. Hij wilde zeker dat ze eruit zouden zien als een stel voor het geval er iemand kwam. Maar ze had geen mens gezien sinds ze de sleutel van die dikke jongen in het hokje hadden gekregen.

Het was een merkwaardig gevoel om de hand vast te houden van een man die god weet hoeveel vrouwen heeft vermoord. Ze keek hem van opzij aan. Hoe was het mogelijk dat hij het ene ogenblik aardig en kwetsbaar leek en vervolgens kon veranderen in een meedogenloze martelaar en moordenaar? Iemand die het lijden van zijn slachtoffers verlengt door ze gevangen te houden, door ze te filmen, door ze op beestachtige wijze te vermoorden, door hun nagedachtenis te bezoedelen door de beelden van de moord naar de televisie te sturen?

Waar we doorgaan met bezoedelen, dacht ze.

In enkele campinghutten was het licht aan. Ze keken over het terrein, naar de silhouetten van de verlaten speeltoestellen, de donkere hutten, de grote, lege kampeerplaats. Een zomer op zijn retour…

Hij draaide de deur van het slot en deed het licht aan. Ze hadden allebei honger. Ze hadden brood met worst gegeten als ontbijt en lunch, maar bij een benzinestation had hij eieren, groente en brood gekocht en nu bakte hij een ei voor hen.

Toen ze gegeten hadden, namen ze allebei een stoel mee naar buiten. Het werd donker en de waterval leek veel dichterbij. Ze zagen geen sterren.

'Ik heb me iets afgevraagd', zei ze.

Hij keek haar vragend aan.

'Waarom heb je die videobeelden naar mij gestuurd?'

'Jij bent journalist. Op televisie', zei hij ontwijkend.

'Maar waarom naar mij?'

'Jij bent mijn gereedschap.'

'Je begrijpt het niet. Waarom juist naar mij. Naar míj?'

Hij lachte verlegen en ze meende duidelijk te zien dat hij bloosde.

'Misschien omdat ik je leuk vind?'

Hij bedoelde het misschien als compliment, maar het voelde als een dreigement.

Hij kuchte. 'Herinner je je me niet?' vroeg hij. Hij tracht zijn stem onverschillig te laten klinken, maar de woorden kwamen er verwrongen uit.

Ze tuurde naar hem. *Me hem herinneren? Allemachtig, zou ik hem moeten kennen? Heb ik hem eerder ontmoet?*

'Je hebt iets bekends', loog ze.

'Doe geen moeite! Je herinnert je me niet!'

'Ik weet dat ik je ergens van ken, ik weet even niet meer waarvan.'

Hij zweeg even. 'Je hebt me geïnterviewd, herinner je je dat niet?'

Hem geïnterviewd? Hemelse goedheid, heb ik HEM GEÏNTERVIEWD?

'Juist!' zei ze en ze knipte een paar maal met haar vingers om haar geheugen op gang te brengen. 'Nu begin ik het me weer te herinneren.'

'Vorig jaar mei', hielp hij haar.

O, help me... mei vorig jaar... toen werkte ik nog voor Dagbladet... *mei, mei mei!*

'Precies! Jij zat in die reportage over...' Ze knipte weer alsof het woord op haar tong lag.

'...de beste film aller tijden', zei hij nonchalant. Hij maakte geen kwade of teleurgestelde indruk. Maar hij keek haar niet aan toen hij het zei.

Ze verzon niet nog meer leugens.

'Je hoeft niet te doen alsof', ging hij verder.

Ze zei niets.

'Het was in mei', legde hij uit. '20 mei. Je belde me op mijn werk omdat iemand van de Filmclub jou getipt had over me. Omdat ik er een beetje verstand van had. De dag daarna kwam je met die cowboyfotograaf. We hebben samen gepraat. De cowboy heeft een stapel foto's gemaakt. Maar jullie hebben er geen een van gebruikt.'

Hij! Vaag herinnerde ze zich de gebeurtenis. Ze hadden achter in de bioscoop gestaan in een donkere projectiekamer. De forse filmprojector had gezoemd en gedraaid. Dat herinnerde ze zich het best: het geknetter van de film die, gaatje voor gaatje, door de tandwielen werd getrokken. Het gesuis van de ventilator.

'Ik heb veel aan je gedacht. Daarna.' Hij lachte verlegen: 'Ik heb zelfs een paar brieven aan je geschreven. Maar ik heb ze nooit kunnen versturen.' Hij schopte zachtjes tegen de aarde. 'Je moet me geloven als ik zeg dat ik verbaasd was toen ik zag dat je bij *24 timer!* was begonnen. Bij de televisie nog wel.'

Ze sloot haar ogen en leunde achterover in haar stoel. Liet haar hoofd naar achteren zakken. *Ik begrijp gewoon niet waarom hij...*

'Wat dacht je?' vroeg hij. 'Toen je de eerste video's kreeg?' Hij steunde met zijn onderarmen op zijn dijen en boog naar haar toe.

'Ik weet het niet precies.'

'Jawel! Vertel het me!'

'Ik dacht waarschijnlijk dat je een… man met problemen was.'

'Een gek?'

'Ik dacht gewoon, snap je, dat je misschien een beetje, tja, niet goed bij je hoofd was. Snap je?'

Hij drukte zijn handpalmen tegen elkaar en wiegde heen en weer. Hij leek op een Tibetaanse monnik in gebed.

Hij zat lang zo naar haar te staren. Als in een trance. Toen barstte hij in lachen uit. Een verwachtingsvolle lach.

Hij denkt dat ik geïmponeerd ben!

'Grote genade', zei ze. Alleen maar om iets te zeggen.

In de avondschemering lichtten zijn ogen op. Lichtblauw en betoverend.

'Een beetje niet goed bij mijn hoofd?' vroeg hij.

'Wat moest ik denken?'

'Is er niets wat je je afvraagt?' vraagt hij.

Niets? O ja, mijn jongen, ik vraag me een heleboel af!

Ze zei: 'Toen jij me die keer belde, vroeg je me de politie te vragen naar een paar symbolen.'

Hij zei niets.

'Dus ik heb het gevraagd', ging ze verder. 'Ze vertelden dat het hexagrammen waren.'

'Het verbaasde me dat er niet meer drukte om werd gemaakt. Ik had gedacht dat er veel om te doen zou zijn.'

'Wat symboliseren ze?'

'Angst! Onzekerheid! Verlangen!'

'Ik begrijp het niet.'

Hij boog zich naar haar toe. 'Heb je je wel eens afgevraagd,' zei hij, 'wat een mens drijft om een ander te doden?'

Dit keer was ze niet verlamd van schrik, want de vraag klonk niet dreigend of gevaarlijk. Toch gaf ze geen antwoord. Zijn blik was intens, doordringend.

'Toevalligheden', zei hij. 'Gevoelsuitbarsting. Woede. Jaloezie. Als je alle moordenaars uit Noorse gevangenissen op een rij zet, zou je verbaasd zijn hoeveel gewone mannen erbij zitten. Geen gladgeschoren spierbundels met littekens, maar heel gewone mannen. Die geen kans zagen zich te beheersen.'

'Dat is toch geen verontschuldiging.'

'Niet voor de slachtoffers. Maar elke moord kent twee slachtoffers.' Hij grinnikte zacht. 'Je moet niet denken dat ik me hier probeer te verontschuldigen.'

Ze staarde naar hem. 'Maar jezus, waarom?'

'Waarom...' Hij tilde zijn handen op alsof hij van plan was een heleboel te zeggen, maar hij bleef stil voor zich uit zitten staren. 'Waarom niet?'

'Waarom?' herhaalde ze, vooral voor zichzelf.

'Weet je nog dat we met elkaar spraken aan de telefoon? Toen ik mezelf vergeleek met een gifslang?'

Ze staarde voor zich uit.

'Ik wilde een beeld scheppen, een voorstelling. Dat is een intellectuele uitdaging. Het construeren. Het manipuleren. Het hexagram was slechts een onderdeel van het bouwwerk. Een stukje dat bedoeld was om een beetje verwarring en angst te zaaien.'

'Een spel!', riep ze uit. 'Dát is het voor je! Een verrekt spel!'

Hij staarde haar verwonderd aan. En wat dan nog, leek zijn blik te zeggen.

'Een spel!' herhaalde ze.

'Misschien. Alles is een spel. De machinerie van de maatschappij. Is de hele aardbol geen enorm speelbord? Waar de politici en de generaals de regels bepalen?'

'Allemachtig, dat is een armoedige vergelijking! Je hebt geen idee hoe banaal dat klinkt!'

'Of de relatie tussen een man en een vrouw. Is het niet een groot spel? Een spel van gevoelens, van macht!'

Ze kreunde van wanhoop. 'Je praat in clichés!'

Hij ging verder: 'Neem jij ook niet deel aan een spel? Is het brengen van het nieuws iets anders dan een spel? Een manipulatie? Jullie kiezen en verwerpen bepaalde zaken. In levens. Jullie kijken vanuit een bepaalde hoek. Jullie blazen sommige dingen op en houden andere zaken achter. Alsof jullie een goddelijke macht vertegenwoordigen die bepaalt wat belangrijk is en wat niet. Jullie maken jezelf zo belangrijk. Professionele vrijheid, schreeuwen jullie. Kritische schijnwerpers. Ik kan jullie gewoon horen. Maar jullie nemen dus deel aan precies hetzelfde spel. Denken jullie dat ik dat niet weet? Denk je niet dat ik erin geslaagd ben jullie te gebruiken? Angst te scheppen. Massahysterie. Via de media. De media zijn de sleutel.'

'Maar waarom?'

Hij begon te schaterlachen. In het schijnsel van de straatlantaarn die ver weg stond werd zijn gezicht vervormd door schaduwen en contrasten.

Ergens werd een autoportier dichtgegooid.

'Hoe zit het met mij?' zei ze. 'Wat ga je met mij doen?'

Zijn gelach stierf weg.

'Ben je van plan me te vermoorden?'

Hij leunde achterover in zijn stoel.

Het geruis van de waterval deed haar denken aan een televisie die iemand vergeten was uit te zetten. Ze merkte dat hij haar zat op te nemen.

'Je hebt vast nooit pijn gevoeld', zei hij. 'Nooit een diepe, innerlijke pijn.'

Ze ontmoette zijn blik. Hield haar adem in. Maar ze zei niets.

Uit het donkere bos klonk een halfslachtig deuntje van een vogel. Achter de heuvels die de camping scheidden van de hoofdweg, trok een auto op.

'Ben je moe?'

'Ja.'

'Zullen we gaan slapen?'

De vraag klonk trouwhartig, volledig ongevaarlijk. Toch verstijfde haar lichaam. Zullen we gaan slapen? Een vraag voor een stel. Voor minnaars. Voor iedereen die iets voor elkaar betekende. Uit zijn mond klonk het als een doodvonnis.

Ze droegen elk hun stoel naar binnen. Hij draaide de deur op slot en stak de sleutel bij zich.

'Het was een lange dag', zei ze en ze staarde nerveus naar het tweepersoonsbed.

Hij volgde haar blik. 'Jij gaat aan de binnenkant liggen', zei hij. 'Tegen de muur.'

hij gaat het niet doen… hij gaat het niet doen… hij gaat het niet doen

Ze deed haar broek en sokken uit, maar niet haar blouse en kroop in bed. Ging helemaal tegen de muur liggen.

'Wordt dat niet te warm? Met je blouse aan?' vroeg hij. Zijn stem had iets teders gekregen.

'Ik heb het 's nachts snel koud.'

'Ik moet je vastbinden.'

Ze onderdrukte een kreet.

In de tas vond hij twee nylonkoorden. Hij wikkelde om iedere pols een touw; daarna trok hij het strak en knoopte het aan de spijlen van het bed. Ze kon haar armen een beetje bewegen, maar zich niet omdraaien.

ik ben hulpeloos… hij kan met me doen wat hij wil

Hij deed het licht uit.

In het donker zag ze vaag zijn contouren terwijl hij zich uitkleedde, zijn kleren keurig opvouwde en ze op de stoel legde. Het bed kraakte toen hij op de rand ging zitten.

hij gaat het niet doen… hij gaat het niet doen… hij gaat het niet doen

Hij ging liggen. Zijn bovenarm streek langs haar.

lieve God, laat hem het niet doen

Hij haalde diep en bevend adem.

'Goedenacht', fluisterde hij.

Het duurde even voor ze kon antwoorden.

23:30

De tip van Ann-Reidun Skard hielp hem niet verder.

Gunnar besteedde de hele avond aan het opsporen van de verschillende bronnen met wie hij al gesproken had over Rune Strøm, en niemand kende iemand die in de buurt van Ammerud had gewoond. De enige die hij niet te pakken kon krijgen was Tor Berg. Het viel hem op dat het feit dat de tandartspraktijk in Stovnercentrum zat, dat niet ver van Ammerud lag, mogelijk zou kunnen betekenen dat hij een band had met de wijk. En dat Tor Berg Linda Gabrielsens verrekte minnaar zou kunnen zijn en de gevreesde moordenaar.

Maar toch... Niets klopte. Tor Berg was het type niet. Hij was beslist Aquarius niet.

Gunnar kreeg hem eindelijk thuis te pakken. Hij had de hele avond gebeld. Berg legde uit dat hij net thuiskwam van zijn vaste schaakavond. 'Anders had ik allang geslapen.'

Gunnar kuchte. Hij was moe en versleten en wist niet precies wat hij moest zeggen. 'Dit is een schot in het duister,' zei hij met een hese stem, 'maar ik bel om te vragen of je ooit van een persoon hebt gehoord in de kring rond Rune en Linda die in de buurt van Ammerud woonde?'

'Nee', zei Berg onmiddellijk. Toen was het even stil. 'Wacht eens even.' Hij lachte kort. 'Grappig dat je het vraagt. Ik heb een van de outsiders van de Klan een keer teruggezien hier in het centrum. Vorig jaar was het, geloof ik. We raakten aan de praat. Hij woonde op Rødtvet, zei hij. En dat is niet zo ver van Ammerud. Toen we naar school gingen, wisten we bijna niets van hem. Hij was een naar binnen gekeerd type. Vreemd. Hitchcock. Aardige kerel. Beleefd en vriendelijk. Maar altijd op een afstand. Alsof hij in een andere wereld leefde. Op een andere planeet. Niemand kende hem echt.'

'Hitchcock? Heette hij echt Hitchcock?'

Tor Berg gromde. 'Natuurlijk niet, zo noemden we hem,' hij haalde adem en Gunnar Borg kon werkelijk horen hoe de waarheid hem iets deed inzien, 'omdat hij altijd bezig was met filmen.'

00:30

De ramen waren donker.

Een bruingebeitst huis, met één verdieping, ergens in de jaren vijftig gebouwd. De goed onderhouden tuin was overladen met rozen, bessenstruiken en fruitbomen. Iemand had het grindpad van de weg naar de voordeur aangeharkt. Twee banen van baksteen leidden naar de gesloten garage. Tussen de banen groeide gras. Keurig geknipte hagen, pasgemaaid grasveld. Aan de gevel zat een paraboolantenne.

Het huis lag in een stille, weinig opvallende buurt, aan het eind van een doodlopende straat die uitkwam in een bos dat op de heuvel tussen Rødtvet en Vesletjern lag. Door het bos was het vijf minuten lopen naar Ammerud.

Gunnar dacht: hadden ze niet een keer een verdronken meisje in Vesletjern gevonden?

Hij sloop door de tuin, langs de seringen. Stond stil. Hij keek omhoog naar de donkere ramen. Hij nam de omgeving nauwkeurig in zich op. De appelbomen waren zwaar van het fruit. De rozenbedden waren gewied, de donkere teelaarde leek pas omgewoeld. Hij snoof de vochtige geuren van de tuin op.

Hij rende naar de appelboom, ging op zijn hurken zitten achter een bessenstruik, draafde over het grasveld naar het huis. Stil en donker. Hij probeerde door een raam te kijken, maar hij kon niet hoog genoeg komen.

Hij ging op zijn knieën liggen om door het kelderraam te kunnen kijken. Hij schrok toen hij zijn eigen spiegelbeeld zag. Toen duwde hij zijn voorhoofd tegen het glas en zette zijn handen tegen zijn hoofd. Maar hij kon niet naar binnen kijken. De ramen waren aan de binnenkant geblindeerd. Hij stond op en klopte het zand van zijn knieën.

Het is hem, dacht jij. Hij wist niet wat hem zo zeker van zijn zaak maakte. Hij kon zich weer vergissen. Hij dacht: ik vergis me niet! Dit keer heb ik hem!

00:40

Ze droomde onrustig.

Voor Kristin was het geen rustige nacht. Iedere keer als ze probeerde zich om te draaien of als haar neus jeukte werd ze wakker.

Ze herinnerde zich niet wat ze gedroomd had, maar de dromen lieten een zeurend, claustrofobisch gevoel achter.

Ze had een droge mond. Dorst. Thuis had ze altijd een glas water op haar nachtkastje staan.

Wanneer ze haar hoofd draaide en naar de man die naast haar lag keek, sliep hij diep: hij haalde gelijkmatig adem en had zijn handen gevouwen op zijn buik.

Ze dacht: ik weet niet eens hoe hij heet.

3:44

Politie-inspecteur Vang weigerde actie te ondernemen.

Gunnar dacht dat hij het niet goed hoorde. Hij zat op een ongemakkelijke stalen stoel in het kantoor van een van de onderzoeksgroepen. Vang troonde achter het bureau. Oscar Lund, die Gunnar van huis had gehaald en ervoor gezorgd had dat Gunnar tien minuten audiëntie bij Zijne Heiligheid had gekregen, stond tegen de muur geleund.

'Maar het is zo overduidelijk', stotterde Gunnar verward. Hij had verteld over de gesprekken met de vrienden van Rune Strøm, over hoe alle stukjes een voor een op hun plaats waren gevallen en hij was geëindigd met zijn bezoek aan het huis op Rødtvet.

Vang schudde zijn hoofd en maakte aanstalten voor vertrek. Zijn gezicht was gerimpeld en zijn ogen rood van het gebrek aan slaap. 'Interessante tip', herhaalde hij. 'Maar je vergeet dat de politie al iemand in deze zaak heeft opgepakt die in voorlopige hechtenis zit.'

'Maar het is de verkeerde man!'

Vang nam een flinke slok van zijn koffie en wees naar Gunnar. 'Luister eens, Borg, laat ik het uitleggen', zei hij met een rauwe stem. 'Een politieonderzoek is een moeilijk en methodisch karwei. We volgen een spoor en proberen het vanuit verschillende hoeken te belichten. Parallel aan het hoofdspoor onderzoeken we andere sporen. Tijdens dat proces stromen de tips binnen. Sommige zijn van belang. Andere worden weggestreept. Sommige worden terzijde gelegd om nader te worden onderzocht als we niet verder komen met ons belangrijkste spoor. Het is niet zo dat we bij elk spoor alles wat we tot dan toe hebben, laten vallen en ons daarop storten. Wat heb je me nu verteld vannacht? Je vertelt dat een oude vriendin van Linda Gabrielsen, een vriendin die psychiatrisch patiënt is, beweert dat Linda een minnaar had. O ja? Dan zijn we misschien een stukje verder bij het oplossen van de Gabrielsen-zaak, als dat onderzoek ooit weer wordt opgepakt. Haar minnaar woonde in de buurt van Ammerud, zeg je. Nou en? Net zoals vijftigduizend anderen. Een persoon die in de jaren zeventig deel uitmaakte van dezelfde vriendenkring van de Kathedraalschool herinnert zich dat iemand uit de groep vaak filmde en Hitchcock werd genoemd. Nou en? En omdat die filmamateur op Rødtvet woont, stel jij vast, simsalabim!, dat jij de hele zaak hebt opgelost. Jij hebt de moordenaar van Linda Gabrielsen. Jij hebt Aquarius. Jij bent een dwaling van Justitie op het spoor. En uitgaande van deze halfgare aanwijzingen en zonder een greintje bewijs, verwacht je dat we de Mobiele Eenheid mobiliseren en midden in de nacht een huis binnenvallen? Helaas. Zo werkt de politie niet. Maar ik kan je dit beloven: morgen zal ik een van mijn rechercheurs naar deze tip laten kijken. Want dat is het. Een tip. Net als de vele honderden andere soortgelijke tips. Maar je zult niet op de stapel terechtkomen. Morgen zal ik een rechercheur jouw beweringen laten controleren.'

Hij stond op, wankelde even en steunde met zijn vuisten op tafel. 'Mijne heren, het was een lange dag. Als jullie me willen verontschuldigen...'

Hij liep de kamer uit en Gunnar staarde omhoog naar Oscar Lund.

'Hij geloofde me niet!' zei hij. 'Ik geef hem Aquarius op een presenteerblaadje zodat hij zo de gevangenis in kan en dan gelooft hij me niet!'

Oscar Lund vouwde zijn armen voor zijn borst. 'Dat heeft hij niet gezegd, Gunnar. Hij zei dat hij niet midden in de nacht actie wilde ondernemen op grond van dergelijk flinterdun bewijs. Hij heeft volkomen gelijk, vind ik. Het is niet overtuigend waarmee jij komt. Ik zou precies hetzelfde hebben gedaan!'

'Maar in hemelsnaam...'

'Jij hebt een verdachte, Gunnar. En Vang is moe. Hij heeft de laatste tijd vijftien tot twintig uur per dag gewerkt. De politieactie die jij verlangt vergt een behoorlijke organisatie. Er moet aan vele touwtjes getrokken worden. Het is bijna vier uur in de nacht, Gunnar.'

'De moordenaar woont in dat huis, Oscar!'

Hij knikte nadenkend.

'En nu moeten we achterover leunen en een paar dagen wachten? Terwijl die Frøydis misschien gevangen zit. Alleen om Vang tijd te geven om het bevestigd te krijgen?'

Oscar Lund haalde diep adem. 'Je weet, Gunnar, dat ik formeel gezien hier niet werk.'

'Dus?'

'Wat zou je ervan zeggen als deze twee oude bokken zelf een kijkje gingen nemen?'

4:55

Het begon al een beetje licht te worden toen Oscar Lund de voordeur openkreeg. Hij had de loper geleend van een van de jongens van Criminaliteit.

Ze hadden meerdere malen gebeld. De laatste keer vanuit Oscars auto die een eind verder op langs de weg stond. Gunnar had geteld dat hij vijftien keer overging voordat ze oplegden.

Toen hadden ze aangebeld. Langdurig.

'Of hij is niet thuis,' fluisterde Oscar, 'of hij staat ons achter de deur op te wachten.'

Gunnar moest even slikken voor hij antwoordde: 'Op onze leeftijd zijn we toch al praktisch dood.'

Oscar had minder dan een minuut nodig om de deur open te krijgen. Als in een film trok hij zijn pistool tevoorschijn en duwde de deur open.

Niemand.

Ze slopen naar binnen, deden de deur geluidloos achter zich dicht en luisterden.

Gunnar was misselijk van angst.

Het rinkelde flink toen Oscar de bos met lopers in zijn zak stopte.

Dit gebeurt niet, dacht Gunnar, dit is niet echt!

Na het piepkleine halletje kwamen ze in de gang. Links was een smalle trap die naar de eerste verdieping en de kelder leidde. Rechts zat een deur die gemerkt was met een hart. Recht vooruit waren de keuken en de woonkamer.

Ze slopen de kamer in. Gunnar was onder de indruk van alle boeken, hij voelde zich haast thuis. Toen zag hij dat de boekenkasten gevuld waren met videobanden, niet met boeken.

De eettafel was blinkend schoon. Het leek of een werkster net had schoongemaakt.

De keuken was schoon en opgeruimd.

Oscar wees omhoog.

Tree voor tree, doodsbang om op een plank te staan die kraakte, gingen ze naar de eerste verdieping.

Drie deuren.

Oscar deed de eerste voorzichtig open. Een oude jongenskamer, bevroren in de tijd, vele tientallen jaren ongemoeid gelaten. Aan het plafond hing een modelvliegtuig aan een visdraad. Een hijskraan stond tegen de muur. Op het bureau stond een microscoop.

De andere deur gaf toegang tot een kleine kamer die gevuld was met televisieschermen, mengpanelen en een computer.

Ze keken elkaar aan. Knikten.

Dan moest de slaapkamer achter de laatste deur zitten.

Oscar drukte de klink behoedzaam naar beneden met zijn linkerhand. In de andere hand had hij zijn wapen schietklaar.

Hij gluurde om de hoek.

Het tweepersoonsbed was leeg, de sprei lag strak over de deken. Op het nachtkastje, naast een waterglas dat op zijn kop stond, lag een bijbel.

'De kelder', fluisterde Oscar.

Ze slopen de trap af naar beneden naar de kelder. Een gang met aan weerszijden hokjes. Oscar deed zijn zaklantaarn aan. Achter de deuren aan de rechterkant stonden ski's en koffers en hing kleding.

De ene deur aan de linkerkant zat op slot met vier Yale-sloten.

De ander was niet op slot. Ze keken naar binnen.

Het hok was smal, niet groter dan een kledingkast eigenlijk. Ze zagen een barkruk. Een videocamera op een statief. Een rechthoekig raam.

Ze wisselden zwijgend een blik en gingen het hok binnen.

Gunnar keek als eerste door het raam.

5:28

Het landschap rond Jøkulfossen veranderde in de ochtendschemering. Het vriendelijke ochtendlicht streek de contouren van trollen glad en op wolkenloze dagen was er vaak een regenboog te zien in de waterdruppels rond de waterval. Ergens bovenin de bergen startte een auto.

Leif Bryn hield van de ochtend.

Hij had nooit tot het middaguur kunnen uitslapen. Hij werd altijd vroeg wakker en hield van de stille ochtenduren als hij rond zijn huis kon rommelen, naar de radio kon luisteren of naar *Goedemorgen Noorwegen* kon kijken. Hij had al meerdere malen een eland gezien tegen de bosrand.

Hij stond met zijn koffiebeker in zijn hand en met zijn voorhoofd tegen de ruit. Er was geen mens te zien buiten. De houten hutten waren nog donker, de campers zagen eruit als een rij uit de kluiten gewassen koelkasten.

Hij voelde een zoete kriebeling in zijn onderlijf toen hij aan het paar dacht dat zijn intrek had genomen in nummer zes. Ze zouden binnenkort wel wakker worden.

Hij deed altijd zijn gordel met gereedschap om als hij naar nummer zes ging om te gluren. Dan kon hij zeggen dat hij iets wilde repareren als hij betrapt werd. Hoewel dat nog nooit gebeurd was. Hij was gewoon voorzichtig.

5:32

De ochtend was vol sirenes.

Achter de gordijnen gluurden angstige en slaapdronken buren naar de stroom politieauto's en ambulances die maar aan bleven rijden over de smalle wegen van de villawijk, alsof de wereld in de loop van de nacht ten onder was gegaan.

Gunnar had de redactie gewaarschuwd nadat hij het alarmnummer van de politie had gebeld. Trots stelde hij vast dat de reportagewagen van *Dagbladet* de eerste van de media was. Maar het was een kortstondige overwinning: vijftien minuten later waren ze er allemaal.

Terwijl de politiemensen de plaats van het misdrijf onderzochten, probeerde Gunnar contact te krijgen met Kristin. Hij zat op de achterbank van Oscars auto en probeerde te bellen met de mobiele telefoon die de krant aan hem gegeven had. Hij verafschuwde het ding. Telefoons moesten groot, zwaar en moeilijk te vinden zijn.

Hij had al meerdere malen haar mobiele nummer gebeld, maar hij kreeg geen contact. Die verdomde moderne techniek!

Twee politiemannen, bewapend met machinepistolen en met kogelvrije vesten aan, kwam langs hem gerend. Doe maar rustig aan, jongens, zei Gunnar bij zichzelf, hij is er niet.

Bij Inlichtingen kreeg hij het nummer van Kristins broer. De telefoon ging minstens twintig keer over voor hij het opgaf. Toen hij naar het politiebureau van Juvdal belde, kreeg hij een antwoordapparaat dat hem een mobiel nummer van de dienstdoende wachtcommandant gaf. Gunnar toetste het nummer in. Een slaperige stem nam op. Gunnar stelde zich voor en legde langzaam en omstandig uit dat Kristin Bye misschien in levensgevaar was in de zomerboerderij. Hij had niet de indruk dat de wachtcommandant hem serieus nam. Of begreep waar hij het in hemelsnaam over had. Gunnar vreesde dat hij eigenlijk dacht dat hij droomde. Maar de wachtcommandant beloofde de zaak te onderzoeken.

Bij de politieversperringen ontdekte Gunnar de hippiecameraman van Kanal 24. Hoe noemde Kristin hem ook al weer? Roffern! Hij stapte uit de auto en tikte de cameraman op zijn rug. Roffern draaide zich geïrriteerd om, gewend als hij was om gestoord te worden door politiemensen die meenden dat de plaats van het misdrijf hun eigendom was, maar hij lichtte op toen hij Gunnar herkende.

'Ik heb gehoord dat jij hem gevonden hebt!' zei Roffern. 'Gratis! Prima zaak!'

Gunnar schopte met de punt van zijn schoen tegen het trottoir. Het was lang geleden dat hij waardering had geoogst van een jongere collega.

'Hebben ze hem gepakt?' vroeg Roffern.

Gunnar trok hem iets terzijde. 'Hij was niet thuis. Ik maak me zorgen om Kristin. Die kerel was hier gisteren, maar is spoorloos verdwenen.'

'Zit Kristin dan niet op de zomerboerderij?'

'Precies.'

'Maar dan... Oeps... Denk je... Wel verdomme!'

'Ik ben van plan daarheen te gaan. Een watervliegtuig huren. Ik dacht dat je misschien mee wilde. Dan delen we de kosten.'

'Prima. Ik moet het even overleggen met mijn chef.'

'Overleggen? Dat is meer dan wat ik heb gedaan. Het is makkelijker om vergiffenis te krijgen dan toestemming! Het is ongetwijfeld een *story.*'

Roffern knikte afwezig. 'Ongetwijfeld een *story*', herhaalde hij.

6:05

Leif Bryn naderde met rustige stappen nummer zes. Het geluid dat hij maakte werd overstemd door het geruis van de stroomversnellingen. Hij liep voorzichtig door het struikgewas achter de hut en ging naar de kier in het ventilatierooster. Met kloppend hart keek hij naar binnen.

Eerst was hij teleurgesteld. Ze sliepen. De man was halfnaakt, de dame had een onderbroek aan en een blouse en ze had haar armen uitgestrekt naar de spijlen van het bed. Merkwaardige houding om in te slapen, dacht hij. Toen ontdekte hij dat ze vastgebonden was.

De schok in zijn onderlijf deed hem naar adem snakken. Hij had gelezen over dergelijke zaken. In een pornoblaadje. Hoe noemden ze dat ook al weer? Hij herinnerde het zich niet. Iets Frans. Tamelijk pikante boel. Niets iets voor dorpsmeisjes.

Waren ze vannacht bezig geweest, nadat hij weg was gegaan? Of hadden ze plannen voor vanochtend?

Hij keek beter naar de dame. Mooi. Ze had iets bekends. Hij kon haar niet helemaal thuisbrengen. Verdomde sexy. Beslist een gezicht dat hij kende. Beslist.

6:20

Steriel. Koud en steriel.

Vang stond in de kamer. Hij was thuis gebeld. De telefoon had hem gewekt. Herdis, was het eerste dat hij had gedacht toen hij de telefoon opnam.

Maar het was Herdis niet.

Hij dacht eerst dat iemand hem voor de gek hield. Hij luisterde naar de woordenstroom van de dienstdoende wachtmeester.

...Frøydis Vik... gevonden in een huis... cel in de kelder... op Rødtvet in Groruddalen... geavanceerde videoapparatuur... Gunnar Borg en Oscar Lund... Aquarius... niet Rune Strøm... auto onderweg om hem op te halen...

De woorden waren niet helemaal doorgedrongen in zijn hersenen. Een surveillancewagen had hem voor het woonblok opgepikt en hem via de Trondheimsvei naar de buitenwijk Rødtvet gebracht. Pas nu begon hij het te beseffen.

Hij had de hele tijd gelijk gehad. Rune Strøm was Aquarius niet. Zijn instinct had hem niet in de steek gelaten.

Maar het was geen goed gevoel.

De slaap wilde niet wijken, de vermoeidheid lag als vochtig katoen achter zijn ogen.

Het huis was volkomen anders dan dat van Rune Strøm. Het huis van Strøm had ondanks alles bewoond geleken. Rommelig. Hier was alles keurig. Steriel. Als een foto uit een twintig jaar oude meubelcatalogus. Een buitenlands filmtijdschrift lag keurig recht op het patroon van het tafelkleed. De flessen afwasmiddel, bakolie en bloemenvoeding stonden in het gelid in het kraakheldere gootsteenkastje. Hij opende de koelkast, hij verwachtte half een afgesneden hoofd te vinden, maar zag slechts de gewone zaken: melk, beleg, groente. Niet erin gepropt zoals in zijn eigen koelkast, maar in keurige rijen.

Op de een of andere manier was dat angstaanjagend.

Het huis rook schoon, pas gepoetst. Hij dacht: ik heb onze flat niet schoongemaakt sinds Herdis vertrokken is. Niet eens de stofzuiger gehanteerd.

Hij liep achter een technisch rechercheur aan naar de eerste verdieping. Hij bleef lang staan in de videokamer. Schermen, leidingen, machines. De moderne speelkamer van de gek.

7:00

Zoals altijd wordt hij langzaam wakker.

Hij ligt een poosje met zijn ogen dicht. Hij luistert. Het meisje haalt regelmatig adem.

Hij slaat zijn ogen op. Het is al licht in de kamer: een groenachtig licht dat door de gordijnen schijnt.

Hij draait zich om naar het meisje. Ze ligt met haar hoofd op haar linkerarm. Haar mond is halfopen. Ze heeft gekwijld over haar kin. Haar blouse is open gegleden. Hij steunt op zijn elleboog en staart naar haar onderbroek. Die is beige. Voorop zit een soort geborduurd patroon. Door de stof ziet hij vaag het haar. Haar blouse zit strak om haar borsten, hij ziet een streep huid tussen haar onderbroek en haar blouse.

Hij klapt de deken weg en staat op. Hij plast in de gootsteen. Hij zet het raam op een kier en inhaleert de frisse, heldere geur van de ochtend. Hij draait zich om en kijkt naar haar. Haar benen zijn lang. De onderbroek is beige. Met een geborduurd patroon.

Hij probeert niet te veel geluid te maken als hij een ketel met water vult en die op het kookplaatje zet. Iemand heeft een half potje instantkoffie achtergelaten in de kast. Hij kookt het water en maakt twee koppen koffie. Hij werpt een blik op haar om te kijken of ze wakker is. Dat is niet het geval. Ze ligt uitgestrekt op bed met haar lange benen, de beige onderbroek en de blouse die op en neer gaat.

Hij gaat op zijn knieën op bed zitten en maakt de nylontouwen los. Ze wordt wakker als haar rechterarm naar beneden glijdt. Ze wordt niet langzaam wakker, zoals hij, maar doet haar ogen open met een kreet en is klaarwakker.

'Goedemorgen', zegt hij.

Ze geeft geen antwoord.

'Een heerlijke dag', zegt hij en hij maakt de knoop op de linkerpols los.

Ze glijdt naar beneden op het bed waardoor haar blouse nog verder omhoog gaat. Ze wrijft over haar armen.

'Heb je goed geslapen?' vraagt hij.

'Nee.'

Ochtendhumeur, denkt hij. Veel meisjes hebben dat. Absoluut niet mee te praten.

'Ik heb koffie gemaakt', zegt hij.

Ze gaat rechtop zitten. Kruipt langs hem. Haar onderbroek spant om haar billen. Hij kan niet wegkijken. Ze doet haar broek en sokken aan, stopt de blouse in haar broek en trekt de rits dicht met een merkwaardige beweging van haar buik.

'Ik moet plassen', zegt ze direct.

Hij weet niet zo goed wat hij moet antwoorden. 'Ik had gedacht dat we vandaag naar de waterval konden gaan om wat te filmen', zegt hij.

'Ik zei dat ik moet plassen!'

Oei, denkt hij, ze heeft een behoorlijk ochtendhumeur, je mag blij zijn dat je niet met zo iemand getrouwd bent.

7:30

Leif stond in de kiosk te bladeren in *Dagbladet* van gisteren toen hij zich ineens herinnerde wie die vrouw in nummer zes was.

Kristin Bye! Die televisiedame! Die opgesloten had gezeten door die gestoorde moordenaar in Oslo!

Hij keek op en nam de kampeerplaats op. Hij was het niet gewend bekende mensen als gast te hebben. Behalve dan de burgemeester en de een of andere lokale beroemdheid. Hij was opgewonden. Kristin Bye! Nu schaamde hij zich bijna dat hij hen had bespioneerd. Dergelijke sterren moesten toch in alle rust een nummertje kunnen maken. Ze waren niet als andere mensen.

Hij trommelde met zijn vingers op de toonbank.

Hij voelde een enorme drang om het aan iemand te vertellen, maar toen hij naar de telefoon keek, wist hij niet precies met wie hij het nieuwtje moest delen. Het toeristenbureau zou het niets kunnen schelen. Zijn vrienden waren op weg naar hun werk. De regionale krant, misschien? Zodat hij reclame kon maken voor Jøkulfossen Camping & Hytteland?

Hij staarde naar de krant die voor hem op de toonbank lag. Betaalde die krant uit Oslo niet duizend kronen voor een tip? Als *Dagbladet* een artikel wilde schrijven over de vakantie van Kristin Bye op Jøkulfossen Camping & Hytteland dan zou dat een geweldige reclame zijn. En misschien nog wel duizend kronen als extraatje.

IJverig ging hij op zoek naar het telefoonnummer van de krant.

7:40

De cel stonk naar urine.

Hij was nog kleiner dan Vang had gedacht. Hij had de kamer honderden malen gezien op de video-opnames van Aquarius en hij had gedacht dat de kamer groot was. Maar hij was niet groter dan een hok.

Er lag één matras op de grond. Een andere stond tegen de muur geleund. In de hoek, op een kruk, had hij een televisie gezet. De kabels had hij naar het hok ernaast geleid waar een videorecorder en een doorzichtige spiegel waren.

Hij rukte aan de ketting die aan de muur was vastgemaakt. Hij keek naar de vier sloten op de deur.

Hij deed de deur dicht en probeerde zich voor te stellen hoe ze zich gevoeld moesten hebben: de vrouwen die op de matras lagen te wachten op de dood.

Hoelang hadden ze begrepen wat hun te wachten stond? Ze hadden vast gehoopt dat hij hun niets zou doen. Gehoopt dat de politie hen zou vinden, gehoopt dat hij milder zou worden en hen zou laten gaan. Terwijl ze wisten dat hij hen zou doden.

Ja, ja, we hebben Frøydis gered, dacht hij.

Wij? Eerlijk, Runar! Wij?

Gunnar Borg en Oscar Lund.

Hij had niet naar hen willen luisteren. Had Gunnar Borg niet geloofd. Hij had hem afgepoeierd als een fantast en een overijverige, oude journalist.

Hij vroeg zich af hoe de kranten over hem zouden schrijven. Als bekend werd dat hij Gunnar Borg had weggestuurd toen die de oplossing op een zilveren blaadje kwam aanreiken?

Hij verwierp de gedachte. Nu moest hij Aquarius vinden. Antonsen had al een opsporingsbericht aan Interpol doorgegeven. Voor het geval hij naar het buitenland was gegaan.

De persvoorlichter van de staf, Hugo Aasen, bereidde een persconferentie voor op het hoofdbureau. NRK, TV2, TvNorge en Kanal 24 zouden live uitzenden. Maar de politie had nog niet besloten wannéér. Vang had NTB, de televisie en radio verzocht om met het nieuws te wachten tot de politie het sein op groen had gezet. Het was mogelijk dat Aquarius niet wist dat hij was ontmaskerd. Het was mogelijk dat hij naar huis terugkeerde. Er stond politie naar hem uit te kijken.

Fat chance, dacht Vang.

Hij sloot zijn ogen.

Waar was hij heengegaan?

Waar zou híj heengaan als hij Aquarius was?

Op jacht.

De volgende gedachte trof hem als een ijskoude windvlaag: Kristin Bye!

7:45

Ze dronk nooit koffie op nuchtere maag, maar hij was zo trots dat hij koffie voor haar had gemaakt dat ze de beker aannam. Ze ging met haar benen over elkaar op de bank zitten en slurpte aan de koffie. De koffie was veel te sterk.

'Dat is lekker', zei ze.

Hij lachte verlegen.

Ze gluurde naar haar mobiele telefoon. Hij volgde haar blik.

'Verwacht je telefoon?' vroeg hij.

Ze schudde haar hoofd. 'Nee, hoor.'

Zij ogen versmalden zich. 'Doe hem aan!'

'Maar de batterij…'

'Je hebt hem met opzet uitgedaan! Zodat ze zouden begrijpen dat er iets aan de hand was!'

'Wie?'

Hij antwoordde niet. Ze deed de telefoon aan.

Tien minuten later ging hij over.

Ze keek hem aan.

'Moet ik opnemen?'

Hij knikte. 'Maar als je ook maar iets probeert…'

'Ik zal niets proberen.' Ze drukte op het hoorntje. 'Kristin?'

'God zij dank', zei een bekende stem.

'Gunnar?'

'Met Vang! Politie-inspecteur Runar Vang.'

Ze wist niet of Aquarius zo dichtbij stond dat hij hen kon horen. 'Wie is het?' fluisterde hij.

Gunnar Borg, vormde ze geluidloos met haar lippen.

'Goedemorgen', zei ze in het toestel.

'Waar ben je?' vroeg hij.

'Op de berg', zei ze.

Op de zomerboerderij, schreeuwde hij met zijn lippen.

'Op de zomerboerderij', verbeterde ze zich.

'Er is iets gebeurd.'

'O ja?'

'Het was Rune Strøm niet.'

'Wat bedoel je?'

'Rune Strøm is Aquarius niet.'

'Is dat zo?'

'Je klinkt niet verbaasd.'

'Nee, nou...'

Vang aarzelde.

Ze zei: 'Hoe is het weer in Oslo?'

'Het weer?'

'Hier is het heerlijk!'

Niets proberen jij, zeiden zijn lippen.

'Heb je begrepen wat ik zei? Over Rune Strøm?'

Opgewekt: 'Jazeker. Een heerlijke ochtend!'

'Dus je begrijpt dat je in levensgevaar verkeert.'

'Ik begrijp het. Maar hier is het in elk geval mooi weer!'

'Ik wil dat je de zomerboerderij onmiddellijk verlaat en naar het politiebureau in Juvdal gaat. Begrijp je? Het politiebureau in Juvdal! Ik zal ze direct na dit gesprek waarschuwen!'

'Ik weet niet of dit nu zo goed uitkomt...'

'Uitkomt? Ik geloof niet dat je de ernst van de situatie inziet.'

Ze keek hem aan. Hij liep naar haar toe en legde zijn oor tegen de telefoon.

'Juist!' zei ze. 'Oké! Prima!'

'Kalm aan, je hoeft je niet bezorgd...'

'Het is prima', onderbrak ze hem.

Hij aarzelde weer. 'Heb je begrepen wat...'

'Helder en duidelijk!'

'Ja... Dan neem ik contact met je op als...'

'Dat is mooi!'

'Geen flauwekul? Je doet wat ik zeg?'

'Helemaal duidelijk. Tot ziens!' Ze verbrak de verbinding.

'Wie was dat?' vroeg hij direct.
'Gunnar. Een oude vriend van me uit Oslo. Gunnar Borg.'
'Wat wilde hij?'
'Hij maakte zich ongerust over me. Hij had me gisteravond de hele avond geprobeerd te bellen.'
'Ongerust, waarom?
'Dat er iets met me gebeurd was.'
'Waarom zei hij dat je je niet bezorgd hoefde te maken?'
'Hij heeft problemen met zijn hart. Hij denkt dat iedereen bang is dat hij doodgaat.'
'Wat bedoelde hij met dat je moest doen wat hij zei?'
Ze grinnikte. 'Hij zei dat ik goed moest eten en me behoorlijk moest aankleden.'
'Waarom zei hij dat hij weer contact op zou nemen?'
'Hij zou naar de dokter. Voor zijn hart. Hij wil niet dat ik me zorgen om hem maak.'
'Zei hij dat allemaal in die korte tijd?'
'Ben je gek? Het meeste wist ik al. Heb jij geen vrienden met wie je alleen maar in steekwoorden praat?'
'Nee', zei hij.

8:02

Kristin Bye was in leven en ze was veilig. Dat was het belangrijkste. Maar het was het vreemdste gesprek geweest dat Vang in tijden had gevoerd.

Het plastic om zijn schoenen kraakte toen hij van de kamer naar de gang liep. Aksel Antonsen was net binnengekomen. Om hem heen krioelde het van de rechercheurs.

Zou ze drugs gebruiken? Of alcoholiste zijn?

Ze had helemaal niet verbaasd geklonken. 'Is dat zo?' had ze geantwoord. 'Is dat zo?' Alsof het haar niet aanging. Alsof dat verrekte weer belangrijker was.

Hij groette Antonsen door de openstaande deur. Antonsen schudde langzaam zijn hoofd.

Politie-inspecteur Runar Vang vroeg zich af wanneer precies tijdens het onderzoek alles in het honderd was gelopen. Wanneer had hij moeten beseffen dat de dingen niet waren zoals hij dacht?

Ze waren voor de gek gehouden. Grondig en effectief. Om de tuin geleid. Alles was onderdeel van zijn plan geweest en als een stelletje idioten waren ze recht op de honingpot af gevlogen. Aquarius had de politie en de media gebruikt als schaakstukken en niemand had doorgehad wat er werkelijk aan de hand was.

Vang stopte peinzend zijn mobiel in zijn zak. Een agent riep hem. Hij gaf een teken dat hij eraan kwam en keek op de klok. Het was tijd om de wachtcommandant in Juvdal op te porren en hem voor te bereiden op de komst van de vip.

9:57

De piloot landde zo zacht met het watervliegtuig op het Mårvatn dat alleen het schudden en het weerbarstige gevoel van de weerstand van het water verraadde dat ze niet langer in de lucht waren. Gunnar maakte de strakke veiligheidsgordel los. Achter hem maakten de twee drijvers V-vormige strepen op het water waardoor het wier bij de oever begon te golven. De piloot taxiede naar de drijvende steiger. De taxichauffeur die ze vanuit het vliegtuig hadden besteld stond tegen de motorkap geleund naar de landing te kijken. Hij slenterde nu naar de drijvende steiger om te assisteren bij het aanleggen.

Het politiebureau lag een eindje de winkelstraat in die bestond uit allemaal lage gebouwen van glas en beton. Gunnar en Roffern duwden de deur open en stapten een kale kantoorruimte binnen met een tafel en een paar stoelen. Een jonge, geüniformeerde agent keek naar buiten, kreeg de zware camera van Roffern in het oog en ging weer weg. Even later kwam de wachtcommandant aangelopen.

Gunnar stelde zich voor en zei dat ze hier waren omdat ze ongerust waren over Kristin Bye.

'Alles is prima in orde', zei de wachtcommandant. 'Politie-inspecteur Vang van het hoofdbureau in Oslo heeft nog niet zo lang geleden persoonlijk met haar gesproken.'

'Godzijdank!'

'Ik verwacht haar eigenlijk in de loop van de ochtend hier. Hoe zijn jullie in godsnaam zo snel hierheen gekomen?'

'Watervliegtuig', zei Roffern.

'Is ze alleen op de zomerboerderij?' vroeg Gunnar.

'Zoals gezegd verwacht ik haar binnen een paar uur hier. Watervliegtuig? Jezus.'

'Mag ik?' Gunnar knikte naar de telefoon op de tafel. Hij toetste een paar maal haar nummer in, maar de telefoon ging slechts eindeloos over.

Gunnar en Roffern keken elkaar aan.

'Nu we toch zo ver zijn kunnen we net zo goed haar tegemoet lopen om haar te begroeten', zei Roffern.

'En met haar mee naar beneden lopen', voegde Gunnar eraan toe.

'Jullie zullen haar onderweg wel tegenkomen!' zei de wachtcommandant.

De taxi zette hen af op het erf van Halvor Bye.

De boerderij was schitterend gelegen aan de voet van een helling. Een wit woonhuis en een rode stal omringd door gele akkers. Als in een reclame voor melkchocola, dacht Gunnar.

Uit de stal klonk een onrustig geblaat. De taxi reed achteruit en verdween.

'Mooie plek', zei Roffern. 'Denk je dat hij zin heeft om mee naar boven te gaan?'

Gunnar gaf geen antwoord.

Op de drempel zat een kat te miauwen.

Gunnar klopte hard op de deur.

Ze wachtten twee minuten. In het bos kwetterden vogeltjes. Hij hoorde in de verte het geruis van een beek.

'Misschien is hij niet thuis', zei Roffern.

Gunnar keek op zijn horloge. Pakte de deurklink. De deur was open.

'Hallo? Halvor Bye?' riep hij naar binnen. 'Hallo? Is er iemand thuis?'

'Op het land doen ze nooit de deur op slot', mompelde Roffern.

'Dit is niet...' Gunnar schudde zijn hoofd en draaide zich met vragende ogen om naar Roffern.

'Misschien is hij op het land?'

'Hallo?' riep hij weer. Hij wist niet waarom. Als er iemand thuis was, moest hij hen allang gehoord hebben. 'Hallo?'

Ze stapten naar binnen.

Hij herkende de geur direct. Een zoetige, metalen stank waardoor het speeksel in je mond dikker werd. De stank van een slagveld.

'Heregod', fluisterde hij, vooral in zichzelf. Zijn maag kromp samen.

'Wel verdomme!' riep Roffern uit. 'Is hij bezig te slachten of zo?'

Hij heeft het nog niet begrepen, dacht hij.

'Roffern, misschien moet je even naar buiten gaan en daar op me wachten.'

'Waarom dat?'

'Ik geloof dat er hier iets is gebeurd. Deze geur...'

'Het is goed', zei Roffern. Maar Gunnar dacht dat hij het nog steeds niet snapte.

Op een kastje in de gang stond een prachtige ingelijste foto van Kristin. Aan de muur zag Gunnar een jachtgeweer hangen.

In de kamer hing een hele verzameling opgezette dierenkoppen.

Halvor Bye lag op de keukenvloer. Hij was op zijn buik gevallen en baadde in een plas van opgedroogd donker bloed. Zijn hoofd was naar hen toegekeerd alsof hij hen had horen binnenkomen. De ogen waren open. De mond was open. De tong hing naar buiten.

Hij was bedekt met vliegen.

Gunnar leunde tegen de deurpost en kreunde.

Achter hem draaide Roffern zich om en gaf over op de vloer.

10:30

De waterval was schitterend in de zonneschijn.

Ze waren afgedaald in de kloof onder de waterval en stonden nu als twee poppetjes te staren naar de duizelingwekkende val van het water. De watermassa dreunde. Fijne druppels zaten als een film van vochtigheid op hun handen en gezicht.

Hij hield haar hand vast terwijl ze balanceerden op de gladde stenen. In een stil poeltje zag Kristin een vis die op vliegjes joeg. Sommige stenen dichterbij de rand waren bedekt met mos dat doordrenkt was van het water.

Hij had de videocamera meegenomen en zij moest poseren voor de waterval terwijl hij haar vanuit verschillende hoeken filmde. Hij werd helemaal in beslag genomen door het filmen. Met zijn vrije hand dirigeerde hij haar een beetje naar links, nog een stap, zo ja!

'Proef ervan!' riep hij door het watergeweld.

Ze hield haar hand voor haar oor. 'Wat?'

Harder: 'Proef ervan! Het water!'

Hij filmde haar terwijl ze op haar knieën zat, een kommetje maakte van haar handen en een mondvol opslurpte. Het water was ijskoud en smaakte metalig.

'Lekker?' riep hij.

'IJskoud!'

Een eekhoorn rende aan de andere kant van de rivier tegen een boomstam omhoog, stopte even en ging weer verder.

Ze liepen om een rotspunt en het geluid van de waterval werd gedempt. De rivier werd breder en stroomde rustig oostwaarts.

'Waar gaan we heen?' vroeg ze.

'Nergens. Ik wil alleen wat beelden van je.'

Ze knikte alsof ze het begreep.

'En daarna?' vroeg ze.

'We trekken vanmiddag verder.'

Ze knikte weer. Het leek goed om te knikken, alsof ze daarmee medeplichtig werd.

'Waar gaan we heen? Later?'

Hij keek haar aan en ze hield de blik vast totdat ze hem neer moest slaan. Inwendig voelde ze hoe de permafrost door haar bloed werd gepompt.

11:15

Ze waren buiten adem en bezweet toen ze eindelijk Bø in de verte op de heuvel zagen liggen.

Gunnar dacht: we zijn toch te laat.

Of hij zit daar of hij heeft haar al afgeslacht, zoals hij Halvor heeft afgeslacht en al die andere vrouwen.

'Ik zie niemand', zei Roffern zacht.

Gunnar draaide zich om en keek naar het steile pad. 'Wanneer denk je dat de anderen hier kunnen zijn?'

'De wachtcommandant zei dat hij drie mensen naar boven zou sturen. Ik wed dat ze fitter zijn dan wij!'

Gunnar zuchtte ongeduldig. 'Ik kan hier niet liggen wachten.'

'Ben je gek?'

'Ik ga naar boven om te kijken.'

'Het is veiliger om te wachten!'

'Ik zal geen risico nemen. Ik wil alleen kijken of ze er zijn.'

'Zal ik meegaan?'

'Wacht hier. Tot ik een signaal geef. Dat is het beste.'

Roffern was niet moeilijk over te halen.

Gunnar vond een omweg door het struikgewas; daardoor naderde hij het huis niet recht van voren. Hij sloop tot de ruwe houten muren van het huis die naar warme teer roken. Hij keek om de hoek en luisterde.

Een vogel kwetterde. In het gras schitterde de zon in een glasscherf.

Hij ging de hoek om en keek door het raam. Hij voelde voorzichtig aan de deur en schrok toen die openging.

Hij luisterde. Deed voorzichtig een stap in de gang. Rook.

Hij gluurde in de keuken.

Twee theebekers, een lege en een halfvolle, stonden op het katoenen tafelkleed.

Hij is hier geweest.

Hij staarde naar de bekers terwijl hij steeds moest slikken om de akelige smaak van de angst kwijt te raken.

Het hoeft niets te betekenen, zei hij tegen zichzelf. Ze kan bezoek hebben gehad. Wie dan ook. Ze kunnen een wandeling zijn gaan maken in het bos.

Hij sloop door de kamer. Een vriendelijk zonnetje viel door de kleine ruitjes. Op de tafel bij het raam stond een stokoude Remington typemachine. Daarnaast lag de stapel van Kristins manuscript.

Hij ving een schrikaanjagende glimp op van zichzelf in de verweerde spiegel en bleef staan voor de grootvaderklok die was blijven stilstaan. Met zijn vingertoppen raakte hij het groezelige glas voor de wijzerplaat aan.

Hij heeft haar.

Met zijn hand op de versleten trapleuning sloop hij de krakende trap op.

In haar kleine slaapkamer lagen een stel sokken en een bult ondergoed tegen de muur. Het bed was niet opgemaakt. Haar nachtjapon was op de grond gevallen.

Hij zag geen koffer, geen rugzak.

Hij is hier geweest, dacht hij. Hij is hier geweest en heeft haar meegenomen.

Nogmaals doorzocht hij alle kamers, voordat hij het keukenraam opende en Roffern riep.

'Twee bekers in de keuken', zei hij tegen de cameraman toen deze naar binnen kwam. 'Haastig vertrek. Deur niet op slot. Ik geloof dat we te laat zijn.'

Terwijl Roffern rond de boerderij filmde, nam Gunnar contact op met de krantenredactie in Oslo. Hij moest de hoofdredacteur uit een vergadering laten halen.

'Gunnar, waar ben je? Hier is de hel losgebroken en niemand kan jou vinden...'

'Hij heeft haar. Ik bel vanuit Juvdal en hij heeft haar.'

'Waar bel je vandaan, zei je? Zit je niet op Rødtvet?'

'Juvdal! Telemark!'

'Telemark? Hoe ben je daar gekomen?'

'Ik heb een watervliegtuig gehuurd. Hij heeft haar!'

'Watervliegtuig? Verdomme, Gunnar, wie heeft je toestemming gegeven om...'

'Jongeman, hoor je niet wat ik zeg? Hij heeft haar! Hij heeft haar broer vermoord en nu heeft hij haar!'

'Wie heeft wie? Vermoord, zeg je? Waar heb je het over, Gunnar?'

'De moordenaar! Aquarius! Hij heeft de broer van Kristin Bye vermoord en nu heeft hij haar gekidnapt.'

Het werd stil. 'Wel verdomme, verdomme, verdomme.' Hij hapte naar lucht. 'Gunnar, wacht! Kristin Bye... we hebben eerder vandaag een tip over haar gekregen. Haar broer vermoord? Verdomme, verdomme, verdomme. Die tip was toen niet interessant, we vonden dat de dame met iedereen het nest in mocht duiken zonder dat wij daar verslag van deden, snap je? O shit. Hoe heeft hij haar broer gedood?'

'Tip?' zei Gunnar. 'Wat voor tip?'

Gunnar hoorde hoe de hoofdredacteur over het bureau leunde. 'Wacht even, hier heb ik het. Een idioot belde om acht uur de tiptelefoon. Van een camping of zoiets bij Jøkulfoss? Bestaat die?'

'Ja, ja! Jøkulfoss in Telemark!'

'Die idioot wilde dat we naar hem toekwamen omdat Kristin Bye met een kerel in een hut zat. Zoals ik al zei wilden we niet...'

'Bij Jøkulfoss? Samen met een man?'

'Yep. Wat een *story*, hè? Verdomme... denk je echt dat het die...'

'Luister, we vliegen verder naar Jøkulfoss. Jij waarschuwt de politie. Bel direct Vang! Doe hem de groeten van mij en zeg dat het menens is. Nu is het echt menens!'

Beneden op het pad, door de bomen, zag hij de drie politiemannen.

11:33

Hij had haar. Hij had haar broer vermoord en nu had hij haar gekidnapt.

Politie-inspecteur Runar Vang schaamde zich. Hij had helemaal niets begrepen. Al die rare dingen die ze aan de telefoon had gezegd waren heimelijke signalen geweest. Zodat hij zou begrijpen dat ze in gevaar was. Terwijl er iemand luisterde naar wat ze zei.

En hij had helemaal niets doorgehad.

Hij probeerde zich te herinneren wat ze had gezegd. Wat dat zou kunnen betekenen.

Ik kan het opnieuw proberen, dacht hij. Nu ik het weet.

Hij toetste het nummer in. Maar ditmaal nam ze niet op. De telefoon ging eindeloos over.

Volgens *Dagbladet* was Kristin Bye gesignaleerd bij Jøkulfoss in Telemark. Zolang de telefoon aanstond zou het simpel zijn om dat bevestigd te krijgen. Håvard Alm was al bezig om een gerechtelijk bevel te krijgen om Kristin Byes mobiel op te mogen sporen. Dat was een pro-formakwestie, maar *NetCom* GSM stond altijd op een gerechtelijk bevel voordat ze inlichtingen aan de politie gaven. Zolang de telefoon aanstond kon het dichtstbijzijnde basisstation de signalen opvangen. Daarmee konden ze het toestel tot een paar honderd meter in de stad en een paar kilometer op het land nauwkeurig peilen.

Vang leunde achterover in zijn stoel. Hij zat aan de Paardenhoef met de andere rechercheurs. Ze keken hem afwachtend aan. Hij droeg de verantwoordelijkheid. Hij moest puinruimen.

'We moeten erop gokken dat ze nog steeds in Telemark zitten', zei hij. Zijn stem was schor van vermoeidheid.

'Waarom denk je dat?' vroeg Antonsen zurig.

'Ik heb toch verteld dat ze daar gesignaleerd waren!'

'Je bedoelt toch niet dat we actie moeten ondernemen op grond van een tip die *Dagbladet* heeft gekregen?'

'Dat is alles wat we hebben. En,' voegde hij eraan toe, 'alles wat Gunnar Borg tot nu toe heeft verteld klopte.'

'Maar toch...'

'We verzamelen de jongens van de Delta-groep op vliegveld Fornebu! En we hopen dat we een bevestiging krijgen van de mobiel als we onderweg naar Fornebu zijn.'

'Fornebu?' zei Gran.

'Antonsen, kun jij voor een helikopter zorgen die de hele groep kan vervoeren?'

'Helikopter? Het kost tijd voordat we...'

'Een helikopter! Een grote! Bij het leger of de reddingsdienst! Doe ze de groeten van me en zeg dat het een z.s.m.-zaak is!'

'Juist!'

'Z.s.m.?' zei Gran. 'Wat voor code is dat?'

'Zo spoedig mogelijk.'

12:35

Als hij in de projectieruimte in de bioscoop staat waar hij werkt en door de smalle spleten kijkt, kan hij zich goed voorstellen hoe het publiek zich inleeft in de film. Een nieuwe werkelijkheid komt op het doek tot leven. In het donker van de filmzaal verpulvert je eigen identiteit. De sfeer op het doek sluipt je zintuigen binnen en infecteert je hersenen. Je vergeet wie je was en waar je bent. Je denkt: dood hem! Dood hem! Dood hem! Totdat je die metalen bloedsmaak in je mond krijgt. Je bent bezeten van angst en begeerte. Pas als het licht in de zaal aangaat, valt de werkelijkheid weer op zijn plaats. Maar nog steeds ben je jezelf niet. Je durft de anderen in de zaal niet aan te kijken. Beschaamd trek je op weg naar buiten in het gedrang door de lichtgroene betonnen darmen je jas om je heen.

Vroeger, toen hij pas in de bioscoop kwam, in de tijd dat het nog een echte bioscoop was en niet een cinematografische supermarkt met kleine zalen, deed hij vaak het licht uit in de projectieruimte om de voorstelling te kunnen volgen door een van de kleine openingen, in elk geval voor een paar minuten. Maar het was nooit hetzelfde als in de zaal zitten.

Een paar weken geleden had hij de brief gekregen. Hij had hem slechts één keer gelezen, maar kende hem uit zijn hoofd: door bezuinigingen zien wij ons helaas genoodzaakt... Grote verliezen in het eerste half jaar... Het bedrijf reorganiseren... Concurrentie van de videomarkt en steeds nieuwe televisiezenders dwingen ons helaas om... We grijpen deze gelegenheid aan om te bedanken voor een lang en trouw...

Als hij beseft dat ze elkaar aan staan te staren, kijkt hij snel weg.

'Heb je het koud?' vraagt hij. Alleen om iets te zeggen.

'Ja', zegt ze. Hoewel het tamelijk warm is.

'Zullen we teruggaan?'

Maar ze geeft geen antwoord. Ze kijkt hem aan. Opnieuw kijkt hij weg. Hij kijkt naar de lucht. Wolkenflarden drijven westwaarts in het gele licht. Een vliegtuig komt uit het zuiden aangevlogen. Eerst begrijpt hij niet waar dat gillende geluid vandaan komt, maar dan strijkt het watervliegtuig vlak boven hun hoofd laag over het bos en verdwijnt achter de waterval.

Hij pakt haar hand. Die is warm en zacht en hij knijpt er even in, maar ze knijpt niet terug.

12:55

Ze aten eieren als lunch. Hij had roerei gemaakt. Originele kok, dacht ze laconiek. Het brood was droog, maar ze had honger en het maakte haar niet uit.

'Je houdt van ei', zei ze. Daar zou immers een gesprek uit kunnen volgen.

Aan zijn rug zag ze dat hij erover nadacht.

'Ja', zei hij uiteindelijk. 'Eieren zijn lekker.'

Ja, ja, dacht ze, dat was een soort gesprek.

Toen ze gegeten hadden, legden ze de borden en het bestek in de gootsteen. Hij controleerde iets aan zijn videocamera en stak zijn hand naar haar uit.

'Kom', zei hij.

'Wat gaan we doen?'
'Een tochtje. We gaan een tochtje maken.'

13:05

Vang stond op het militaire gedeelte van de landingsbaan van Fornebu toen hij de bevestiging kreeg dat Kristin Byes mobiele telefoon gelokaliseerd was in het gebied rond Jøkulfossen in Telemark.

De wind die over Askeråsene blies, was verrassend fris en hij trok zijn jas strakker om zich heen terwijl hij ongeduldig stond uit te kijken naar de grote helikopter die elke minuut zou kunnen komen, zo was hem beloofd. In de verte klonk het geluid van de straalmotoren van de passagiersvliegtuigen die landden en opstegen.

Bijna onhoorbaar begon hij 'Misty' te fluiten.

Achter hem wachtten de mariniers. Velen controleerden nogmaals hun uitrusting. Hij kende sommige jongens, maar de meesten waren jong en onbekend. En veel moediger dan Vang ooit was geweest. Een paar hadden een bank in de luwte gevonden en staken een sigaret op. Anderen waren op het asfalt gaan liggen, met hun hoofd op de rugzak.

Antonsen was weer op het bureau als plaatsvervangend chef, Ryvik leidde het sporenonderzoek in het huis op Rødtvet en Elisabeth Gran had de verantwoordelijkheid gekregen over de belangrijke debriefing van Frøydis Vik.

Met zijn mobiele telefoon belde Vang naar Antonsen en vroeg hem de wachtcommandant in Jøkulfossen te waarschuwen dat ze onderweg waren.

'En als je toch bezig bent,' zei Vang, 'vergeet dan niet om de hoofdcommissaris op de hoogte te houden. Dan is het ministerie tenminste ingelicht voor het geval we ineens van die kant assistentie nodig hebben', voegde hij eraan toe.

Hij stopte de telefoon in zijn binnenzak en staarde vol verwachting naar de lucht. Kort daarna hoorde hij het geklapper van de rotorbladen en even daarna streek de schaduw van de grote helikopter over hem heen.

13:10

De privéauto die ze staande hadden gehouden bij Langvatn remde bij de kiosk van Jøkulfoss Camping & Hytteland. 'Vraag naar Leif!' zei de chauffeur toen Gunnar hem honderd kronen in zijn hand drukte.

Roffern sjouwde de cameratas en de televisiecamera uit de auto, terwijl Gunnar naar de kiosk rende.

'Ze zitten in nummer zes!' zei Leif Bryn ijverig toen ze op het geasfalteerde stuk voor de kiosk waren. Hij wees naar de rij. 'Daar beneden!'

'De wachtcommandant heeft zijn mensen al ter plekke', ging de jongen verder. 'Twee agenten in burger.'

'Ze wachten op de mariniers! Ik denk dat ze hier ieder moment kunnen zijn', zei Gunnar.

Leif knikte naar een man die alleen aan een picknicktafel de krant zat te lezen. 'Dat is de ene. De andere is achter ze aan.'

'Waarheen?'

'De waterval, denk ik. Waar anders heen?'

'Als hij maar niet...' Gunnar ging met zijn vingers door zijn haren. 'Wacht hier met de camera', zei hij tegen Roffern en hij ging op weg naar de waterval.

'Waar ga...' begon Roffern, maar hij zweeg toen hij begreep dat hij toch geen antwoord zou krijgen.

Gunnar was net voorbij nummer zes gelopen toen hij langzamer ging lopen. Recht voor hem, op het pad, kwam Kristin hand in hand aangelopen met een vreemde man.

Hij was een lange, slanke man, Aquarius, huiverde Gunnar.

Hij zag er anders uit dan Gunnar zich had voorgesteld. Er was niets ongewoons aan hem. Integendeel. Een gewone, knappe man met regelmatige, fijne trekken en opmerkzame ogen.

Gunnar bleef staan, keek over de kampeerplaats en rekte zich flink uit alsof hij een lange en vermoeiende autorit achter de rug had.

'Morgen,' groette hij vrolijk toen ze langs liepen, 'mooi uitzicht!'

'Morgen', mompelde de man.

Kristin zei niets. Maar achter de grote zonnebril kon hij haar grote opengesperde ogen zien.

13:20

Gunnar! Wat deed hij hier in hemelsnaam? Nu? Hoe had hij haar gevonden?

Ze deed de zonnebril en haar hoed af en ging op de bank zitten.

Ze trachtte het te begrijpen. Hoe konden ze weten dat ze hier was? Van alle plaatsen? Hij lette er goed op dat ze haar zonnebril en hoed op had als ze buiten waren en daardoor was ze onherkenbaar. Dus hoe had Gunnar hen in hemelsnaam opgespoord?

De opluchting golfde door haar heen.

Hij deed de deur achter zich dicht en draaide hem op slot. Hij liep onrustig heen en weer in de hut.

'Heb je het watervliegtuig gezien?'vroeg hij.

'Watervliegtuig?' Ze trachtte ongeïnteresseerd te lijken. 'Dat is me niet opgevallen.'

'Vreemd.' Hij staarde in gedachten naar een punt boven haar.

'Wat is er zo bijzonder aan een watervliegtuig?'

'Wat heeft dat hier te zoeken?'

'Hier? Nou en? Er zijn iedere dag duizenden mensen die door de lucht vliegen. Sommige mensen willen gewoon hierheen. Dat is toch niet zo vreemd?'

Zijn blik gleed over haar.

13:30

Vang zat op de voorste stoel in de helikoptercabine. De mariniers waren achterin gaan zitten. Degenen met een raamplaats zaten sloom naar het landschap te kijken dat onder hen weggleed: een lappendeken van akkers, bossen, meertjes en rotsen. De anderen staarden leeg voor zich uit of naar de vloer. De vibraties van de rotorbladen verplaatsten zich door zijn hele lichaam.

Hoewel hij gespannen was, moest Vang zijn best doen om niet in slaap te vallen. Hij had niet meer dan een paar uur geslapen en het monotone geronk in de helikopter was slaapverwekkend.

'Misty' wilde maar niet weg. In zijn hoofd zeurden Errol Gardners tonen, compleet met het gekraak en geruis van de plaat.

Hij probeerde zich Aquarius voor te stellen. Oscar Lund had hem geleerd dat een goede politieman altijd kans zag in het hoofd van de misdadiger te kruipen. Zijn gedachten te delen om de volgende stap te raden. Vang sloot zijn ogen. Aquarius had de politie naar Rune Strøm geleid, waarschijnlijk om de lijfwachten weg te krijgen, maar waarom? Waarom had hij Kristin Bye met zich meegenomen naar Jøkulfossen? Was hij dit al de hele tijd van plan geweest? Hij geloofde van niet. Het was toeval dat Kristin naar Bø was vertrokken. Aquarius was een man die zich liet leiden door toevalligheden. Maar zelfs binnen het raamwerk van toevalligheden had hij een systeem, een patroon. Welk?

Wat wilde hij met haar?

Haar in de waterval gooien?

13:35

Gunnar zuchtte ongeduldig. Hij keek op zijn horloge. Bijna half twee. Waar bleef de helikopter? Hij gluurde naar Leif Bryn, die stijf als een plank achter de toonbank stond.

'Hier gebeurt gewoonlijk zeker niet zoveel?' vroeg Gunnar om een praatje te maken.

Leif Bryn schudde zijn hoofd. 'Vorig jaar is er een autodief na een wilde achtervolging opgepakt op de provinciale weg. Toen was het een beetje spannend. Er heeft een foto in de krant gestaan.'

'Nou, nou.'

Leif wilde iets zeggen.

'Ja?'

'Ik vroeg me een ding af.'

'Brandt los.'

'Jij bent van *Dagbladet*?'

'Klopt.'

'Ik heb *Dagbladet* gebeld om te vertellen over die...'

'Heel goed! Echt!'

'Wat ik me afvroeg is of jij denkt dat ik die duizend kronen voor die tip kan krijgen?'

13:45

Hij begrijpt niet wat hem onrustig maakt.

Iets in haar blik? Een duivels verzet dat er eerder niet was?

Of het watervliegtuig?

Alsof een watervliegtuig iets is om je zorgen over te maken.

Hij ijsbeert door de hut. Dan blijft hij ineens staan en laat zich in een stoel vallen. Hij zag een keer in een dierentuin een luipaard heen en weer lopen, heen en weer, heen en weer, en steeds op hetzelfde punt had hij zijn kop gedraaid en naar het publiek gekeken. Hij had dat beeld nooit uit zijn hoofd kunnen zetten.

14:10

In de verte klonk het geklapper van een helikopter.

Kristin vond dat het klonk als applaus. Als jubelend, triomfantelijk applaus.

Hij ging rechtop zitten, fronste zijn voorhoofd en luisterde.

Het regelmatige geklapper kwam dichterbij. Het hakkende

slaan van de rotorbladen werd duidelijker, het werd verder gedragen door de wind in een staccato ritme.

Met een sprong was hij uit de stoel en stormde hij naar het raam.

'Hoor je dat?' zei hij. Zijn stem klonk nu alert en zwaar.

'Ja', zei ze.

'Een helikopter.'

'Ja.'

Hij keek haar aan. Vragend en dreigend.

'Een helikopter', zei ze neutraal. 'En wat dan nog?'

Toen werd het stil.

The eagle has landed, dacht Kristin.

14:15

Hoewel de rotorbladen meerdere meters boven zijn hoofd draaiden, ging politie-inspecteur Vang door zijn knieën en boog zijn hoofd toen hij wegrende van de helikopter.

Het was hier koud, maar verfrissend. Vol begeerte vulde hij zijn longen met de frisse berglucht. Het was haast een roes.

Het terrein was heuvelachtig. In de lucht was hij bang geweest dat de helikopter geen landingsplaats zou kunnen vinden. Maar uiteraard had het dorp een sportcomplex. Ze waren immers in Noorwegen.

Een stevige kerel in uniform kwam hun tegemoet gerend. De wachtcommandant. Vang herinnerde zich vaag dat hij een keer met hem samen op een congres, seminar of cursus was geweest. Ze gaven elkaar een hand.

'Ik heb twee man ter plaatse', zei de wachtcommandant. 'Alles is rustig. De twee zijn terug in de hut.'

'Veel toeristen?'

'Gelukkig niet. We hebben de weinige mensen die er waren geëvacueerd.'

'Weet hij dat jullie daar zijn?'

'Daar lijkt het niet op. Ze hebben een stukje gewandeld buiten.

Ze zijn een uur geleden teruggekomen. Daarna zijn ze de hele tijd binnen gebleven.'

De bus die ze voor de manschappen hadden geregeld, kwam over de grasmat aangereden en liet de lucht uit zijn remmen ontsnappen.

'Heb je instructie gekregen van het ministerie?'

De wachtcommandant knikte.

'Mooi. Vanaf dit moment neem ik het commando en de verantwoordelijkheid voor deze operatie formeel over.'

'Begrepen!'

'Ik zou graag zien dat jij mijn ondercommandant bent.'

De wachtcommandant lichtte op, alsof dit meer was dan waarop hij had durven hopen.

'We vertrekken zodra de manschappen hun bagage hebben overgeladen en in de bus zitten.'

14:20

'Is je die man opgevallen?'

Hij staat bij het raam. Hij heeft de gordijnen dichtgedaan en kijkt spiedend door de kier.

'Welke man?'

Hij wenkt haar. Ze kijkt naar buiten.

'Hij!' zegt hij.

De man zit aan de houten picknicktafel. Hij leest de krant. De wind rukt aan de krantenpagina's. Hij kijkt naar de hut en zijn blik keert weer terug naar de krant.

'Wat is er met hem?' vraagt ze trouwhartig. *Hij zit bij de politie! Hij is samen met Gunnar gekomen!*

'Hij zit daar al een eeuwigheid.'

Ze haalt haar schouders op.

'Hoeveel tijd kost het eigenlijk om een krant te lezen?' zegt hij.

'Dat hangt er vanaf welke krant het is', zegt ze.

'West-Telemark Blad?' zegt hij.

'O', zegt ze. 'Een eeuwigheid.'

14:22

Hij pakt zijn revolver. Die is zwaar, maar ligt goed in de hand. Een Colt. Hij heeft zelfs een vergunning. Is lid van een club in Sørkedalen. Daarom had hij Una begraven na de moord. Als ze haar hadden gevonden, hadden ze hem binnen een paar dagen gehad.

'Wat ga je daarmee doen?' stottert ze.

Ze is een bangeschijter. Heel goed in het doen alsof, heel goed in het doen of er niets aan de hand is, heel goed in het moedige meisje spelen. Maar diep vanbinnen is ze een bangeschijter.

Hij kijkt tussen de gordijnen door.

De man met de krant is weg.

Hij blijft eerst een poos naar buiten staren. Hij is ervan overtuigd dat de man van de politie was. Dat hij op versterking zat te wachten die met de helikopter zou komen.

Hij is niet dom. Hij kan twee en twee bij elkaar optellen. Een watervliegtuig… een helikopter. Toevallig, vast. Ha, ha, ha.

Maar nu zit er niemand aan de picknicktafel.

Hij vloekt in zichzelf.

14:23

Ik kan het, denkt ze.

Hij staat bij het raam. In gedachten. Hij kijkt afwezig. Het lijkt wel of iemand hem uit heeft gedaan. De stekker eruit heeft getrokken.

Ik dúrf het niet!

Als ze hem ineens aanvalt, zou ze het kunnen. Hij verwacht het niet. Hij vermoedt van zijn levensdagen niet dat ze iets zal proberen. Het voordeel van het verrassingselement is aan haar kant. En de snelheid.

Kristin Bye, je bent gek!

Als ze direct op hem af rent…

Je bent gek! Hij zal me doden!

Als ze de revolver meegrist, heeft ze een kans. Er is niets op tegen om het machtsevenwicht te verstoren.

Ik durf niet! Hij zal me doden.

Hij zal geen tijd hebben om te reageren!

Hij doodt me toch. Als de politie op de deur klopt, zal hij de loop op mijn slaap richten. Misschien schiet hij me wel direct dood. Misschien probeert hij te ontsnappen met mij als gijzelaar. Maar toch zal hij me doden.

Het is haar enige kans. Ze beseft het. Hij heeft niets te verliezen als hij haar doodt. Dat was de hele tijd al het plan geweest. Het Grote Doel. Niets wat de politie doet of zegt, kan hem ervan weerhouden haar te doden. Zelfs een kogel niet. Ze kan alleen terugvallen op zichzelf. Kristin Bye. Achtentwintig jaar. Beroep: journalist.

Je durft niet, Kristin! Je bent veel te laf!

Hij zal winnen. Zelfs als hij neergeschoten wordt door de politie, zal hij winnen. Hij neemt haar mee in de dood. Naar de Hall of Fame van de misdadigers. De man die Kristin Bye heeft gedood.

Je durft niet, lafaard!

14:24

Ze is snel. Snel als een tijgerin. Ze zit bovenop hem voordat hij heeft kunnen registreren dat ze bewoog. Als een roofdier slaat ze hem, zo hard dat hij zijn evenwicht verliest. Hij spreidt zijn armen en voelt dat de revolver uit zijn handen glipt, hij valt achterover, half over de ene stoel en hij ziet dat ze naar de revolver duikt.

Hij rolt om en is bliksemsnel weer op de been, maar zij is sneller. Ze heeft de revolver met beide handen vast en staat wijdbeens met de loop op hem gericht.

'Sta stil!', schreeuwt ze.

Zijwaarts lopend gaat ze naar de bank. Ze beeft zo heftig dat de revolverloop heen en weer gaat.

'Ga zitten!' brult ze.

Haar gezicht is vertrokken in een grimas van angst, niet zo

verschillend van wat hij gezien heeft bij een paar meisjes voordat hij hen doodde.

Hij gaat zitten.

'Zit stil!' commandeert ze. Het klinkt vooral als een huilend bevel.

'Je durft toch niet te schieten', zegt hij rustig.

Ze maakt een plotselinge beweging met de revolver in zijn richting. Hij schrikt.

'Je durft toch...'

'Hou je bek!' schreeuwt ze.

Ze loopt achterwaarts naar de deur.

'Dus jij hebt pit? Dat wist ik niet. Maar de revolver geeft je zeker moed. Jij denkt dat jij de macht hebt omdat je de revolver hebt. Een gevaarlijke gedachte, Kristin. Want jij durft niet te schieten.' Hij maakt zijn stem zacht en teder.

Hij ziet hoe de paniek bezig is haar te overmeesteren.

'Kristin', zegt hij en hij steekt beide handen uit. 'Heb je dat niet gezegd? Dat zou het verschil zijn tussen jou en mij? Ik heb geen geweten. Geen moraal. Maar jij zult niet willen leven met de gedachte dat je iemand hebt gedood. Zelfs mij niet.'

'Ik schiet!' jammert ze.

Met haar rug leunt ze tegen de deur.

'Kristin, je hebt het niet in je. Ik kan opstaan en de revolver van je afpakken. En jij zult geen kans zien om de trekker over te halen. Dat gaat tamelijk zwaar. Jij kunt dat niet.'

Haar linkerhand vindt de deurklink. Ze duwt hem naar beneden.

Hij staat op.

Ze laat de deur klink los en houdt de revolver met beide handen vast.

'Sta stil!'

Hij blijft staan.

Haar linkerhand vindt de deurklink weer. Ze trekt eraan. Ze jammert. Ze krijgt de deur niet open. Ze begrijpt niet dat die op slot is. Dat ze slechts de sleutel hoeft om te draaien.

Hij doet een stap in haar richting.

'Stop!' schreeuwt ze.

'Jij zult niet schieten. Dat zit niet in je. Jij weet niet hoe het voelt als een revolver afgaat. Jij hebt nog nooit de pijn in je handen gevoeld wanneer het schot afgaat en de terugslag door je armen schiet.' Hij doet weer een stap. 'Heb je de stank van kruit al eens geroken? Of de geur van vers bloed?' De stem klinkt hypnotiserend en bevelend. 'Het is ondenkbaar voor jou om de trekker over te halen en het bloed uit mijn borst te zien spuiten. Om me op de grond te zien vallen, in pijn, bloedend, het leven uit mij te zien wegvloeien en te weten dat het jouw schuld is, dat jij dat veroorzaakt hebt. Dat heb je niet in je.'

Hij doet een stap in haar richting. Ze beeft zo heftig dat ze geen controle heeft over haar handen.

Hij is nog maar een meter van haar vandaan

'Geef die aan mij, Kristin', zegt hij.

14:27

Kristin ziet zijn hand dichterbij komen, ziet de smalle vingers, ziet een zegelring die haar nog niet eerder is opgevallen en dan kijkt ze op en staart recht in zijn ogen.

Dit gebeurt niet!

'Geef hem aan mij', zegt hij.

Dit is niet echt!

Zijn hand…

Zijn blik…

Ze knijpt haar ogen dicht en spant haar wijsvinger.

14:27

De bus staat met een ruk stil op de grote parkeerplaats achter het receptiegebouwtje. De remmen blazen.

Vang groepeert de manschappen in een halve cirkel om hem en de wachtcommandant heen. Hij vat de situatie en het doel van de actie kort samen. Dan laat hij het aan de wachtcommandant over om het terrein te beschrijven. In het grint tekent de wachtcommandant een kaart. De parkeerplaats, de hutten, het terrein, de waterval. 'Hier staat hut nummer zes', zegt hij en hij prikt met een stokje op een punt in de kaart.

Vang kijkt op zijn horloge. 'Om veertien uur dertig starten we met de actie. Groep Zoeloe kamt het gebied uit en neemt zijn posities in. Groep Foxtrot maakt zich klaar om op commando naar binnen te stormen. Groep Charlie vormt de buitenste cirkel. Wij hebben het hoofdcommando, het HC, en zitten in de receptie. Radioverkeer op kanaal vier, ik herhaal vier. Vragen?'

Er zijn geen vragen.

14:28

De knal is oorverdovend. De dikke kruitdamp daalt op haar neer. Haar handen schieten de lucht in, de druk verplaatst zich door haar hele lichaam en ze gooit met een kreet de revolver weg.

Hij krimpt ineen.

Allemachtig, ik heb hem neergeschoten, denkt ze, ik heb hem neergeschoten, ik heb hem gedood, ik heb hem echt neergeschoten.

Ze wankelt naar achteren en drukt zich tegen de muur.

Allemachtig, ik hem neergeschoten en nu gaat hij dood!

Hij drukt zijn handen tegen zijn borst en kreunt.

Ik heb hem neergeschoten, het is mijn schuld!

Ze stopt haar vuist in haar mond en bijt.

Dan veert hij op als een samengeperste springveer: hij spreidt zijn armen, brult als een wildeman, hij duikt naar voren en grijpt de revolver.

Ze gilt.

14:28

Vang krimpt ineen als hij het schot hoort. Hij is op weg naar de receptie waar hij Gunnar Borg en de langharige cameraman die ze Roffern noemen ziet.

De heldere knal doet hen allen onmiddellijk naar de hut aan de rivier kijken.

'Allemachtig', zegt Gunnar.

De cameraman schiet overeind en hijst de zware camera op zijn schouder.

Vang pakt de microfoon van de walkietalkie. 'HC aan Zoeloe, Foxtrot, Charlie! Er is een schot gelost in de hut, ik herhaal: een schot gelost in de hut. Neem jullie positie in! Wapen in de aanslag! Zoeloe, schiet uitsluitend op mijn commando of in absoluut levensgevaar! Rapporteer onmiddellijk elke beweging bij het object. Foxtrot en Charlie, blijf in dekking. Over!'

De luidspreker kraakt.

'Zoeloe, begrepen.'

'Foxtrot, begrepen.'

'Charlie, begrepen.'

14:29

'Verdomme,' zegt hij, 'ik had niet gedacht dat je het in je had.'

Ze hapt naar adem.

Hij komt overeind. Controleert de revolver.

'Dus we lijken eigenlijk op elkaar. Diep vanbinnen. Dat verheugt me. Echt! Jij kunt doden. Als je kalmer was geweest, dan had je niet zo vreselijk gebeefd en had je raak geschoten. En het helpt ook als je je ogen openhoudt. Dan zie je waar je op richt. En of je doel duikt of opzij gaat. Maar dat is niet het belangrijkste. Het belangrijkst is de wil om te raken. De wens om me dood te schieten. Ik zal het niet tegen je gebruiken. Integendeel. Het maakt dat we meer overeenkomsten hebben dan ik had durven hopen.'

Ze huilt ongecontroleerd. Met haar rug tegen de muur zakt ze naar beneden.

Buiten de hut hoort ze stemmen, korte bevelen. Rennende voetstappen.

Hij kijkt snel naar buiten.

'Dus ze zijn er', zegt hij en hij maakt een smakkend, klagend geluid met zijn tong.

Hij slaat een ruit kapot en schiet. Buiten wordt alles stil.

Ze duikt in elkaar, ze probeert zich samen te ballen tot een bult, een harde klomp, als een oester die onmogelijk open te krijgen is.

'De politie', zegt hij.

Ze is niet opgelucht. Ze is bijna onverschillig. Ze kunnen niets doen.

Niets.

Vreemd genoeg werkt dat besef kalmerend. Ze kunnen niets doen. Zij kan niets doen. Ze heeft het geprobeerd. Ze heeft geprobeerd hem tegen te houden. Het is haar niet gelukt. Maar ze heeft het geprobeerd. Ze was niet laf, ze heeft het geprobeerd. Nu beslist hij weer. En niemand kan daar iets aan doen. Zij niet. De politie niet. Niemand.

Het gehuil stopt. De spieren ontspannen zich. Ze probeert rustig en diep adem te halen.

'Mooi', zegt hij. 'Het is een beetje vermoeiend als je hysterisch bent.'

Ze kijkt naar hem op. Hij staat dicht tegen de muur.

'Kun je je niet overgeven?' vraagt ze. 'Alsjeblieft?'

Hij grinnikt. Een akelige, duivelse grijns.

14:38

Als ze maar meer tijd hadden gehad en betere spullen…

Vang kijkt naar de mobiele telefoon en de megafoon. Voorlopig is dat alles wat ze hebben.

Hij weet niet of Kristin nog leeft. Als ze gedood is, is het slechts een kwestie van de hut omsingelen en wachten tot hij zich overgeeft of zichzelf doodschiet.

Hij hoopt dat ze nog leeft.

Het schot klonk niet naar een vooraf uitgewerkt plan. Maar het was letterlijk een schot in het luchtledige. Hij heeft niet gericht. Hij wilde alleen dat het duidelijk was.

Nogmaals bedenkt Vang dat hij politieman in de VS had moeten zijn. De Amerikaanse collega's bij de gijzelingseenheid van de FBI hebben warmtedetectoren tot hun beschikking die het de politie mogelijk maken personen door de muur heen te zien. In veeleisende situaties kunnen ze sateliettijd huren en infrarood-foto's ontvangen die laten zien waar in een groot gebouw de personen zich bevinden. Ze nemen afluisterveilige telefoons mee die een gesloten circuit hebben. De telefoon die de FBI aan de gijzelnemers geeft, heeft een zendmicrofoontje dat onmogelijk te vinden is. Daarmee kan de politie alles wat er gezegd wordt afluisteren.

Een telefoon. Een megafoon. Dat is het enige wat hij heeft.

Hij bijt zijn tanden op elkaar als hij het mobiele nummer van Kristin Bye intoetst.

14:40

De telefoon gaat over.

Ze schrikken allebei en kijken elkaar aan. Het ergert hem dat hij schrikt. Wat moet ze wel niet denken?

De telefoon ligt op de tafel. Hij kijkt ernaar terwijl die overgaat. Dan leunt hij voorover, pakte hem en drukt op het knopje.

Hij zegt niets.

Het is een paar seconden stil. 'Hallo?' roept een stem.

'Hallo', antwoordt hij.

'Met wie spreek ik?'

'Doe niet zo dom.'

'Mijn naam is Runar Vang. Ik ben…'

'Politie-inspecteur op het hoofdbureau in Oslo', vult hij aan.

'Prima. Dan weet je wie ik ben.'

'Wat meer is dan jij over mij kunt zeggen.'

'Wees daar maar niet zo zeker van. We zijn bij je thuis geweest.'

'Je bluft.'

'Vriend, we hebben Frøydis Vik gevonden in je kelder. In je cel. Ik weet niet hoe je die kamer noemde.'

Hij bluft, hij weet niet wie hij is! 'Ik wil niet met je praten zolang je liegt.'

Vang geeft zijn adres.

En dan, alsof hij zout in de zwerende wond wil strooien, zijn naam.

De kou trekt van een plek ergens achter in zijn hoofd en verspreidt zich over zijn hele lichaam. Een prikkend gevoel van vorst en duisternis. Ze weten wie hij is! Waar hij woont! Ze zijn bij hem thuis geweest! In zijn huis! Rommel gemaakt! Over zijn vloer gestampt met hun schoenen aan! Ze hebben Frøydis gevonden! De hemel mag weten wat ze nog meer hebben gevonden! In zijn huis! Thuis bij hem!

Vangs stem klinkt uit een ander zonnestelsel: 'Hallo?'

Als marcherende mieren zijn ze zijn huis binnengedrongen! In zijn spullen gekeken! Rotzooi gemaakt! Lades geopend, in zijn dagboeken gebladerd, o, mijn god, zijn dagboeken!

'Ben je er nog?'

Hij verbreekt de verbinding.

Hij ademt zwaar.

De telefoon gaat een halve minuut later weer. Die tijd had hij nodig om zich weer onder controle te krijgen.

'Ik ben nog niet vertrokken', zegt hij overdreven opgewekt.

'Dat weet ik,' zegt Vang, 'ik houd je hut in de gaten. Mag ik met Kristin Bye spreken?'

'Waarom?'

'Ik wil er zeker van zijn dat ze ongedeerd is.'

'Ze is ongedeerd.'

'Ik wil het graag van haar persoonlijk horen.'

'Vertrouw je me niet?'

Grommend: 'Zou jíj me vertrouwd hebben? Als je mij was?'

'Ze is ongedeerd', herhaalt hij.

'We hebben een schot gehoord.'

'Dat was zij. Ze heeft geprobeerd me neer te schieten. Ik was een beetje onvoorzichtig. Dat zal niet meer gebeuren. Kan ik via de telefoon aangifte doen? Ik zou graag aangifte willen doen tegen haar vanwege een poging tot doodslag!' Hij schatert.

'Laat me met haar praten!'

'Nee.'

'Kun je haar voor het raam laten zien?'

'Waarom?'

'Maak het jezelf niet moeilijk.'

'Ze is ongedeerd. Je moet me vertrouwen.'

'Wil je haar laten gaan?'

'Ben je gek?'

'Waarom niet?'

'Ze is van mij.'

Stilte. 'Wat bedoel je... van mij?'

'Van mij', fluistert hij.

'Is het een kwestie van geld?'

'Ja', liegt hij. 'Eén miljoen kronen. En een helikopter.'

Aarzelend: 'Ik zal zien wat ik kan doen.'

'Over een uur!'

'We hebben meer tijd nodig. Een miljoen is veel geld. En een helikopter heeft het niet makkelijk in dit berggebied.'

'Jullie zijn ermee gekomen!'

Stilte. 'Je moet ons meer tijd geven. Ik ben niet gerechtigd om te besluiten over...'

'Nonsens! De minister van Justitie heeft je alle volmachten gegeven die je nodig hebt om me te stoppen.'

'Je bent goed op de hoogte.'

'Ik ben niet dom, Vang.'

'Ik weet het.'

'Een miljoen. En een helikopter. Vóór vier uur. Zo niet, dan schiet ik haar dood. En mezelf.'

Hij verbreekt de verbinding.

'Wat zei hij?' vraagt ze.

Hij grinnikt. 'Ze hebben meer tijd nodig.'

'Maar was het goed?'

'Doe niet zo dom. Ze zullen er nooit mee instemmen. Ons

wegsturen in een helikopter met een miljoen kronen? Ben je gek?'

'Maar waarom vroeg je het dan?'

'Omdat,' zegt hij en hij trekt een gezicht, 'omdat ik daar zin in had.'

14:55

'Uiteraard, mevrouw de minister', zegt Vang.

Er ontsnapt hem een zacht, wanhopig gekreun als hij ophangt. De vingers laten een glimmende afdruk achter op de hoorn. De minister van Justitie was helder en duidelijk. Haar woorden galmen nog na in zijn hoofd. Ze had order na order op hem afgevuurd, als een mitrailleur geladen met uitroeptekens:

Geen eis wordt ingewilligd! Geen enkele!

Geen geld! Geen kroon!

Geen helikopter! Geen auto! Geen fiets!

Alles moet in het werk gesteld worden om Kristins leven te sparen! Alles! En dan bedoel ik ook alles!

Zelfs als dat betekent dat de gijzelnemer onschadelijk gemaakt moet worden!

Zo heeft ze zich uitgedrukt: onschadelijk gemaakt. Een ongevaarlijk woord, neutraal, betekenisloos. Vang denkt: wat ze bedoelt is veel concreter. Doden. Doodschieten. Terechtstellen. Liquideren. Vermoorden. Uitroeien.

De anderen kijken hem aan. Alsof hij het antwoord, een oplossing, heeft.

Hij toetst het nummer van Kristin Bye in.

14:56

'Hallo maar weer', zegt hij.

'Met Vang.'

'Wie anders?'

'Het gaat om je eisen.'

'Ja?'

We hebben meer tijd nodig.

'Het is niet zo simpel om dat gedaan te krijgen, je moet ons meer dan een uur geven.'

'Nee.'

De regionale bank heeft niet zoveel geld.

'En de helikopter is niet het enige probleem. We hebben groen licht gekregen wat betreft de miljoen kronen, maar ze hebben niet zoveel geld in dit dorp. We hebben contact opgenomen met de bank. Het gaat niet! We moeten het geld uit Kristiansand laten komen, dat kost minstens...'

'Stuur het geld met de helikopter mee!'

We zijn bezig met de zaak, maar we hebben nog geen helikopter gevonden.

'Dat is probleem nummer twee. We hebben een lege helikopter voor je. Maar niemand wil erin vliegen!'

'Dat is jammer.'

'We zijn ermee bezig!'

'Jammer voor Kristin, bedoel ik.'

'Rustig aan, we zullen het oplossen!'

'Ik vertrouw op je, Vang!'

'Dat kun je doen. Kan ik met Kristin spreken?'

'Nee.'

Hij verbreekt de verbinding. De telefoon begint bijna gelijk weer te bellen.

'Wat is er nu weer?' zucht hij.

Hij hoort iemand slikken. 'Eh, met Henriksen van het P4-nieuws, we, eh, vroegen ons af of, eh, Kristin Bye interesse heeft om geïnterviewd te worden over de, eh, hele situatie?'

Hij kijkt naar Kristin voordat hij het gesprek wegdrukt.

15:00

'Wat zei hij?' vraagt ze.

'Dat was een collega van je. Die ons wilde interviewen.'

'Ons interviewen?'

'Live.'

'Ze zijn gek!'

Hij lacht naar haar en strekt zijn hand naar haar uit. 'Nu gaan we naar buiten om een wandeling te maken!'

'Naar buiten? En een... wandeling maken?'

Hij trekt haar overeind. Hij draait haar om en gaat dicht tegen haar aan staan. Ze voelt zijn lichaam tegen het hare en de warme adem tegen haar oor. De linkerarm wordt om haar buik geslagen. Als een liefkozing. Dan voelt ze de revolver, hard, puntig en koud, tegen haar kin.

'Een wandeling doet een mens altijd goed!' zegt hij en hij opent de deur.

Ze had verwacht dat de politie achter zandzakken en tonnen gevuld met beton zou zitten. Met geweerlopen, mitrailleurs en granaten. De cavalerie! Ter assistentie! Met trompetgeschal en trappelende paardenhoeven.

Maar ze ziet niets.

De lichtgroene loofbomen ritselen in de wind. Een vlag klappert. De stroomversnelling ruist.

Dan ziet ze hen. Eén achter de kist met zand. Dan nog één om de hoek van een hut.

Bij de kiosk, achter een wegversperring, naast een groep politiemensen, ziet ze een groep belangstellenden.

Een van hen heeft een televisiecamera op de schouder. Roffern.

Hij kucht in haar oor. Ze merkt dat hij haar blik volgt.

Ergens worden een paar geweren geladen.

'Ik schiet!' roept hij zo hard dat het pijn doet in haar oor.

De luidspreker kraakt en piept, dan klinkt de megafoonstem: 'BLIJF STAAN! DIT IS DE POLITIE! JE BENT OMSINGELD!'

Er is iets bekends aan de stem.

'Ik schiet haar neer!'

'LAAT DE VROUW GAAN!' zegt de metalen stem. 'JE BENT OMSINGELD DOOR GEWAPENDE POLITIEMENSEN. LAAT DE VROUW VRIJ!'

Kristin krijgt uiteindelijk de man met de megafoon in het oog. Hij staat half verscholen achter een jeep. Het duurt even voor ze hem herkent. Hij ziet er vreemd uit met zijn muts en kogelvrije vest. Maar het is politie-inspecteur Vang *The one and only*.

'Loop recht vooruit!' zegt hij zacht in haar oor.

Ze bewegen zich stapsgewijs over het pad. Ze voelt zich als een Siamese tweeling met vier benen. Zijn adem in haar nek. De linkerarm om haar buik. Zijn onderlijf tegen haar billen. Stap voor stap.

Als ze een paar meter gelopen hebben, begrijpt ze waar ze heengaan.

De waterval.

15:15

Het is voorbij.

Hij heeft het al een poosje geleden begrepen.

Hij begreep het toen Vang zijn naam noemde. Toen hij de helikopter hoorde. Toen hij het watervliegtuig zag. Toen hij in de ogen van Kristin keek in de donkere slaapkamer op de zomerboerderij. Toen hij haar de eerste videoband stuurde. Toen hij haar de eerste keer op televisie zag. Toen hij Linda verdronk. Alles was het begin van het eind, en nu is het zover.

Haar haren ruiken fris. Hij drukt zijn neus tegen haar achterhoofd en snuift de geur op. Door haar blouse voelt hij haar ribben tegen zijn linkerhand. Een ader klopt.

Op hetzelfde ogenblik krijgt hij het idee. Met de geur van haar haren in zijn neus en zijn blik rustend op een vredige populier, begrijpt hij wat hij moet doen. Later zullen ze misschien denken dat hij dit allemaal zo gepland had. Maar dat had hij niet. Hij krijgt nu dit idee.

Hij draait langzaam zijn hoofd om. De politie volgt voorzichtig. Dergelijke operaties hebben ze geoefend. In etappes vooruitgaan. Elkaar dekken. Hij kan de instructeur horen roepen: uit de vuurlinie, idioot! Laat je kont zakken als je je lijf niet volgepompt wilt hebben met lood! Zoek dekking achter natuurlijke beschutting in het terrein!

Ze hebben natuurlijk getraind op gijzelingssituaties als deze: wanhopige man met zijn wapen gericht op het hoofd van de gijzelaar. Hij ziet wat ze denken. Iedere seconde heeft iemand hem op de korrel. Als de revolver ook maar een fractie van een seconde niet op haar gericht is, schieten ze.

Ze horen de waterval. Grommend en schuimend. De lucht wordt wat vochtiger.

'Sneller!' fluistert hij in haar oor. Hoewel het moeilijk is om zo te lopen. Hoewel ze geen haast hebben.

Ze loopt sneller.

Hij draait zich weer om. Snelle bewegingen in zijn ooghoeken. Ze weten vast dat hij niet op hen kan schieten. Als hij de revolver van haar wegdraait is het simpel voor een van hen om hem als een rat neer te schieten. Ze kunnen overal zijn. Ze zijn onzichtbaar.

Ze struikelt bijna over een losse steen. Ze strompelen verder met kleine, wankelende stapjes voordat ze hun evenwicht weer hervinden. Dat was op het nippertje. Waren ze gevallen en was het haar gelukt om aan zijn greep te ontsnappen, dan was het al voorbij geweest.

Ze gaan zijn leven binnenstebuiten keren. De kranten. De weekbladen. De televisie. De radio. Voormalige klasgenoten gaan foto's verkopen van schoolreisjes. Er verschijnen series over hem in de kranten. Documentaires op televisie. Psychologen en psychiaters gaan hem analyseren. Hij ziet het al voor zich. De koppen. De televisiereportages. De beelden van zijn huis. De interviews met de buren, de collega's in de bioscoop, zijn schoolvrienden. Nee, werkelijk, híj nota bene! Aardige vent! Dat had ik nooit verwacht! Nooit! Gedurende een paar dagen is hij algemeen bezit. Uitgeperst en besproken.

Is het niet vreselijk, zullen ze zeggen. We dachten dat hij zo'n gezellige, aardige jongeman was! Het is niet te geloven.

Ze lopen de leistenen trap af naar het platform bij de waterval.

15:20

Politie-inspecteur Runar Vang denkt: ik vraag me af hoe het voelt als je weet dat je ieder moment kunt sterven.

Ver voor zich, tussen de bomen, ziet hij Kristin Bye. Het verbaast hem hoe kalm ze lijkt. Onberoerd. Velen zouden zijn omgevallen uit pure doodsangst.

Hij heeft nog nooit de dood in de ogen gekeken. Hij heeft nog nooit een pistool tegen zijn buik gehad, is nog nooit teruggedeinsd voor een desperado met een mes. Hij heeft geen idee hoe hij zou reageren. Maar hij denkt niet dat hij er net zo onaangedaan uit zou zien als Kristin Bye.

Hij heeft al meer dan dertig jaar de dood van dichtbij gezien. Maar het heeft nooit hem persoonlijk betroffen. Hij heeft de schrik in de levenloze ogen gezien. De dood komt altijd als een verrassing, denkt hij. Zelfs als je hem vreest en je weet dat hij op de loer ligt. Je bent nooit helemaal voorbereid.

Hij tuurt naar Kristin Bye.

Arm meisje!

15:25

'Ik wil dat je me interviewt', zegt hij in haar oor.

Hij is getikt, denkt ze. Hem interviewen? Hier? Nu? Denkt hij dat we in een televisiestudio zijn?

'Dat gaat niet!'

'Ik heb een cameraman gezien', gaat hij verder. Hij fluistert bijna. 'Ik wil dat hij hierheen komt zodat jij me kunt interviewen.'

Hij meent het, denkt ze. Echt! Hij wil dat ik het doe. Hem interviewen.

'Waarom?' vraagt ze.

'Niet vragen. Doe wat ik je zeg.'

Hij draait zijn hoofd iets van het hare weg en roept naar de politie dat hij met ze wil praten. Na een poosje komt er een lange, gespierde politieman met een krulsnor en stekeltjeshaar. Hij loopt achter een doorzichtig schild en blijft bovenaan de trap staan.

Kristin hoort een lach in haar oor. 'Is het schild kogelvrij?' roept hij.

De politieman huivert achter het schild. 'Je wilde praten?'

'Ik wil dat de cameraman naar beneden komt.'

'Geen sprake van.'

'Direct!'

'Onmogelijk! De situatie is al ernstig genoeg...'

'Hij moet ons filmen. Terwijl zij me interviewt. Haal hem op!'

'Je moet begrijpen dat we geen risico willen lopen met...'

'Ik zal hem niet doden! Hij kan daarboven staan. Achter de boom.'

'Ik begrijp niet waarom.'

'Je hoeft het niet te begrijpen!'

'We kunnen het risico niet lopen dat...'

'Je loopt geen enkel risico. Bescherm hem met zoveel politie als je wilt! Als hij maar filmt.'

'Ik kan niet...'

'Wil je dat ik het alternatief demonstreer?'

'Er is geen reden om...'

'Als je de cameraman niet haalt dan schiet ik het meisje dood.'

'Luister eens, hoe groot denk je dat je kans is als je haar doodschiet?'

Hij zegt eerst niets. Dan begint hij te lachen. Een zacht, hikkend lachje dat kietelt in haar oor.

'Het gaat hier niet om mijn leven', zegt hij. 'Het gaat om het hare. Dus haal hem op! Ik geef je tien seconden.'

'Luister nou eens...'

'Of ik schiet haar dood.'

'Laten we erover praten.'

'Tien!'

'Stop! Ik wil...'

'Negen!'

'...niet op deze manier...'

'Acht!'

'...onder druk gezet...'
'Zeven!'
'Nee, echt! Wacht!'
'Zes!'
'Stop! Laten we erover praten!'
'Vijf!'
'Laten we praten, zeg ik!'
'Vier!'
'Hoor je me niet? Laten we...'
'Drie!'
'...praten!'
'Twee!'
'Goed! Goed!'
'Zijn we het plotseling eens?'
'Ik zal hem halen! Rustig, kalm aan!'
De politieman trekt zich achterwaarts terug.

Roffern komt vijftien minuten daarna. Hij is omringd door vijf bewapende mariniers.

Ze moet lachen als ze hem ziet. Om de een of andere reden hebben ze hem een uniform laten aantrekken. Over het uniform draagt hij een zwaar, kogelvrij vest. Hij ziet eruit als een commando. Met zijn paardenstaart en ringetje in zijn oor.

Een moment hebben ze oogcontact.

Ze zetten hem achter een boom. Alleen de camera en zijn schouder zijn zichtbaar.

Een politieman met een schild loopt de trap af en gooit hun een draadloze microfoon toe.

Ze praat in de microfoon. 'Test, een-twee-drie! Hoor je me, Roffern?'

Een hand komt achter de boom vandaan en zwaait.

De stem in haar oor: 'Ken je hem?'

'We werken samen.'

'Jezus.'

'Waar wil je dat we het over hebben?'

'Vraag dat niet aan me! Jij bent de journalist.'

'Er is één ding...'

'Ja?'

'Het is een beetje moeilijk om iemand te interviewen die achter me staat.'

'Moet ik ergens anders gaan staan?'

'Je moet voor me staan. Zodat ik de microfoon tussen ons kan bewegen.'

'Je probeert niet iets?'

'Rustig! Zo gaan interviews. Heb je ooit een interview gezien waarbij de geïnterviewde achter de journalist staat?'

Hij gromt instemmend. Voorzichtig laat hij haar los. Met zijn revolver gericht op haar hoofd beweegt hij zich langzaam om haar heen.

'Niet te veel', zegt ze. 'Hij moet de waterval op de achtergrond hebben. Tussen ons in.'

Mijn god, denkt ze, waar je je druk over kunt maken.

'Probeer niets!'

'Heb jij de macht of ik?'

'Jij hebt het meeste te winnen.'

'En het meeste te verliezen!'

'Dat weet ik niet.'

'Ben je klaar?'

'Klaar!'

'Klaar, Roffern?'

De hand achter de boom zwaait.

'Goed,' zegt ze, 'dan draaien we.'

Ze draait zich om naar de camera. Dit zal over de hele wereld gaan, denkt ze gevoelloos. Zelfs als ik sterf, vooràl als ik sterf! Ze zullen deze beelden in elk nieuwsuitzending laten zien in elke uithoek van de wereld. Ze ziet de ernstige, knappe mannen en vrouwen voor zich in hun studio's. Andere gezichten, andere decors, andere dingen. Maar in feite dezelfde programma's, dezelfde mensen.

Ze kijkt in de cameralens verderop. Zoals altijd probeert ze zich een ouder echtpaar voor te stellen dat naar haar zit te kijken, ze hebben een kopje koffie voor zich staan, de man rookt een pijp en de vrouw zit met een breiwerkje op haar schoot.

'Deze man,' zegt ze en haar stem trilt, hij klinkt helemaal niet als haar stem, eerder de stem van een bang meisje, 'deze man heeft de laatste drie maanden drie vrouwen vermoord,' zegt ze en op dat moment begeeft haar stem het even, dus ze kucht en haalt diep adem, 'en de vraag die de meesten van ons stellen is dan ook: waarom?'

Waarom?

Ik weet het niet, zegt hij. En hij liegt niet.

Ze vraagt of hij spijt heeft.

Spijt, zegt hij, is slechts een verlaat geweten.

En jij hebt geen geweten, vraagt ze.

Nee, zegt hij, ik heb geen geweten.

Heb je ooit aan de levens gedacht die de vrouwen hadden die jij doodde?

Jazeker, hij had daaraan gedacht. Iedere keer.

En dat deed je niets, vraagt ze.

Nee, zegt hij, dat deed me niets. We moeten allemaal dood. Vroeg of laat.

Maar waarom in hemelsnaam, vraagt ze.

Misschien omdat ik geen keus had, zegt hij. Maar dat klinkt banaal, hij hoort het zelf, hij heeft er geen antwoord op en dat blijkt.

Hoe zit het met de achterblijvers? De ouders? De broers en zussen? De geliefden?

Hoe bedoel je, vraagt hij onbeschaamd.

Is er niets wat je tegen ze wilt zeggen?

Zeggen? Wat zou ik tegen ze moeten zeggen?

Je bent gek, zegt ze.

Een goede vraag, zegt hij.

Het was geen vraag.

Hij begint te lachen.

En als je vandaag niet ontdekt was?

Dan zou ik zijn doorgegaan. Tot ik gepakt werd.

En wat nu?

Nu is het voorbij, zegt hij.
Ze vraagt: ga je me doden?

Hij kijkt haar aan. Geen van beiden zegt iets. Hij probeert haar iets te vertellen met zijn blik. Ze begrijpt het niet.

Hij knipoogt naar haar. Zijn lippen bewegen. De lach is plagerig, ironisch.

Ze zegt niets.

Hij kijkt haar aan.

De hand met de revolver trilt. Hij tilt hem op naar haar hoofd, ze verstijft, maar hij laat hem bijna gelijk weer zakken.

Een luide stem roept: 'Laat het wapen vallen!'

Hij reageert niet.

Nu schiet hij me dood, denkt ze.

Ze kijkt naar de hemel. Ze ziet een vogel en een wolk.

Ze knijpt haar ogen dicht en denkt aan Azuria. Aan het strand, de vulkaan en de palmen.

Haar hand klemt zich om de microfoon.

Zo meteen schiet hij me dood, denkt ze nog een keer.

Zijn ogen zijn wonderlijk rustig. Zonder angst. Mild.

Hij lacht naar haar.

Hij gaat me toch niet doden, denkt ze opgelucht en ze doet een stap naar achteren. Hij is op me gesteld. Hij wil me niets aandoen!

Ze lacht terug.

Dan schiet hij.

Het schot treft haar als een soort klap met een gloeiende bijl. Ze draait rond, wankelt achteruit. Tegelijkertijd klinken er tussen de bomen vandaan vier schoten achter elkaar. Vier knallen zo kort na elkaar dat het wel een ontploffing lijkt. De kogels raken hem met zo'n kracht dat het lichaam achterover wordt geslingerd, tegen het hek aan. Eroverheen. Een tiende deel van een seconde lijkt het of hij blijft liggen balanceren op de smalle rand van het hek. Hij kijkt haar aan. Dan valt hij. Zonder een geluid kiept hij over de rand en verdwijnt. Nu sterft hij, denkt ze. En dan: mijn god, hij heeft op me geschoten! Ze jammert en doet een stap terug. De pijn zeurt en steekt. Haar schouder staat in brand. Als in een reflex draait ze zich om naar Roffern die samen met een paar politiemannen aan komt gerend. Hij heeft nog steeds de camera op zijn schouder. De rode lamp brandt. Hij heeft echt op me geschoten, denkt ze verbijsterd. Ze kijkt naar haar flanellen blouse waarop een rode roos bloeit. Haar knieën begeven het en ze zakt in elkaar. Mama, denkt ze, er is op me geschoten. Ze kijkt recht in de zwarte, zielloze lens van Rofferns camera. Ergens in haar beseft ze dat ze het item moet afsluiten: 'Dit was *24 timer!* bij Jøkulfoss in Telemark, dit was Kristin Bye', maar als ze de microfoon optilt en haar mond opendoet, komen er geen woorden. Ze staart in het zwarte oog van de camera en als ze eindelijk probeert iets te zeggen, klinken de woorden als een aandoenlijk gekreun. De microfoon glipt uit haar hand. Ze hoort een stem die roept: 'Maar help haar dan!' Handen grijpen haar vast, leggen haar op haar zij, drukken een stuk stof tegen de vlam in haar schouder, strelen haar over haar haren. En de hele tijd filmt Roffern, hij knijpt zijn linkeroog dicht, zoals hij altijd doet. Hij troost haar niet, hij filmt alleen maar en zelfs door haar tranen heen denkt ze dat hij doet wat hij moet doen. Ze probeert los te komen van de mannen die haar vasthouden, ze kent ze niet, het zijn vreemde strijders zonder gezicht met kogelvrije vesten aan. 'Gunnar!' huilt ze. 'Waar is Gunnar?' Iemand tilt haar op een brancard, de pijn in haar lichaam laait op en ze kijkt vertwijfeld om zich heen. Roffern pakt de camera van zijn schouder, neemt die in zijn linkerhand en komt naar haar toe gelopen en pakt haar hand vast. Ze ziet aan hem dat hij niet weet wat hij moet zeggen. Dat hindert niet. Hij drukt haar hand. Er staan tranen in zijn ogen en hij probeert iets te zeggen om haar te troosten, maar hij kan niets verzinnen. Er valt een traan en dan nog een. Hij houdt haar hand stevig vast, hij gaat in looppas naast de brancard de trap op en het pad over, helemaal tot aan de ambulance. De hele tijd houdt hij haar hand vast. Hij laat haar pas los als ze de brancard de ambulance in duwen. De pijn is niet uit te houden. Het achterportier wordt dichtgegooid. Ze voelt zich ellendig. Iemand duwt een zuurstofmasker over haar neus en mond: een ogenblik lijkt het of ze wordt gewurgd en ze gooit haar hoofd heen en weer. 'Nou,

nou', zegt een stem. Handen knippen haar blouse open. Door haar tranen en het matglas ziet ze dat Gunnar zijn gezicht tegen de ruit drukt. 'Gunnar!' snikt ze in het zuurstofmasker. 'Nou, nou', zegt de stem. Ze ziet Roffern als een onduidelijk silhouet. Hij tilt de camera op zijn schouder. De ambulance geeft gas en waait een grijze wolk van stof en zand op. Mooi laatste beeld, denkt ze terwijl de sirene wordt aangezet.

Naspel

Ze plukte vroeg op de ochtend van de dag dat Halvor begraven werd veldbloemen in het bos achter de zomerboerderij.

Een geheimzinnige ochtend. Het was mistig in het bos, met banen licht tussen de donkere stammen. Het rook zoet en naar verrotting in het moeras. Het mos sopte als ze er met haar rubberlaarzen op ging staan. Diep in het bos riep een auerhoen.

Ze wist precies waar de veldbloemen stonden. Op een zonnige open plek waar ze dachten dat het lente was tot de herfstvorst inviel. Er waren niet zoveel bloemen meer zo laat in het jaar. Maar ze plukte een bos bij elkaar en in haar zak had ze een lint en een klein plastic zakje met natte watten.

Ze was twee dagen geleden ontslagen uit het ziekenhuis.

Iedereen was op bezoek geweest. Gunnar en Roffern. De collega's van de nieuwsredactie. Richard Wolter, vol plannen en ideeën voor een documentaireserie. Op voorhand was die al verkocht aan acht landen. Onder de werktitel *Aquarius: The Killer Among Us*. De hoofdredacteur vroeg haar programmaleidster te worden voor de nieuwe zaterdaguitzending van *24!*. De uitgever kwam om zich ervan te vergewissen of ze nog wel zin had om het boek af te maken. Politie-inspecteur Vang stond samen met Ådne aan haar bed. Zelfs Marcus was van de partij met armen vol rozen en *Se og Hør* wachtend op de gang. De stiekemerd.

De schotwond in haar schouder was niet ernstig. Slechts een vleeswond. Maar hij deed pijn. Vooral 's nachts. De pijn en de dromen werden een geheel.

Halvor werd donderdag begraven.

Het was een grijze dag die waarschuwde dat de herfst in aantocht was. De witte kerk zat stampvol. Kristin wist niet dat Halvor zoveel mensen kende. Ze zaten samengeperst op de harde houten banken, stil, overmand door de tragedie die een van hen getroffen had en binnengedrongen was in hun afgelegen oord van onschuld. Zwijgend en in elkaar gedoken zaten ze te bladeren in hun psalmenboek, keken ze naar de kist en bladerden weer in hun psalmenboek. Als er iemand hoestte of een keel werd geschraapt, galmde het door heel de kerk.

De dominee sprak lang. Hij las van papieren die met de hand beschreven waren en zijn stem trilde.

Toen Kristin naar de microfoon liep, werd het doodstil in de kerk.

Ze had niets opgeschreven. Ze was er verbaasd over hoe natuurlijk de woorden kwamen, hoe natuurlijk het was om vaarwel te zeggen tegen Halvor. Ze vertelde over de zomers op Bø. Over hoe Halvor als grote broer haar had laten schrikken met de spiegel op Bø. Over de lol die ze hadden gehad. Over hoe hij er geweest was voor haar toen hun ouders stierven.

Haar stem begaf het geen enkele keer. Haar handen trilden niet. Iedere keer als ze opkeek, klikten de camera's van de persfotografen die boven op de galerij zaten.

Toen ze niets meer te zeggen had, stond ze een minuut stil en keek ze naar de kist. Ze legde het boeket veldbloemen op de deksel van de kist en liep naar haar plaats in de bank.

Gunnar hield haar hand vast toen ze de kerk uit liepen. Het wolkendek was bezig te breken. Hoog tegen de helling op, als een vlek tussen de berkenkronen, zag ze Bø.

Bijna iedereen kwam naar haar toe om haar hand te drukken. Vreselijk, dat met Halvor. Vreselijk! En dan drukten ze haar hand en keken in haar ogen. Alsof het ogenblik in haar geheugen gegrift moest blijven.

Gunnar en zij bleven staan tot de laatste auto vertrokken was, de persmensen aarzelend hun uitrusting bij elkaar hadden gepakt en de dominee hen beiden de hand had gedrukt en naar binnen was gegaan.

Hij draaide zich naar haar om en keek haar aan: 'Ik moet zo langzamerhand terug.'

Ze knikte.

'Er is plaats in de auto als...'

Ze schudde haar hoofd.

'Je bent er zeker van?' vroeg hij haar.

'Ja.'

'Wordt het niet eenzaam daarboven?'

'Jazeker', zei ze. En ze glimlachte.

'Wanneer kom je terug?'

'Wie weet? Als het boek klaar is?'

Hij gaf haar een duw tegen haar schouder. 'Je hebt zin om hier te blijven, is het niet? Je komt nooit meer terug?'

'Ik weet het niet, Gunnar.'

'Noorwegen wacht op je, meisje! De wereld! Je weet niet hoe beroemd je bent geworden!'

'Ik weet...'

'Alle Amerikaanse zenders hebben je interview uitgezonden.'

'Het was eigenlijk niet van mij.'

'ABC. CBS. NBC. CNN', ging hij verder. 'De Britse televisie. De Duitse en Franse zenders. In Japan! India! Chili! Australië! Overal! Doe niet alsof je niet trots bent! De foto van jou en die duivel staat deze week op de cover van *Time.*'

'Ik heb het gehoord.'

'Je bezit de wereld, Kristin.'

Ze lachte. 'Ik weet niet of ik die wil hebben.'

Ze keken elkaar lang aan.

'Weet je,' zei Gunnar, 'over vier dagen ga ik met pensioen.'

Ze knikte. 'Ik had gedacht...' begon ze.

'Ja?'

'Ik heb hulp nodig. Met het boek. Dus ik dacht, misschien wil je me helpen?'

Hij drukte haar hand. 'Je bent lief tegen een oude kerel.'

'Ik meen het!'

'Ik weet het.' Hij trok haar naar zich toe. 'Ik weet dat je het meent, Kristin. En als je hulp nodig hebt, dan weet je me te vinden.' Hij streelde haar over het haar. 'Maar dit kun je zelf. En...' hij keek naar de lucht, 'wie weet, moet ik mijn eigen boek gaan schrijven?'

Ze keek hem vragend aan. Maar hij zei er verder niets over.

Ze greep zijn hand en liep met hem mee naar de huurauto die hij geparkeerd had onder de oude eik. Ze omhelsden elkaar. Zijn baardstoppels schuurden tegen haar wang. Hij ging achter het stuur zitten en met onhandige manoeuvres zag hij kans de auto te keren. Toen hij wegreed, zag ze zijn hand door de achterruit. Ze stond in de berm en zwaaide tot hij helemaal verdwenen was.

Toen stak ze over en liep naar het pad dat naar de zomerboerderij leidde.

Ze was bezweet toen ze eindelijk het erf op kwam. De vliegen zoemden. Boven het bloemenbed vlogen de bijen.

Ze waadde door het halflange gras, trok een strootje los dat ze in haar mond stak en zoog de geur van de nazomer op. Als een bosnimf dwaalde ze rond. Ze dacht niet na over waar ze heen wilde en bleef staan voor het enorme rotsblok.

De denksteen.

Ze was er niet meer bovenop geklommen sinds ze een jaar of veertien was. Nu deed ze het weer. Het ging langzaam, want ze kon haar linkerhand nog niet gebruiken.

Herinneringen kwamen in haar op toen ze zich liet zakken in de uitholling bovenop. Het Juvdal strekte zich voor haar uit. Strepen zonlicht lagen over het landschap. Het nieuwe koperen dak van de kerktoren blonk. In de verte waren de bergtoppen reeds bepoederd met sneeuw. Mårvatn was een donkere spiegel, de wind deed het donkere bos ruisen.

Ze zou hierheen kunnen verhuizen. Haar boeken in alle rust schrijven. De wereld buitensluiten.

Ze wist niet wat ze wilde. Ze was eerlijk geweest toen Gunnar het vroeg. Ze wist het niet.

Ze had een paar weken nodig om een beslissing te nemen. Ze wist dat ze het boek af wilde maken. En dat ze de documentaireserie wilde maken. Al was het alleen maar om hém uit haar leven te bannen.

Maar dan?

'Noorwegen wacht op je, meisje! De wereld! Je weet niet hoe beroemd je bent geworden!'

Ze dacht aan de dag dat ze de eerste envelop ontvangen had. Ze herinnerde zich dat de zon schuin en zilverwit in de redactie had geschenen door de stoffige jaloezieën heen. Ze herinnerde zich het gekraak van de radio en de telefoon die eindeloos overging, ze herinnerde zich de smaak van pepermunt en de geur van iets wat verbrandde in de ventilator.

'Je bezit de wereld, Kristin!'

Ze herinnerde zich zijn stem, zijn ogen, de geur van zijn adem.

Ze voelde geen verdriet over zijn dood. Ook geen blijdschap.

Maar ze voelde zich weer veilig. Dat was in elk geval iets.

Tom Egeland bij De Geus

Het einde van de cirkel

In een eeuwenoud Noors klooster wordt een sensationele archeologische vondst gedaan: een relikwiekistje waarvan de inhoud de wereldgeschiedenis zou kunnen veranderen. Een geheime orde probeert het kistje in handen te krijgen. Daarom wil de archeoloog Bjørn Beltø weten wat er zo bijzonder aan de vondst is. In wetenschappelijke kringen gaat men ervan uit dat er zich vroegchristelijke documenten in bevinden en mogelijk zelfs het Q-evangelie, met citaten van Jezus, dat de bron is van de latere evangelies van Matteüs en Lucas. Beltø's zoektocht brengt hem via Londen naar het Midden-Oosten. En vandaar voor de apotheose naar een kruisvaarderskasteel in het Franse dorpje Rennes-le-Château.

Wolvennacht

Televisiejournaliste Kristin Bye organiseert een discussieprogramma met Tsjetsjeense asielzoekers en Noorse politici over de situatie in Tsjetsjenië na de dramatische gijzelingsactie in de school in Beslan. De uitzending is nog maar net begonnen, of enkele asielzoekers ontpoppen zich als terroristen. Ze eisen een vrij Tsjetsjenië, 25 miljoen euro en zendtijd: het tv-programma moet in de lucht blijven. Het hele land is getuige van een gewelddadige gijzelingsactie.